大方

sight

蕾蒂西娅，或人类的终结

Laëtitia ou la fin des hommes

Ivan Jablonka

［法］伊凡 · 雅布隆卡 著

陈新华 译 柯玲香 校

中信出版集团 · 北京

图书在版编目（CIP）数据

蕾蒂西娅，或人类的终结 /（法）伊凡·雅布隆卡著；陈新华译；柯玲香校．— 北京：中信出版社，2018.4

ISBN 978-7-5086-8624-0

I. ①蕾… II. ①伊… ②陈… ③柯… III. ①纪实文学－法国－现代 IV. ① I565.55

中国版本图书馆 CIP 数据核字（2018）第 030502 号

蕾蒂西娅，或人类的终结

著　　者：［法］伊凡·雅布隆卡
译　　者：陈新华
出版发行：中信出版集团股份有限公司
（北京市朝阳区惠新东街甲 4 号富盛大厦 2 座　邮编　100029）
（CITIC Publishing Group）
承 印 者：上海盛通时代印刷有限公司

开　　本：880mm × 1230mm　1/32　　印　　张：12.5　　字　　数：269 千字
版　　次：2018 年 4 月第 1 版　　印　　次：2018 年 4 月第 1 次印刷
京权图字：01－2018－0905　　广告经营许可证：京朝工商广字第 8087 号
书　　号：ISBN 978－7－5086－8624－0
定　　价：49.00 元

服务热线：400－600－8099
投稿邮箱：author@citicpub.com

Laetitia est hominis transitio a minore ad majorem perfectionem.

快乐是一个人从较小的圆满到较大的圆满的过渡。

——斯宾诺莎《伦理学》[1]

[1] 斯宾诺莎的《伦理学》(*Ethica in Ordine Geometrico Demonstrata*)用拉丁文写成，此处中文译文出自贺麟先生的中译本。在拉丁文中，Laetitia 是快乐、幸福的意思。作者通过一语双关，暗指本书主人公蕾蒂西娅(Laëtitia)“是一个从较小的圆满成长为较大圆满的人”，借此表达对她的追思与敬意。——译注(本书中注释如无特别说明，均为译注)

序

蕾蒂西娅·佩雷是在2011年1月18日至19日之间的那个黑夜里遭遇绑架的。这位受害人是一个18岁的女服务员，住在大西洋卢瓦尔省[1]的波尔尼克。她有一个孪生姐姐，两人都被安置在那儿的一户寄养家庭里，过着平淡无奇的生活。凶手在两天后就落网了，但人们花费数周时间才找到了蕾蒂西娅的尸体。

这桩案件轰动了整个国家。共和国总统尼古拉·萨科齐批评了对凶手采取的司法监控[2]，他还对法官横加指责，扬言要对他们的"错误"进行相应的"惩罚"。他的言辞引发了法官们的罢工——一场历史上前所未有的运动。2011年8月——案中案——寄养家庭的父亲因对蕾蒂西娅的姐姐实施性侵而被绳之以法。时至今日，人们仍然不知道蕾蒂西娅本人是否也遭受过强奸，如果确有其事，那么实施者是她的养父还是凶手？

无论从哪个方面看，这则社会新闻都非同凡响——事件掀起的震

---

[1] 法国西北部省份，下文的波尔尼克是该省的一个市镇。

[2] 司法监控是法国司法部门对具有较大潜在危害性的刑满释放人员采取的监控、追踪措施。

荡引发的传媒和政治回响，为寻找尸体而动用的手段之重要性，全部调查花去的12个星期，共和国总统的介入，法官们的罢工。这不是一桩简单的案件：这是一起国家事件。

在这则引人注目的社会新闻中，蕾蒂西娅就是那个受害者，但除此之外，人们对她又有多少了解？谈论她的文章和报道数以百计，但都只涉及她失踪的那个晚上和其后的庭审。她的名字虽然上了维基百科，但也只是出现在凶手页面上“谋杀蕾蒂西娅·佩雷”的一栏里。她无意间让杀害她的人声名远扬，自己却黯然失色，沦为犯罪行径的一个结果、罪恶世界的一次胜利。

杀人凶手对“他的”受害者施加的权力体现在：他不仅夺走了她的生命，还支配了这一生命的轨迹，从今往后，它面向的是致死的会面、无法回头的宿命之旅、夺命的一击、对尸体的凌辱。死亡夺取了她的生命。

我对一味吹捧凶手却贬低了受害者的犯罪故事并不关心。故事里的凶手抛头露脸，他要么喋喋不休，要么悔过自责，要么就是自吹自擂。自庭审起，他就成了焦点人物，不是英雄却胜似英雄。我想反其道而行之，让女人和男人从他们的死亡中脱身而出，和致他们丧命的罪行一刀两断，直抵他们人性的深处。我不是要把他们当作“牺牲者”来尊敬，因为这还是将他们定格在生命的终点；而是将他们复原为活生生的人，为他们作证。

我的书里只有一个英雄——蕾蒂西娅。我们心念所系，就是让她复旧如初，重拾自己的尊严和自由，如同一次回归之旅。

*

在蕾蒂西娅·佩雷的有生之年，她对记者、对学者、对政客而言都无关痛痒。为什么现在要为她写一本书？命运如此怪异，一如这转瞬而逝的名望。在世人眼里，她诞生之时就是她死亡的那一刻。

我想指出的是，一则社会新闻可以作为一个历史对象来加以分析。一则社会新闻从来就不是简单的“事实”，它也不具有“多面性”。相反，蕾蒂西娅案件掩盖了人性的深度和某种社会状态——破碎的家庭、孩子的隐痛、过早参加工作的年轻人；还有19世纪初叶的国家，包括穷人的法国、城市边缘地带、社会的不平等。我们发现了调查的机制、司法机构的转变、媒体的作用、行政机关的运作，以及如同情感修辞一般的刑事诉讼制度的逻辑。在一个变动的社会中，社会新闻就是一个地震中心。

但是，蕾蒂西娅的重要性并不只是取决于她的死亡。对我们来说，她的生活同样重要，因为她就是一个社会事实。她身上体现了两种比她自己更重要的现象：儿童的脆弱和女性承受的暴力。在蕾蒂西娅3岁的时候，她的父亲强奸了她母亲；接着，她的养父侵犯了她的姐姐；她自己就只活了18年。这些惨剧提醒我们，在我们所生活的世界上，女性正遭受着辱骂、骚扰、殴打、强奸和谋杀。在这个世界上，女性并不拥有完整的权利。在这个世界上，受害者忍辱负重，以沉默来回应暴戾和殴打。在闭门庭审上，缺席的总是这些死去的人。

蕾蒂西娅，一个快乐的花季少女，她向来惹人怜爱，最后却像牲畜一样死去了，这绝非出于某种命定之理。但是，从童年时代起，她就流离失所，无人关心，惯于生活在恐惧之中，这个漫长的脆弱化过程既为她悲剧性的结局，也为我们整个社会提供了注解。为了摧毁某个生活在和平年代的人，光是杀死他还不足够。必须首先让他出生在一个暴力横生和混乱不堪的环境里，剥夺他情感上的安全感，破坏他的家庭，接着把他安置在邪恶的寄养家庭里，对他不闻不问，最后，当一切都结束之际，用他的死亡大做政治文章。

我并不认识蕾蒂西娅，但声明这一点已经无关紧要。因为有赖于那些爱过她的人——父母、朋友、同事，以及那些重现了她最后时刻的人——法官、警察、专家、律师、记者，我已经和她相识了。我的调查就是从他们的调查中诞生的。因而这是一份汇总性的调查，建立在一些人的眷恋和另一些人的工作之上。要理解蕾蒂西娅的一生，便意味着要追溯其过去，直至她和其他孩童没有差别的时候；也要描述使她消失的绑架和谋杀。这是一部和犯罪调查纠缠在一起的生命史，一部在身后延展开的传记。

遭受虐待的婴儿，被遗忘的儿童，受安置的女孩，羞涩的青年，自力更生的年轻女子，这就是蕾蒂西娅·佩雷，她并不是生来就注定要成为凶手生活中的一次波折，或者萨科齐时代的一次演说的主题。我幻想蕾蒂西娅远走他乡，在一个称她心意的地方隐居下来，从此销声匿迹。我幻想的不是死者的复活；我试着去记录生命沉入水底之际，在水面上留下的那些稍纵即逝的波纹。

目 录

1　杰西卡

2014 年 4 月，在她们的养父受审之后不久，我写了封信给塞西尔·德·奥里维拉，也就是蕾蒂西娅的孪生姐姐杰西卡·佩雷的律师：

阁下：

我是一名历史学家和作家，巴黎第十三大学的教授，之所以冒昧地写这封信给您，是因为我想为蕾蒂西娅·佩雷写一本书。

出于如下一些原因，她的故事让我深受触动。首先，我本人就是 3 个女孩的父亲。其次，我研究过类似的被遗弃儿童：他们先是被带离父母，随后被安置在寄养家庭里，有时甚至会遭受虐待。最后，我为自己的祖父母也写过一本传记。他们都在二战期间惨遭杀害，时年分别为 28 岁和 35 岁。在那本书中，我试图追溯他们的生命，他们的平凡和失败，他们的憧憬和期待，死亡无法抹消这一切。这是一项历史研究，也是为两个死于花季的年轻人树立一块回忆的纪念碑。

同一种感情激励着我去为蕾蒂西娅而写作。我渴望追溯

> 她的生命：她的轨迹，她遭受的挫折，她为之奋斗的未来，一个陨落的生命经历过的不公和恐惧。这项计划既是出于尊敬，更是对正义和真相的调查，就像我为自己的祖父母所做的那样。
>
> 我企盼您能对这项计划提出意见和建议（尤其是，我不知道是否正在筹备上诉）。如能在我第二次向杰西卡阐述计划之前同您会面，我将会非常高兴。因为，我若未经她的允许便展开工作，这将是极不妥当的。我对您发起的斗争深表敬意，阁下，在此我向您表达我最诚挚的祝愿。

在和我见过一次之后，奥里维拉同意把我介绍给杰西卡，尽管后者可能会非常脆弱。她 8 岁便失去父母，又被寄养他处，还遭受了养父的性虐待；接着，她的妹妹又惨遭杀害。

2014 年 6 月，在律师位于南特[1]的办公室内。窗子敞开着，透过被它圈起的一丛树叶，可以看到波光粼粼的卢瓦尔河。想到杰西卡会出现在我对面，我便心绪不宁起来，不仅是因为我的计划完全取决于她的心意，更是因为这个不幸的年轻女子与其孪生妹妹同为孤女，年仅 22 岁就经历了两次刑事诉讼——一次是蕾蒂西娅的被害，另一次是她的养父。在后一件诉讼里，这个 64 岁男子背后的整个家庭都团结一致地支持他，暴徒成了受害者，他好像只是个天真得过了头的家长，是杰西卡那个罪人和幕后黑手精心策划，让他落入了圈套中。他被判入

[1] 法国第六大城市，位于卢瓦尔河下游北岸。

狱 8 年，但放弃了上诉。现在，杰西卡离群索居，在南特的一家单位食堂里上班。

下午 4 点的时候，她到了：一个瘦弱的年轻女子，头发剪得很短，穿着暗色的紧身裤，紧紧地抱着黑色的夹克衫。奥里维拉向她提供了许多信息：杀害蕾蒂西娅的凶手的上诉日期，基于她妹妹的死亡和她在寄养家庭里受到的迫害，她应该领取多少赔偿。杰西卡害羞到胆怯，她极力避开我的目光。在她的律师向她解释复杂的诉讼时，她沉默不语，偶尔点点头，嘴里蹦出“是”字。她目光坚定，和害怕做错事的小女孩所特有的呆板形成了鲜明的对比。

杰西卡提出了一连串的问题。她是否应该旁听所有的庭审？不，只要一两天就可以了，这是为了避免“事实”的暴露。接下来是不是就结束了？是的，因为他不大可能提请撤销原判。在她拿到了赔偿后，如果有亲戚对她有所索取是不是正常？奥里维拉不安地回答道：“不，这是不正常的，你应该保护好自己！”最后，杰西卡从她的背包里取出一本刚刚出版的关于她妹妹的书。里面一派胡言，让她深感震惊。

奥里维拉把我介绍给杰西卡的时候，后者只是默默地打量我。我希望善意和敬佩像海浪一样从我内心深处奔涌而出。但是，当我向杰西卡说明情况时，不得不使用我贫乏的词语，以及在心里重复了很多遍的学究气的语句，如此一来，我的历史和回忆计划听起来更加荒诞不经。我说的是：我希望她能向我讲述她们童年的回忆，她们生活过的地方，开心的事情，她们的朋友们、游戏、争吵，海滩上的闲逛。杰西卡答应了。她非常想谈论她的妹妹，而不是案件。她不再参与白色游行（Marche Blanche）[1]，因为一点用处都没有。每逢 18 和 19 号，她都会惶惶不可终日。

我们交换了手机号码。杰西卡向自己的律师道了谢，带着略显僵硬的笑容作别。

杰西卡走后，房间显得空落落的。她选择相信我，这让我深感责任重大，而想到要去游历死去孩子们的故乡，我便陷入了痛苦。大门在我面前敞开了，窗外的大树正在摇曳。更远处，卢瓦尔河在流淌着，银光闪闪的河水冲走了 1793 年溺死在这里的男人和女人们的回忆。我的调查刚刚开始。[2]

---

[1] 白色游行源自 1996 年 10 月 20 日，在连环杀手马克 · 迪特鲁（Marc Dutroux）被捕后，布鲁塞尔民众自发举行的游行活动，旨在吁求对儿童的更佳保护以及对凶手的公正审判。白色是希望的象征，示威者通常会携带白色物品。

[2] 我们会在书的最后找到参考书目、地图以及用到的缩写和化名的列表。——原注

2 失踪现场

2011 年 1 月 19 日，周三

杰西卡关上门，然后走到罗杰尔路上。7 点 15 分，天色还是一片漆黑，寒气逼人。同平常一样，杰西卡是提前出门的，校车会在 7 点 30 分经过环岛的另一侧。

走了 50 米后，她在黑暗中发现有一辆摩托车倒在路边，她马上就认出来，这是她妹妹的车。摩托车侧卧着，坐垫已经冻硬，马达和灯都关了，而钥匙还插在点火开关上。杰西卡惊慌失措地跑回住所，她的养父此时刚刚吃完早饭。

“小狼，小狼，蕾蒂西娅的摩托车横在地上！”

吉尔·帕特龙匆匆忙忙披上衣服，二人冲向门外。这段公路上的灯是坏的，杰西卡只好用手机来照明。在摩托车的一侧，还有两只黑色的平底女鞋。

“这是你的鞋子吗？”帕特龙问道。

不，这是蕾蒂西娅的鞋子，这样说来，她大冬天的还光着脚。在这个夜色胶着不去的黎明中，帕特龙先生呼喊着她的名字。

杰西卡失魂落魄地走到了车站，嘴里只能蹦出三个词："蕾蒂西娅，摩托车，鞋子。"看着杰西卡坐在车子后面哭泣，她的女友们都一头雾水。蕾蒂西娅的手机一直转接语音信箱。

在学校的过道里，杰西卡一头扎进了她妹妹的男朋友凯文的怀抱中。大家都试图拨通蕾蒂西娅的手机。上课的时候，杰西卡告诉老师，她要让自己的手机开着。

帕特龙夫人则奔走于左邻右舍，她一一拨通了波尔尼克、马什库勒[1]、圣纳泽尔[2]、沙朗[3]和南特地区的医院电话。但是，没有哪一家接收过在夜间遭遇了事故的年轻女孩。快到7点40分的时候，帕特龙夫人拨了报警电话17。行动中心请求波尔尼克的宪兵队介入。十分钟后，巡逻队到达了现场。

8点15分，太阳照亮了失踪现场，但犯罪现场仍然不为人知。蕾蒂西娅的红色摩托车躺在路肩上，车行道上则留有轮胎印迹和塑料小碎片。宪兵在路上拉起了黄色条子，与此同时，环岛附近和来自波尔尼克的交通都被切断了。

摩托车和平底女鞋躺在罗杰尔路边的细砂上。近旁是白色的小栅栏，圈着左邻右舍的住屋，此外还有几间小屋，都带着保养良好的花园。在路的另一边，宪兵开始搜索田野和空地。在这个冰冷的黎明，草地上都结了白霜。警犬无法确定方向，这说明蕾蒂西娅没有走出过事故现场：她是被直接掳走的。刑侦技术员用编过号的黄

---

[1] 法国西北部城市，在卢瓦尔河口北岸。

[2] 法国西部城市、海港。

[3] 法国西部城市。

色接触片标示出所有的痕迹，然后对着它们拍照。一架直升飞机飞过上空。

一份记录了“让人不安的失踪”的报告被传送给了圣纳泽尔的共和国检察官，与此同时，刑侦行动的协调人也到达了波尔尼克的宪兵队。现场调查由检察官领导，在此期间，一切都有可能：出走，自杀，绑架。首要的问题在于：谁是最后一个看见蕾蒂西娅的人？

课正好上到一半的时候，帕特龙夫妇突然来到学校。他们带杰西卡去了波尔尼克的宪兵队，三个人在那里提供了第一批信息。蕾蒂西娅和杰西卡·佩雷是双胞胎，现年 18 岁，自从 8 岁起就被委托给了大西洋卢瓦尔省的儿童社会救助厅。成年后，她们选择留在专职家庭助理帕特龙先生的家里，两人自 12 岁起就由帕特龙和他妻子抚养了。他们住在一座漂亮的住宅里，地处波尔尼克的罗杰尔路。

杰西卡就读于马什库勒的一所职业中学，正为考取厨艺专业职业资格证做准备。蕾蒂西娅则在南特酒店上班，一家地处雷茨地区拉贝纳里镇的旅馆式餐厅[1]，离她的住处有 3 公里远。她业余时间在圣纳泽尔的培训中心为服务员资格证做准备。她在南特酒店的时间安排如下：11 点到 15 点，午间服务；18 点 30 分到 21 点 30 分，夜间服务；当中是几个小时的休息。在工作之外，蕾蒂西娅过着一种循规蹈矩的生活：她不抽烟也不喝酒，很少外出，摩托车开得不快，从来不忘戴上头盔。她也从来没有离家出走过。她的朋友不是高中生就是学徒。

四个和蕾蒂西娅关系密切的年轻人受到了宪兵的传唤。

---

[1] hôtel-restaurant，提供住宿的餐厅，类似酒店。

凯文，18 岁，高中生。此人是她的男朋友，在马什库勒职业中学上学。他们每天都会有几次通话。在事发的前一天，也就是 1 月 18 日周二，他还和蕾蒂西娅用电话联系过两次。

第一次通话发生在接近 18 点 30 分的时候，当时她已经回到南特酒店，赶在上班前吃了晚饭。凯文刚刚从学校出来。蕾蒂西娅向他坦白，她和朋友们在海滩上抽了“一种棕色的东西”。凯文既惊且怒：这种事情已经有过一回了，蕾蒂西娅那次就想和她的女伴们尝试一下这种东西，他说不行。她非常清楚，这玩意儿是毒品，不应该去碰这脏东西的。

第二次通话发生在接近 21 点 40 分的时候，那是在工作结束之后。凯文当时听到她旁边有人窃窃私语。是谁？蕾蒂西娅回答说，是“一个 30 多岁的男人”。凯文不是很放心。她告诉他不要担心，过会儿就会打电话给他。到了晚上，凯文试着联系她。“在打了十个电话之后，我就放弃了。说不定她已经睡着了。”

斯蒂芬，18 岁，厨师学徒。他和蕾蒂西娅一起在南特酒店工作。在休息结束之后，也就是将近 18 点 30 分时，他看见她旁边有一个 30 多岁的男人，那人看上去像一个居无定所的流浪汉，长得凶神恶煞，他还朝她咆哮道：“别忘了，今天晚上来接你的人是我！”

平常的话，在工作结束后，蕾蒂西娅会和斯蒂芬一前一后地骑摩托车回去。那个晚上，她改变了习惯：“不了，亲爱的，我过会儿再回去。”在回去的路上，斯蒂芬后面跟了一辆白色的标致 106。那辆车在他后面开了一会儿，接着加速贴了上来，然后超了过去，之后又减速，好让他赶上去，最后和他并排行驶的时候，那人按响了喇叭，还打前车灯示意。汽车紧紧地贴在斯蒂芬右边，他被迫停在了波尔尼克一家麦当劳旁边的路肩上。

驾驶员降下玻璃窗，看上去怒气冲冲。斯蒂芬立刻就认出了他——和蕾蒂西娅同时出现在南特酒店前面的那个男人。

“你是谁？蕾蒂西娅在哪儿？”

“她还在上班。”

“好，但愿如此！”

这个男人像疯子般驾着他的标致106离去了。

威廉姆，18岁，厨师学徒。这是蕾蒂西娅的一个朋友，同时也是她无话不说的知己、被她拒绝的情人，有点像她的护花使者。他们是在南特酒店认识的，威廉姆在那儿的厨房工作了有几个月。他们每时每刻都在用电话或者短信交流，总共有82条短信或通话记录。

接近16点30分的时候，蕾蒂西娅告诉威廉姆说，她刚和凯文最好的朋友上了床。她生怕凯文知道后会为此而不快。在23点左右的时候，她告诉威廉姆说，她喝了酒；她感到后悔，语气悲伤。接近半夜0点30分的时候，她发送了一条短信给他：“我有要紧事跟你说。”最后，在凌晨1点前一会儿，她给威廉姆打了最后一个电话：她被强奸了。她的恐惧显而易见，她像结巴了一样前言不搭后语。从更远处传来音乐的吵闹声，可能是从汽车收音机里发出来的。蕾蒂西娅挂了电话，因为她手机快没电了，她说她回家后会再打回来。

安东尼，19岁，军人。他是雷茨地区拉贝讷里镇南特酒店所有者的儿子，两位所有者就是蕾蒂西娅的雇主。他的公寓就在他父母的旅馆式餐厅边上。1月18日整晚，他都在和朋友们玩PS游戏。

接近凌晨 1 点的时候，他们听到了马达的噪声和开关车门的响声。安东尼从窗口看到了蕾蒂西娅，她的手里拿着头盔，面朝白色标致 106 打开的玻璃窗，对着司机怒气冲冲地说话。小路已入睡，在路面上，车子的警示灯投下了橘黄色的光。“嗓门提高了，我听到了一个男人的声音和蕾蒂西娅的回应声。”

蕾蒂西娅驾着摩托车驶往拉贝讷里镇政府，标致 106 则在禁行方向上掉了个头，然后“怒火冲天地”重新上了路。

*

宪兵得到的其他信息都让人深感不安。蕾蒂西娅在晚餐时间曾接待过一个住在南特酒店的工人，他宣称自己在 22 点 30 分左右，在“蓝胡子”见过她，那是拉贝讷里镇一家非法夜间酒吧。在 1 点至 1 点 30 分之间，帕特龙先生和杰西卡都听到了从罗杰尔路上传来的剧烈关门声。帕特龙先生穿着睡衣睡裤，拿着手电筒出门去察看，但他什么都没有看到。早上 7 点 15 分，杰西卡发现了她妹妹的摩托车。

因此，最后一个看见蕾蒂西娅的人就是白色标致 106 车里的男人。基于不同的证词，宪兵画出了嫌犯素描像：身高 1.85 米，褐色皮肤，体格强健，头发往后梳，鬓角剃光，穿皮上衣和套头衫。

圣纳泽尔的检察官发布了“绑架和非法监禁”的信息。大西洋卢瓦尔省的宪兵队由胡布舍尔上校指挥，目前进入了警备状态。驻扎在昂热的卢瓦尔河地区调查组早于军士长弗朗茨·图谢到达，后者是

“人身伤害”部门最为老练的调查员。弗朗茨·图谢此刻正在南特处理一桩拘留案件。他马上意识到了事态的严重性：蕾蒂西娅在离家50米处失踪，如果她是离家出走的话，应该会开走摩托车，但她却在天气这么冷的时候还赤着脚。“看来是绑架。”

下午，蕾蒂西娅的手机和银行卡都受到了监控。要求核实其联系往来的申请传达给了电信运营商。南特的税务监控和调查大队提供了她名下的账户：没有发现任何活动。15点左右，国家宪兵队刑侦所的飞机在该地区的简易机场降落。

宪兵来到波尔尼克的罗杰尔路，对帕特龙夫妇位于此处的住所进行了一番搜查。蕾蒂西娅的房间很小，也没有窗户，家具有种斯巴达式的简朴：一个小床和一个多层架，衣橱里只有不多的几件衣服。她的牙刷和发梳被封存，以便掌握她的DNA。宪兵在一个牛仔书包里找到了三封蕾蒂西娅的手写信，在信里，她向她的亲友道别，并表达了最后的心愿。

在坐落于拉贝讷里镇中心地区的南特酒店里，这个年轻的姑娘在楼上有一个用作更衣室的房间。宪兵没有在那里看出任何异常情况。她的工作制服还被细心地摊开在床上。

16点53分的时候，《法兰西西部报》的网站上刊发了一则消息：“雷茨地区拉贝讷里镇一个年轻姑娘让人不安的失踪”。一个半小时之后，法新社取了这样的标题：“波尔尼克一年轻女子失踪后的重要调查”。拉贝讷里镇是一个拥有2 500名居民的小镇，隶属于拥有约14 000名居民的波尔尼克市，地处大西洋的沿海地区，离南特50公里远。

入夜之初，依据“蓝胡子”顾客的证词和南特警方的协助，宪兵掌握了标致106驾驶员的身份。他的犯罪记录有足足7页之多。标致106是偷来的车。两难之处在于：应该利用其手机来对他进行定位，还是直接去搜查他留下的地址所在地？其中有一处是他堂兄弟的住所，位于勒加斯波，这个地方靠近雷茨地区阿尔通镇，离拉贝讷里镇不远。宪兵知道那里有一块很大的场地，上面建有车库，停了不少旅行拖车，但他的堂兄弟并不在那里：这是囚禁蕾蒂西娅的首选之地。

时间紧迫。

晚上23时，宪兵队在勒加斯波进行了一次侦查行动。小村隐没在黑夜里，村子的五座房屋分散在树林深处。天寒地冻，悄无声息。宪兵队摸索着前进。这些人家都装了触发式的灯，篱笆后边还守着家犬。宪兵队担心引起注意，只好折了回去。考虑到那个男人持有武器，而且囚禁蕾蒂西娅的人可能就是他，胡布舍尔上校便请求国家宪兵特勤队[1]介入。

[1] 法国国家宪兵特勤队（GIGN: groupe d’intervention de la gendarmerie nationale，直译为国家宪兵干预小组），是一支专门从事反恐活动的特种突击队，组建于1973年11月3日。

3　刀光血影下的母亲

还在母亲肚子里的时候，她们就在一起了。

在一张摄于妇产院的照片上，母亲紧紧抱着两个新生儿，蕾蒂西娅和杰西卡。她靠在枕头上，注视着镜头，笑容里洋溢着幸福，也带着一丝疲惫，毕竟她已在产房里度过了好几个小时。在另一张照片上，闪光灯吓到了这两个孩子，当时她们四个月大，目光里流露出惊奇，嘴里正含着乳头。七个月大的蕾蒂西娅穿着粉色睡衣，稳稳地坐在几块坐垫之间。和我一起翻看照相本的杰西卡骄傲地评论道："蕾蒂西娅脸上没肉，她瘦得更厉害。我，我脸上有肉！"

1992 年 5 月 4 日，这对姐妹在南特出生，杰西卡是 11 点 15 分，蕾蒂西娅是 11 点 16 分。她们是异卵双胞胎，有一半的基因相同。

母亲西尔维娅·拉尔歇当时 24 岁，在学区监察部门当维护工。父亲弗兰克·佩雷 25 岁，是一个服务员。他们相识于一年前，不久就同居了。弗兰克回忆起自己知道 B 超结果之后的惊喜之情："一下子就有了两个小孩，有得忙了！"与此相反，蕾蒂西娅的舅舅兼教父阿兰·拉尔歇指出，双胞胎的到来就是一场灾难。弗兰克·佩雷当时抱怨："一个还好，但是两个，你们想要我们怎么办？"在孩子出生几天之后，他才承认她们是自己的女儿。

围绕着她们的幼儿时期，回忆再度产生了分歧。在弗兰克·佩雷的心里，那是一段快乐的时光。这对双胞胎很好带，蕾蒂西娅总是睡觉，而杰西卡哭得也不厉害。相反，阿兰·拉尔歇认为这是混乱的起点。父亲每晚都是醉醺醺地回来，还对母亲和女儿们横加指责。

她们的父母在1993年离了婚。西尔维娅独自和她的女儿们过活，其间患上了神经衰弱。弗兰克时不时来看望她们。他想恢复共同的生活，她接受了，想给彼此一次机会，然而弗兰克依然在外面花天酒地，举止粗暴。他讨厌看到蕾蒂西娅和杰西卡在地上玩耍："够了！起来！你们站起来！"西尔维娅一插手，他的嗓门就会提高，最后以争吵告终。如果有人来调停，弗兰克就会反驳道："她们是我的女儿，我想怎么样就怎么样！"

阿兰·拉尔歇有这样一段回忆：杰西卡因为自己的尿布太脏而哭了起来。弗兰克怒气冲冲地逮住她，把她扔了出去，她飞过客厅里的一张茶几，从一张沙发掉到了另一张沙发上，幸亏家里的一只大型德国牧羊犬跳到杰西卡身边保护她。另外一次，弗兰克在三楼楼梯平台上抓着蕾蒂西娅的背带裤，把她吊在了半空中。他威胁上楼来为他妹妹抱不平的阿兰·拉尔歇："不要走过来，否则我就松手了！"杰西卡啜泣着，紧紧抓住她母亲的大腿。

我来到阿兰·拉尔歇位于南特郊区的公寓里。他和他女儿来车站接我。我们在客厅里闲聊。壁炉台上的瓮中就装着那条狗的骨灰。阿兰·拉尔歇是主厨，工作了很长一段时间。电脑里播放的照片让我们回到了过去：布列塔尼的假期，给小姑娘们准备的塑料游泳池，蕾蒂西娅趴在水牛背上。我看到一棵绿色纸板做成的小枫树，这是蕾蒂西娅和杰西卡在圣诞节时送给他的，上面还贴着她们小学时代的照片。阿兰·拉尔歇本来盼着在教女刚成年的那段日子里陪伴她左右，直到有一天能出席她的婚礼。然而事与愿违，他筹备的是白色游行。

这是一个高大强壮的男子，蓝眼睛，棕色皮肤，留着平头，脸颊棱角分明，饱受失业和生活不幸的折磨。他的黑色衬衫敞开着，露出一条银链子。想起弗兰克·佩雷抓着蕾蒂西娅的背带裤把她吊在半空中的情形，这个壮汉热泪盈眶：

“我的公主被吊在了半空中。”

阿兰·拉尔歇怪罪弗兰克·佩雷。在我过来问询之前，他已经把这些事向《巴黎竞赛画报》和盘托出了：他妹妹回来的时候，浑身都是瘀斑、青肿、伤口和剪刀的划痕。弗兰克在她不愿意的时候强迫她做爱。他还打过他们的两个女儿。西尔维娅不敢把事情告诉父母，因为他们曾经坚决地劝她不要和弗兰克同居。而且，自童年时代起，西尔维娅就已饱尝性骚扰；她父亲嗜酒如命，又有暴力倾向。最后，还是靠着父亲的帮助，她才得以在 1995 年 4 月把弗兰克扫地出门。

蕾蒂西娅和杰西卡的苦难很早就开始了。她们是否是一次强奸的结果，因而在子宫里的时候就开始受难了？在出生之后，她们就生活在家庭内部的暴力之中，因为小孩和母亲是在一起的。在家里，没有人是安全的。阿兰·拉尔歇回忆道：“以前，我妹妹的处境不错：她活泼，爱笑，生活幸福。如果她不曾遭受过所有的这些家庭暴力，她也不会陷入抑郁，女孩们更不会被安置到别处。”他屡次劝她擦亮双眼，但是她深陷热恋，眼里只有弗兰克，她还是想和女儿们的父亲一起生活。有一天，阿兰·拉尔歇来到他妹夫上班的一家大学食堂，他在一个出口处等到他，打断了他的鼻子。“算他运气好，别人把我们分开了。”

经过南特的共和国检察官授权，我查阅到了弗兰克·佩雷的刑事审判文件，从中得知，弗兰克在 1995 年 10 月 16 日去了女儿所在学校的门口。他一路尾随西尔维娅，而后自顾自进了她家。晚上，双胞胎姐妹一入睡，他就夺走了西尔维娅的电话，强迫她脱掉衣服，在她嘴里塞了抹布，拿剪刀威胁她，最后强奸了她，还在她的前臂上造成了一道 3 厘米长的刀伤。一个礼拜之后，他还想故伎重施，但是她逃进厕所，躲在里面喊救命。邻居们闻讯赶到的时候，她哭了起来。

在兄长的支持下，西尔维娅提出了指控。弗兰克·佩雷遭到监禁。两年之后的 1997 年 9 月 16 日，他被大西洋卢瓦尔省的重罪法院判定为强奸和持械强奸未遂。对他来说，是五年牢狱，其中两年缓刑；对她来说，则是抑郁症和精神病院的生活。

*

在弗兰克·佩雷代理律师的事务所里，我见到了他本人。他矮小敦实，穿着整洁的黑色衣服，长着一个拳击手的鼻子，金黄色的头发剃了个平头。他的胳膊和胸脯上刺满了文身，看上去好像一个内心温柔的硬汉。他的句法和他的生活一样支离破碎，不仅词不达意，而且前言不接后语。一连串的临时工作和有名无实的培训让他心生厌倦。他推动建立起了一个纪念他女儿的网站，以自己的方式成了一个有用之人。我们的会面正逢其时：他正在物色一个作家。

弗兰克·佩雷生于1967年。他在南特下游的库厄龙长大，除了一个姐妹，他还有两个兄弟，一个叫斯蒂芬，另一个是残疾人。他的父亲是油漆工，有酗酒问题。母亲是医院维护员，她认为弗兰克童年过得很艰辛，但是，弗兰克自己却有着美好的回忆。他和斯蒂芬一起小偷小摸，追逐女孩子，用滚珠、木块之类的小玩意儿自娱自乐。9岁那年，他被送去寄宿学校，“因为我发不出卷舌音”。那里的老师很严厉：强制灌输和随时随地的惩罚。12岁的时候，他进了南特一所初中的特殊教育班。16岁时，他开始接受建筑油漆工的培训，接着是木匠学徒、糕点师学徒、机修工学徒、手艺学徒，直到成为沿海一家饭店的“高级美食服务员”。后来，他签了临时工合同。

他的弟弟斯蒂芬曾被安置在儿童之家。有一天，斯蒂芬自己去见了社会救助人员，感化教育工作者就此取代了父母的位置。在他眼里，弗兰克是一个好父亲：“我们和孩子们骑着车闲逛。我哥哥有两个女儿，一个坐前面，一个坐后面。我们一起野餐，一起踢球。我总能想起女孩们的脸庞，她们坐在自行车上，咧着嘴大笑。”

弗兰克·佩雷是一个饱受生活摧折的人，他没有受过多少教育，易怒而且暴力，但是我确信他在事过境迁之后，还是爱自己的女儿们的。他们之间的联系从没断过。他总是履行自己的探视权，支付抚养费。他把20年前说过的话向我重复了一遍：“我喜欢看到我的女儿们，我喜欢她们。”今天，他问了杰西卡的消息，给她带了些小礼物。当她想去妹妹在拉贝讷里镇的墓地时，他都会到那里等着。

相反，我不知道我们是否可以说，他爱过她们的母亲。因为这需要对诸如“爱”“共同生活”“相互保护”这些表达取得一致。女性所承受的那些暴行被记录在案、形诸报告，千言万语，却道不尽如今西尔维娅·拉尔歇目光中痛之入骨的恐惧。这是对嗜酒而暴力的父亲的恐惧，对那些割破你们的皮肤、对待你们犹如处置财产般肆意侵犯的男人的恐惧；这也是对其他东西的恐惧，对权威的恐惧，对人类的恐惧——颓丧和期待交织其中，凝固成僵硬的笑容，表现为害怕做错事，并为了讨好别人而默默地全力以赴。

阿兰·拉尔歇告诉我，他的妹妹对任何人都说是，但他不确定她是否真的理解别人的意思。在她服用了那么多药物之后，他对她的古怪行为也习以为常了。比如，她放水准备洗澡，却跑到外面边遛狗边等，等她回来时，消防员早已经因为水漫金山而赶到了。

*

在 19 世纪的旧制度之下，性侵受到了极大的纵容。是女人激起了男人的欲望，男人只是将它表现出来而已。这体现在定罪上的颠倒黑白，其逻辑源于一种价值判断，它置“弱势”的性别于强势的性别之下，使“半人”服从于完整的人。在夫妻关系中，暴力的概念是不可思议的。根据拿破仑的民法典，女性应该“服从她的丈夫”。显然，丈夫对性的需求找到了一个发泄口。在新婚之夜，对贞洁而无知的年轻妻子施加的性关系是一种义务。暴力构成了人权的一部分。

直至晚近——20 世纪 90 年代初，在法国、荷兰、瑞士和英国，法律才允许女性就其配偶对她们施加的性暴力提出起诉。在法国，根据 2006 年起实施的法律，对由丈夫或者同居男性施加的强奸（被定义为：通过暴力、威胁或者欺骗而实施的性器进入行为）的惩处被加重了。但是在夫妻关系中存在着大量的暴力，其目的是实现一方的统治和另一方的屈从：反复辱骂、恐吓、骚扰、感情敲诈、心理压迫、对孩子的威胁、强迫的性关系、侮辱、殴打、虐待，等等。

根据2000年问世的一项针对法国妇女所受暴力的全国性调查，在拥有配偶的女性中，10%的人在此前数年中遭受过精神、口头、身体或者性方面的暴力。比起她们的长辈，有此遭遇的年轻人（从20到24岁）明显为数更多。在遭强奸的女性中，半数由其伴侣或者前伴侣所为，这些强奸很少被诉诸控告，立案的则更少。所有的社会阶层都牵涉其中，但根据1996年一项针对大西洋卢瓦尔省的全科医生所进行的调查，其中有一半的情况涉及了经济不稳定，超过90%涉及酗酒问题。

弗兰克·佩雷对其女儿们的母亲造成的伤害达到了何种程度？西尔维娅·拉尔歇遭受的是一种精神上的死亡。与此相比，其他女性碰到的是非常短暂的死亡。在法国，每年有为数过百的这样的女性：被勒死或者被枪打死的家庭妇女；不分白天黑夜地收到数十条辱骂短信，而后死于前夫拳打脚踢的离异女性；因为拒绝性关系而被刀刺伤的女性。数以百计这样的案件被送到杰西卡的律师手里，也就是塞西尔·德·奥里维拉的办公桌上。

*

大西洋卢瓦尔省的重罪法庭位于南特的大审法院，大厅所占据的空间并不大，但天花板有7米或8米高。在这个立方体中，灯光和深红色的石板交相辉映。我数次看到塞西尔·德·奥里维拉在里面工作，黑色的裙子代替了（或者说是遮盖了）牛仔裤，短上衣上别着花。她倾听，记笔记，问询，最后辩护。当她代表的是原告时，为了一起找出真相，她会试着和被告建立起联系，这是某种道德契约。如果行不通，她便会用无关的问题，把对话引到出人意料的方向上，让被告措手不及，通过这种迂回策略，她就能更行之有效地回到被告的罪行问题上去了。

这次是贝尔纳的诉讼案，他被控告用螺丝刀杀害了自己的一个同事。爱情的怨气。受害者是在公司的设备间里被发现的，她浸没在自己的血泊之中。贝尔纳的汽车被彻底清洗了一遍，但警察使用了蓝星血迹显现试剂，即便血迹被清洗，这款产品也能使其显示出来，最后他们在变速杆上发现了她的血。被告席上的是一个40岁上下的男人，他穿着正式，埋着头，看上去温和而无害，并明智地保持着耐心：这就是贝尔纳。他热衷于计算机、音乐和电影，孤独而沉默寡言。他父亲一直希望他能多出门。

诉讼开始的时候，他抢先以失忆症来为自己辩护。他一成不变地回答说他忘了，他不知道，这是一个“黑洞”——直到代表受害者家庭的塞西尔·德·奥里维拉站在了他面前。我在抵达南特火车站时买了一份《法兰西西部报》，2014年6月25日的那一期就报道了这一幕：

“你把沾满血的运动鞋扔在了哪里？”

观众听到贝尔纳嗫嚅道：

“在一个垃圾箱里。”

塞西尔·德·奥里维拉鼓励他道：

“我相信你能描述当时的场景。”

她口气温和地问他，当他的同事因为他变得“太黏人”而与他断绝了往来的时候，他是否觉得自己被抛弃了；自从那一天起，除了母亲、父亲和信仰，他的生命中是否一无所有了。贝尔纳动摇了：

“我们当时面对面，就在设备间里。我想起了她的尖叫声，太可怕了。”

半小时之内，塞西尔·德·奥里维拉让他说出了可怕的真相。

4 勒加斯波

从一开始，塞西尔·德·奥里维拉（或许我可以叫她塞西尔，因为我们很快就成了朋友）就建议我去那些地方。她提议开车带我去。

2014 年 7 月，阳光灿烂的时节。在路上的时候，我们聊起了律师这个职业。在生涯之初，律师必须宣誓："我宣誓，在履行自己的职责时，捍卫尊严、良知、独立、公正和人道。"她唯一一次彻夜不眠发生在某次辩护的前一天，当事人要么被判无罪，要么被判重刑。最后，在承认了自己情急之下所犯下的罪行之后，他被判了 28 年。几个小时就能决定人的一生。

在初审法庭上，杀害蕾蒂西娅的凶手被判无期徒刑，包括 22 年的无假释期，他还将面对安全扣留，这是在尼古拉·萨科齐时代投票通过的规定。如果获准释放的犯人具有永久的危险性，那么根据这一规定，就可以将他关押在监狱医院中。安全扣留是法国法律中最严重的刑罚之一，它在一定程度上保证了某种实际上的无期徒刑。

上诉将于 2014 年秋天在雷恩举行，奥里维拉并不为此感到忧虑。即便凶手的刑罚被减轻，例如不包含安全扣留的无期徒刑，甚或只有 30 年徒刑，她都会得到宽慰。我吃了一惊。

“不，人们应该有朝一日能出狱。他既非怪物，也不是疯子，只是一个犯下骇人罪行的可怜人。他不是注定要这样的。”

而且，她将乐意本着原则为他辩护，就像巴丹戴尔[1]那样。因为所有的人都有权得到辩护，而且是良好的辩护，即便是恐怖分子和亵渎儿童者也概莫能外。奥里维拉很反感安全扣留，它不是依据法律来对某种行为实施禁闭，而是基于专家评估出来的人格。

我们到达了拉贝讷里镇，时值夏季，大西洋边上的这处小浴场人山人海。我们经过了一个小教堂，三年之前的2011年6月25日，正是在这里举行了蕾蒂西娅的葬礼弥撒。“蓝胡子”这家破败的夜间酒吧改了名字，蕾蒂西娅那天下班之后，就是在这里被别人看到的。人们说，这个酒吧会引发骇人之事：2011年2月，前老板勒死并肢解了她的女伴，把她装在两个箱子里，最后把它们扔进河里，他因此被绳之以法。

我们在南特酒店吃了午饭。酒店正面是明黄色装饰，装有蓝色檐篷。大厅是一个空阔舒适的空间，放了约莫15张桌子，地面铺着方砖，装饰很粗俗：演奏诗琴的天使，空鸟笼，一张硕大的写着“PARIS”字样的海报，I字母以埃菲尔铁塔表示，还有一张古巴风格的海报，上面画着一支雪茄和白色木条。餐厅还配备了卡拉OK。每张桌子上都放着一个告示牌，上面写着：“在这里，在南特酒店跳舞，周六晚间和淡季，不涨价不打折。”纸质的台布上印着约岛[2]的图片、旅

---

[1] 指罗贝尔·巴丹戴尔（Robert Badinter），法国著名的律师和政治家，主张废除死刑。

[2] 约岛（île d’Yeu）是法国西部的一个小岛，属于旺代区（La Vendée），以旅游和海鲜产品闻名。

游景点、摆渡时刻表和促销广告。

德朗德夫人是酒店老板娘，也就是蕾蒂西娅的前老板，她给我们送上了薄饼。接着，她以半是哀怨半是教训人的口气说：

“到处都是飞蚁，雷雨要来了。”

“没错！”奥里维拉愉悦地说道。

南特酒店全年营业。蕾蒂西娅自2010年夏天开始在这儿做服务员。在冬天淡季的时候，这儿提供“工人套餐”，以七八欧的价格向本地翻修工地上为数众多的工人提供完整的套餐。他们在工地收工后来到酒店。蕾蒂西娅在她生命中的最后一天，给客人送的就是工人套餐。

2011年1月18日周二，浴场里没有人。只有南特酒店、“蓝胡子”和一些商铺还开着，但天气尚佳，就像在凶手手机里发现的蕾蒂西娅的照片所证实的。今天，拉贝讷里镇被度假的人群挤得水泄不通。在被风吹得飒飒作响的旗帜下面，停放着带帆马车和连体船。海滩上，孩子和大人们正在阳光下烧东西吃。

我们去了墓地，那是一片位于高处的沙地。玫瑰色的大理石上盖着花和葬礼用的铭牌：

蕾蒂西娅·佩雷，1992—2011

罗杰尔路和海滩平行，它穿过一片位于环岛和广告牌之间的独立房屋区。帕特龙夫妇就住在这里，就是在这里，蕾蒂西娅和她姐姐曾一起生活过，就是在这里，她遭遇了绑架，在接近凌晨1点时，在2011年1月18日至19日之间的那个黑夜里。

我们经由田间小路，去到一处叫作勒加斯波的地方。勒加斯波（Le Cassepot）是一个塞利纳式[1]的名字，既普通又让人不安，就如“险境”（Casse-pipe）、“难题”（Casse-tête）——“敲碎罐子”（Casse-pot）。塞西尔·德·奥里维拉开上了一条土路，然后熄火。大门后面是一大片空地，上面堆满了废旧汽车、带着油的黑色发动机、水泥砖、石灰渣、未经分类的废品、仰面倒地的旧冰箱——这是那种繁茂草地上的露天车库。我们看到一个吊盘式门架，上面固定着链条和滑轮，用来抬起骨架以便拆卸。右侧建有一间库房。在花园最深处，一排树将这片场地隔离了出来，紧挨着的是鸡窝和两部旅行拖车。

一个女人正把衣服晾在绳子上。我向她走去，谦逊而满脸笑容地告诉她，我正为“小蕾蒂西娅”的事奔忙。她确信我不是记者后，我们就开始了交谈。她的丈夫，也就是凶手的堂兄弟，是一名废铁商：他从事废品回收，拆卸回收来的汽车，把废铁，还有铜、黄铜、铝转卖给旺代的一处回收站。蕾蒂西娅这件事情搅乱了他们的生活。事发之时，他们正在比利牛斯山脉滑雪，离此地有900公里远。一个邻居告诉他们，宪兵把他们家翻了个底朝天。回来后，房子已经被查封，他们不得不和三个孩子到处找地方住，房租却照付不误。最后，他们被允许回去。有一天，孩子们为了拿旅行拖车里的糖，就爬了进去，尽管还贴着封条。

---

[1] 指路易-费迪南·塞利纳（Louis-Ferdinand Céline，1894—1961），法国作家、小说家，善于描绘人性的罪恶、混乱和绝望。代表作为《长夜行》。

*

2011年1月20日，周四

现在是凌晨4点30分。草地在夜里就结霜了。国家宪兵特勤队的人悄悄地在勒加斯波的村庄里摆开队形。他们对这一地区了如指掌，雷茨地区阿尔通镇的镇长应该已经在半夜向他们提供了地籍资料。他们穿过入口，包围了这片地区，像影子一样地贴着墙前进。嫌疑人不在他往常睡觉的旅行车里，而是在住宅的底层。

精英部队宪兵突袭进门时，把瓷制药筒扔进屋内，意外地正中嫌疑人头部。躺在客厅长沙发上的他失去了意识，前额上还流了血。他无法接受质询，因此无法被拘留。在国家宪兵特勤队的医生对他进行了初步的治疗之后，他就被送去圣纳泽尔医院了。

标致106停在车库前方。旅行车里发现了一把点22口径来福长枪和30部左右的手机，同时被找到的还有700克大麻脂。但就是没有蕾蒂西娅的踪迹。

调查是按走螺旋线的方式展开的，即在慢慢扩大区域的同时，以勒加斯波为出发点绘出螺线图。

指纹记录确定了这个人的身份：涉事的是托尼·梅隆，出生于1979年8月14日，废铁商，被判13次轻罪和重罪。11点30分，他在医院门口被拘留，并被告知了自己的权利。他答道：

“用9毫米能干得更好，结束得快多了。”

梅隆被押送到波尔尼克的宪兵队。看到自己的犯罪记录，他并没有感到特别不安。

1996 年 5 月：因为盗窃被判 3 个月徒刑，缓期执行。几个月之后缓刑被撤销，16 岁的梅隆人生中首度被监禁。

1997 年 4 月：因为盗窃被判 4 个月徒刑。他用扫帚强奸了自己的狱友。这个狱友曾性侵了自己的妹妹，而梅隆想要“为那个小女孩报仇”。

1998 年 3 月：因为团伙抢劫被判 6 个月。

2001 年 3 月：因为鸡奸自己的狱友（梅隆自 1999 年 8 月起一直被预防性羁押）被大西洋卢瓦尔省未成年法庭判 5 年徒刑。

2003 年 8 月：为了支付自己的毒品开支，他持催泪弹和手枪，蒙面抢劫了 3 家商铺，抢到了上百欧元。接受警方质询。

2005 年 6 月：被大西洋卢瓦尔省最高法院判了 6 年徒刑。他在监禁期间不断制造麻烦：威胁监视人，在自己牢房的窗台上种植大麻，在会客室里和自己的伴侣发生越轨行为。这是一个持械抢劫犯，也是一个壮汉，人们都“尊敬”他。

2009 年 6 月：因为再度对法官进行侮辱和威胁而被判 1 年徒刑，其中 6 个月缓刑。

2010 年 2 月：被释放。梅隆选了一处通讯地址是南特社会救助中心的住处。他的吃穿用度由他的嫂子负担，后者则独自和自己的几个孩子住在一处廉租房里（梅隆的哥哥在监狱里）。

宪兵在梅隆拘留期间说的话缺乏一致性。一方面，他们假装漠不关心："你会被永远关在这里，没人关心是否能找到她。"另一方面，他们坚持要知道他把那个年轻的姑娘弄去了哪里。某一刻，在审讯视频上，我们看到梅隆说："好吧，结束了。"他一言不发，看着其他地方。面对宪兵递给他的"剧本"——抢劫，绑架，谋杀——他笑了。时不时地，他脱口而出"我不在乎""我不知道"或者"我只有几个小时好活的了"。他拒绝进食和签署文件。

梅隆被瓷制药筒所伤，匆忙受审，也为自己恶徒的傲慢感到羞愧。就像他在初审时承认的："我等着宪兵突然到来，但不是这么快。"

13 点 30 分过后一会儿，法新社对调查进行了跟进："除了国家宪兵特勤队，40 个宪兵投入搜查行动，25 名调查者参与调查和听证。"文末署名"axt"的就是亚历山德拉・蒂尔卡，他担任法新社记者有二十多年了，后来也成了我的朋友。搜查在和梅隆关系密切的人中展开，尤其是他前女友在南特一个平民社区的家。依托驯犬员、潜水员和直升飞机，宪兵搜查了勒加斯波的周边地区，与此同时，刑事鉴定技术员在他堂兄弟的家里展开工作。男式外套被取走。花园中央发现了一处熄灭的炉火，上面盖着用作烤架的超市推车。标致 106 的行李箱里都是干掉的血。很多血，太多的血。

17 点，圣纳泽尔的共和国检察官弗罗伦斯・勒考克举行了一次含糊而乐观的媒体发布会："她是活着还是死了，我们目前对此事还没有掌握任何证据。"他们倾向于是绑架，蕾蒂西娅被认为还活着，"直至相反的证据出现"。

军士长弗朗茨・图谢是昂热侦讯处的"暴力犯罪先生"，他在搭档的陪同下来到波尔尼克宪兵队，后者是一名犯罪分析员。当他们的同事在审讯梅隆的时候，他们二人则把自己关在办公室里：“我们对程序中出现的一切都要熟记于心，力图理解发生过的事情。两个手机，一个是梅隆的，另外一个是蕾蒂西娅的，半夜的时候，它们触发过雷茨地区阿尔通的基站。这就意味着，他把这个女孩子带到了勒加斯波。”

在下午近晚的时候，在波尔尼克的宪兵大队里，梅隆终于打破了沉默。

2011 年 1 月 18 日星期二，在离开拉贝讷里镇的一家赌马酒吧时，他看到了蕾蒂西娅，他在去年夏天遇见过她。他们曾在海滩上散步，还在那里一起抽了“那东西”。蕾蒂西娅很快活。他请她到“蓝胡子”喝了一杯。将近 18 点 30 分，她回到南特酒店工作时，他就离开了，而后在波尔尼克的勒克莱尔超市给她买了手套。在 22 点她下班之后，他们又回到了“蓝胡子”，接着，在两个顾客发生口角之后，他们去了波尔尼克一家名为“Key46”的沙龙酒吧。在路上，他们还在汽车的引擎盖上发生了一次性关系。在凌晨 1 点，蕾蒂西娅开着摩托车离开，忘记了当作礼物送给她的那双手套。他便跟了上去给她送手套，但不小心磕碰到了她。他听到撞击声，而后汽车微微抬了起来。摩托车则倒在地上，蕾蒂西娅不再动弹了。他把尸体搬进行李箱之后，就回到了他堂兄弟在勒加斯波的家里。他手上沾满了血，把她放在库房里的一块木板上，好看看她怎么样了。之后，“太可怕了”，惊慌失措中，他在圣纳泽尔桥上把尸体扔进了卢瓦尔河。

这个版本的说法让调查员心生疑窦，除去一点：蕾蒂西娅已经死了。

20 点的时候，法国电视一台的《每日新闻》节目头条是：波尔尼克地区一个 18 岁女孩“令人不安的失踪”，一个嫌疑人落网。

5 爸爸在“角落”里

弗兰克·佩雷于1995年被监禁，此后，这对双胞胎和她们的母亲一直生活在南特。杰西卡的最初记忆：她生气时会被母亲用冷水冲，她犯错时会被母亲用木勺子敲屁股。翻开杰西卡的相册，在几张同一时期拍的照片上可以看到这对双胞胎正坐在秋千上，阿兰·拉尔歙的德国牧羊犬在沙发一侧，一个生日蛋糕，她俩在祖父母的花园里寻找复活节彩蛋。蕾蒂西娅和杰西卡穿戴得一模一样：扎着辫子，身着橙色羽绒服。她们的母亲也在照片上。

“你母亲脾气好吗？”

杰西卡笑了：

“我是不会那么说的……”

西尔维娅·拉尔歙喜欢去迪斯科舞厅；在那些天里，她的一个朋友会过来照看两个小姑娘。有时候，她会歇斯底里起来。她也时常会摔东西或锁住电梯。小女孩们被她们的父亲吓得做噩梦。有时候，她们三个会睡在一起。1996年1月，拉尔歙女士向心理医生表示：“我做噩梦。我特别担心蕾蒂西娅会被她父亲杀死，因为他不喜欢她。”

最后，当她们的母亲因为抑郁症入院后，这对双胞胎就去了南特北部的小桑席夫（la Petite Sensive），和她们的奶奶佩雷女士同住。从1996年到1997年，小女孩们从4岁长到了5岁。有人告诉她们，她们的爸爸在“角落”里。但是杰西卡很清楚，这个词指的是监狱。探访接待室、律师团和关人的笼子，这些都把小女孩吓坏了，她紧抓着她奶奶不放。而蕾蒂西娅则什么都不记得了。

她们的性格开始变得不同。蕾蒂西娅长得瘦弱而纤细。当她不哭的时候，就躲到角落里，一声不响。人们不去注意的，正是小的那个。而杰西卡会照看她、保护她：她扮演着她妹妹的母亲的角色。她们会在楼下玩气球、捉迷藏或者滑滑梯。

根据弗兰克和斯特凡娜·佩雷所言，两个女孩在奶奶家过得很幸福。大人会透过房间的窗口留意她们。但是，据阿兰·拉尔歇说，奶奶已经神志不清，经常火冒三丈并且大喊大叫。女孩们则说：“奶奶教训我们的时候，让我们感到很难受。”但至少，她们会按时去学校了。

*

南特，2014年7月。在和塞西尔·德·奥里维拉出发去勒加斯波前，我又和杰西卡谈了一次。我们坐在市中心的一家咖啡店里。我建议两人间以你相称，她同意了，但还是不停地说“您”，此情此景犹如喜剧片。

杰西卡这个礼拜休假。她的假期都用来睡懒觉。下午，她要去城里和她的一个女朋友聊天，两人跟随后者的父亲出行。他靠表演喷火为生。她们都为他的才能，为他身为艺术家具有自由而感到骄傲。

到了周一，杰西卡又开始工作。她在食堂负责擦玻璃和清洗餐具。有时候，她也要处理蔬菜：削胡萝卜皮，把番茄切片，把黄瓜切块。环境还不错。有时候，她的同事们也会友好地捉弄她："喂，杰西卡，中午还有淡菜[1]呢！"碰上她要去见律师或者心理医生的时候，厨师长会提前让她走。食堂的常客包括办公室文员、管理人员和警察。

"瞧啊！"她突然对我说，"前几天我打开我妹妹的纸箱子时，还想起了您呢。里面有一件白色游行的T恤衫，就是人们给萨科齐先生的那种。我时不时送东西给她。这是好久前的事情了，但回忆总会在那里。这让人高兴。"

杰西卡给我带了一件小尺寸的黑色高档低领衫，正面还扎了两条带子。

"她经常穿着它外出。我在衣服上面闻到过她的气味。"

"她的气味？"

"就是她的香水，一种非常独特的清凉气味，闻起来很舒服。即使放在箱子里那么久了，还是会有那种气味。这是她生命的气味。"

杰西卡在她的箱子里辨认出了好几种气味：蕾蒂西娅的气味，她自己的，洗衣液的气味里混合着她们生命的芬芳，还有帕特龙先生的气味，那是"衰老的气味，带着股霉味"。

杰西卡陪我走到塞西尔·德·奥里维拉的事务所，但她不愿意上去。我看着她背着背包走远了：一个朴实的城里女子。

我们在拉贝讷里镇和勒加斯波之间进行了一次"梅隆之旅"，在此

---

[1] 法语里，淡菜（moule）一词还有傻瓜的意思，此处是双关。

期间，我跟塞西尔·德·奥里维拉说，我想给杰西卡写一篇文章，如此一来，她就不再悄无声息了。在上诉期间，她被杀害她妹妹的凶手吓坏了，站在他面前的时候就只剩啜泣。塞西尔·德·奥里维拉回答我说，这并不是一个好主意，因为杰西卡并不善于用话语进行表达，而是用态度：含蓄、和善、倾听的能力以及她对妹妹墓地的照看。有时候，她的身体会通过疼痛或者皮疹来替她表达。

通过老师、宪兵、法官、记者，词语总是或多或少地被强加到杰西卡头上。我自己则小心翼翼地记录了这些词语，它们既是属于她的，也不是属于她的：一旦它们简化了事情的复杂性和私密性，一旦它们出自其他源头，比如她的律师或财产管理人的建议、刑事法庭的判决、电视报道，它们就化作青烟，从她身上飘过，不再能触碰到她了。

杰西卡总是被人询问着。她很少主动说话：语言是属于别人的。这也就解释了为什么只要我不再找话头，我们就无话可说，不再能交谈了。但是，我喜欢在杰西卡身边，时间静悄悄地流逝，除了在一起的愉悦之外别无他物，这种准空虚的状态对我而言却很充实。一旦被用来填补空无的空间，那些语词听来便虚情假意了。对于蕾蒂西娅，我们只能围着她、轻触她、文饰她，我们的语词就像逝去文明留下的装饰。要谈论她，没有什么比她的紫红短上衣，她温和而清凉的香水，她摩托车头盔上蓝色和白色的阿拉伯花饰，她那缀着金属心的项链更有说服力的了。有一天，杰西卡戴着它去上班。同事们立刻就被它吸引了过来：“哟，这个漂亮的玩意儿是哪里来的？”他们的赞美让她高兴。

我们在9月份某一天翻阅她的旧照片簿，里面收集的照片都是在一次事故后残存下来的，所以簿子有四分之三是空缺的。杰西卡保留下来的自己童年时的照片，数量只相当于我为自己的女儿们在一个月内拍的。谈话围绕着她和蕾蒂西娅的相像展开："您认为这是她还是我？"然而大家从来不会混淆，因为蕾蒂西娅看上去更瘦弱、更紧张。

6 一个“非常小的机会”

2011 年 1 月 21 日，周五

勒加斯波所在区域被国家宪兵司法鉴定中心的技术员检查得一丝不漏。他们在旅行拖车、住宅和库房里提取了纤维、毛发、指纹、墙上的可疑痕迹、泥土和床单。他们用蓝星血迹显现剂将角角落落都喷洒了个遍，就为了找到哪怕是一丁点儿的血迹。他们在花园中央将炉灰过滤了一遍，从中找到了刀片、钳子、剪刀、金属锯子、可能是牛仔裤铆钉的小碎片、胸罩的搭扣、头盔的帽带、耳环——所有这些都被烧焦了。突然，现场出现了梅隆堂兄弟的罗威纳犬，导致行动被迫放缓。一个邻居答应暂时收留它。

梅隆偷来作出行之用的标致 106 简直就是个垃圾箱：驾驶室的地面上满是油炸土豆条、香蕉皮、开心果壳和啤酒瓶盖；车门的杂物盒和储物箱里塞满了用过的手纸、抹布和一沓彩票。汽车座套已经被扯坏了。而在车前方，保险杠是断了以后重新接上的。

调查人员注意到如下几个事实：减震器的右部开裂，涂漆有一处剥落。在右前灯上，他们发现了刮痕和红色残留物。车子后方少了座椅；后来是在一辆用于移动卸货的雪铁龙货车后面被找到的，上面还沾着微小的血迹。而行李箱上则沾满了风干的血，就像有人曾洒过几公升血似的。

库房阴暗潮湿，有一股汽油味，里面堆满了他堂兄弟的旧货，千奇百怪、无奇不有：坏掉的胶合板家具、沾了污迹的半空的罐子、一米高的塑料垃圾箱、粘满泥浆的轮胎、煤气瓶、塑料槽、收银台、金属网。这就是一片混乱和蛮荒之地，触目所及的是金属骨架、生锈的绞盘、被拆得七零八落的小货车和拖车残骸。

小货车下有一个大水坑，它可能是由现场清洗或地下渗漏造成的。两处带血的地方被确认：一个塑料箱和一件棕红色的家具。在第一次诉讼期间，主席询问一个调查员：

“实际上，在勒加斯波的时候，您曾指出一件家具上沾着血迹。您说是‘因为溅射’造成的。您可以解释一下吗？”

“我们找到了一些小血滴。这不是因流血造成的。而是通过撞击或者切割溅射出来的。”

宪兵借助一种特殊的摄像机，建立了库房的三维模型。在调查结束之后，30 封左右的密封信被寄往国家宪兵队刑侦所。

与此同时，在波尔尼克的罗杰尔路上，勘查也在进行中。在躺着摩托车的那块区域，两个盖着黑色篷布的罩子竖了起来，这是为了完全隔绝光线。蓝星血迹显现剂没有显示出任何血迹：从摩托车上掉下来后，蕾蒂西娅就没有流过血。

技术员收集了所有的塑料碎片以及涂漆与口香糖的残迹，并将它们封存起来。他们还在柏油路上辨识出了类似轮胎痕迹的划痕。调查人员把摩托车扶了起来。车身的整个右侧都被划破了，而在左侧的机身外壳上，可以看到上面有裂痕。支架碎了，但是前后灯都没有损坏。

没有血迹，车辆完整，车灯和后视镜完好，给人的大体印象是撞击并不太剧烈。

宪兵在坐垫上发现了一个防盗装置、一副带着标签的新手套、一件装有摩托车证件的衬衫、一张急救员证书、一张20欧元的钞票和一张便利贴，上面写着：碰到事故时拨打。

后面的三个电话号码是帕特龙夫妇的座机和各自的手机，还留了他们在波尔尼克罗杰尔路的地址。

20点钟的时候，法国电视一台的《每日新闻》再次以蕾蒂西娅的失踪为头条："始终难觅其踪"。圣纳泽尔的共和国检察官弗洛朗斯·勒考克的神情让人难以捉摸，他宣布："哪怕还有一点点的可能，我们都会全力以赴。"

夜幕在勒加斯波降临。泥水坑的四周开始结冰。树枝从库房和大篷车上伸展出来，直指天空深处。技术员一直忙碌到深夜。

7 无言的童年

她们的童年没有支撑。一切尽失，缺少坐标。蕾蒂西娅和杰西卡的人生之路因伤痕、殴打、惊吓和崩溃而坎坷不平，她们每次站起来似乎都只是为了再一次摔倒。在她们最初的那些年里，净是一系列难以理解的混乱。没有人给她们解释接二连三搬家的原因，或者母亲住院而父亲“在角落里”的缘由。没有人向她们讲述这一切。在对厄尔省[1]社会部门的研究中，吉纳维夫·贝松援引了一个童年时期遭受虐待的成年人的证词：“要摧毁一个小孩，不需要把他往墙上撞……把奶瓶固定在床上，让小孩独自喝着，没人注意他，没人跟他说话，这个小孩就不存在……他身上的某些东西就将彻底‘破碎’。”

蕾蒂西娅所有的老师和心理医生都曾指出，要让她开口是非常困难的。杰西卡补充道：“蕾蒂西娅说过，她什么都不记得了。”她童年的创伤已经从她的记忆里被清除掉了。对不堪回首的过去，她采取的是拒斥和隐瞒的态度。在儿童法官要求提交的报告中，呈现出来的是一个“被遗弃的形象”，一个“异常缺乏安全感”的小女孩，具有“情

[1] 厄尔（Eure）是法国西北部的一个省。

感和智力的缺失”。8 岁的时候，她的认知能力相当于一个 5 岁的小孩。

但是，就算用上所有的儿童智力测验，哪怕依照韦克斯勒成人智力量表来鉴定一个小女孩，人们也只是枉费心机，最终得出的其实不过是成人视角的诊断，根本无法触及其内心世界的崩塌。具有挑战性的问题是：在她的幼年时期，她身上产生过何种具有决定性的伤痕？我们知道，考虑到她的年纪以及受过的创伤，她是没有能力把它说出来的。“语言表达的阙如”的背后，压抑和遗忘的背后，究竟有着什么样的想法？

我读过点这方面的书。约翰・鲍比（John Bowlby）开创了 1960 年代末的依恋理论，儿童精神病科医生莫里斯・伯杰（Maurice Berger）则是他的追随者，他曾写道，儿童需要和一个“稳定、可靠、可预见、容易接近，能够理解其需求和平复其紧张的”成人形象建立关系。没有这样一个照料者（或者说“给予关心的人”），他就没有情感上的安全感，没有信心，没有着落，因此也就没有去发现新世界的能力。人们曾观察到，一个目击过家庭内部暴力的幼童容易发展出如下表现：焦虑或攻击性、遗尿症、创伤后精神压力综合征，以及语言表达和智力缺陷。易受伤的特点很早便扎根了。

我学过技术化的术语和学术化的表达，但是，我反而更加喜欢探寻儿童内心中的微妙和含糊之处，他们惯于遗忘的倾向，他们在理解上的无力感，不仅包括蕾蒂西娅和杰西卡，也包括所有的小孩，我们都曾是小孩。

在杜鲁门・卡波特（Truman Capote）的非虚构作品《冷血》中，凶手亲眼看到他的父亲殴打他的母亲，做了如下描述：

我害怕到了极点。实际上，我们这些孩子都被吓到了。大家哭了起来。我感到害怕是因为我认为自己的父亲会伤害我，也因为他殴打我的母亲。我实在不明白他为什么要打她，但是我确实感到她应该是做了什么糟糕透顶的事情。

在题为《被征服的女性》的研究中，玛丽-弗朗斯·伊里戈安（Marie-France Hirigoyen）援引了一条成年人的证词："因为尖叫和打斗，我经常在晚上醒过来……人们在童年遭遇的暴力，就像是一种人们教授给你的母语。"

暴力的世界穷尽了语词。我将把这些语词送给蕾蒂西娅。应该为这位公主写一部《小王子》，在那里，成人的沉重和严肃不被认可。

爸爸打妈妈
妈妈哭泣
爸爸被关进角落
这是我的错
我不想去监狱
妈妈离开了
爸爸和妈妈还会回来吗？

我只想出了一半。2014年年底的一天——在逛了一个规模不大的圣诞集市之后，我们在一家咖啡馆里取暖——杰西卡追溯起往事的时候，音调也提高了："我的父亲打了我母亲几个耳光。我母亲哭了起来，但我们没法去帮她，否则挨打的就会是我们。”

有个孩子还讲过其他的故事，这是一个律师向我讲述的。在一个小村子里，一个男人当着3岁和18个月大的女儿们的面，用刀杀死了自己的妻子。他丢下女儿们，让她们和尸体在一起，以此制造自己不在场的假象，最后，他惊惶不安地报了警，谎称这起惨案是由一桩入室盗窃所致。在此期间，他3岁的女儿因为母亲一动不动而感到生气，就躺在了她身上，对她又拉又摇一番之后，她不知该如何是好，便满身血迹地走到了街上。在走了200米远后，她撞在了一个路人的身上，这个被吓坏了的路人通知了宪兵。小女孩得到安顿后解释道：“爸爸在妈妈身上涂了红色的颜料。”

有过多少次，蕾蒂西娅感受到了围绕着她、在她头上盘旋、附着在她身上的虚空？说她的生活是一片废墟并不准确，因为，首先必须建立过什么，才会有废墟。然而，蕾蒂西娅什么都不曾建立起来：人们系统化地阻止了她这样做。婴儿喜欢弄乱人们在他们面前堆起来的彩色积木。对蕾蒂西娅来说，摧毁这个小楼房的却是那些成年人。每一次，他们都想要重新开始。到头来却没有一样东西能立得起来，蕾蒂西娅便放弃了小房子。

还是一个婴儿的时候，她就变得消瘦，变得心灰意冷，睡得也越来越多；在这片荒谬之地里，她既然没有立足之处，便干脆抽身而出。成了一个小女孩之后，她依然羞涩、压抑、敏感、拒斥自我，对别人施加于她的各种暴力和各种虐待行径，她就是一个看客。她越是一无所求，便越是会被遗忘在角落里；她越是面露消极，无心自己的生活，便越少得到别人的安慰。所有这些难以理喻的事情，这些惊叫、殴打、眼泪、变动、冷漠，都在她身上催生出了这些怪异的想法、这些藏匿在她生命深处的真理，就是这些东西最终塑造了她：

> 爸爸是对的
>
> 爸爸是对的，否则他会打人
>
> 爸爸总是对的，否则他会杀死妈妈
>
> 男人总是对的，否则他们会杀掉我们

对这对双胞胎而言，有一个观念根深蒂固，当妈妈因为痛苦而尖叫，或因为悲伤而落泪的时候，她只是在屈从本性。因而，所有这些创伤都构成了基石。正是在这一意义上，我们才可以谈及由暴力和服从设定的命运和生活。直至今天，杰西卡仍然害怕她的父亲。然而在以前，保护她妹妹的正是她自己。

*

某些专家断言，双胞胎直到两岁都生活在一种“双生融合”中。在 2 岁到 6 岁间，他们便进入了一种完全对立发展的“互补阶段”：一个冷静，另一个紧张；一个健谈，另一个沉默寡言；一个控制另一个；等等。在受教育的年纪和青春期，他们会自我成长，即便教育和特殊环境会让融合时期延长至成年。

无论如何，双胞胎中的一个都会是另一个的生命伴侣。他们相爱、相恨，互相知根知底。他们相伴相随，比爱情的结合更为长久。对于其中一个而言，他的双胞胎伴侣意味着什么呢？

热罗姆·加尔桑在《奥利维尔》[1]中对一个被汽车撞倒的6岁小男孩说："比他的双胞胎兄弟活得久是一种欺诈。为什么是我而不是你？"2015年2月，《新观察家》上的一篇文章谈到一对罹患先天性黏液稠厚症的双胞胎，其中一个解释道："没有他，太多的东西我都没法去想象。即便是一次生日：这不是我的生日，而是我们的。这一天如果少了他，就像是在庆祝我一半的生命。"

蕾蒂西娅和杰西卡小的时候，由于她们长得太像，以至于人们总是混淆。她们有能力在同一时刻做同样的事情，比如说打哈欠。她们如影随形，还会打架。弗兰克·佩雷就见识过："'我的姐姐总是让我恼火'，接着是，'我的妹妹在哪儿呢？'"在长大的过程中，她们各自都发展出了自己的个性。但成人总会用粗陋的对立去区分她们，导致这个互补的分化过程濒于停滞。谈起过去，所有人都坚信杰西卡是领导者、保护者、母亲，而蕾蒂西娅是被指挥的那个，是那个爱抱怨的小孩，用西部人的说法就是"小气鬼"。

这就是她们童年的基石：双胎妊娠。这是杰西卡最早跟我讲起过的事情之一："我从来没有离开过我的妹妹。我会离开我的父亲、我的母亲，但永远不会离开蕾蒂西娅。"而如今，这个镜子游戏再也无以为继：从今往后只有一个人的生活了。

---

[1] 热罗姆·加尔桑（Jérôme Garcin，1956— ），法国记者，他的双胞胎哥哥奥利维尔6岁时意外丧生于车祸，《奥利维尔》一书就是献给他的。

8 绑架杀人

2011年1月21日，周五

上午，国家宪兵队刑侦所的技术员搜查了勒加斯波地区，搜索的范围随后被确定为圣纳泽尔桥的上下游。与此同时，欧洲第一电台宣布，第二个人受到监禁，他是目击者，但不是同谋。受到“调查方面的消息人士”确认之后，法新社在中午左右重新发布了这条消息。

被监禁的人叫贝尔蒂，他是梅隆过去的狱友。1月19日星期三，在下午早些时候，梅隆和他在亚特兰蒂斯购物中心的停车场碰头，那里也是离开南特地区的出口。之前几天，二人盗窃了一家太阳能电池板企业。梅隆曾建议贝尔蒂把他的60公斤铜卖掉，现在，梅隆还欠他一笔钱。

梅隆如约而至的时候，面色苍白，神情紧张，好像刚吸了可卡因一样，他的双手污秽不堪，鞋子沾满了泥土。他不停地左顾右盼，还回头往后看。贝尔蒂从没见过他这个样子，“亢奋而多疑”。

宪兵掌握的电子监控显示，停车场上的这两个人正沿着购物中心的一条过道走着。第三个人，也就是陪贝尔蒂来赴约的一个朋友，他并不掺合他们的对话，只是慢慢地跟在他们身后。

“那么，”贝尔蒂说，“钱的事情怎么处理？”

“我碰到一桩大麻烦了。”梅隆回答道。

贝尔蒂觉得，梅隆找到了一个不付他钱的好法子。

“我干了桩蠢事。我撞倒了一个骑摩托车的哥们。我从车上下来的时候，他已经一动也不动了。”

贝尔蒂瞥了一眼停在几米之外的那辆标致 106。

“车子没什么，”梅隆说道，“我把他装在了行李箱里。然后把他肢解了。尸体就在垃圾箱里。”

在汽车后面的一卷金属网的边上，他们看到了两个巨大的黑色塑料垃圾箱，一个叠在另一个上面，顶到了车顶。后方的座椅则被取了下来。梅隆从来不是一个爱开玩笑的人，贝尔蒂开始感到不自在。

面色苍白、神情紧张的梅隆在离开之前，把一块手机电池给了他的朋友，并要求他把它扔掉。贝尔蒂照办了，把电池扔在了停车场的角落里。

*

遗传学专家确认，在标致 106 里发现的血就是蕾蒂西娅的。实际的调查已告一段落，虽然卢瓦尔地区的宪兵发言人还没有接到正式通知。问题不再是找到一个年轻的女子，而是要找一具尸体。血迹斑斑的行李箱，炉子里的切割工具，亚特兰蒂斯停车场上的讨论——“让人不安的失踪”自此为绑架杀人所取代。这些证据和斯蒂芬、安东尼以及威廉姆的证词吻合，他们都提到了标致106的高速追逐，蕾蒂西娅在南特酒店后面的小路上发火，她在凌晨1点的电话里表示自己被强奸。

在波尔尼克宪兵队的驻所，调查人员正在分析梅隆的说法。他们反对他的地方在于：标致106和摩托车之间的碰撞并不强烈，而且蕾蒂西娅也不可能因此流血至死。

“那我就不知道了，”梅隆回避道，“我不会再说什么了。”

面对自己的自相矛盾，他选择以自杀相要挟：

“我们生来不是捕食者就是受害者，而我是一个捕食者。再把我关进监狱吧。你们就是在跟死人说话。”

宪兵向他出示了一张蕾蒂西娅的照片。他把它放在桌上，然后泄了气。

“把您的枪交给我！”

他拒绝在讯问记录上签名。

实际上，梅隆处于优势。在被监禁的第一天，人们向他提出了63个问题，他始终保持沉默。但不久之后，他知道调查者掌握了些什么；他在休息期间苦思冥想，然后又有了自己的一番说辞。到了第二天的时候，他就不再对监禁感到陌生了，而向他提出的48个新问题让他得以自圆其说。蕾蒂西娅不被发现，他所提供的说辞——致命的交通事故——既有可能，又无法核实。没有供认，没有尸体。什么都无法证明。

然而，在等待原告或被告的新证据的这段时间里，调查方所掌握的证据已经足够让杀人的判断站得住脚。

2011年1月22日，周六

圣纳泽尔的检察官将调查移交给了南特的法官，自己则负责犯罪案件。接手的是格扎维埃·龙桑，一位南特的公诉人。在接收到诉讼案卷之后，检察官着手分析卷宗，撰写了《预控书》和一份呈送给预审法官的事实依据提议。卷宗落到了在那天当值的皮埃尔-弗朗索瓦·马蒂诺的手里。

梅隆的拘留在11点30分结束，他被带离波尔尼克的宪兵大队，最后被递解到了南特的法院大楼，并将在那里受到起诉。隶属宪兵监视干预行动队的三辆车和六位摩托车手组成了他的押送队。十来个记者、特派员、摄影师和摄像师簇拥在法院大楼前。梅隆从车上下来的时候，头是被罩起来的。

15点30分左右，梅隆在法院大楼的监狱里等待出庭，由于不被准许抽烟，他盛怒之下竟声嘶力竭地唱起歌来。宪兵听到之后，就拿出了他们的手机录音。他污秽的歌声不时被自己爆发的嘲笑声所打断，录音将在陷入死寂的庭审上播放出来。

你们还没找到吗，哦，这太可惜了！
蕾蒂西娅——啊啊——啊啊
你就在那里，宪兵队却找不到你。
如果他们知道我把你藏在了哪里，
但是，他们什么都不知道，你的父母也不知道。
哦——哦——哦 蕾蒂西娅——啊啊

你的小身体，你温柔娇小的肉体！
哦——哦——哦 蕾蒂西娅——啊啊
她那样地受痛，她多么的善良！
50 年的牢狱，多么不足道……

这些唱词回响在走廊里，而当梅隆还在怪声高歌的时候，预审法官已经在宪兵队上校和调查负责人的陪同下到达了。

35 岁的皮埃尔-弗朗索瓦·马蒂诺是南特大审法院的初审法官，他在办公室里面对的托尼·梅隆是一个 31 岁的废铁商，已经因为不法和犯罪行为被判过刑。梅隆因为烟、酒和毒品的三重断供而神情沮丧，又因为熬了多个夜晚、在监禁中度过了 48 个小时，表现出敌对和挑衅来。他拒绝了官方指派律师的帮助，不在任何一份文件上签名，以醉驾导致的交通事故为自己辩解：他只是想清除尸体。除此之外，他对一切都矢口否认。

马蒂诺法官以“累犯状态下实施绑架或非法拘禁、谋杀”向他提起诉讼，随后，梅隆被关押在雷恩附近的维金勒科吉特监狱中心。在公布的强奸指控信息中，嫌疑人只提到是 X。格扎维埃·龙桑在晚间公布了一条题为《失踪的蕾蒂西娅或已死亡》的公告。

龙桑（人们都称他为“法官”）的团队驻扎在法院大楼的右侧四楼，离马蒂诺的办公室有十多米远。这两个男人互相都不熟悉，并且以“您”互称。他们对各自的敬意、团结协作的意愿，让二人之间的关系顺利起来。在把文件的某一部分公之于众之前，公诉人总是听取这位年轻法官的建议：“您持何种立场？”“这就是站在交流角度我要向您建议的”，等等。在及时支持司法工作的同时，这位公诉人也做起了后盾，让初审法官得以专心处理调查工作，自己则既不作评论，也不做出证明。

初审法官是调查的负责人和监督人，用罗贝尔·巴丹戴尔的惯用语来说，他"兼任麦格雷[1]和所罗门[2]"。他下令电话监听，敦促专家，让方针生效，进行公断；宪兵或警察要请示的人正是他，也是由他通过委托调查的方式授予了他们权力。马蒂诺法官预感到事态会转化为政治和司法的马蜂窝，但他不知道检察官、律师和原告会处于何种位置，他便请求法庭庭长给他增派一个更为老练的同事。

此人是弗里德里克·德索内特，他先后在第戎和南特任职，处理过一些敏感案件，例如人称"火车屠夫"的瑞扎拉案，凶手被认定在1999年致三名女性丧命；还有伊瑟尼案，他因为在2007年绑架并谋杀了亚特兰蒂斯购物中心的年轻女店员而受到起诉。另外一张王牌——德索内特法官早已认识梅隆，因为在针对2003年的三次持械抢劫的调查行动中，他就是指挥者。驻扎在昂热的大西洋卢瓦尔宪兵队和卢瓦尔地区调查组组成团队，共同接收了这项委托调查。"蕾蒂西娅小组"由当地的宪兵和调查组的调查人员组成，指挥中心设在波尔尼克的特警队。昂热调查组军士长弗朗茨·图谢成了调查负责人。他在波尔尼克待了18个月，和同事们一起住在活动房屋里，而他的家离这里有150公里远。在最初的三个星期，他一次都没有回过住处；此后，他

---

1 指比利时小说家乔治·西默农（George Simenon，1903—1989）笔下的法国传奇探长朱尔斯·麦格雷（Jules Maigret）。

2 指所罗门·凯恩（Solomon Kane），美国作家罗伯特·霍华德（Robert E. Howard，1906—1936）1928年创作的同名小说中的主人公。

只在周末的时候回去。在重罪法庭面前作证之后，他向我吐露道：“波尔尼克的冬天可不是开玩笑的。这样的一次调查会牺牲掉很多家庭生活。”成功要求紧密的团队协作精神、投入的工作，以及每一个人的巨大付出——简而言之，人员方面做出的巨大牺牲，还有（也许最主要的就是）配偶和孩子方面的牺牲。

马蒂诺和图谢，他们直到最后都是调查的双引擎。

*

在2011年1月14日至20日这段时间，卢瓦尔地区的大部分地方都收到了要求保留电子监控的命令。圣纳泽尔桥没有录像，由一个摄像师直接监看车流，但是只能从早上6点进行至21点。尽管借助了陆、海、空各种方式，但对田野、波尔尼克、拉贝讷里镇、勒加斯波、卢瓦尔河港湾的调查一无所获。“如果他们知道我把你藏在了哪里”，梅隆在法院大楼的监狱里曾这样唱过。

在蕾蒂西娅和杰西卡的养母帕特龙夫人的帮助下，宪兵给出了这个年轻女子的体貌特征：164厘米高，46公斤，褐色的长发，栗色的眼睛，穿着淡蓝色的牛仔裤，印了白花的紫红短上衣，领口和袖口都衬了毛皮的深色外套。周末的时候，当地商店的橱窗都贴上了寻找目击者的启示：

蕾蒂西娅

2011年1月18日在波尔尼克失踪

（让您的良心得到宽慰）

帮助我们找到她

页面底下列了波尔尼克宪兵队的电话号码。倒数第二个句子用很小的字体写成，就像低声的劝告，针对的是同犯，而最后的命令式针对的是“我们”，也就是同乡、邻居、软弱的目击者，时刻准备为了团结而投身战斗和其他行动的我们。

在这张黑白照片上，蕾蒂西娅正对我们爽朗地笑着。我不知道是谁拍下了这张相片——我没敢问杰西卡。这是从家庭合影里剪出来的？某张专为某个证件拍的照？还是放在脸书上的明星宝贝自拍照？谁也想不到，她会在寻找目击者的布告上成为恐惧和怜悯的象征。

9　法官面前的两个小女孩

在 1996 至 1997 年期间，由于蕾蒂西娅和杰西卡的父亲被监禁，母亲住进了医院，她们便和奶奶一起生活。在两次住进精神病院的间歇，西尔维娅·拉尔歇想去照顾自己的女儿。但她最终被剥夺了管理自身事务的权利。自从被关进牢房以后，弗兰克·佩雷就给儿童法官写信转达自己的忧虑。

1997 年 1 月，“拉尔歇女士请求教育上的帮助”。

涉及双胞胎的这份文件——如今由大西洋卢瓦尔议会保存——里出现的这句话究竟是什么意思？要么是拉尔歇女士自己去贝若利的医疗社会中心陈过情，要么是邻居们向该部门的社会救助人员提交过报告，而救助人员把“让人不安的信息”传达了出去。二十年之后的今天，类似的举措源于一系列的因素：孩子反复缺课，或者相反，家长没有在下课后去接孩子，把他们忘在了家里，孩子独自在楼梯上玩耍到很晚，伤口未经处置，牙齿健康状况糟糕，护理不充足，我们听到他们在门后面哭泣，等等。

上门的教育辅助准备就绪。儿童保护社会救助处是南特当地的组织，和救助部门相关联，它通过这样或那样的方式观察到了幼儿园教育的不足，也看到了教育管理的缺失。自1997年2月起，描述报告被呈送给了南特的检察官，这意味着情况被认定为非常严重。

大体言之，社会救助处可以通过两种方式介入：在行政上帮助对此有需求的父母，或者在司法上保护“处于危险中”的孩子，而不需要其父母的同意。后一种方法由儿童法官指定，受到《民法典》第375条的支持，该法令许可在父母住所开展“开放环境的教育救助”，或者采取极端措施，将孩子从其父母手中带走，并将其安置在护理中心或者寄养家庭。

第375条支配了我们已经有两个世纪之久。在拿破仑时代，准许父亲囚禁他的孩子，如果后者是他“重大不满的原因”：这就是由旧制度时期的密信[1]演化而来的家长矫正权。1958年，一道法令将“危险”的概念引入其中——不再只涉及孩子在家庭中造成的混乱，而是他可能造成的危及健康、安全或者道德的危险。

《民法典》的持续修订并没有消除第375条深刻而具有蛊惑力的内核：它是打开大门的钥匙，赋予国家以支配儿童的权力。它最好的一面在于：一个民主社会应该能够保护最脆弱的人，即便这样会招致其亲生父母的反对。而最糟的一面则是：轻而易举地声称一个未成年人“处于危险之中”，谴责他所接受的教育，把他带走并送到能够满足今日需求、实现今日乌托邦理想的地方。两个世纪以来，第375条中的这几句话招致了难以计数的灾难和不幸。

---

[1] 密信（lettres de cachet）是指在旧制度时期，也就是法国大革命前，国王不通过法律手续发出的秘密逮捕令。

一位儿童法官对蕾蒂西娅和杰西卡的情况念念不忘，也使他日后会做出如下决定：让我们使用司法手段吧。于是，机器开始运作了：儿童的“心理学检查”、妈妈的“精神病鉴定”，以及社会调查。结论是：“巨大的难题。”

1997年12月1日，南特儿童法庭下令就蕾蒂西娅和杰西卡采取开放环境教育救助措施：儿童保护社会救助处的一名雇员将经常前往西尔维娅·拉尔歇的住处，向她提供教育方面的帮助，并确保适合她5岁的女儿们。

1998年年底，弗兰克·佩雷获得假释出狱，而社会工作者注意到，处于谵妄期的拉尔歇女士正住在精神病院里，并没有能力照管她的女儿们。1999年4月，开放环境教育救助的措施还在继续，地方换成了父亲的住处，母亲则有探视的权利。弗兰克·佩雷获得了对女儿们的监护权，但这与他自己无关，只是因为她们的母亲垮了。这对双胞胎即将7岁了。宽厚而细心的儿童法官告诉弗兰克，他应该去为房子和工作而奋斗，正确地照管他的女儿们。

杰西卡回忆道，有一天，“几位先生在我们家的门上挂了锁，我们被迫住在大街或地下室之类的地方”。弗兰克·佩雷和他的女儿们睡在大街上，有时候他把她们托付给朋友和邻居。他逐步振作起来，找到了一处像样的住所，也有了一份货车驾驶员的工作。他租的公寓很小，是位于南特西部德尔瓦里耶的廉租房。他的工作时间不是固定的：由于他起早贪黑地工作，公寓里经常只有蕾蒂西娅和杰西卡两个人。“我们要么睡觉，要么算着爸爸什么时候回来。”小姑娘们被热水器的火焰吓坏了，因为它总是随着一声闷响重新点火。

面对社会不稳定性、经济困难、狭窄的公寓、不定时的作息，弗兰克·佩雷勉力维持着。他尊敬社会救助处指派的家访人员，他安排好时间，避免女儿们因自己职业的限制而受太多的罪。当他早上5点出门的时候，早餐已经准备就绪，只要用微波炉加热就可以了；一个邻居会上门来确保一切无碍。女儿们自己上学。她们有时候也会逃课，自顾自地打发掉整个白天，期间被热水器的噪声弄得心神不宁。

她们重读了一年级。一天晚上，弗兰克·佩雷穿着短裤下楼，回来的时候拳头上沾着血：他和邻居起了口角。就如杰西卡所说："先是和母亲住在一起，之后是父亲，但是，最好不要跟他们中任何一个住在一起。"根据弗兰克·佩雷的说法，杰西卡会保护他，她要他只围着自己转。每当有女人出现在他旁边，她就会插到二人中间："我才是妈妈！"而蕾蒂西娅更为内向，只在角落里玩玩具汽车和小盒子。

2000年，这对双胞胎都在学习上表现出严重的滞后。两人都处于感情和心理上的艰难处境之中。8岁时，她们还没有掌握基本的阅读、写作和计算知识。弗兰克·佩雷想利用他的女儿们，试图把她们变成自己的盟友，以便一起反对她们的母亲。杰西卡向社会救助人员控诉道："爸爸不让我们看妈妈。"蕾蒂西娅则说："只要谈到妈妈，爸爸就会打我们。爸爸说她应该去坐牢，因为她太暴躁了。"必须承认的是，三年之后，开放环境教育救助一无所获。

2000年11月23日，新的首字母缩写词扰乱了她们的生活——也就是由儿童法官签署的OPP，即临时安置令。"鉴于这两个儿童面临较大的学业上的失败……混乱的家庭环境让她们不能集中精力……"最后，她们被安置在儿童社会救助厅。弗兰克·佩雷和西尔维娅·拉尔歇都失去了监护权，但是他们保留了其他的父母权利（学业指导、出国许可、医疗手术等）。这是由儿童社会救助厅提议，由法官做出的决断。根据第375条和《民法典》，蕾蒂西娅和杰西卡被安置在护理中心。

为什么被送去寄养家庭前要住在护理中心？是因为这样做能让儿童受到更少的创伤，让父母更少地产生被否定感，而且中心拥有由专业化工作人员构成的团队。

*

描述报告、社会救助处、儿童法官、教育救助、安置、护理中心：在儿童社会救助厅看来，蕾蒂西娅和杰西卡的遭际稀松平常，可以说是很典型了。1997年，法官首度介入；2001年，她们进了护理中心。在这中间的救助表现为：政府行动的力度在增强，保护措施在强化，而父母则被逐渐隔离。而情况一旦恶化，也就是说，一旦注意到措施不利，新的措施就会跟进。

文件上什么都没说：一个法官从无能的父母那里带走了他们的女儿们。这样的女儿：被扔在地下室里，整个白天都独自留在家中，在成年人的冲突里像人质一样受挟持，8岁的时候还无法阅读和写作。通俗地说，这是不应该的。立法者不去考虑，一个未成年人首先是他的父母的孩子，安置本身并不是目的，但社区连父母的一点点疏忽和失职都没法容忍。

2001年1月，儿童社会救助厅第一次就这对双胞胎召开了团队会议，其中的一位心理学家回忆道：

> 在安置之前，针对其父亲这个人，就安置与否以及安置的时机，专家们并没有达成一致。但是，这两个孩子学习进度如此迟缓，着实让人焦虑！这两个女孩智力完全正常，但在学习上陷入了迟滞。这既不是智力缺陷，也不是智商不合格的问题，她们的家庭环境才是罪魁祸首。她们的世界太过混乱，这导致她们采取了防卫机制。

但是，如果我们仔细观察，就不难看到，对儿童的社会保护尽管是必要的，但它自身就表现出野蛮来。就在失去妹妹前不久，杰西卡还见了法官。她们还未脱童稚的时候就饱受讯问，经受陌生人目光的观察，沦为心理学或社会医学报告的对象。这些从来就没有停止过。教育救助的措施对小女孩们有所帮助，但是也削弱了她们对成人世界的信任。人世没有条理可言，大人物争执不休，爸爸和妈妈表现不佳。

就像在 19 世纪时那样，一道理解的鸿沟横亘在家庭（经常是平民家庭）和社会服务部门之间。情况到现在也没有变化，佩雷这样的家庭总是遭受偏见。弗兰克确实遵守规则：他服从社会救助，找了一间公寓，从早忙到晚，但人们还是把女儿们从他身边带走了。这无异于往他背上插了一刀。她们跟他过得很开心。儿童社会救助厅一手造成了三个受害者。

那时候，每当提起和自己的孩子们分离，弗兰克·佩雷总会激动不已。他无法理解安置的理由：既然他已经出狱，法庭也把他的女儿们托付给他超过了一年时间，却又因为她们在学校学习不好把她们从他身边带走？今天，在他律师的办公室里，他向我提出了他的看法："我妻子为了探视权把我带去法庭。法官将监护权授予了我。我妻子有社会救助部门、议会主席支持她，我有抚养权，但是社会救助部门在监视我。"和他们的孩子们一样，父母也不太明白他们自己的生活究竟是怎么了。但是他们清楚问题的关键："我很想照看他们，但是我没有权利。"

一旦法庭将"身处危险的"儿童带走，就不会再还回去了。政府机关里冥顽不灵的头脑固执地认定：父母是多余的。双胞胎的姑姑德尔菲娜·佩雷的愤怒里夹杂着逆来顺受，她指出："他们都说是'临时安置'，但是那些家庭从来没有领回过他们的孩子。这糟透了，但从来没变过。"社会救助部门回答道，事实正相反，在儿童社会救助厅负责为儿童制定的方案中，列满了往返、安置、回家等条目，法庭和政府机构极力维系家庭成员间的联系。而现在的观点（古特努瓦尔的报告，基于议员蒂尼和莫尼耶的工作）又引出了这样的难题：儿童处境的不稳定性。

2001 年 1 月 9 日，蕾蒂西娅和杰西卡生命中第一次离开南特。去往潘伯夫，卢瓦尔河边上的一个小村庄。

10　特别的一天

借助目击者证词、电话记录和电子监控，调查人员在蛛丝马迹中重现了蕾蒂西娅的最后一天。

2011 年 1 月 18 日，周四

10 点 30 分左右，蕾蒂西娅离开了帕特龙的寓所。从波尔尼克的罗杰尔路到拉贝讷里镇的南特酒店，全程骑摩托车需要 5 分钟不到的时间。

蕾蒂西娅在南特酒店吃了早饭，接着进行午餐服务。

下午休息期间，与她做伴的是她在马什库勒中学二年级时认识的乔纳森。尽管有阵子没见面了，但两人之间有互发短信的习惯，就在那天早上，他们约定 15 点碰面。根据这个年轻男子向宪兵提供的证言，他先在拉贝讷里镇政府对面的停车场接了蕾蒂西娅，那里也是他工作单位的出口。而后，两人坐着他的汽车去兜风，车子最后停在了一处静谧的地方，就在废品收购站外面的路边上。他们闲聊了一会儿，然后谈话失控，这让他们都觉得很尴尬，最后，他们在车里做爱。很快，悔意就涌上了心头：乔纳森不仅有一起生活的伴侣，而且他自己正是蕾蒂西娅男友凯文最好的朋友。

15点30分左右，蕾蒂西娅通过短信告诉帕特龙夫人："我还在拉贝讷里镇。"

16点06分的时候，蕾蒂西娅接了她朋友莉迪亚的一个电话。而后，她去了海滩，直到复工时间。这让她开心了不少。在莉迪亚看来，"大家都觉得这样对她很好"。

16点28分，蕾蒂西娅给密友兼爱慕者威廉姆打了电话。她向他承认，她刚刚背叛了凯文。

蕾蒂西娅和梅隆一起去了海滩。天气很冷，但是晴天，还有太阳。梅隆给她抽大麻烟，还用手机拍了下来（后来在手机储存卡中发现了这些照片）。

17点30分左右，梅隆和蕾蒂西娅去了"蓝胡子"。他把她介绍给了服务员以及杰拉德和克莱奥，两人都是他的熟人，常在酒吧里消遣。蕾蒂西娅害羞地向两人打了招呼。杰拉德提醒梅隆，她还有点太小。梅隆回答说，她已经19岁了，在南特酒店上班。他们在大厅最里面的地方找位子坐。梅隆喝了一杯杏仁酒，蕾蒂西娅要了健怡可乐。他用手机把她拍了下来。

接近18点20分的时候，蕾蒂西娅去上晚班。她的老板德朗德夫妇开车过来，看到她和梅隆在酒店停车场前面的小路上抱在一起。他们的儿子就住在路边。蕾蒂西娅有些局促不安，她立即抽身走开。站在梅隆身边的时候，这个年轻的女孩子看上去就像一根树枝。

德朗德夫人从车上下来开大门。她打开了第一道门，当碰到第二道门的时候，第一道就关上了；她重新去拉第一道，但第二道又关上了，如此重复着。原来是蕾蒂西娅在恶作剧。梅隆拉住其中的一道门，好让车子能开进车库。

“这是私人财产，”德朗德女士说，“不能待在那里。”

“您的饭店太棒了，”梅隆回答说，“大家都在您那儿吃得很满意。”

“我们互相都不认识，但没错，大家都在我这儿吃得很满意。”

厨师学徒斯蒂芬驾着摩托车，开到了他老板车子的后方。他听到梅隆口气生硬地朝蕾蒂西娅咆哮：“别忘了，今晚来接你的人是我。”

蕾蒂西娅上楼换衣服。18 点 26 分，她打电话给凯文。她向他承认在海滩上抽了那玩意儿，但没有说和乔纳森做的错事。

斯蒂芬、安东尼和蕾蒂西娅在南特酒店吃了晚饭。她看上去很焦虑。她问斯蒂芬，他是否和他的女朋友做过某些她不愿意做的事情。

蕾蒂西娅招待的客人都是在政府附近一处隔离工地上工作的工人。21 点 30 分左右，服务结束，斯蒂芬像往常一样提出要等她，但她拒绝了：“不了，小家伙，我晚点再回去。”她在签到本上签了名，还提前写了本该在第二天早上才写的“11 点”。

21 点 41 分，蕾蒂西娅在街上给凯文打了个电话。她告诉他，她认识了一个 30 来岁的男人。凯文说：“好，自己当心。”

蕾蒂西娅和梅隆又去了“蓝胡子”，坐在酒吧深处的桌子边。他送给她一副手套，这是他在波尔尼克的勒克莱尔超市为她买的。梅隆一个独臂的朋友卢卢向蕾蒂西娅问好，在他看来她还“太小”，只有 16 岁的样子。

“你和这么一个小屁孩在一起干嘛？你疯了吗？”

梅隆回答说："她已经成年了，她自己愿意这样。"

酒吧里有大约十五个常客，他们或者在痛饮啤酒，或者在玩台式足球游戏。蕾蒂西娅身处一群酒鬼中间，看上去局促不安，而且完全无所适从。一个顾客试图勾引克莱奥，杰拉德便和他大吵起来。梅隆提高嗓门，劝住了他们。大家你推我挤，互相咒骂中，酒杯也跌碎在了地上。蕾蒂西娅吓得不轻，躲在角落里抽泣起来。

接近23点的时候，梅隆和蕾蒂西娅去了"Key46"，波尔尼克赌场附近的一家沙龙酒吧，它的对面就是一个游艇码头。梅隆叫了两杯香槟。蕾蒂西娅坐立不安起来。当他站在码头抽烟的时候，她一个人在酒吧里飞快地敲击手机。她接到了威廉姆的电话："我喝了酒，我不该这样。"梅隆回来了。在再次出去抽烟前，他大声对服务员说："再给我们上两杯酒。"

23点30分，在波尔尼克赌场的监控录像中，我们看到一辆白色的标致106沿着海岸驶离了停车场。

2011年1月19日，周三

蕾蒂西娅在路上的时候，用短信和威廉姆交流。标致106到达勒加斯波，梅隆把车停在他堂兄弟的场地上。半夜0点13分，蕾蒂西娅的短信终止了。

0点30分左右，短信聊天又开始了：

0点35分，蕾蒂西娅："我过会儿给你打电话，我有件严重的事情要告诉你。"

0 点 36 分，威廉姆："你男朋友知道吗？你喝多了还吐了？"

0 点 38 分，蕾蒂西娅："不，别担心，等十分钟。"

0 点 42 分，威廉姆："很严重？"

0 点 43 分，蕾蒂西娅："是。"

0 点 43 分，威廉姆："快说啊！"

0 点 44 分，蕾蒂西娅："等等。"

0 点 46 分，威廉姆："你甩了你男朋友还是同时和两个人约会？"

0 点 47 分，蕾蒂西娅："不，更严重。"

梅隆开车把蕾蒂西娅带到了南特酒店后面的小路上，安东尼在他公寓窗户后面看到了这一切。她怒气冲冲地和梅隆说话，后者正把着标致 106 的方向盘。

0 点 58 分，蕾蒂西娅在摩托车边上给威廉姆打了电话。她告诉他，她被强奸了。

"蓝胡子"正在打烊。拉贝讷里镇已然入睡，在这条贯穿其间的路上，服务员和梅隆的三个狱友卢卢、帕特里克和杰夫都看到一辆白色标致 106 以 80 到 100 公里的时速来回行驶，而车灯是灭着的。其中一个人叫道："这是谁？疯了吗？"但大家都知道这是梅隆。

1 点 04 分，威廉姆给蕾蒂西娅发了一条短信。这是这个年轻女孩的手机最后一次出现在波尔尼克的基站范围之内。

在 1 点至 1 点 30 分之间，罗杰尔路上传来关门的撞击声，杰西卡和一个女邻居都被吵醒了。帕特龙先生还在等蕾蒂西娅回来，他的第一反应是，在建住宅的工地上有小偷。他穿着睡衣裤，带着手电筒出了门，但没有看到倒在人行道上的摩托车。

帕特里克和杰夫向波尔尼克驶去。1 点 10 分，在经过罗杰尔路的时候，他们看到一辆摩托车倒在人行道上，车灯还是亮着的。

4 点 17 分，梅隆给蕾蒂西娅发了一条短信："我对今晚的事很抱歉，我喝得太多了。我平常不会这样固执。原谅我！我会等你，就当是你要求我这样做一样。我希望你到家了，希望你记住今天这些美好的时光。吻你，托尼。"

*

听证会表明，蕾蒂西娅是个既谨慎又朝气蓬勃的女孩子，她对自己在饭店行业的实习很满意。她的工资会汇进一个她几乎从没有动过的账户里。她一无所有，除了几件外套、一个手机和一辆摩托车。她少量的几次外出都没有超出过拉贝讷里镇的范围。她用电话、短信或者脸书和朋友们交流。

在她房间里找到的三封信给人留下一种感觉，蕾蒂西娅有自杀的倾向。这些信件让弗朗茨・图谢坐立不安。没有什么能解释这些信：蕾蒂西娅在所有人眼里都是一个开心的女孩，她对自己选择的职业道路深感满足，她被帕特龙夫妇从不幸中拯救了出来，而他们是一对值得尊敬的模范夫妇。这三封信是无法嵌回拼图的三块碎片。

一步步地，调查人员辨识出了这个年轻女孩生命中的挫折。

他的养父帕特龙对她进行了疯狂的监视。从 2010 年 11 月起，也就是她消失前的三个月，蕾蒂西娅变了：她变得阴郁，比往常更为沉默寡言，她还跟自己亲近的人说，她想离开帕特龙的家。

2011 年 1 月 18 日来临了。

对蕾蒂西娅来说，这是特别的一天。15 点 30 分，她和她男朋友最好的朋友睡了觉。18 点 30 分，蕾蒂西娅回去工作，还和一个长相凶恶的男人搂搂抱抱，而她对他几乎一无所知。21 点 30 分，她去赴约，这个约会却是由这个口吻咄咄逼人的男人定的。汽车里不会有任何结果的性关系，海滩上的毒品，和一个比她大好多的男人的调情，整个礼拜都出入于各个酒吧，香槟，勒加斯波的游荡，这些越轨行为和这个 18 岁年轻女孩的人格全然对不上号——她刚刚走出青春期，如此本分，如此内向；她工作勤奋，烟酒不沾。有什么事情失控了。

有些问题有待解答。

蕾蒂西娅是在哪里、如何，以及为什么被杀害的？

自 0 点 13 分至 0 点 35 分，在勒加斯波究竟发生了什么事？正是在这段时间里，她和威廉姆的聊天中断了。开始是意外的沉默，随后她说自己碰到了“糟糕的事情”，我们在二者之间能否建立起某种关系？

凌晨 1 点在“蓝胡子”门前，这辆标致 106 全速地来回行驶究竟是为了什么？

蕾蒂西娅为什么要和梅隆共处这么长时间？她追随着这个可疑而令人憎恶的人多达五次：在海滩上，17 点 30 在“蓝胡子”，22 点在“蓝胡子”，在“Key46”，直至后半夜在他位于勒加斯波的老巢。整个白天，红色的警示灯都在蕾蒂西娅的眼皮底下闪烁着。她不仅没有抽身而退，反而越陷越深：她和梅隆一起喝酒抽烟，她在下班后温顺地等着他到来，她进了他的标致 106，她在深夜去了他的住处。幼稚、头脑不清，还是死亡的晕眩？

由于梅隆拒绝和宪兵合作，只有两种方式能解答所有这些问题：借助犯罪调查，通过发掘其生活环境来重新发现蕾蒂西娅；借助生活调查，通过发掘其过去来重新发现她。

11 “带斜屋顶的”房子

2001年1月，8岁的蕾蒂西娅和杰西卡住到了潘伯夫的“神意护理中心”。她们从此不再和父母一起生活了。言下之意，即便她们的父母想照看她们，她们也不得不融入一个由被遗弃者、“无家可归者”组成的大家庭里去了——在这出延续数世纪的悲剧中，核心无非就是暴力和孤独。

在18世纪，丢弃幼儿被当作是一种产后避孕的方式，到了工业革命时期，它成了社会问题的一个方面，年轻女性通过这种手段来保住饭碗，继续苟活下去。捡到的小孩、被遗忘的婴儿、小乞丐、年幼的妓女、在大街上流浪的青少年的数目剧增，这给慈善家和教育学家造成了这样的问题：一个受害的儿童就是一个潜在的少年犯，我们该怎么办？

我们可以在农村的寄养家庭和城市的孤儿院之间进行选择。农村的住所可以为被遗弃儿童提供理想的环境，但要说服农民绝非易事。集体教育的机构乍看很适合接收成批的贫苦儿童，但是，当收容所、农场、工科学院和其他孤儿院并不被当作单纯的收容之地时，它们便不仅不产生救助的功效，而且只会造成情况的恶化。

19 世纪上半叶，人们试行了一种折中的方式，把数目有限的儿童（孤儿、穷人或轻罪犯人）安置在农村地区大小合宜的住所里，那里的宗教和劳动氛围有利于对他们进行改造。瑞士的霍夫威尔（Hofwyl）农业收容所、汉堡附近的荒野之家、地处卢瓦尔河谷的梅特雷（Mettray）流放地，都是“集体—家庭”类型的机构，由亭子、花园、小道和一片以钟楼为中心的区域构成，有利于激发机构的效率和安置的热情。

当目前运营潘伯夫护理中心的组织负责人热情洋溢地向我保证，蕾蒂西娅和杰西卡是在“带斜屋顶的真正的住宅”里长大的时候，我就明白了，这个乌托邦并没有死亡。

*

神意慈善机构成立于 1824 年，由来自潘伯夫的上流阶层的女慈善家们一手创立，这个美丽的小城地处形如笑脸的卢瓦尔河港湾地带。这里接收的是孤儿和年轻的贫苦女子，由 20 多个修女引导他们学习基督教教义。1865 年，受益于一笔慷慨的捐赠，“智慧女儿”[1] 得以在卢瓦尔河边的埃欧勒湾觅得一处大房子，并在那里定居了下来。一个世纪以后，它变成了允许男女混住的世俗机构，还和大西洋卢瓦尔省的社会和健康行为指导机构合作，接收由省议会或法庭转送过来的儿童。

---

[1] 智慧女儿（les Filles de la Sagesse）是 1703 年在法国成立的一个女性宗教团体，以帮助弱势群体为目的。

今天，神意护理中心更名为伊奥利亚护理中心。为了远离破败的情感和成人的冲突，过上一种由儿童专家制定的生活，蕾蒂西娅和杰西卡于2011年离开了大城市，当她们来到这个风景如画的小港口时，还是通过那个宗教名字认识这个机构的。事实上，杰西卡跟我提起的最初的回忆与牛奶和糖有关，她重新发现了童年时代的甜美：“在潘伯夫时的这些回忆都挺美好的。我们喜欢牛奶汤，这是种加了糖的牛奶。我们老是想要更多的牛奶汤！”第二段回忆同样快乐：蕾蒂西娅在10岁或者11岁的时候在过道里奔跑玩耍时，一头栽倒在地上，把门牙的下半截都摔碎了。“她哭了起来，过一会儿又笑得上气不接下气！牙医给她装了假牙。”只要她笑起来，我们就能看出哪块是假牙，因为真牙是白色的，而树脂混合物却是灰色的。

这些回忆让我难受。我感到五味杂陈，它们让我想到的与其说是儿童的快乐，不如说是人世的无常、人性的破碎、无法习惯安定稳固和温饱生活的病弱躯体。杰西卡笑着向我讲述所有这些，这件事情本身自然是积极的。唉，她摔碎的门牙，曾是她在神意护理中心里苦乐参半的趣事，十年之后，在鉴别蕾蒂西娅的尸体之时，却成了法医牙科报告里的一项证据。

在“斜屋顶”之下，这处住所容纳了30名左右的儿童，他们被分成大中小三组，围绕着他们的人包括：一名部门负责人、一名部门主管、几名教师、两名心理学家、几名女佣人、几名洗衣工和一个厨师——成人和儿童几乎一样多。房间都在楼上，配备了简易床或双层床。小班的孩子最大8岁，他们睡在宿舍里。中班里是蕾蒂西娅和杰西卡这样年纪的，三个人睡一个房间。透过花园的护栅，可以看到一条种了树的平行侧道，路的另一边则是宽阔的卢瓦尔河，这条已经盐化的河由河口向外延伸。

即便这对双胞胎不住在同一个房间里，她们还是经常在一起，虽然差异越来越大，但仍然维持着互补的关系。蕾蒂西娅形销骨立，总是畏畏缩缩，而且弱不禁风。除去她拒绝吃东西或受伤的时候，她总是悄无声息地躲在自己的一隅之地。人们发觉，她的体重要低于平均水平，而且就她的年纪而言，她哭的次数实在是过多了，要么是因为白天的小伤小痛，要么是因为晚上做了噩梦。教师的报告写道："温顺，易哭而且饭量很小。"人们观察到，她不仅进食、学习和睡眠不如人意，而且连表达肯定、说出脑子里的想法、表示反对都做不到。她没法在护理中心提供的各种活动之间做出选择，无论是音乐、唱歌还是游泳。最后，她哪项活动都没登记上，还抱怨自己是小组里唯一一个无事可干的人。因为比她的双胞胎姐姐小很多，她在儿童社会救助厅的联络人给她取了一个外号——"小不点"。

杰西卡开始学柔道，她成了妹妹的代言人，还肩负着保护她的使命。或许正因为是这样，主任没有把她们分配到同一所学校里去：蕾蒂西娅去了圣心私立学校，而杰西卡则去了路易·佩尔戈中学。"在护理中心，"杰西卡总结道，"我们学到了不少东西。我很开心。"

弗兰克·佩雷第一次来到神意护理中心时——他称之为"官邸"——暴跳如雷，恨不得把一切都砸个稀巴烂。部门负责人是一个坦率的男人，和其他合作者一起在办公室接待了他。负责人告诉他，他把他当作一个父亲来尊敬，但是，接收这些女孩子是自己的司法职责所在，而他应该尊重这项法律。

弗兰克·佩雷获得了每两周一次的探视权，时间是周日的10点到12点。那些日子里，他表现得像个奶爸：带来了小糕点，无微不至，即便比起蕾蒂西娅来他更喜欢杰西卡。在重逢之后，他们三人就会去旁边的小公园里散步，因为没有时间可以做其他的事情。蕾蒂西娅和杰西卡都身体健康，富有教养，礼貌而快乐。“这是一个非常好的护理中心，”斯蒂芬·佩雷承认，“我能够这样评价，我对它了解得一清二楚。”

和西尔维娅·拉尔歇的会面是每15天一次，为时一个半小时，地点是儿童社会救助厅的所在地，但此事进行得并不顺利。有时候，她不会预先告知自己正在住院，而蕾蒂西娅和杰西卡坐着出租车，经过漫长的路途到达约定地点后，却谁都没有见到。她在女儿们面前说，她不会提供自己的手机号，因为她怕被“窃听”。2001年12月，儿童社会救助厅的一名教师写道：

> （拉尔歇）女士无法容忍女儿们一起玩耍嬉笑：当着在场社会工作人员的面，她不断地向她们提出意见，表现出“好母亲”的样子。她说有人责备她在女儿们面前缺乏权威，然后又开始谈起过去，讲到她和女儿们住在一起的那些日子。孩子们很难回想起这些过去，对蕾蒂西娅而言尤其如此，她被描述成一个淘气鬼……
>
> 拉尔歇女士带来了棋盘游戏，这引起了蕾蒂西娅的注意。然而，她情不自禁地向女儿们发出令人不快的信号，因为，不该干这不该干那就暗示着：“你太没用了，你回答不上来。”蕾蒂西娅的母亲用“脆弱”一词来描述她：“你像我，你和我一样脆弱。”拉尔歇女士在她女儿面前讲的那些话让蕾蒂西娅难以忍受，强忍着泪水。

不应该搞错因果关系，不是因为蕾蒂西娅“脆弱”，她的母亲才从她身上看到了自己；正好相反。这对父母的角色分工很明确：吓人的父亲，被吓坏的母亲。在由蕾蒂西娅和杰西卡组成的这对双胞胎里，一个成了被指定的牺牲品，而另一个则享有她们父母的偏爱，她吸收了她们所有乐观的一面。人们对那个“弱者”不抱指望，因为她“像妈妈”。

至于阿兰·拉尔歇，他感到很满意，因为他的侄女们会在护理中心得到保护，而年底的节日则会在家里度过。2004 年，蕾蒂西娅和杰西卡获得了每三周去一次她们父亲家的权利——事实上，她们最后去的是佩雷叔叔在南特的家。她们和她们的堂兄弟在楼下玩洋娃娃、过家家、嬉闹。在斯蒂芬和德尔菲娜·佩雷的婚礼上，她们为了想知道谁拿花束、谁提新娘的裙角而吵了起来。

*

虱子。弗兰克·佩雷和她的新伴侣，还有从 2005 年起接收了两个小姑娘的帕特龙夫人，所有人都记得虱子的事。每一次这对双胞胎回到他们家里，都得对她们进行除虱。在使用香波时，总会有上百只虱子和虫卵一起掉进脸盆里，还有短发屑。没人能把它们清除干净。弗兰克·佩雷甚至想让卫生“降临”到护理中心里。

虱子，这种儿童群体中的灾害，这种长了爪子的小虫，因为让人想起童年、学校、编发和短裤的年纪，反倒让人感觉亲切，但它们对我而言则全然是另外一种象征：盘桓不去的威胁，侵袭女孩们的痛苦，而且是不可见的。

12　亲友和同路人

蕾蒂西娅所有的近亲都能回忆起来，2011 年 1 月 19 日星期三那天得知她失踪时，他们都在干些什么。

当杰西卡走向罗杰尔路的公交站时，她看到了妹妹的摩托车翻倒在地。她每一次讲述当时的场景，就会重新经历一遍——黑暗、寒冷、惊讶、恐惧，发了疯似的跑回住处。之后，她仍然抱着希望，计算着时间。

帕特龙夫人还在床上。她的丈夫冲回房间，匆忙披上衣服。她从床上跳下来，用电话把当地所有医院都问了一遍，还通知了宪兵。接下来是等待。她一直到最后都认为蕾蒂西娅还活着，被监禁在了某个地方。梅隆被捕的时候，她还说："上帝啊，他再也不能带她去吃饭了。"

蕾蒂西娅的男朋友凯文说："星期三早上，在学校的过道上——我总是回想起那一幕——杰西卡扑倒在我的手臂上，满眼泪水。她发现蕾蒂西娅的摩托车倒在地上，她的鞋子也在那儿。她问我是否知道什么。"

弗兰克·佩雷正在南特进行机床操作工的培训。省议会拨通了他的手机："我们请您过来。"当他到达的时候被告知："您的女儿被绑架了。"弗兰克·佩雷以每小时150公里的速度向波尔尼克飞驰而去。现场的调查人员对他的行踪进行了核实。当他离开宪兵队的时候，没有一个在场记者知道他就是父亲。他像在拍卖会上喊价般说："我有不在场的证据！"

蕾蒂西娅在儿童社会救助厅的联络员拉维奥莱特女士说："我那天休息。一个同事打来电话说：'你管理的一个年轻女子离家出走了。'我马上就意识到，事情远比这严重得多。蕾蒂西娅不是会离家出走的人。像离家出走这样寻常的事情，别人是不会在我休息时打电话告诉我的，同事们会直接和警方与寄养家庭一起着手处理。接着就是宪兵和刑侦警察。"

2013年5月。南特酒店的老板德朗德夫人，也就是蕾蒂西娅的前雇主，在大西洋卢瓦尔省重罪法庭上作证：

> 她多次请求我允许她留在饭店睡觉。
> 我总是对她说："你不能睡在我们这儿，你的住处只有500米远！"
> 她对我说过："有一天，我会离开的。"
> 她对我说过："有一天，你会听到别人谈起我。"
> 她说："你教我跳舞，我来做家务。"
> 星期二，她在学校上课期间回来，我已经八天没见过她了。

她带着她的小皮衣和平底鞋。

晚上，我重新关上了护栅。

我说："挺好玩的，蕾蒂西娅的摩托车还在街上。"

有人说："她的车抛锚了，她被人送回去了。"

安东尼晚上在家里，他告诉我："早上1点的时候，雷蒂的摩托车还在路上。"

第二天，邮递员说："有个孩子在环岛上摔了。"

我的丈夫和我喊道："蕾蒂西娅！"

德尔菲娜·佩雷在为她女儿的生日做准备，到2011年1月20日女儿就满10岁了。梅隆就是在庆生那天被捕的。"我们不知道蕾蒂西娅是否还活着，我们什么都不知道。我们努力不让我们的女儿们看电视。路上、烟草店，到处都是她们堂姐的照片。她们问我：'为什么蕾蒂西娅会在照片上？'"

*

没有传媒，没有把耸人听闻的事情传送到全国各地的广播，蕾蒂西娅·佩雷就不会存在。在她失踪的那一刻，上千万从来没有听说过她的人得知了她的存在。电视、电台、报纸和网络都树立起了这样一个矛盾的形象，她之所以出现是因为她的消失，她活着是因为她死去了。

在这一背景之下，1月底的那些白色游行更像是一次表达团结的游行：它们让人们和这个“波尔尼克的小不点”建立起一种个人关系。就像沉默的游行队伍产生出了让人动容的感染力，就像那些呼吁公众慷慨解囊以战胜疾病的游行一样。接近蕾蒂西娅的形式不仅仅在于出现在现场，捧着白玫瑰或蕾蒂西娅的照片行走，还包括了观看新闻，支持其父母和朋友，同悲同切。对所有这些“远方的”亲人来说，这并非绑架的日子，而是各式各样的白色游行，它们都有着一种特殊的重要性：移情也是感情的释放。

19 世纪的人们认为，“针对儿童的暴行”是不幸和贫穷的产物。今天，对未成年人的性侵会激起普遍的谴责，这代表了社会从阶级斗争解放出来后所达成的共识。在 20 世纪 90 年代中期，发生在比利时的迪特鲁事件[1]催生了“白色游行”，这是一种没有游行性质的游行，静默的队伍，没有标语，没有呼求，对受害儿童的神圣化和对政治机器的拒斥，使得受伤的人民和家属组成了这样一个具有统一性的集体。

但是，既然没有找到尸体，那么要在哪里聚集？在哪里集中？2011 年 1 月 24 日星期一，绑架已经过去了 6 天，300 号人汇聚在圣纳泽尔桥上，蕾蒂西娅的尸体正是在这里被扔下去的。帕特龙一家、杰西卡以及佩雷一家走在队伍前列，后面是“愤怒的家属和亲友”的小旗。寻找目击者的通告被分发给了汽车司机。有一个广告栏上写着：“我们在那里等你。”所有的媒体都到场了。

---

[1] 迪特鲁（Dutroux）是一名比利时罪犯，1986 年以来绑架、虐待并杀害了十余名女童，于 1996 年被捕。

晚上，法国电视一台的《每日新闻》对此次游行做了大篇幅的报道。我们看到了络绎不绝的行列，我们听到了亲人的愤怒，之后，主持人深表震惊，一个像梅隆这样的累犯在出狱之后居然没有受到监控。论战临近了。第二天，也就是1月25日星期二，共和国总统在圣纳泽尔发表的演说引爆了这个话题。让人吃惊的不是这一政治化的行径，而在于它建立在原本无关政治的情感之上。这是对公众期待的狡猾利用，还是单纯转达？

13 绘画

在潘伯夫的神意护理中心，“一切都很好”。但是，我想从另一个角度来探讨 2001 到 2005 年的这段时间：在基础学习期间，教育、心理学和医学的救助是如何改变了这对双胞胎的人格？

对于经历过混乱不堪的童年的儿童，在其到达护理中心后，会被送到医生和牙医那里去进行一次体检，在必要的情况下，也会在正牙医生、眼科医生和正音科医生那里进行更深入的检查。“我 8 岁的时候有了医保卡。”杰西卡骄傲地回忆道。她是远视眼，所以必须戴眼镜。

这对双胞胎从此在学校里勤奋学习，但是一直成绩不佳。她们应付不了课程，也理解不了读到的东西。她们很愿意在小学一年级后重读二年级[1]，但因为年龄原因无法如愿。当蕾蒂西娅上三年级的时候，杰西卡则被送去了“适应班”（CLAD），这种班的人数经过了压缩。这种筛选培育是针对困难学生的特别帮助网的一部分，它继承了——用那个时代的侮辱性语言来说——针对“落后”儿童的“改进

[1] 法国小学为五年，从低到高分为五个阶段：CP、CE1、CE2、CM1 和 CM2。初中为四年，年级从低到高分为：第六、第五、第四、第三年。为了便于理解，在涉及年级问题的时候，将它们译成对应的中国称法。

班”，是根据 1909 年的法律而设立的，而该法律又是基于布尔讷维尔（Bourneville）、比纳（Binet）和西蒙（Simon）的著作。

杰西卡在完成了“适应班”的学习之后，重修了三年级的正常学业。和蕾蒂西娅相比，她耽误了一年。但是，蕾蒂西娅在读四年级期间，上午的时间要用来修低一年级的学业。杰西卡进入四年级的那年，读五年级的蕾蒂西娅和她一道去了公立学校。星期四，她们在音乐课上一起唱歌。2004 年，12 岁的杰西卡跳过五年级，和她的妹妹进了潘伯夫的路易斯·米歇尔（Louise-Michel）初中的一年级。这一次，她们在同一个班级上课。

在护理中心的集体生活之外，这期间最大的变化之一是追踪治疗的实施。负责的是在潘伯夫执业的心理医生卡尔女士。杰西卡对此有所需求：这个女孩活泼而健谈，可以毫不费力地谈论自己的父母，她对自己身为“女孩”这点困惑不解，倾诉衷肠于她而言便是解放的方式。而蕾蒂西娅对咨询没有表现出半点兴致来。有那么不多的几次，她人是到了，但整个治疗期间却一言不发，要么就是默默地画画。杰西卡可以侃侃而谈，“我的爸爸，他不像一个爸爸”，但是蕾蒂西娅始终沉默。如果坚持问下去，她也只会顾左右而言他。谈到暴力情景的时候，她就说：“我想不起来了，那时我还太小，而且我已经睡着了。”事实上，卡尔女士有两箱子杰西卡的档案 ，但关于蕾蒂西娅的只有一个小箱子。那个小不点已经变成透明的了。

这两个女孩在有了朋友之后，便不再那么压抑了，她们变得更加开朗，也慢慢成熟了起来。在课上，她们会参与集体活动和游戏。学校打开了她们的心扉。护理中心提供给她们的是坐标，也就是安全感。她们有能力反对其他小孩，甚至是成年人。杰西卡着迷于体育和运动类游戏，很快就和男孩子们打成一片。在长假期间的一次野营中，她出手制止了一个骚扰蕾蒂西娅的男孩。那个男孩在她鼻子上打了一拳，造成了软骨骨折。至于蕾蒂西娅，她举手投足都不大引人注意，但是她对关注和感情也是有所需求的。“教师们注意到，一段时间以来，她试图引起别人的注意，以非常含蓄的方式告诉别人她的存在。她会非常含蓄地说出一个或两个要求。”每次周末去父亲家，她们为防不测，离开的时候总会记下社会部门的电话号码。

在神意护理中心里，佩雷姐妹引起了所有人的注意。她们漂亮、讨人喜欢、温顺、尊重人，她们抓住了能在房子里得到的一切——保护、稳定性，也有外出和体育活动——然而其他的孩子却出走、表现得霸道或者暴力。

蕾蒂西娅离开已七年，护理中心的教师们已经不再记得这个小姑娘的IQ，但对她的友好、欢快、坚韧，对她在几年中取得的巨大进步却记忆犹新。

*

蕾蒂西娅是个迷人的小姑娘，她从来不向任何人提问题，但是，我们可以在她温和的个性中看到缺陷。

乍一看，这个孩子拘谨而孤僻。杰西卡说：“她是左撇子，但是人们强迫她用右手写字。最终，她两只手都能写字了。”这既是一种能力，也是缄默和对追踪治疗的拒绝，看上去就像某种不动声色的反击形式，痛苦中包含着执着，无言中包含着抗议。

其次，把她们安置在神意护理中心的益处并不为弗兰克·佩雷所认可，作为父亲的他被排除在外，不受待见。蕾蒂西娅和杰西卡都觉得教师们对她们照顾得很好，但是爸爸并不同意。用心理学家格雷戈里·贝特森[1]（Gregory Bateson）的话来说，这种处境创造了一种双重约束，也就是一种矛盾的指令，它让一个人在两种忠诚、两种感情中难以自拔、左右为难——需要补充的是，在这两个小姑娘的例子中，由于西尔维娅·拉尔歇不再去看望她们，也不给她们打电话，这一缺失并没有对她们造成困扰。

19 世纪受到公共救助的儿童在他们的父母、他们的寄养家庭和机关负责人之间左右为难，蕾蒂西娅和杰西卡也要忠于数个具有权威的成年人，而且他们之间常常存在着竞争关系。这并没有产生出自由的空间，或者孩子可以左右逢源的空隙，而是造成了忠诚的冲突。蕾蒂西娅的沉默可以被解释为沉重的抑制，某种难以名状的恐惧。说话，是激起痛苦，是背弃父亲和家里的秘密。讲述，是让威胁再现。没有什么比完全自我隐藏更好的了。蕾蒂西娅并不是纤薄如香烟卷纸般，而是像石块一样鲁钝。并不是因为她三缄其口而导致无话可说；事情正好相反。

最后，一些心理语言障碍在蕾蒂西娅身上体现。她产生了一些阅读困难的症状。当她说得太快，或者在感情冲动下说话，就会开始结

[1] 格雷戈里·贝特森（Gregory Bateson，1904—1980），英国人类学家，曾在太平洋岛屿地区做过长时间田野工作，著有《纳文》。后对控制论产生兴趣，转而进行人类学、社会学和心理学的跨学科研究。

巴。杰西卡回忆道："这让她痛苦不堪，她只好停下来。人们让她重复，对她说'别急，慢慢来'，但是，谈话不会再继续了。"

至于她的拼写，简直不可思议。她的亲友没一个不曾跟我讲起过这事，而且总是态度和蔼，就像是一种温和的特异反应。即使那些拼写糟糕的人也会打趣道，蕾蒂西娅的拼写还要更糟呢。在帕特龙夫妇的纪念日，蕾蒂西娅给他们送了巧克力；还附了张纸条说，巧克力放在"烩肉"[1]里了。一个同事证明：

> 她是一个向来面露微笑、性格温和的小可人，比我大一岁。但是在工作的时候，人们的看法恰好相反，真有意思。她的拼写错误老把我逗笑：在她挑出来用于烹饪的东西上，她会写"柠蒙"而不是"柠檬"。不久前，我还和我父母一起拿这事说笑呢。

蕾蒂西娅的一位教师向我展示了她的绘画，她把它们保存在了一个纸箱子里。我无意进行通俗心理学或者学术性质的心理学分析，我只会简单地说出它们在我身上所激发出的情感。

2002年，在她10岁生日的前夜。一个哭泣的太阳照亮了几个难看的女人和一座三角形房顶的房子。门是关着的，上面还有一个巨大的紫色插销。妈妈是一个人们可以随便拍打，直到不成人形的东西。蕾蒂西娅就是一座门和窗都上了锁的房屋，而钥匙则被弄丢了。

2003年，11岁。一个分成一块一块的红色人像，他长了巨大的

---

[1] 蕾蒂西娅想写冰箱，在法语中，冰箱（frigo）和烩肉（fricot）相近。

手、方形的腿和难看的头，没有脸。蕾蒂西娅为了画画，使用了一根木制的大铅笔，悬空手臂作画：线条歪歪扭扭，人像的填料涂得不完整，而且很笨拙。

2003 年，《爸爸的家》。在高处，在一片叶子的角上，太阳的光线和烟囱的蒸汽混杂在一起。还有一座房子，上面满是横七竖八交叉着的楼梯和小房子形状的小方块。大门紧闭着。一个男人和一个小女孩在外面等候，好像被关在了门外。

另外一幅画没有日期。上面是一棵树，有着栗色的树桩和七条代表了树枝的线。没有绿色，没有叶子，没有生命，没有活力。

*

小女孩们比起青少年更能适应集体生活，因为后者需要一间卧室和一间书房，以及某种程度的私密性。无论教师们的动机是什么，他们都无法成为可依靠的对象。对于“带斜屋顶的”住宅里的教育而言，这就是它的局限所在。

在蕾蒂西娅和杰西卡将近 13 岁的时候，工作人员问她们是否希望回到她们父亲家。回答是一样的：“唉……”她们一直害怕他潜在的暴力。最后，她们选择被安置到寄养家庭里去。

2005 年春天，这对双胞胎被试着送了出去，在周末的时候住在吉尔和米歇勒·帕特龙位于波尔尼克的家里，他们拥有一幢宽敞而美丽的大房子，这是接纳两个大女孩的理想之地。逗留期一帆风顺，两个女孩都很愿意到那里，也很快就适应了。帕特龙夫妇给她们取了个外号——“分不开”，因为她们总是黏在一起，就像小鸟一样。弗兰克·佩雷在协商中反复表达了自己的反对。他知道没有人会考虑他的意见，他便要求至少得到寄养家庭的保证，他希望能和他们有直接的交流。他请求社会救助部门不要把他遭受的困难看得那么确定：他的处境会改善，他很快就能接回他的女儿们。

2005 年 4 月 15 日，儿童法官更换了蕾蒂西娅和杰西卡在儿童社会救助厅的安置方案，把她们的住所定在了帕特龙夫妇家，位置是波尔尼克的罗杰尔路。5 月 4 日，她们在那里庆祝了她们的 13 岁生日。

在帕特龙夫人传给我的照片上，她们正坐在一个蛋糕前，是在她们吹灭蜡烛前的几秒钟。背景是一个碗橱、一个壁炉、长沙发、挂在墙上的家庭合影。杰西卡露出一个羞涩的微笑。蕾蒂西娅僵硬地坐在椅子上，两只眼睛睁得老大，面无表情。她们半长的头发分别是褐色和浅褐色的。蕾蒂西娅比她姐姐矮 10 厘米。她戴着珍珠和贝壳做成的项链，项链显眼地悬在羊毛衫上。照片里萦绕着一股奇怪而悲伤的气氛。然而，照片所暗示的却正好相反：一旦落脚，她们便得到了百般关爱。

14　社会新闻的诞生

现如今，人们都是在医院里去世的；有时候也会在自己家里的床上。无论他是一个人，还是被亲人簇拥着，他们的离世都是一出私人的悲剧，属于家庭私生活的不幸。她，蕾蒂西娅，却是公开地死去的。

她的去世是一起媒体事件。她的父母通过电视追踪调查。她的亲人为她哭泣的画面举世皆知，环绕着他们的是十来个邻居，数千不知名者和数以百万计的电视观众。记者被邀请参加白色游行和葬礼。电视台探讨着她的性格，评论着她的死亡，评论着她时而沉重和悲惨，时而让人好奇和抑郁的生活方式。

2011 年 1 月在圣纳泽尔桥、拉贝讷里镇和南特，或 2011 年 6 月在教堂举行的白色游行期间，记者们用阿兰·拉尔歇的话来说就“像秃鹫一样”：他们到处都是，在街上，在花园里，在屋顶上，他们在不知所措的亲属的鼻子下挥舞着麦克风，强行索取童年时的纪念品或照片，接二连三地开闪光灯，在静谧的时刻蜂拥而至。

对帕特龙夫人而言，媒体“可怕至极”。他们怎么可以如此残忍，如此咄咄逼人？带着天线的新闻报道车一整天都停在她家门前。记者甚至翻过了大门。

帕特龙夫人最后把蕾蒂西娅的照片给了他们，“好让他们滚蛋”。这些照片成了公共财产，今天，无论怎样在网上进行搜索，都能找到一打照片，这还不包括对白色游行、安葬和诉讼的铺天盖地的报道。一本杂志甚至发布了一张合成照片，上面是蕾蒂西娅，她的头发沐浴在阳光中，眼睛是微笑的，面颊是玫瑰色的，她的一边则是凶手，而后者的肖像还被制成了纪念章。这些公开的展示将蕾蒂西娅从她亲友身边掳走，让他们雪上加霜，让丧事更加难以为继。

但是，我们也可以把这种媒体宣传看作是某种告别或是全民致敬，对涌动在所有人心间的哀伤和反抗的表达。整个国家都在为蕾蒂西娅而哭泣。她葬礼上的特派记者就是一种保证，他代为传达了每一个电视观众的心意，好像他们都可以在她的棺椁上放一枝玫瑰花。“蕾蒂西娅事件”因而应运而生，成了21世纪初最可怕的社会事件之一。

在波尔尼克，蕾蒂西娅引发的惶恐在增长

（《法兰西西部报》，2011年1月21日）

波尔尼克：蕾蒂西娅仍然杳无音信

警方没有蕾蒂西娅的消息，她被描述为一个能融入社会的人。“蕾蒂西娅非常温和。她以前看上去总是高高兴兴的。”这个年轻女子的一个邻居言之凿凿。

（《巴黎竞赛画报》，2011年1月21日）

蕾蒂西娅的亲友深陷痛苦

等待。永无止境的痛苦等待，到了晚上就不知道该做什么。昨天，蕾蒂西娅的亲友又艰难地度过了杳无音信的一天。星期一，凯文在蕾蒂西娅的脸书页面上写道："我希望你能回来，亲爱的。我爱你，我如此地思念你。"蕾蒂西娅能回来，这是昨晚所有深受这幕悲剧打击的亲友和无名人士最殷切的期盼。

（《巴黎人报》，2011 年 1 月 22 日）

悲痛的一家子

这是星期日晚上新闻报道的标题。我们当然会带着一腔深情，亲赴波尔尼克。你们都看到了，今天蕾蒂西娅的寄养家庭打破沉默，说到了这种煎熬般的等待。这个年轻姑娘杳无音信的情形到目前为止已经持续了五天。

（法国电视二台，2011 年 1 月 23 日 20 点的报道）

媒体的这一热潮源于同情、跟风炒作和白热化的竞争：这是"信息的竞争"。但是，即便他们在同样的时刻讲着同样的内容，记者互相之间也并不只是在进行竞争，也同样存在着区域互助。事实上，只存在正面的竞争：欧洲一台和卢森堡广播电视台对主流广播电台的争夺，或者 BFM TV 和 i-Télé 对新闻连续播报频道的争夺。

摄像师和摄影师聚集在波尔尼克宪兵队门口，特派记者则追踪梅隆和帕特龙的诉讼，2011 年和 2015 年产生的数以百计的文章和报道使人们忘记了，只有屈指可数的几名记者日复一日地在进行追踪。他们之中有四个人最为出色：卢森堡广播电视台的帕特里斯·加巴尔，他负责法国西部地区；法国蓝色电台的安娜· 帕提内克负责卢瓦尔大洋地区；驻南特的 i-Télé 通讯员让-米歇尔·德·卡兹；法新社南特办公室的亚历山德拉·蒂尔卡，她负责大西洋卢瓦尔和旺代地区。

在梅隆于雷恩进行上诉的间隙，塞西尔·德·奥里维拉把亚历山德拉·蒂尔卡介绍给了我，原本于当日进行的上诉则因为律师罢工被推迟。数周之后，我拜访了她。她离了婚，是四个孩子的母亲，目前是法新社雷恩办公室的主编。我请她向我描述“她眼中的”蕾蒂西娅案件。那个时候，她还是派遣记者，这就是说，她必须报道所有发生在她负责区域中的事件，包括大西洋卢瓦尔和旺代地区：官方访问、社会运动、体育活动、自然灾害等，当然，还有社会新闻。简而言之，永久的特派记者。

> 2011 年 1 月 19 日星期三，我在位于南特的办公室里。当天，另外一个地区发生了另一桩失踪事件，但是我们还没有发布消息。几乎每天都有因为自杀或者离家出走而导致的失踪。至于这起发生在波尔尼克的失踪事件，我看到另外一家媒体发布了消息。我接到了一个电话，一个消息人士告诉我：“那起事件非常严重。”我给我们在雷恩的办公室打了电话：“我获知了一桩失踪事件。”他们说：“我们不考虑。”我说：“不，必须接手这桩事件。”我说服他们写了一则三段长的简短新闻。
>
> 帕特里斯·加巴尔和安娜· 帕提内克于 19 日晚上到达了现场。他们从拉贝讷里镇打电话跟我说：“这个地方太荒凉了！”在

“蓝胡子”，有一半的人被梅隆的朋友们袭击过。他们的心理状态都差不多：我们是说呢，还是不说？但是所有人都有一样的内部消息：很不幸，这事儿玩大发了。

我20日去了那里。在路上的时候，一辆卢森堡广播电台的汽车绕到了我前面。是帕特里斯·加巴尔。他在电话上跟我说：“跟在我后面，我带你去。”我们沿着帕特龙家门前的路直接到了拉贝讷里镇。“你看到了吗？那里，那块地方，就是她摔倒的地方。”我马上意识到，她最后一眼看到的东西，就是她家的大门。我的主编说：“我不想给你压力，但你手里的是法国唯一的社会新闻。”我知道我不该置身事外。整整一天我都亢奋不已。我们在巴黎的分社提出了一个疑问。他们问我：

“你可以去核实吗？”

“不，不可能。他还在医院里。”

我从同事那里了解到，从11点30分开始，他将被监禁在波尔尼克的宪兵队。

现场什么都看不到。关于正在进行中的调查，不免有些变化、杂音和消息，但是我们无法获取的这些陈述记录，却在巴黎肆意流布着。

20日，现场已经有了很多人，到处都是电视采访车。这件事情已经众所周知了。新闻连续播报频道为了应对官方人员和现场调查，将团队规模扩充了三倍：在电话本上寻找家人的名字，尝试给她父亲、母亲和舅舅打电话，挖掘受害者和凶手的亲属关系。在巴黎《综合消息》节目的支持下，我一个人留在了现场。而报道的拟定离不开雷恩分社的帮助，我一收集到信息就口述给他们。

21日，预审法官发布了一条信息：车子里有很多血。她死了，对我们来说情况就有很大的不同了。一开始的时候，人们因为对找到生者怀有希望而心急如焚。现在，这桩事件看来已经告一段落：小姑娘死了，那个男子也被投进大牢。水落石出之后，一切都落地了。但是事情还没结束！

当蕾蒂西娅案件于2011年1月19日登场，没有哪个记者会想到，直到2月末她还会占据“头条”，持续了有六个星期之久，而随着事件死灰复燃，又持续到了8月。新闻的浪潮搅动着每一天，每一小时，每一分钟，它所持续的时间之长绝无仅有。蕾蒂西娅的新闻热度还未消退。与之相比，2011年4月的杜邦·德利格内斯事件——南特一户家庭有五口人被杀，父亲畏罪潜逃，只不间断地“维持”了10天。

*

记者有时会变成无耻之徒、目无法纪的唯利是图者、吸血鬼，但是他们的职业是提供信息，因为不论是哪个公民都需要知道发生在他身边的事情。为了回应这一需求和权利，记者在原始材料的基础上进行调查——谈话或者笔录，观察或者报告，官方的公报或官方的情报——就像一个历史学家，只不过后者必须明确其文献的来源。历史学家对于文献的收集应该尽可能地明确、公开、开放，而对于记者来说，应该可以“处理”任何包含有用信息的原始材料。

二者在动笔前，都要细致地对事实进行核实、剪裁和整理。在这本书里，我见了目击者，也查阅了文件，并补充了从接下来的诉讼中泄漏出来的信息。

记者的工作和他的消息人士密不可分，后者多少受到保护，是个秘密。当参与者没有权利露面并说话，那么就要通过一种你来我往的游戏才能获取信息："泄密"。如果知情权确实是因为公众利益才具有了合法性，那么，民主运作的基础就在于一种不法行为，即对调查的保密性原则的违背。

在蕾蒂西娅案件中，泄密是系统性的。亚历山德拉·蒂尔卡在法新社工作了二十年，其中五年在政治部门，她向我介绍了这种简练的理论：

> 现场的泄密并不多见。基本上都来自高层，来自巴黎。只有垂直的泄密。就蕾蒂西娅案件来说，它受到了政治权力的利用，信息来往极其迅速，几分钟便够了。
>
> 和我们接触的消息人士决定——也可能相反——信任我们。在一桩案件中，如果对话人被感动了，那消息就出来了：他们想讲出来。但是能否获得机密并不取决于记者高兴与否。没有哪个信息是因为偶然或者好心而得来的。一个消息人士，就意味着某一个人想——出于政治或者策略原因，但有时也因为道德原因——让信息变得众所周知。调查记者身上的神秘光环、调查和职业风险确实存在着，但是之所以会有水门事件，是因为有人想要尼克松的人头，这就是他提供信息的原因。

从一开始，马蒂诺法官的指令就泄漏得到处都是。这些机密是从哪里流布出来的？这个问题并没有大的意义：通过行政系统的渠道，信息可以一路被追溯到各个部门，很多人都可以看到和“调查秘密”相关的细节的传递。小助手、政府或者警察局的雇员、宪兵队的下级军官、高级职员、办公室人员、部长，所有的人都有兴趣开口，一个信息不会长时间保持秘密状态。接着，记者就将之同国家检察官的说法两相比较，进行“剪裁”。

检察官实际上是唯一一个有权违反调查保密性的人：《刑事程序法》的第 11 条赋予了他在遵守无罪推定的情况下，将“从程序中获得的客观内容”公之于众的权力。三十年来，只有在作为地方联络员和通话者时，他才被法新社视为对话人；今天，在网络和新闻连续播报频道的情况下，他被邮件和手机时刻纠缠着，不分白天黑夜。

为了了解消息泄露的现状，南特的共和国检察官格扎维埃·龙桑使用了 Google 的邮件通知。他用公认而确凿无疑的语言，对谬误、流言、谣言、妄想，甚至对制造不稳定性的策略进行了回应：秘密的缺失和空洞的官话间总是存在回旋余地的。龙桑一视同仁，用电子邮件和所有的记者联络，这在今日是创新之举，在法院门口安营扎寨的 BFM TV 的记者和《法兰西西部报》的通讯员都受到他一视同仁的对待。对独家新闻的争夺因此而平息。

*

为什么记者对蕾蒂西娅感兴趣，并把她塑造成公众人物？我敢说，很多受害者并没有这样的机会。

2013 年，一个女人在弗里特（大西洋卢瓦尔省）失踪。她的丈夫立即散发了寻人启事，到处张贴布告，还率领一支 700 人的游行队伍，在宪兵队门前组织起了示威，要求启动调查。3 天之后，在一片森林的深处，在那个女人被焚毁的汽车后备箱里，她的尸体被发现了。她的配偶牵涉其中，但是包括 DNA 和牙齿在内，她的尸体损毁得如此严重以至于无法进行鉴别。她的丈夫精神崩溃，把她的尸体装入婚纱后下葬，他请来律师，提起了诉讼。弗朗茨·图谢的团队用了八个月的时间才让他屈服：在监禁期间，他和他的情人承认把他的配偶诱入陷阱之中，然后活活烧死了她，最后还谋划了一出狡计，让大家以为这是一桩十恶不赦的凶杀。

这个杀手堪称小兰杜[1]，几乎没有人注意过他。糟透了的时间安排：这个案件搁浅了数月之久。糟透了的地点：地处两省交界处。亚历山德拉·蒂尔卡解释说："发现尸体的地点位于曼恩-卢瓦尔省，不在我的负责区域内，直到审问那个男子，我才获权进入调查。"糟透了的社会形态：太过田园气的案件，甚至有点乡野。简而言之，可怜的妻子死得不得其时、不得其地、不得其法。

相反，西部的大多数国家媒体都驻扎在南特（而不在雷恩或布雷斯特），大西洋卢瓦尔省的这次突发事件有蔓延之势。两小时之内，报刊、通讯社、广播和电视频道可以轻松赶到现场，因而无论有意还是无意，记者都会对发生在自己身边的事大做文章。此外，蕾蒂西娅的

---

[1] 指亨利·兰杜（Henri Landru，1869—1922），法国历史上著名的连环杀手。

故事讲得不同凡响：一个“天使”落入一个“怪物”之手，一个“无辜者”死于一个“疯子”之手，两个人结合成——永远是这样——不洁的一对，牺牲者和凶手在死亡中难解难分。失踪笼罩在重重迷雾里，下落不明的尸体也是如此，而此一案件和家人的泪水顷刻被政治化，成了一个供人消费的故事。

总是存在着切成块的尸体、未遂的恐怖事件、无足轻重的社会新闻以及“成功了的”案件。那么，它是如何从人们一扫而过的晚报上的花边新闻，成了占据媒体数周之久的全国性悲剧？

一个社会新闻发端于公众意识，因为它位于故事、媒体领域、敏感性和政治环境的交汇点。这些“大案件”是弗朗索瓦·德·罗塞特[1]《悲剧故事》的后继者，在大众传媒到来之前的1614年，他就用充满了鲜血和性、残暴犯罪、原始复仇、下毒、强奸、火灾的故事让人心潮澎湃、魂飞魄散，人们只消坐在自己的扶手椅上，就会瞬间身临其境。这些惊悚的、巴洛克风格的故事让人惴惴不安，但它们并不迎合读者的变态心理，而是将它清除掉，这是一种宣泄，帮助读者克服时间的怆痛并驯服死亡。

---

[1] 弗朗索瓦·德·罗塞特（François de Rosset，1571—1619），法国作家、翻译家。

15 寄养家庭

我于2015年3月31日在米歇勒·帕特龙家中与她碰面。她到波尔尼克的火车站来接我，一坐进汽车，她就立马向我提出了两个困扰着他们，也就是她和她的孩子们的问题：为什么我要写这本书？我对他们是什么看法？

紧挨罗杰尔路右侧的是保养良好的篱笆，用来保护雅致的小屋和花园，左侧则是田野和在建的工地。那里也正是调查开始的地方，迄今已有四年。白色的篱笆还在，只是花已经被收走很久了，路肩也被重修过。

虽然她的孩子们都已离家，但在这幢大房子里住着的不止帕特龙夫人一个人，还有和双胞胎同时期搬到这里的加埃尔，他和他年幼的儿子住在其中一间房间里。

帕特龙夫人肯定克服了自己的缄默，才同意和我进行3小时的会谈。最终，她给了我她丈夫的地址以及他的囚犯入狱证的号码。在拘留中心里，他经常出入陶器厂的车间、电脑（不联网）学习班和天主教讨论组。他有权给自己的妻子和孩子们打电话。

通过一条连通客厅与厨房的舒适的走廊，我们进入了房子里面。

客厅里放着一张皮质的沙发，蕾蒂西娅曾坐在那里，在电视机前度过了很多时间；多层架上放着古玩；一些带框的照片。厨房里有几件诺曼底风格的家具，椭圆形的桌子是全家人吃晚饭的地方。一条过道通向小姑娘们以前住的房间（现在是加埃尔的房间）和浴室。走廊边的另一条过道通向主卧室和所谓的“客房”，它供周末安置孩子和短期居住之用。双胞胎和帕特龙夫妇住的房间对着罗杰尔路。房子的后面是一个花园，一道栅栏将它和属于帕特龙的另一片土地隔了开来。

她们看来很高兴能够认识我们，而这是相互的。我头一次见到一进门就放下手提箱的孩子。

在到了我们家之后，杰西卡心神不宁，她的焦虑发作了：“我没法呼吸了，我胸口痛。”从一开始，杰西卡就整天说话。她无所不说。蕾蒂西娅则相反，她非常沉默，一言不发。这个漂亮的小女孩隐藏着自己的痛苦。她活在自欺中，不愿意承认遭受过自己父亲的虐待。

她们彬彬有礼，大体上可以说很有教养了。护理中心的工作做得不错。相反，至于卫生……她们到的时候，身上都是虱子。我们用了一年时间才把它们清除干净。蕾蒂西娅尤为严重，她在理发师那里进行了一次光浴，这才得以根治。

她们在五年内同处一室，睡双层床。她们对我们很依恋，一开始就如此。我们去哪里都得带上她们。她们从没有自行其是的愿望，倒是会因为独自待着而害怕。她们非常胆怯，对外面的世界充满了恐惧。她们在这里获得了安全感。

我们的孩子把她们看成妹妹。在圣诞节的时候，如果我们自己有小龙虾，也会有她们的份。她们并不会因为住在寄养家庭里而比别人得到的少。有一天，在饭店里，我对我的母亲说："我来付小姑娘的份。"母亲回答说："当然不要你付！"

是蕾蒂西娅自己选了我们的别称。叫"爸爸、妈妈"是不可能的。"叔叔、婶婶"，有点像婴儿一样[1]。"咪咪"再合适不过了，听上去就像"妈咪"。吉尔则成了"吉卢、提卢、小狼"。[2]

*

在帕特龙的家里，蕾蒂西娅和杰西卡都有自己的一席之地。她们在那里得到了体贴、关注和教育。他们会庆祝她们的生日，带她们去度假。她们和帕特龙的孩子和孙女非常亲近，尤其是比她们小 8 岁的马里斯和小 10 岁的安娜伊。她们会做蛋糕和礼物，会制造惊喜。

别样的生活开始了：她们不仅融入了真正的家庭，而且视野也打开了。捕蛤的聚会，干零活，上萨瓦的旅行，罗特的野营，叙佩尔贝斯和牛比利斯山脉的冬日运动，和帕特龙先生的妹妹一起参加的人道活动，所有这些新的活动于她们都是发现和探索。蕾蒂西娅开始了滑雪，她喜欢从黑色的小道上往下滑行。杰西卡注册了波尔尼克的田径

---

[1] 法语原文中的 tonton 和 tata，分别指小孩子对叔叔和婶婶的昵称，发音分别类似"咚咚"和"嗒嗒"，所以这里说像婴儿。

[2] 在法语中，狼（loup）一词的发音和吉卢（Gilou）、提卢（Tilou）的第二个音节是一样的，都是 lu（卢）。

俱乐部。

2007 年 7 月 7 日——三个 7，一个神秘的日子——她们出席了埃尔蒙家儿子的婚礼，住在上萨瓦的这家人都是帕特龙夫妇的好朋友。在这样一个充满了家庭温馨气息和欢笑的场合，帕特龙夫人教她们跳麦迪逊舞。2008 年夏天，蕾蒂西娅参加了“马术、科学和发现”社团，在那里帮助团队照管小孩。

双胞胎的教育最终遵循几条基本的规则：彬彬有礼地说话，摆餐具，清洗，完成自己的义务，洗衣服，不睡得太晚。在杰西卡和我的谈话中，她每次都跟我重复说，这要归功于帕特龙夫妇：他们是真正的父母，他们给了她们真正的教育，他们什么都教给她们，“蕾蒂西娅也会跟您这么说”。

帕特龙夫人给了我一张蕾蒂西娅的未标明日期的便条：

> 你们就是我的太阳光。
> 就算我有时候没有向你们指出过这一点。
> 你们是世界的温热，
> 把每个人的幸福都汇聚一起。
> 感谢你们奉献了自己的快乐和生活
> 你们有朝一日会收获感谢
> 因为你们让每个人都变得不一样。
> 谢谢。
>
> 蕾蒂西娅

她们刚到这里的时候尚未满 13 岁，还不会阅读：她们能数数，但是并不理解。帕特龙夫人是退休的小学教师，她仔细检查她们的作业，布置布莱德[1]习题，一遍遍重来，直到她们彻底掌握课程为止。面对着种种困难，杰西卡变得好学了，而蕾蒂西娅并不像她那样渴望学习："我知道怎么读了，咪咪，别操心了。"蕾蒂西娅变得更加懒惰，更加压抑，但她的智力也变得更为活跃，即便她能在班里获得好成绩，她也"不肯卖力"。

当双胞胎姐妹于 2005 年春天到达帕特龙夫妇家的时候，她们在潘伯夫的路易斯·米歇尔初中接受教育。她们上七年级的职业适应普通教学班，这些专业课程班的人数都经过了缩减，教育难度也有所降低，专门针对在升职业教育这件事上有困难的学生。老师什么都教，就像初等教育一样。裁缝、水泥匠或者分销学习班都是为未来的职业选择而开设的。

佩雷姐妹用功、聪明而快乐，她们喜欢参与。当老师要指定一个学生在他不在的时候看管班级，他总是会选蕾蒂西娅。帕特龙夫妇会过来参加就业指导会议，领取成绩单，上面总写有很好的评语。他们认真而细心，很关心女孩们学业上的成功，比大多数父母都更投入。蕾蒂西娅和杰西卡在课上谈起帕特龙先生的时候，就像是在说自己的父亲。她们在家里的时候叫他"小狼"。

双胞胎姐妹很留恋潘伯夫的初中，要求在搬到波尔尼克之后继续留在那儿。蕾蒂西娅在那儿碰到了自己最好的两个朋友，住在拉贝纳

[1] 指 Bled，法国教辅类书籍品牌。

里镇的一个同龄女孩罗拉，比她小 3 岁的男孩法比安。早上，一辆小巴士会开到罗杰尔路环岛的车站，把她们都接走。它分别在穆捷、谢梅雷（法比安上车的地方）和弗罗赛停靠。小巴士把总共 6 个人送到学校去。蕾蒂西娅和法比安总是坐在车后面，一路嬉笑打闹。蕾蒂西娅正是在那儿第一次吻了一个男孩，那时她四年级。

法比安碰到蕾蒂西娅的时候，她上初中四年级，而他正初一。很快地，她就把他置于自己的羽翼之下：她问他叫什么名字，对他产生了信任，还向他解释，初一并没有这么可怕。他们每天早晚都会见面。车上的友谊成了人生的友谊，"大姐姐"和"小弟弟"。有一次，蕾蒂西娅还给了他一张自己的照片。

在白天上课的时候，或者晚上在家里的时候，他们写信给对方，然后在车上互相交到对方手里。蕾蒂西娅犯了很多拼写错误。有时候，到了第二天，法比安不得不问她到底说了些什么。她有一种折信的方式：对折，再对折，并且把其中的一半折成三角形，一个漂亮的折页就出来了。她会在信的结尾留下一个写得很大的大写字母 B，它同时代表了几个词的起始字母：

吻（Bisou）

好（Bien）

口水（Baveux）

法比安给我带来一个本子，上面记着他在她死后向她说的话：

嗨，我的姐姐。我希望你在上面一切顺利。而尘世的我，正满怀忧伤。

为什么那天我没有想到要去看你？为什么我没有察觉到你过得不好？

安息吧，小天使。

如果说蕾蒂西娅和法比安的关系让我感动，这不仅是因为他们之间纯洁的感情，也在于她所表现出来的保护的本能。在她还是一个婴儿、小女孩和顽童的时候，并没有人关心她。她知道“小孩”是需要抚慰的；而这正是在知道初一让他害怕之后，她在小巴士上所做的。

我想，只有当一个人自己安定的时候，才能够保护别人。蕾蒂西娅和杰西卡最终驶入安全的港湾了吗？

16 在水洼和淤泥中

在梅隆案初审期间，一个宪兵表示："本来应该已经开始和他对话了。但没有成功。像这样的沉默我也碰到过，但都不会持续很久。通常，这样的人最后都会敞开心扉。碰到现在的情况，我们想不出什么法子。"

2011 年 1 月的整个月末，都为尸体的搜寻工作所占据。在梅隆被捕之后，搜索区域从拉贝讷里镇扩大到勒加斯波，从滨海地区扩展至田园地区。小树林、冻硬了的沟渠、崎岖的小路、杂草丛生的盆地、笼罩在雾气中的森林，所有这些地方都被几十名宪兵搜查了一番。在草地上，有警犬在嗅寻。辖区内有一些池塘和水坑，都交由潜水员负责。还有一架直升飞机被派出，它将雷茨地区阿尔通镇扫视了一遍。

1 月 23 日星期日，在勒加斯波附近，一个农夫发现有人在他的一片土地上挖了一个坑。这个坑有 1.5 米长，50 厘米宽，40 厘米深。毫无疑问，梅隆本想掩埋尸体，但因为冬天的土地过于僵硬而放弃。1 月初，在通往这片土地的小路上，有人发现了一辆陷在坑里的雷诺货车。调查显示，这辆车属于被梅隆和贝尔蒂盗窃过的光电板企业。

梅隆在监禁初期的那些陈述把调查人员引向了圣纳泽尔和卢瓦

尔河。一架直升飞机在勒加斯波、潘伯夫和库厄龙范围内的河流上飞过。一艘宪兵队的船投下了由瑞士军方提供的声呐装置。它被拖行在河口的冻水和马帝尼耶运河里，使得三四具和旧案有关的尸体浮上水面。水警和海警大队所有的潜水员都从南特出发，调往波尔尼克。搜索溯游而下进行，涉及到的区域覆盖了卢瑟勒希滨海圣马克的整片海岸，其中包括了圣布勒万、海滩、贻贝养殖场、悬崖、沙洲和岛屿。拉贝讷里镇的年轻女孩们通过脸书页面组织了起来，她们穿着荧光背心，在人迹罕至、长风呼啸的海滩上寻找着她们的朋友。大海澜翻絮涌，却未留一物。

在内陆地区，任何蛛丝马迹都没有被放过：无论是水塘和潮湿地带，还是被丢弃的内衣、桥上的血迹、匿名电话。有一天，弗兰克·佩雷、斯蒂芬和德尔菲娜去了雷茨地区阿尔通镇附近的一个村庄，因为一个算命的向他们保证，蕾蒂西娅就在那附近，在一处废弃农场的池塘边上。佩雷一家和当地居民用手电筒把所有区域都搜索了一遍，持续了一整个晚上。线索将由宪兵来核实。弗兰克·佩雷说："我就想找到我的女儿，无论付出什么代价，使用何种手段，但真要找到的话，那种情形还是会让我害怕的。"

和其他那些让人不安的失踪相反，在蕾蒂西娅一案中，调查人员所掌握的设备至关重要，对于这个地区而言，从一开始便是如此。在此次动员中，胡布舍尔上校指挥着大西洋卢瓦尔省的宪兵队伍，扮演了关键性的角色。

调查紧急处置中心被安排在波尔尼克特警队的会议室里。在这里可以看到调查负责人、刑事分析员、法医检验行动的协调员，以及几乎每天都会到场的昂热侦讯处的指挥员。这四个人领导的“蕾蒂西娅小组”由70个全天候工作的男女组成，这还不包括参与实地搜索的200个机动宪兵。在整个2011年，这个小组的调查人员就没有少于过25个：考虑到宪兵队的人员数量问题，这已经很多了。维持一个侦察小组超过4个月，称得上是壮举。

弗朗茨·图谢指挥调查行动。在这项集体工作里，永远会有协商，但是组织是金字塔形的：每一个团队负责人都要向弗朗茨·图谢报告他所负责的案卷的进展，包括梅隆的人际关系网、蕾蒂西娅的生活、听证、监禁、搜查、在拉贝纳里镇挨家挨户寻找证人和线索、技术警察的车辆、受害者、嫌疑人和他们各自周边人员的电话和银行记录的核查、梅隆可能藏匿尸体的地点。每一天，团队人员都会带来需要一起进行分析并归并的信息。一个星期五的晚上，网络系统发生了故障，谁都没有想到会有这么多人使用它。海军同意紧急派遣技术人员，他们在一架直升飞机上使用卫星电话，帮助调查人员排除故障。

弗朗茨·图谢完整无误地回忆起了那段时期：

> 每一天，每一个星期，都有大量的工作，非常紧张。我负责分配任务。有好几个讨论组，每个讨论组都有人负责。案件里面是否存在共谋行为？但总也找不着小姑娘。
>
> 蕾蒂西娅的照片挂在调查小组的墙上。这张照片是主线和关联。不允许存在哪怕一天，小伙子们坐在那里却不知道自己该干嘛。
>
> 在波尔尼克刑警队的门口，有几十个记者和竖着天线的车子，

卢森堡广播电台、欧洲一台、BFM 电台悉数在场。

我们睡得不多。在不多的用来休息的时间里，我们也没有停止思考。晚上在活动房屋里的时候，我们还在谈论着，在睡觉的时候，我们还在思考着。

*

一群被冻僵的记者目击了田野里的搜查和勒加斯波附近的挖掘行动。在他们的文章和报道中插入的照片展示了：军人地毯式搜索原野、潜水员浮出河面、波尔尼克宪兵队门口的警卫、白色游行期间穿着厚实的人群、当地橱窗上贴满的召唤目击者的布告。

从 2011 年 1 月 19 日到 31 日期间，亚历山德拉·蒂尔卡撰写了百来份急件。法新社急件往来的数量惊人，每天都在 30 到 40 份之间：全国性报纸、地区性报纸、日报、周刊、电视和广播网站、新闻门户，等等。

尸体还没找到，搜索在继续（法新社，2011 年 1 月 23 日）

星期一对数个地点重新展开搜索（法新社，2011 年 1 月 24 日）

蕾蒂西娅还未被找到（法新社，2011 年 1 月 27 日）

在媒体持续的潮流中，即便什么都没发生，也要装出发生了什么事一样。因此也就有了这种空洞而让人焦虑的话：蕾蒂西娅依然“下落不明”。但是，记者现身现场是必要的：必须感受氛围，描述眼前所见，会见其亲友，重理信息。他们忍受着刺骨的潮冷，整天都在烂泥地里度过，就为了看到宪兵翻查篱笆和翻墙破土。勒加斯波的黄昏让人颤抖，在这个词的所有意义上，这个地方都像被下过咒。

和人们所能想象的不同，在这些紧张的日子里，压力、寒冷和疲惫吸干了一个人所有的精力。晚上的时候，同事会在麦当劳聚会，里面还有附近的年轻人，或者在波尔尼克的赌场，对面就是停游船的港口。人们需要待在一起，面前放上一杯热茶，在放松的时候回想当天发生过的种种。但是，烂泥弄脏了鞋子和裤脚管，冬天、毛毛雨和阴沉的氛围如影相随。19 点左右，大家又上了车，在黑夜降临之际行驶 50 公里，掐着点赶到孩子床头，好给他们讲上一个故事。大家在安稳的家里又变成了温情的家长，但是他们始终保持着警惕，无论是对记者、通讯员、特派员、摄影师还是摄像师。死者的照片和其亲友的痛苦挥之不去。但他们难以向周遭的人吐露心事，因为守口如瓶是其职业的一部分。

鉴于所有的搜索和排查仍然徒劳无功，弗朗茨·图谢便倾向于一种更为细致的方式。这就是通过梅隆的亲友，猜测他的藏尸之地。用行话来说就是“依据司法调查来缩小搜寻范围”。

17　帕特龙先生

当我问起负责帕特龙一案的法官时，她向我表示："我不排斥任何一种亲近这对双胞胎的形式。她们度过了美好的时光，她们乐于交际，玩棋盘游戏。人性太复杂。没有人完全是坏人，正是这点让人痛苦。"

*

1950 年，吉尔·帕特龙出生于南特附近的拉蒙塔尼。他当过锅炉学徒工，拥有相当于技术类高中的文凭。他在职业生涯之初是一名工人，而后在安德尔的船只建造部担任财务秘书，这是一家专注军舰和潜艇设计和维护的公司。在他的要求下，他被调到了塔希提岛，1990 年初，他把整个家都搬到了那里。他有 3 个孩子（两个女孩和 1 个男孩），因为喜欢拈花惹草而出名。回到大城市之后，他成了社会规划的受害者。由于失业，在 1995 年 45 岁的时候，他决定成为家庭救助员：那之后他就开始接收寄养儿童了。

他受雇于大西洋卢瓦尔省的省议会，在省议会的授权之下，他所要执行的任务是保证"未成年人和小于 21 岁的年轻人的健康、安全和成长”。具体而言，重要的是——就像19世纪以来所有的寄养家庭一样——由严肃而体贴的“善良家父”[1]来抚养孩子，并且对他的日常生活和学业进行指导。既然多数受到安置的儿童还有自己的亲生父母，那么他究竟是“儿童专业人员”“家庭救助员”，还是“养父”？无论如何，他的地位是模糊的，因为他所做出的决定涉及儿童的生活，乃至其中的私密部分——家庭生活的规矩、时间安排、房间的布置、学校作业、网络和手机的使用、和朋友的外出、必要的惩罚——然而，他并不拥有父母的权威，而且必须向儿童社会救助厅委派的教育专家做出请示。

帕特龙先生是个活力四射的人，参与了很多活动。他是体操和足球教练员、柔道俱乐部的主席、老年人的监护人。他所参与的家庭救助员的活动，是由雷茨地区的寄养家庭协会所指派的。这个能干的人将自己在波尔尼克的房子修葺一新，建了几间车库，对另一处租借来的房子进行了装修，还帮助自己的孩子翻新他们的住宅。他用自己的双手在罗杰尔路上建了一座新房，和自己的家只隔开两个门牌号。

帕特龙夫妇在他们家里连续接收了总共6个儿童，还有55个儿童是在周末或假期中被“中转”过来的。有些成年后碰到了困难，还会回来住在他们那里。6个中的第一个叫热罗姆，和他们一起生活了8年。他后来成了面包师，独自抚养着一个小女儿。阿诺从8岁待到了11岁，他星期日晚上到来的时候总是千疮百孔：“妈妈打我了。”整个星期，他都会满怀期待地等待周末：“妈妈会改变的，她不会再打我

[1] 原文为 en bon père de famille，法国《民法典》中的“善良管理人”或“善良家父”概念。

了。”但是，在接下来的周末，她都会用编织机的小棍狠狠地打他。三年之后，他回去跟她住在一起。帕特龙夫妇一家给了他一个收录机。他母亲过来接他的时候，把机器扔进了汽车行李箱：“看到了吗？没收！没收！”最后，在一次争吵中，阿诺弄断了自己的一条腿。而今，他都没有工作，住在一个再接纳中心里。每个星期六，他都要去他母亲家里做家务。

在 2001 到 2004 年期间，帕特龙夫妇收养了克莱芒蒂娜，一个 10 岁的女孩。在接下来的一年，蕾蒂西娅和杰西卡到了潘伯夫的救助中心。几年之后，他们还接收了加埃尔。

那些赏识帕特龙先生的人说，他是一个领导者，一个有手腕的人，直率、勤劳、坚挺，投身社会，随时准备做出贡献。被他触怒过的人则把他说成“无所不知”先生，自以为是的人，心理不适症患者，有一个牛劲十足的自我，始终不把自己的妻子放在眼里。

他对蕾蒂西娅和杰西卡很严厉，给她们带来了她们一生都欠缺的原则、价值和环境。他的教育并不缺乏情感：在她们 13 或 14 岁时，她们坐在“小狼”的膝盖上（就像坐在帕特龙夫人，也就是“咪咪”的膝盖上）。他对她们的生活介入很深：他会检查她们的作业、学习成绩单和银行账户，不允许她们外出；在蕾蒂西娅和她男朋友在一起的时候，他会打电话骚扰她；他要求杰西卡田径训练一结束就回家，保证自己在比赛期间做好热身。帕特龙先生发号施令，而且不习惯遭到反对。因为下午回来得太晚，蕾蒂西娅的摩托车就被没收了。杰西卡不得不监视蕾蒂西娅和加埃尔：必须把他们间的打情骂俏扼杀在摇篮之中。

杰西卡说："那些规则就是他本尊。他就是主导。而夫人无从插嘴。不能自说自话，绝对不能！我没自说自话，绝不应该！蕾蒂西娅要独立得多。"

对这对双胞胎而言，帕特龙先生从来就不是一个"家庭助理员"。他很快就成了一个"养父"，一个准继父，主要的控制人，意识的指导者，他身负职责且享有特权。他和那些有权质疑他独断专行的人之间的关系并不稳定：弗兰克·佩雷、儿童社会救助厅的代表，但也包括预审法官。他看不起本地另一户寄养家庭，那户不显眼的人家收养了罗拉，也就是蕾蒂西娅在学校里的朋友。他身为人父的信念——一个典范父亲——来自于对无限权力和社会优越性的热衷，这同时也凸显出家长的缺陷、感化教育工作者的失职。

*

在那时，面对帕特龙先生，蕾蒂西娅和杰西卡的父亲和叔叔们的想法是一样的：他们被逐出了她们的生活，就像远方的父母被逐渐淡忘，在由此而产生的苦涩中，还掺杂着感激和某种形式的赞赏。时至今日，阿兰·拉尔歇依然承认那个男人给他留下了强烈的印象，他们第一次会面是在波尔尼克的麦当劳停车场里，当时，他还带着父母来看望他们的外孙女们。

> 帕特龙是一个杰出的养父。我的父母在南特接待了他，以此表示信任。对于他本人，他的态度，他的生活方式以及他的回应，

> 我们都引以为荣，不能更满意了；对帕特龙夫人也是如此。他们把两个小女孩看成是自己的孩子。

帕特龙先生获得了政府许可，弗兰克·佩雷也只和他交谈过，但是并不知道他的居住地址。他很想去看看自己女儿们生活的地方，但是帕特龙先生对此加以拒绝。

> 我把他当作榜样。他和我接触的时候，态度很得体，说话也对路。我去接小姑娘们，把她们带回南特。“小姑娘们怎么样？一切都好吗？——当然，一切都顺利。”

弗兰克·佩雷和西尔维娅·拉尔歇的处境仍成问题，法官于是决定淡化家庭联系。每三个星期六，每一个家长可以选择其中的一天去看望自己的女儿们，波尔尼克和南特之间的往返时间也包括在内。即便这对双胞胎对她们母亲的抑郁有所准备，但还是不免受到折磨。当弗兰克·佩雷的那个周六到来，他会在10点钟的时候，在波尔尼克的麦当劳停车场接上女儿们。他必须在18点的时候把她们带回去，所以没有很多的时间可供利用：他们要么在麦当劳吃了早饭之后，坐着汽车去兜风，要么在亚特兰蒂斯购物中心随便看看，要么到斯蒂芬和德尔菲娜位于马拉科夫的家里消磨时间，那是南特的一处平民居住区。无论如何，都必须充分筹备，计算好时间。杰西卡说：“从见到我们父亲的那一刻起，我们就一直很高兴。时间不长，但是已经不错了。”在完成了某些程序——寄出申请信、填完表之后，拉尔歇家的外祖父母终于可以见到他们的外孙女们了，但每个月只有两三个小时的时间。

这也是帕特龙先生的态度，他推动了她们家庭关系的毁坏。弗兰克·佩雷感到自己受到了判决，成了局外人。他给自己的女儿们打电话的时候，电话机总是处于免提状态，帕特龙先生就在左右。在这种情形中，很难说出“我爱你”。当帕特龙先生把蕾蒂西娅和杰西卡送去她们母亲位于南特的家（因为拉尔歇夫人没有代步工具），他会把车停在楼下，坐在里面等上一整天。为了不撞见他，母亲和她的女儿们会从一层出去，穿过小区内的垃圾箱和地窖，跑到院子里去玩滑梯。

对于佩雷家，有些回忆就像羞辱。2005 年的一个星期六，德尔菲娜正在产房里分娩，双胞胎姐妹和她们的父亲和叔叔都待在马拉科夫的寓所里，在一片快乐和激动的气氛里等待婴儿出生的那一刻。但是，下午即将过去，婴儿还没有生出来，而弗兰克·佩雷必须把她们送回波尔尼克。失望至极的蕾蒂西娅和杰西卡极力反对，却也没有其他选择。经过一个小时的车程，她们在麦当劳停车场被帕特龙先生接走了。她们等了一整天，因为一小时之差就错过了她们小堂妹的出生。但是，帕特龙先生并不是那种有商量余地的人。

2006 年的另一个星期六。那是一个大雪纷飞的冬天。小女孩当时已经长成了少女，她们用纸板做了雪橇。当雪花伴着夜色降临，回波尔尼克的时间也到了。然而，路面已为大雪所覆盖，这种时候驾车是很危险的。弗兰克·佩雷给帕特龙先生打电话，问他能否破一次例，让女孩子们在她们的叔叔家过夜。

“绝对不行。”

最后，蕾蒂西娅和杰西卡在两名宪兵的护送下出发了。天很晚了，还下着鹅毛大雪，她们不得不在布盖奈的护理中心过夜。次日早上，帕特龙先生过来接她们，他们驶入漫天的雪球中，开始了和它们的艰难斗争。

但是，帕特龙先生是否有理由不信任弗兰克·佩雷呢？只要从她们父亲身上闻到酒味，他就有权不把女儿们交给他。杰西卡回忆道：“这事发生过一次，让我非常难过。我们已经十三四岁了。”有些星期六的晚上，她们回来说：“我们在停车场底下玩耍，爸爸和叔叔则在房间里喝啤酒。”有时候，弗兰克·佩雷会自娱自乐，开启手制动让车滑动起来，或是假装看到一只猫穿过了马路。一个星期六的晚上，在布艾耶的停车场，他让杰西卡开车。为了不让她撞上停在那里的一辆车，他不得不用手制动急刹车，车停得非常之迅猛，坐在后面的蕾蒂西娅被吓得面色苍白。在那天，他们还一起玩“如何表现自然地偷东西”，想象他们正在一个超市里拿一样东西而不被保安和摄像头察觉。经过这次之后，法官停了他一段时间的探视权。

弗兰克·佩雷的做派足以说明他在社会中的卑微地位，也证明他不具备当父亲的资质，这让我难过，犹如目睹了纯粹的决定论景象、自食其果的不公、落在罪犯身上的小惩罚。他的酗酒和不负责任让他成了众矢之的：法官、儿童社会救助厅、帕特龙夫妇，也就是司法机关、社会救助部门和“正派人”的群体。在他们眼里，他一无是处，大家对他只剩下同情。

2008 年，儿童社会救助厅做出调整，将对双胞胎姐妹的安置一直延续到她们成年为止。弗兰克·佩雷要按照每月每人 100 欧的标准支付抚养费用。16 岁时，她们独自坐火车去南特见她们的母亲。但她们发现大门紧闭，西尔维娅·拉尔歇没有通知任何人就住进了医院。

*

并不是因为帕特龙先生受雇于省议会，受到了儿童社会救助厅的女性感化教育工作者的监督，他就会和她们融洽地工作。这样的互不信任在19世纪就被注意到了。

蕾蒂西娅和杰西卡的“协调人”属于团结委员会辖下的儿童社会救助厅分部，它位于波尔尼克，所有省议会的社会救助行动的部门都集中在那里，它们负责的是雷茨地区。拉维奥莱特女士从2008年起就对她们进行监管了，几乎每个月都要会见她们。和帕特龙家日复一日的投入相比，这些定期会面的次数并不多，但有助于对职业选择、钱、健康和节育等问题进行讨论。儿童社会救助厅半缺席的主因在于，女性教育工作者忙于更为紧急的事情，一些年轻人退学、离家出走、偷盗、吸毒或者自残。相比，佩雷姐妹倒是成功的典范。

对于帕特龙先生，拉维奥莱特女士的想法是自相矛盾的。一方面，和他一起进行的工作太过复杂。他想操控一切。他无法容忍任何意见。他对自己做的事情确信无疑，他动辄批评别人而不是反思自己。如果一个女性感化教育工作者的举措不合他心意，他会欣然应允，然后暗中进行破坏。因此，当拉维奥莱特女士之前的感化教育工作者要求双胞胎姐妹参加社团，以便探索新事物并交上朋友时，帕特龙先生说得蕾蒂西娅好像是组里面年龄最大的。她失望而归：“他想要我和小朋友待在一起。”至于杰西卡，她完全处在他的支配之下，连蕾蒂西娅都说，杰西卡对帕特龙先生言听计从。在几个月之内，他就在双胞胎姐妹的生活里占据了不相称的地位。在团队中，大家都说她们“受操控”。操控，是指在处于成长期的儿童身上设置一套控制机制。

另一方面，蕾蒂西娅和杰西卡看起来找到了一个框架，她们在其中快乐而安心，找得到自己的坐标。在去她们的住处进行探访时，拉维奥莱特女士会留心观察她们在何种程度上融入了这个家庭，有时她会放心地离开：“小姑娘们很好，她们取得了进步。”另外一些时候，她则满怀焦虑地回去：“这不行，她们必须过上自己的生活，必须得找到另外一种方式。”但是，这些怀疑牵涉的是双胞胎姐妹的自主性。拉维奥莱特女士从来没有想到过性方面的暴力。2014 年，在帕特龙一案的庭审上，被告一方询问，如果说女孩们是“受操控”的，那么省议会为什么没有得出相应的结论？

帕特龙先生，他是代理父亲，还是滥用职权的家庭助理员？他怀有的是名副其实的警惕，还是对情人的妒忌？他的严厉有利于迷失的青少年，让人安心，还是说，他对未成年人而言就是暴君？

18 一个“性侵累犯”

马蒂诺法官对此有所察觉：蕾蒂西娅案件变成了政治和司法上的难题。海量的报纸杂志、整个国家的情绪、白色游行、对尸体的搜寻无不在滋养对安全的讨论。所有人都在想象，蕾蒂西娅是被一个性侵累犯强奸并杀害的。很快地，如下看法就占了上风，法庭在对梅隆的监控中表现出了纵容。2011 年 1 月 22 日他受到起诉那天，监狱管理局的监察员突然来到大西洋卢瓦尔省。

这桩社会新闻是在国家的最高层被政治化了的。1 月 25 日的爱丽舍宫，在执政党每周早餐会进行的过程中，尼古拉·萨科齐要求政府和议员“快速地”在性侵犯的监控一事上采取措施。他呼吁制定法律，强制这些罪犯在出狱后佩戴电子手镯。下午，他访问了圣纳泽尔的海军造船厂，期间，他就将“西北风”[1]出售给俄罗斯发表了演讲，他在演讲开始的时候宣称：“刑事累犯并不是必然的，没有下文的调查不会让我满意……重要的是决心，而不是审议委员会。有太多类似的情况了。”第二天，在部长会议上，总统又一次回到了这出悲剧，之后，

---

[1] 指“西北风”（Mistral）级两栖攻击舰。

他在爱丽舍宫就累犯问题召开了一次会议，出席的有司法部长米歇尔·梅尔西耶、内政部长布里斯·奥尔特弗。

尼古拉·萨科齐经常以某一桩社会新闻为借口，要求——并取得——刑事立法的强化。2003年9月，内政部长就一个连环强奸犯发表如下意见："这些被称为怪物的人……他们可以消失在大自然里，让我们不知道他们藏身何处吗？"2005年6月，他投入到对最高权力的争夺中，他同时猛烈抨击杀死了一位名叫内利·克雷梅的慢跑者的凶手，以及一个"胆敢释放了这样一个怪物"的法官。一项法律得以在秋天表决通过，它放宽了累犯的概念，对缓刑期做出了限制，延长了最短刑期。2006年5月，在两个儿童被杀之后，他再次对性侵累犯发动了战争，他提出，对他们的定罪证据的保存时间要延长。

2007年8月，在总统选举的第二天投票通过的达蒂（Dati）法定立了"最低量刑"：再次犯下的罪行或违法行为将受到高于某一标准的惩罚（法官可以不遵守这一法律条令，但不包括第三次犯法这种情况）。几天之后，萨科齐就一个对小恩尼实施了强奸的恋童癖累犯做出回应，他宣布建立封闭式医院，并取消了对性侵犯的减刑。2008年年初投票通过了安全扣留权，它允许监禁服刑完毕但具有危险性的犯人，关押可以无限期地重新开始。

一桩社会新闻，一次公共干预。每一种犯罪都有相应的法律。一个凶手"证明"了现存刑罚系统的缺陷；紧随其后的法律应该"涵盖"所有会到来的罪行。尼古拉·萨科齐自视救世主，而不仅仅是一个超级总统。

真实的情况是，这些法律涉及长期以来对政治和刑罚的思考。1998年的吉古（Guigou）法针对的是性侵，它迫使罪犯服从旨在防止重犯的社会司法监控。2002至2008年的贝尔本（Perben）法针对的是轻微和中度的犯罪，其后则有了2007年关于最低量刑的法律。在2005年的一份报告中，最高法院的检察长让-弗朗索瓦·布尔格林主张创建半医院、半监狱的封闭中心，以应对具有危险性的罪犯。自2000年年初起，尼古拉·萨科齐就表示赞同最低量刑，并将之列入2007年的总统方案中。

除了尼古拉·萨科齐的个人偏好之外，他的介入也表现出了一种新的风格。他是一个更直接、更感性，同时也是感情真挚并且精于算计的政客，他会去分担家庭的痛苦和法国人的不安。他不是那种面对问题时会袖手旁观的人。

尼古拉·萨科齐会满怀热情地紧紧抓住社会新闻，这促成了他的成功，而它们之所以能引起关注，形诸报道，引起讨论，扩大化，甚至上纲上线，他都起了决定性的作用。蕾蒂西娅案件之所以会爆发，很大程度上归因于他在2011年1月25日对圣纳泽尔的海军造船厂的访问（此外，总统的传播干事弗兰克·卢夫里耶就出生于南特）。为她父母所生、为梅隆所杀害的蕾蒂西娅，可以说是被萨科齐创造的。她从此以后就被列入到一张受害者的长名单中了，格雷高利、乔纳森、普里西拉、奥里利亚、恩尼、麦迪逊、马蒂耶斯，所有这些儿童的名字都成了案件的名称，成了一系列罪行的概要，正是它们摧毁了她们和她们父母的生活。

一桩社会新闻意味着一个有罪之人。一桩恐怖的社会新闻需要一个怪物。怪物必须被关起来。这种分析上的简单化传达出了我们社会深处的一种运动：指定所有罪行、所有意外、所有疾病的必要性，以及一个引来众怒的负责人。伴随着有罪之人身败名裂的是受害者的提升：后者之所以无辜正是因为前者的卑鄙。这种解释力图催生出一个善恶参半的社会。共和国总统做出了选择，也把法国人引入歧途，因为大多数的性侵害发生在家庭的范围之内：丈夫对妻子，爷爷对孙女，继父对青少年，等等。中学生和搭顺风车者的攻击当然是存在的，但是就数量而言并不显眼。因此，将性侵和诱捕联系起来反映的是一种对危险的错误理解。

对于社会新闻的这种萨科齐式的做法，就其本意而言就是一种政治行为：行动的修辞，“法律和秩序”的话语，对恐惧的利用，感情的操纵，无处不在的媒体好像成了社会的卫士，“流氓”和“怪物”包围之中的法国人的保护者。这是一种利用感情和安全问题做文章的机会主义，为担任过部长和总统的尼古拉·萨科齐所独有，将累犯造成的危险降到零，他以这种动机来为最具压制性的措施（最低量刑、安全扣留、轻罪人民陪审员、废除对未成年人的减刑）作辩护。

行政机构认为，一旦实施这些措施，社会就会对所有的危险产生免疫力。一种无能的机制便开动了：每一条新的法律都让人们相信，他们解决了累犯问题；每一种新的罪行又表明了立法的缺失、执法和司法的失败、信息收集的空白、安全措施的不足。在立法之后，又是一系列的社会新闻，尼古拉·萨科齐的鼓噪因此造成了这样的印象，他“说的”远比“做的”要好。总统圣言最后灰飞烟灭，永远地沦为无力的独白。

右翼开始对此有所知觉。自1月25日起，人民运动联盟[1]（UMP）在议会中的头头脑脑们就表达了对所有的“机会式的法律”的反对。尼古拉·萨科齐很快就做出了让步，司法部长米歇尔·梅尔西耶宣布，为强化针对累犯的监控而制定的措施，涉及轻罪法庭人民陪审员的法律，二者都将接受审议。

*

对凶手的媒体和政治上的挖掘，就像聚光灯一样照在梅隆身上。在一则关于圣纳泽尔桥上的白色游行的报道播放之前，法国电视二台的新闻主持人说道：“这个悲剧是否可以避免？我们将在今晚看到这个被认定为袭击者的人经历过了什么样的司法历程。”

2011年1月18日下午，梅隆在“蓝胡子”邀请蕾蒂西娅喝酒的时候，还是一个无固定住所的惯犯，他经常光顾当地的小酒吧，在勒加斯波的旅行车里筹备入室盗窃，把偷来的摩托车和电脑藏起来。13次判决让他在监狱里度过了半生。他的犯罪记录无所不包：破坏、无证驾驶或酒驾、团体盗窃、携带凶器盗窃、严重暴力犯罪、拒不服从、藐视法官。他强奸和羞辱狱友被定罪和受审就足以说明，他是一个诉诸暴力、独是独非的草莽之徒。因为此一罪行，他将被列入创建于2004年的性违法作案人司法档案，每一年他都必须上报自己的地址，

[1] 人民运动联盟创立于2002年，是法国右翼政党，2015年改组为共和党。萨科齐为该党成员。

每一次搬家都不能漏掉。

托尼·梅隆是卢瓦尔河谷的小流氓和累犯，这是确凿无疑的。我们可以在他身上看到犯罪能力的增长，从年轻时偷盗汽车直到用球棍殴打商贩的持械抢劫。他在2010年被释放之后卖假货、盗窃、恐吓、袭击、打人，对不法行为造成的后果不以为然，对最高形式的违法行为也有所准备。他总是在惹是生非，一次不太复杂的入室盗窃，偷走一辆小汽车，勾引女孩子（一个“小妞”、一个“贱货”、一个“婊子”）。为防万一，他睡觉的时候身边会放着上膛的枪。梅隆因为终日饮酒嗑药而变得冲动易怒，看不出洗心革面的可能，终有一日他会落到杀人的地步。那并不一定是一个年轻的女孩子。人们原本预料他会在某个酒吧用刀捅人，或者攻击他的前女友，他曾说出如下的话来结束他们的关系：“我要杀了你！我要杀了你的儿子！我要杀了你妈，然后自杀。”谋杀蕾蒂西娅看来是他“自然而然的”结果。

但是还需要说明两点：首先，梅隆并不符合对“性侵犯”的通行定义：他不是恋童癖，也不是袭击者或强奸累犯（即便他的前女友在2010年12月控告他性侵）。人们把服刑的强奸累犯称为“射手”，而他因为坐牢养成的那种男子气，与对这类人的仇恨是分不开的。没有比这更寻常的了。在一篇研究服刑的性暴力犯的文章中，社会学家格威诺拉·里科尔多（Gwénola Ricordeau）援引了一个被关押在波城青少年拘留所的17岁未成年人的话：“那些袭击‘射手’的人，他们无可指摘。简直就是垃圾。他们，那种‘射手’，会把扫帚插进别人的屁股里。这号人要是在我的牢房里，连十分钟都待不下去。”

其次，就像南特的共和国检察官格扎维埃·龙桑明确指出的，梅隆完整地服完了刑期，没有被提前释放；他失去了某些减免的机会。因此，出于安全机制的惯性，政客和媒体才会在勒加斯波的拘捕行动之后提出，法庭“释放了”一个性侵累犯。格扎维埃·龙桑也提到，梅隆并不是因为强奸了蕾蒂西娅而遭到起诉的，这些指控就目前阶段的诉讼而言无足轻重。

要衡量格扎维埃·龙桑的勇气和他所担当的民主权威的角色，就必须对纯粹的司法上的论断予以深思。具体而言，他认为诉讼并不是具有煽动性的定罪，而是正义。提醒大家梅隆并非先天地就是一个强奸犯，这是一种抵抗政治压力的方式，而后又成为抵抗总统本人的方式。

然而，如果不能变成“性侵累犯”的陈词滥调，蕾蒂西娅案件在政治上就没有利用价值。面对这一沮丧的局面，面对多数党就再一次为累犯立法所表现出来的沉默，共和国总统改变了主张。2011 年 1 月 27 日，他紧随法国电视一台和法国电视二台，要求司法部长就“机制失效”做出解释：一个累犯如何摆脱了监控的要求。

*

梅隆的个人履历让人不安，这个累犯确确实实是个问题。努力保护国民合理合法，在这一意义上，打击违法犯罪的斗争和民主的期待是相称的。但是，2000 年后对安全的关注，迫切感，效率的要求，尼古拉·萨科齐的急躁，众所共有的焦虑，这些使得以下这点被遗忘了：打击累犯的斗争就和刑事监狱一样古老。

重蹈覆辙这样一个事实既存在于宗教中（重又归附异端之人），也存在于犯罪中（累犯）。在旧制度下，根据囚犯所犯下的罪行给他们烙上印记——比如，VV 表示盗窃累犯。这是烙在皮肤上的犯罪记录。但是随着大革命的到来，累犯具有了特定的意义。实际上，它是一个赌注，人是可以改进的，恶人可以变善，可以重新回到他在社会中的位置。1791 年的《刑法典》应该产生“这种双重效果，惩罚有罪之人，并让他变得更好”。监狱将成为这种赎罪之地。

然而，累犯表明这项事业整个地失败了。自此之后，几种回应成为可能：消灭（死刑或终身流放），肉体标记（在 1802 至 1832 年间恢复），或者再次投入监狱并加重刑罚。《拿破仑刑法典》制定了一般性和持久性累犯的规则：所有就不法或犯罪行为做出的新判决就是累犯。当释放之时到来，威胁便也降临了。如何保证监狱合格地履行了其职责？如何确定人们释放的不是一个积重难返、不知悔改、无可救药的罪犯？

扼腕于监狱成了“犯罪学院”，这是自 19 世纪初以来的老生常谈了：它不仅没能改良犯人，而且让他更为败坏。两个世纪以后，形势无甚改观：不幸、暴力、混乱、无聊、抛弃感都加重了对犯人的排斥，以至于监狱不过是一个接纳罪犯的流放之地。就如 2008 年参议院立法委员会所说的，监狱中过多的人员增加了“被关押人员再度犯罪的风险，对他们的自尊造成了损害，迫使初犯和刑事犯混居，阻碍了旨在帮助犯人重回社会的救助措施”。

梅隆的“生涯”不幸地证明了这一点，他一生都在护理中心、法庭和监狱之间辗转，他在离开这些地方之后就只是吸毒，和或多或少赤贫化了的狱友谋划入室盗窃。他在他的诉讼中诚实而让人惊骇地说道，监禁“使他的暴力达到顶点”。

在《拿破仑刑法典》颁布两百年之后，关于累犯的争论狼烟再起。在尼古拉·萨科齐担任内政部长和共和国总统期间，5 条直接或部分地涉及累犯的法律接踵而至。在 2008 到 2011 年之间，至少有 6 份报告指出了相关的政府部门的无能。整个 19 和 20 世纪的历史都表明，尽管存在着最为严格的法律和机构，累犯仍然猖獗。那么，既然累犯是个严重的问题，我们自当严肃待之。

——没有一个社会能根除犯罪，哪怕是极权主义。恶、犯禁的欲望、渴望、疯狂都是人类的组成部分，零风险是不存在的。

——累犯也有其社会原因：不幸、教育的失败、前景的缺失、监狱里的人口过剩。既然监狱在制造罪犯（和恐怖分子）中起着重要的作用，那么，与此同时，“累犯问题”应该紧扣监狱这个狂躁之地的问题。

——在“累犯”一词的政治和媒体含义中，它表示的是由处于被排斥境地（就如梅隆的例子所表明的，并不必然来源于城市和国外）的年轻人所犯下的罪行和不法之举。存在着另外一种累犯，同样猖獗，但经常处于法网之外：白领罪犯，例如政客，他们从权力寻租跨越到贿赂，从滥用职权到不合法的活动经费。

19 “我不是你的妻子”

本章将涉及帕特龙先生所犯下的那些性侵的罪行，我想通过方法上的评注来开始这一章。吉尔·帕特龙只承认在杰西卡成年后，经过她同意才与之发生过一次关系。至于其他的，他始终宣称自己是清白的，并且还指责年轻的女孩们因为利欲熏心或复仇的心理或情绪而撒了谎。他的妻子和三个孩子，以及2000年后被安置在他家里的几个儿童，都给予他全力支持。

五个年轻的女性对他提出了起诉，杰西卡·佩雷也在其中。一位共和国检察官提起了公诉。随后，一位预审法官发起了一项为时数月的调查。他安排了几十次调查，法官办公室里还发生了数次对质。最后，为了做出裁决，被大西洋卢瓦尔省重罪法庭视为呈堂证供的都是不会引起异议的证据，而且内容详尽，没有经过那些年轻女子的协商。帕特龙先生被宣布有罪。

*

克莱芒蒂娜是帕特龙夫妇接收的第一个女孩子，她停留的时间很长，从 2001 年直至 2004 年（同期的还有后来成了面包师的热罗姆）。她生于 1992 年，和佩雷姐妹一样，她和帕特龙一家相处融洽，和他们的女儿们、外孙女马里斯都关系亲密。

帕特龙先生的侵犯始自 2003 年，那时她 11 岁。时机不一：在电视机前，在沙发上，在帕特龙女士出门和热罗姆去睡觉之际，在建房子的工地上；在海里，那时他佯装教她游泳。这些是抚摸和强奸：他用自己的手指头侵入她，同时用另一只手手淫。

在她的心理医生给她的一本本子里，克莱芒蒂娜写道："我再也无法忍受帕特龙先生碰我。"这个时期举足轻重，首先因为它提供了物证，其次是因为它揭示了帕特龙夫妇在他们自己家里的做事方式。帕特龙先生发现了这本本子，然后把她叫了过去：

"这是什么？"

"我想写什么就写什么，你无权阅读。"

"为什么你要撒谎？我们要把你换到其他家庭去！"

帕特龙夫人念了本子，要求小女孩道歉。克莱芒蒂娜开始哭泣，并且保证下不为例。

克莱芒蒂娜离开之后几个月，帕特龙夫妇认识了双胞胎姐妹，她们那时近 13 岁，被安置在潘伯夫的护理中心。他对杰西卡的触摸始于 2006 年夏天，那是在他们坐野营旅行车度假期间，发生在一个堆放干草的农场中。帕特龙夫人和蕾蒂西娅那时出去散步了。杰西卡 14 岁，还没有到青春期。她心神不宁，但没有告诉任何人。

侵犯在 2008 年再度上演，在沙发上，在杰西卡的房间里，在浴室里，在建房子的工地上，在捕蛤的聚会中，在卡尔女士家的治疗结束后的返程路上。他摸她的胸和臀部，强迫她手淫，用手指侵犯她。他舔她的生殖器，刮她的阴毛。

尽管杰西卡不情愿，但是她的养父还是照干不误。当他进入她的房间，她就知道接下来会发生什么了。一开始的时候，她还会让他停下来，但是，由于他的坚持，她只能由他随心所欲，因为她知道不会持续很久，通常是 5 分钟。有时候，他会继续下去，并说道：

"等等，我还不够。"

其他时候，她试图让他恢复理智：

"我爱你，小狼，但是我是把你当作爸爸来爱。"

或者，口气冰冷：

"你可以去对你妻子做这些事。我不是你的妻子。"

在庭审上，法院院长阅读了一份电话聊天的抄本，记录的是杰西卡和弗兰克·佩雷的伴侣在帕特龙先生受到起诉之后的通话：

"他强迫了你？"

"我是被他逼迫的。他对我说：'像这样，你就会知道一个男人是什么了……'"

"话说回来，他有 70 岁了！"

"不，是 60 岁，但是他说他热烈地爱着我。"

"话说回来，杰西卡！他是你的养父，不该这样子。"

另外一次聊天：

"你受他摆布了？"

"他让我什么都不要说。"

"你怎么能不告诉我？你跟法官抱怨的是头上长了虱子，头发剪得太短？”

“我不知道，我再也不是我自己了……”

*

我们不是要在这里重新审判帕特龙先生。如果有人有权利在重罪法庭之外的地方审判他，这个人就是杰西卡，而她长久以来拒绝对他进行起诉，她怕他打她的主意。但是我们有权提出这样的问题：究竟谁是帕特龙先生？

一个被安置的爱人

在预审期间，帕特龙先生承认他把手伸进她衣服里，对她进行了抚摸，还承认了手淫和舔阴，但是，这些都是成人之间你情我愿的关系：他是杰西卡的恋人，在她成年之后，他们变得“亲近了”。在诉讼中，帕特龙先生赞扬她是一个“勇敢、主动而果敢的”年轻女性，正是通过她，他才认识了自己。一个 61 岁的爷爷和一个 18 岁的年轻女子相恋？或许吧。

但是必须对他的说法进行几处修正：首先，帕特龙先生有时会当众诋毁杰西卡，其动机在于，在智力上对她加以限制。其次，在他的亲口供认中，他是把她当自己的女儿养的。在蕾蒂西娅死后几个月，他当着《法兰西西部报》两个记者的面表示：“即便她不是我们的女儿，我们还是把她当作自己的孩子养大的，我们爱她就像爱自己的孩子。如果不存在感情，我们不会不辞辛劳，也不会得体地去抚养一个孩子。”

如果帕特龙先生真的对她怀有恋情，那他的“激情”无论如何都是乱伦。在杰西卡的身上，他造成的是一种永远也无法洗清的污迹。

在庭审告终之际，帕特龙先生痛哭流涕起来：

“我做了不应该做的事。我请求你的原谅，杰西卡。”

一头捕食性动物

为什么帕特龙先生后来能够成为家庭助理员？有如下几种可能的解释：为了帮助自己的同胞，先是老人，之后便是儿童社会救助厅里的儿童；为了赚钱而改变职业；为了接近猎物，也就是因为自己的家庭经历而变得脆弱的儿童，只有他能给予他们“保护”。如果人们视帕特龙先生为恋童癖，那他的历史便昭然若揭了：从 2003 至 2004 年期间的克莱芒蒂娜，到从 2006 至 2011 年期间的杰西卡，还有 2009 至 2010 年期间，佩雷姐妹的两个朋友罗拉和茱斯蒂娜。帕特龙先生曾向蕾蒂西娅和杰西卡许诺，他在罗杰尔路建造的房子就是给她们住的。家庭避风港还是性的监牢？

在 19 世纪，公共救助机构中的小女孩就已经供主人享乐之用。并不是后者要侵害她们，而是她们挑逗他；如果她们不满意，她们就要另寻他处；在人们为她们付出了那么多之后！无论如何，这是些一无是处的存在，没有社会存在感，对任何人都无足轻重。受 18 世纪新的教育文化的激励，保护儿童的必要性在 1810 年的《刑法典》中落实，它惩治那些“有碍风化的行为”，1832 年的法律保护小于 11 岁的未成年人。不法行为越来越受到追究，但是和女仆人、农民的女儿、女羊倌和女乞丐相比，受政府援助的小女孩反而变得更为脆弱。我们都明白这一点，克莱芒蒂娜和杰西卡的遭遇并不意外，这正是悲惨之处。

“无论如何”都是一个好父亲

杰西卡对她的养父没有任何怨恨或不满之情。她青少年时代的经历中充满了凄苦：“帕特龙家是第二次机会。时不再来，应该好好地把握。如果他是一个真正的父亲，那就再好不过了……我会留在波尔尼克。”在杰西卡的一生中，她有过的都是不完美的父亲，集温存和反常于一身。我们是否可以说，帕特龙先生的教育因为让人扼腕的偏差而败坏了?

代理检察长在指控中表现出了某种形式的宽厚，而且是直接告诉被告的：“我并不要求法院执行最高级别的判决，因为就残暴程度而言，您已经算高的了，但还不是最高的。”帕特龙先生被判了 8 年徒刑，而他可以被判 20 年。

我们急需解决的问题是：蕾蒂西娅呢?

20 帕特龙—萨科齐之轴

在社会新闻报道中，帕特龙夫妇的风头盖过了所有其他的人。他们被展现为蕾蒂西娅真正的家人。几乎所有的报道都发生在拉贝讷里镇或波尔尼克、罗杰尔路，当报纸拟了“焦虑中的家庭”这样的标题，他们指的是帕特龙一家。帕特龙夫人自己在法国电视二台的摄像机前宣称：“我们仍然希望我们的小姑娘正身在某处，还活着。”

几个事实解释了他们在记忆上的恍惚：首先，蕾蒂西娅住在帕特龙家，她在距离他们家 50 米处被绑架。因此可以说，“波尔尼克的悲剧”就发生在他们的家门口。其次，帕特龙夫妇和他们的孩子并不掩饰自己的感情。最后，对媒体而言，它们必须采访某些人，展示某些地方。就此而言，帕特龙一家是不错的“顾客”。和弗兰克·佩雷截然相反的是，帕特龙先生说话有声有色，有条有理，显示出对语言的把握能力和技巧。作为三个大孩子的父亲，他当过数回祖父，又是省议会聘用的家庭救助员，这个 61 岁的稳重长者所具有的端庄之气，这是因盗窃而坐过牢、经常口齿不清的弗兰克·佩雷完全不具备的。至于双胞胎的母亲西尔维娅·拉尔歇，她一直没有露面。

2011 年 1 月 29 日星期六的白色游行是最为重要的一次，也验证了上述对比。活动发生于蕾蒂西娅失踪的10天之后，头号嫌疑人缄口不言，同时，共和国总统紧抓此案不放。拉贝讷里镇的镇政府门前，搭起了四个帐篷，还有供人们签名的吊唁本。从14点开始，两千人结队走过了蕾蒂西娅最后途经的路线，从南特酒店一直到发现摩托车和平底女鞋的地方。三户家庭到场，出现在前面的是帕特龙一家，佩雷一家和拉尔歇一家则远远落在后面，消失在人群之中。

队列行进到罗杰尔路，在蕾蒂西娅摔倒的地方停了下来。在放下花束的时刻，杰西卡崩溃了，这个饱尝艰辛的受害者。弗兰克·佩雷和斯蒂芬·佩雷向她跑了过去，但是帕特龙先生拦住了他们：

“别动她，不要管我们！”

他把她扶起来，把她带到一边。

“你不能这样，”斯蒂芬抓住弗兰克的手臂，朝他喊叫着，“这是你的女儿，你关心一下你的女儿！”

在住所的大门前，不胜悲痛的帕特龙先生在摄像机前发表了讲话：“今天，我们希望向你展现我们的爱，陪你走过你最后一次走过的路。在离家几米处——就像你说的，你的家——你失去了生命……我们会为了你而坚持下去。我们爱你。”他的声音中断了。

所有的电视台都采用了这些画面。第二天，1月30日，在她母方的家人所号召的又一次游行中，只有250个人聚集在南特市政府门外。蕾蒂西娅的舅舅和教父阿兰·拉尔歇说：“谁向我们证明她已经死了？”

事实上，帕特龙一家在媒体上的曝光要早于蕾蒂西娅的失踪。今天，帕特龙夫人的丈夫被关入监狱，她指责记者们不近人情的坚持、他们的冷酷、他们的卑劣，人们事实上确实认为，忍受这样的骚扰是非常不易的。但是，这对夫妇的观念并不总是一成不变的。2009 年 2 月，在《大洋新闻》的一次访谈中，帕特龙夫妇说出了一番让 19 世纪以来所有寄养家庭都会满意的话：他们的任务就是接纳身处困境的儿童，专注于他们的幸福和未来，以便“让他们步入正轨”。

随着蕾蒂西娅的死亡，媒体的压力变得让人难以忍受：不再只有当地报纸，所有纸质和视听出版物都在大门口挤作一堆。这些请求，以及掺杂在其中的优越感，无疑迫使帕特龙夫妇向媒体吐露心声。他们的女儿因此向法国电视二台的一名记者保证，蕾蒂西娅认识梅隆有 15 天了，这则假消息被所有人所采信。很早之前，帕特龙先生就向记者讲述了发生绑架的那个晚上：

> 我听到了噪声，我的收音机闹钟上显示是 1 点 29 分。我没有睡着，因为蕾蒂西娅还没有回来。一辆汽车在减速行驶，接着是两次车门撞击声，汽车随即就开走了。我穿着睡衣走到路上的时候，已经什么都没有了。我在自己家的前面有一处工地，我以为有人过来偷我的材料。灯的电池太弱了，我没有看到摩托车。

和 2009 年作对比，帕特龙先生的话的性质变了。它涉及的不再是儿童的正义，而是与施害者针锋相对的正义。2011 年 1 月 24 日，在参与圣纳泽尔桥的游行时，帕特龙先生呼吁对累犯采取新的措施，要求关押“不正常的人”。而帕特龙夫人表示赞成“真正意义上的无期徒刑：他们（从监狱）出来时必须寿终正寝”。在他们的家门前，贴着一幅呼吁“为蕾蒂西娅伸张正义”的海报，在马路上，橙色涂料画出十个词："凶手应该付出代价 = 正义。"

帕特龙先生鼓动旨在表达团结的示威游行，在游行过程中发表演讲，向共和国总统发出号召，揭发、请愿、组织活动，与此同时，他还和媒体保持着一种暧昧的关系。

但是，他表达悲恸的语言并不是中立的。"伸张正义"，"代价"，和"累犯"战斗，终身监禁性罪犯——尼古拉·萨科齐通过支持帕特龙一家，得到了广泛的拥护。没有人会怀疑他们的痛苦的真实性。萨科齐所有的智囊都利用了这一原材料，并把它转化成政治操作的对象。

*

我和让-皮埃尔·皮卡之间有过会面，他从 2010 至 2012 年期间担任总统的司法顾问，现在在巴黎担任律师，在旺多姆广场拥有一处大型事务所。当我在金碧辉煌、地板打过蜡的客厅里等待的时候，一个英俊的男人走过来招呼我，他穿着西装，打了领带，看上去热情而亲切。他一上来就明确表明，他通常不会回复任何记者，但我历史学家和社会学家的身份让他感兴趣。他提醒我，他不会对总统有任何批评之辞——他履行承诺，甚至有些陈词滥调，但是，忠诚这种美德在今天已经不多见了。在这个时代，从被排挤掉的国务秘书直到上一任伴侣，都热衷于出版一本畅销书，好让自己一朝成名。

让-皮埃尔·皮卡在法官一职上度过了二十五年。在他鲜亮的生涯里，他担任过马赛的代理检察官、驻华盛顿的联络法官、洛里昂的共和国检察官，最后还和尼古拉·萨科齐一起进入了爱丽舍宫。

总统会见了帕特龙夫妇。这是一次公开事件，其中没有任何秘密可言。这符合他这个人的作风。他认为，对于经受这一悲剧打击的人而言，这是他能做的最起码的事情了。人民群情激昂，总统代表法国人民来发声。

我就在会见的现场。那个时刻充满温情、同情和团结。这是一个非正式的会谈："还好吗？我能为你们做些什么？我怎样才能帮助你们？"总统总是如此。这些事情让他深感震惊，他向身边的人打听消息。他询问目前的状况，我们如何能战胜这样的悲剧。他也让他们放心：这家人并不孤单，政府部门已经被调动起来，尽全力把这个案件调查得水落石出。

在让-皮埃尔·皮卡看来，共和国总统在这里承担着两种职能：首先，他表达出国家的团结。在尼古拉·萨科齐任职期间，他还接见过殉职警察的家属、被累犯杀死的慢跑者的家属。其次，总统证实了，不存在机能不良，不存在这些行为的温床。然而一个 18 岁的年轻女孩被残忍地杀害了：可以向法国人民做出解释吗？

让-皮埃尔·皮卡在几个方面的看法是正确的。毫无疑问，尼古拉·萨科齐对广大的受害者都表现出了实际的关怀，尤其是帕特龙一家，他们两次在爱丽舍宫受到接见，分别是 2011 年的 1 月 31 日和 2 月 17 日。杰西卡受他的邀请第一次去了巴黎。在初次和帕特龙夫妇会面之后，总统提出还要邀请"佩雷小姐"。2 月 17 日，他们三人在巴黎过夜，住在由波尔尼克政府租借的一间公寓里。就是在那一次，一件印有蕾蒂西娅照片的白色游行的 T 恤衫被交给了总统。总统还为杰西卡取得了在宪兵队进行实习的机会。至于搜索蕾蒂西娅的工作，政府和检察官将之全权委托给了调查人员，他们在费用上面毫不吝啬。这一案件的政治化至少还有这个好处。

1月31日首次会面是媒体曝光程度最高的一次。出席这次会面的有：帕特龙的律师帕斯卡·鲁耶先生、大西洋卢瓦尔省人民运动联盟和波尔尼克政府的代表菲利普·波内克、总统公共关系顾问弗兰克·卢夫里耶、司法顾问让-皮埃尔·皮卡。同一天，内务部长和司法部长宣布成立性侵累犯监察办公室，以应对“刑法系统的失效”。菲利普·波内克在离开爱丽舍宫时鼓吹了总统的言论：“整个诉讼程序中都存在着差错。那些犯下这些错误的人要对此做出解释。”

总统启动了一系列措施，他以前就如此利用社会新闻，堪称驾轻就熟：政府介入，表达同情，把家人邀请到爱丽舍宫，宣布具有压制性的措施，指定替罪羊。这一策略需要连续性。这种政治需要转播。对于媒体，或者对于爱丽舍宫，帕特龙先生就是家庭的代表和传声筒。在梅隆被看作是性侵累犯之后，这已是第二次转换了：帕特龙先生就是蕾蒂西娅的父亲。在各自言行中，萨科齐和帕特龙都表现出父亲式的形象、道德的权威，模范、堡垒、勇气的化身。

帕特龙先生在媒体上无处不在，他和总统结成了政治联盟，这些都是以伤害弗兰克·佩雷这个双胞胎姐妹真正的，也是唯一的父亲为前提的。帕特龙先生，这个向上苍祈求正义的伤痕累累的族长，他远比谦卑的佩雷重要，因为后者歪斜的鼻子、金色的平头、文身和耳环都是穷途末路的流氓无产者的象征，没有哪个电视观众，没有哪个选民会把他视为自己的同类。1月31日，当帕特龙夫妇受到共和国总统的隆重接待时，只有让-皮埃尔·皮卡悄悄地接见了弗兰克·佩雷。一个显贵和一个乡巴佬，一个高高在上的法官和一个做过叉车司机、厨子和失业者的临时工，他们在崇高的共和国罕见地相会了，他们会说些什么？前者向后者证实了总统的同情，事情就此完美收工了。“他会不时地得知诉讼的情况。”爱丽舍宫里的人就此明确地评论道。

蕾蒂西娅的父亲淡出人们的视线并非事出偶然。在就性侵累犯展开的争论硝烟四起之际，他不幸地和那个因为强奸而被重罪法庭判刑的男人联系在了一起。

弗兰克·佩雷处在纪念她女儿的白色游行的队伍边上，他在摄像机前的只言片语表明他意识到了这一点：

“我们被司法嘲笑，我们被排斥。这伤害了我们。”

“为什么‘排斥’呢？您说的是总统吗？”

记者问道。

弗兰克·佩雷的嘴唇露出一个微笑：

“瞧，确实如此……”

帕特龙先生在真正的父亲、冒牌的父亲、象征性的父亲和代理的父亲中来回切换，这一操作的目的是为了占有蕾蒂西娅的形象，消除那位“生物意义上的”、满怀哀痛的父亲。其中的缘由众所周知，但没有人会捅破这一点。

但事实就在那里：帕特龙盖过了佩雷。佩雷痛苦而充分地感受到了这种取代，在帕特龙因为强奸而受到指控的时候，此一取代看来就只是一种篡夺而已。我们不仅将想起蕾蒂西娅有过一个父亲，而且他从来没有失去过父亲的权威；无论他多么“卑劣”，他之所以能引来兴趣，主要在于他失去了自己的女儿。人们将会明白，共和国总统是和一个恋童癖站在一起与性罪犯战斗。

帕特龙—萨科齐构成了轴心，这是一种因审时度势而订下的政治—情感契约，它表现为一种相互利用的策略，每一方都试图操纵另一方的欺骗游戏。

21 马什库勒中学

蕾蒂西娅和杰西卡在初中四年级的期末取得了“普通教育证书”，它证明她们完成了一般教育与职业适应的教育。2008 年 9 月，正是帕特龙先生对杰西卡的侵犯再度开始的时候，她们进入了马什库勒的路易斯·阿曼德职业学校的饭店多技能工一年级学习，学校离波尔尼克有 20 公里远。培训针对的是通过了一般教育与职业适应的学生，目的是取得基础的专业技能合格证书，以便让他们在餐饮场所、学校食堂和退休之家等地方工作。成为饭店多技能工，这便意味着掌握了烹饪大量食品、服务、清洁、清洗餐具的技能。杰西卡准备从事烹饪，蕾蒂西娅则是服务。她们选择了各自的课程，对此也颇为满意。

我是否有权利说“选择”呢？因为她们其实并没有真正的选择。从小学的适应班（CLAD）到初中的一般教育与职业适应班（SEGPA），再到高中的专业技能合格证书（CAP），我们可以看到，这些缩写词其实就是决定论的例证，它们影响了底层出身的儿童，他们的人生之路从小学时代起就被指定了，这就是说，他们被安排的人生轨道通往的是低薪、繁重而不受重视的岗位。但是，所有这些课程都旨在把这些身处困境的儿童妥帖地纳入教育系统之中，从小学到初中，直至高中。

在19世纪，受公共救助的儿童离开小学时，最好的情况就是拥有学习证明，但是，这对农庄和车间的生涯而言毫无用处。就像帕特龙夫人所言，重要的不是“培养精英”，而是确保他们能得到培训，找到一份确保收入和独立生活的工作。

法国社会已经民主化了，我们能理解，蕾蒂西娅和杰西卡或许对自己的职业前景很满意。我们能够感受到从事烹饪、接待或者服务工作所能带来的满足，即便不算上这一点，就她们父母的生涯而言，专业技能合格证书也是社会上升的保证。她们全力以赴才获得了这个文凭，在这个意义上，我们可以说她们是绝处逢生了。

马什库勒这座拥有6 000居民的小镇，位于大西洋卢瓦尔省南部，在旺代的边上，它是一个教育中心：每一天，从6点45分到8点15分，校车会把1 800名学生带过来，此处聚集了雷蒙·格诺公立中学、圣·约瑟夫私人学校、圣·马丁私立职业高中和路易斯·阿曼德公立职业高中。

蕾蒂西娅和杰西卡从车上下来，通过路易斯·阿曼德高中的大门，把她们的衣物放在绿、红、蓝各种颜色的金属格架上，然后赶去学校操场，和女伴们拥抱，在上课铃响回到课堂之前聊上片刻。高中是完全混合的：一些男生在准备厨师专业技能合格证书或饭店多技能工证书，一些女孩则是机动车维修专业技能合格证书。学生被安排在两个巨大的食品级不锈钢厨房内，一个用来进行课程，另一个用来进行饭店服务教育，每一个都提供了12个需要使用炉灶的工作岗位。准备厨师专业技能合格证的学员享有所有的设备，而饭店多技能工学员只能使用授课厨房；只有在进行清洗工作的时候，他们才有权进入饭店服务教育的厨房。一间清洗餐具的房间将两个厨房隔开。

饭店多技能工的二年级和一年级需要学习数个课程：

厨师。大家学习制作水油酥、千层饼、蛋黄酱和沙司。执教的是马乌特先生，他善意地嘲笑佩雷姐妹“你们总是待在一起”，“不要再学你的妹妹了”。他修改她们的作业时，立刻就能知道到底是谁抄的谁。当杰西卡获得了专业技能合格证书后，他向她表示祝贺，还说了这句话：“你不应该特意这样做！”蕾蒂西娅最好的朋友法比安如此评论他的玩笑：“马乌特先生是一个非常友善，而且能力超强的人，我从没有能在厨艺上击败过他。”

数学。从基本的收款开始，他们需要以克或分升来计算 10 个或 15 个人的量。

生物技术。这是一个非常理论化的课程，他们需要学习管理库存。学生们走出教室的时候不免有些气馁。

历史、文学。杰西卡记得学习了波默海耶廊街的历史，那是南特的一家宏伟的商场。法比安想起了一篇她本应和她母亲一起完成的作文，内容是关于她小时候喜欢的甜点。

英语、应用艺术或体育。另外，救生员文凭对于在餐饮公共场所工作而言是必需的。

教师们完全记得蕾蒂西娅和杰西卡，既是因为让 2010—2011 学年沉浸在悲痛之中的社会新闻，也是因为很少在同一个班级里有双胞胎。两个人都认真、勤奋而讨人喜欢，她们的人格和行为差得很大。蕾蒂西娅比杰西卡能力更强，虽不如她勤奋，但一直保持着好成绩。杰西卡更勤劳、成熟和稳重，主导着两个人。

马什库勒的那些年在任何方面来看都是在培训中度过的：职业选择，融入朋友的团体，对于蕾蒂西娅而言，她有了第一个恋人。她们的团队包括了丽迪娅、玛丽、乔纳森、法蒂玛、凯文和马克西姆。蕾蒂西娅和杰西卡相反，她有过一些还处在性懵懂期的男朋友。

*

2015 年 2 月，我在南特的一家咖啡馆里见到了蕾蒂西娅的男朋友凯文。这是一个看上去孱弱但肌肉发达的年轻男子，四方脑袋，一头短发，脸有些消瘦，漂亮的绿眼睛，颧骨高得显眼。他的套头衫没有拉上，露出一件印着哈雷·戴维森的 T 恤衫。他左耳戴着两个钢质的耳环，手指上戴着戒指，一枚是骷髅画，另一枚是扑克牌的黑桃。我将我写书的计划告诉他的时候，我正看着他的文身，也许蕾蒂西娅认得。一个黑色红色相间的小淘气鬼。一张 A 扑克牌，旁边用“死亡扑克”加以说明。三屈腿图，这个凯尔特人的象征分出了三根叉，代表一个婴儿、一个年轻男人和一个老人：生命的循环。

凯文是在 2009 至 2010 学年遇见蕾蒂西娅的，当时他正准备考汽车维修职业教育学位，她则是饭店多技能工一年级。在英国修学旅行期间，他们一起坐车出去过。他们很喜欢伦敦的古迹，即便他们跟其他人一样英语讲得并不好。在逗留期间，他们没有时间待在一起：班级不停地走动，参观博物馆。晚上，每个人都会被安排住到一户英国家庭。蕾蒂西娅用手机拍了照片，还买了一个英国国旗颜色的钥匙扣。

在回来的路上，她和班里的另一个男孩马克西姆坐车外出过。凯文回忆道："我那时很伤心，非常之伤心。我的心都被撕裂了。但只好听之任之。"

不久之后他们又一同出门约会。蕾蒂西娅是一个漂亮、快乐、总是面露微笑的女孩，一头栗色的长发和一对褐色的眼睛，然而她并没有因为自己的美丽而变得矫情。她朴素而简单。他们从来不"出风头"。

尽管她有幽默感，但她从不开玩笑。她只是听别人讲。

她是否有难言之隐？不，并非如此。当然，也可以说是有的，但是别人看不出来，她也不让别人猜出来。她把自己经历过的事情深埋心底。他们两个人都能互相理解，因为凯文还是个小孩的时候，也经历过一些问题。

和我在一起的时候，凯文的话并不多。我的问题有时得不到回应。他来自一个人们都沉默寡言的世界，尤其是那些有过艰辛童年的人。对有些人而言，沉默就是空无，而在其他人眼里他只是腼腆。

*

波尔尼克，拉贝讷里镇：小型的大西洋海岸的浴场，夏天的时候游客如织，到了冬天则一片沉寂。马什库勒：沼泽地带中的一个小镇。

蕾蒂西娅和杰西卡在大海和乡村、海滩和小树林之间长大。她们都在近郊经历了青春时代——必须在早上 7 点 30 分赶上学校的校车，在柴油的热气和车顶灯刺眼灯光中与她们的朋友们相会；在他们都要去的学校里，大家都知道谁跟谁一起出去了，如何和为什么关系破裂了；可以在那里抽烟和接吻的安静角落；就像罗杰尔路一样的连排房屋，没有城市的街道，也没有乡间大道，只有连接环岛的交通干线；那些住宅不是买的就是“建起来”的，都是一层楼的，房间也都在一层，还带有走廊和花园；远离所有的地方，学校、城市、超市、运动和交友场所，这就需要父母开车护送，这也解释了为什么青春期到来后就需要购买摩托车，这一工具可以用来探索未知的自由（双胞胎姐妹在 2009 年圣诞节的时候拥有了自己的摩托车，蕾蒂西娅的是红色的标致 V-Clic，杰西卡的则是黑色的）；在无聊的短假期间，大家一起闲逛，去城中心、这个人或那个人的房间、海滩或者森林，还有麦当劳这个约会和交往必去的场所；从夜总会回来之后，年轻人因为拐弯操作不当而殒命。

这些乡村都是毫无特色的地方，不为人知，也没人会想得到，从来没人会去谈论它们——当一桩社会新闻在 24 小时内就招来了上百名记者，人们接连数周都有幸上了电视，这才会造成冲击。佩雷姐妹既不属于市中心的富裕青年，他们是在咖啡馆和顶尖学校之间长大的；也不属于郊区的平民青年，街头服饰、喋喋不休的说话方式和混凝土建筑象征着他们的生活。

对于近郊青年而言，校车和专业技能合格证书并不能代表他们。他们是从不谈论自己、沉默寡言的青年，他们起早贪黑地干活，他们进入手工业部门，也为住在农村和小城市的人提供服务，那里也是他们的出生之地。如果说，这些农村和沿海的平民阶层构成了克里斯托夫 · 居依[1]所谓的“边缘法国”，蕾蒂西娅一案是发生在“卑微的白人”

---

[1] 克里斯托夫 · 居依（Christophe Guilluy，1964— ），法国当代社会学家，主要研究法国社会的不平等、族群冲突和移民等问题。

中的谋杀案，或者更为准确地说，发生在“卑微的白人”之间，一个身处失败境地的第四世界的男子，出于一个男人的沮丧或者社会报复心理，袭击了一个同样来自第四世界，但却是热情而融入良好的女孩。“有些案件就是相互杀害。”南特上流社会的人们叹息道。两个月之前，杜邦·德利格内斯一案只是让人们想到，天主教显贵的环境同时掩盖了它大量触目惊心的堕落。

这种社会学画像解释了我在与杰西卡接触时感受到的陌生感。我来自拥有学历的巴黎资产阶级，我不是在酒气弥漫的不幸中成长的，我没有被儿童法官领走，我没有去职业学校，我坐地铁而不是摩托车出行。我的特点体现在如下一些关键词中：犹太人、书本和国际性。蕾蒂西娅代表了一种异质性，就如基督教文化中的法国人，有一个写起来很容易的名字，扎根于某一个地区，是某一个谱系的后人，她或许是阿特柔斯的后人。我不知道谁更不正常，是她，还是我？

面对我们的死亡，我们之间存在着隔阂，而他人的痛苦将我们攫取，萦绕和盘桓在我们头上，并挥之不去。对于我们自己，我们无能为力。我们的创伤就是我们自己，我们生命中的悲剧和常态、我们被驯服了的神经症，我们对此习以为常，就像是面对着某处的残疾。在蕾蒂西娅的生命中，存在着三种不公：她的童年，碰到了一个暴力的父亲和一个施虐的养父；她残酷的死亡，在18岁；她化身为社会新闻，这就是说，她的死亡成了景观。头两种不公让我深感痛心和无力。对于第三种，我毫无保留地反对它。

22　作为人类的罪犯

2011 年 1 月 28 日，周五

预审法官重走了蕾蒂西娅往来于南特酒店和罗杰尔路之间的那条路线，而宪兵队的潜水员则搜索了位于卢瓦尔河南部河岸的马尔蒂尼埃运河，在此期间，梅隆的兄弟向《大洋新闻》表示："如果真是托尼干了这件事，那他什么都不会说出来的。"

欧洲广播一台宣称在勒加斯波找到了实质性的线索，这让人想到，蕾蒂西娅的尸体是"不会被完整发现的"。蕾蒂西娅的死亡还未受到确认，因为在调查人员看来，尸体的肢解只是他们在工作中提出来的一个假设。马蒂诺法官如此评论这个走漏的消息："我认为这对她的家人而言是非常糟糕的。"

13 点左右，格扎维埃·龙桑在波尔尼克宪兵队前主持了一个媒体发布会。让他深感懊恼的是，梅隆缄口不言，对法官提出来的问题都报以嘲弄的微笑。他总结道："不需要他的帮助，我们也会找到蕾蒂西娅的尸体。"另外，还需要考量发言的效力和格扎维埃·龙桑承受的风险，尽管这些僵化的惯例通常对于国家的代表而言是必要的。也就是说，即便调查人员没有掌握任何蛛丝马迹，共和国检察官还是需要发表演说。

如果梅隆没有掩埋尸体，那么他就是把它浸入水里了。调查人员调集了一批宪兵部队和驯犬师，在卢瓦尔河里、池塘底部、小溪中、海滩边进行了全方位搜索之后，便瞄准了“放心地带”，也就是会让梅隆安心的那些地方，那里能勾起他的美好回忆。他们的推理是这样的：梅隆让尸体消失的时间不多——1 月 19 日白天的几个小时。这个行动是如此骇人，所以他是在疲倦和非比寻常的压力下完成此事的。他几乎没有睡觉，他既没有时间犹豫，也没有时间思考，他必须快速、仔细而高效；总而言之，他必须能完全地掌握这个地方。他应该对这个地方了如指掌，而且能通过隐秘的小路到达。在他刚犯下这个无法挽回的罪行的时候，这个地方会跟他说话，安慰他、鼓舞他。

调查人员有条不紊地从梅隆的亲朋那里打探消息，家庭成员、儿时的朋友、班上的同学、前女友、入室盗窃的同谋、以前的狱友，最后确定了他从年轻时代起就经常出入的地方。搜查的手段——徒步、警犬、航空、航海、水下、洞穴——是根据潜在的藏匿地点而实行的。

基于贝尔蒂的证词，有一点能确定，即梅隆在 1 月 19 日下午回到了亚特兰蒂斯购物中心。15 点左右，他的手机先后出现在亚特兰蒂斯和库厄龙的基站的范围内，之后他就关掉了手机。此外，我们了解到，梅隆的童年是在库厄龙度过的，它位于南特的下方，而且，他一直住在自己的旅游拖车里，车就停在雷茨地区阿尔通边上的勒加斯波。调查区域缩小了。

这一策略是由弗朗茨·图谢制定的。这个男人 40 岁，他父亲也是宪兵，能力出众的他生来就适合从事调查。在水泽森林管理机构的学习结束之后，他在普瓦捷的调查组待了六年，在昂热待了十年。在无事可做的时候，他会重温积案，也就是没有解决的旧案。为了避免刑事时效问题，他会拟订小规模的调查行动：这是他不让死者死去的方式。他在程序方面非常之审慎，对法官也非常忠诚。他一心一意扑在刑事调查上。他的激情也阻塞了他的职业发展：他当了太长时间的军士长，不离开调查组他就无法晋升到少校。但是，他和同事们解决的案件的重要性，他所承担的这一社会职责的重要性，这些都让军衔的事情变得无足轻重。

思梅隆之所思，追溯他童年的记忆，实地探查他青年时代待过的地方，理解他和他母亲的关系：为了吃透这个非人的罪犯，调查人员必须深入罪犯的人性之中。

*

托尼·梅隆出生于1979年。他的母亲在15岁时就被她自己的父亲强奸了：因这次强奸而出生的男孩，就是托尼的同母异父的哥哥。在塞西尔·德·奥里维拉看来，梅隆所有的防御都建立在傲慢之上，这是一种和乏味的众人有所不同而又高于他们的感觉。乱伦创造了他的家庭，而禁止乱伦的法律一上来就被破坏了。要么法律是正确的而他的家庭是反常的，要么他的家庭高于法律，而法律一无是处。

他母亲和雅克·梅隆结了婚，还生下了3个孩子：一个男孩，一个女孩，以及托尼。丈夫接纳了因乱伦而生的那个小孩。雅克·梅隆游手好闲，喝酒成瘾，暴力而又具有病态的妒忌心。在他发作期间，他会殴打他的妻子和托尼之外的孩子，因为托尼是最小的那个，而且和他一模一样。这个男人开始对自己的女儿有不轨之举。而母亲则接受了一切，不幸、劣质酒、喊叫、殴打，但还是有一条不可逾越的底线的——她的女儿不能遭受她所遭受过的。

她带着自己的四个孩子和两个手提箱离家出走，躲在一处受家暴妇女中心里。她的丈夫买了一把枪，想置她于死地。在宣判离婚之后，这个父亲的权利就被剥夺了，在卢瓦尔河边的库厄龙，她找到了一处位于贝莱尔城的廉租房。孩子们都逐渐长大了。在 1980 年代的末期，她彻底改变了自己的生活。小托尼对他的继父表现出一种狂热而持久的暴怒。一个小妹妹又降生了。一家子搬到了库厄龙的一处房子里。

托尼变得“凶恶”了：他把自己锁在厕所里，用拳头捶打墙壁，袭击别的小孩，动不动就离家出走。在小学五年级的时候，他差点用匕首划伤了他的老师。在六年级的时候，他的平均分是 0 到 1 分。他开始抽大麻，他的老师们不想再接收他。在家里的时候，人们对他说：“你就跟你的父亲一样！”12 岁那年，他被安置到盖朗德的护理中心，然后是一家特殊学校。他的母亲和继父想要“摆脱”他。他感受到了不公正。

他从护理中心逃走，一路走回了库厄龙。经过一天一夜，他走到了他母亲家里，饥寒交迫，两只脚上满是血。他母亲说：“我们不想你到这里来。”庭审中，梅隆在席位上讲述着这一场景：“她把我扔掉，就像……就像一个什么？我不知道。”他怒不可遏，拔掉了电话线，用枪顶着她的太阳穴。另外一次，他用石头敲碎了玻璃窗之后就溜之大吉。“我没有走上正道，我的生活痛苦不堪。我希望有一个稳定的家庭，我的父母能爱我。这一切我都没有。这种生活真的让人厌恶。”

托尼 16 岁的时候回到了库厄龙，成了远近皆知的人物。他在外面过夜，纠缠别人，偷摩托车和汽车，大口喝啤酒。他很快就对市场上所能见到的所有毒品都了然于胸。接下来就是他最初的几次锒铛入狱。1997 年，他戴着手铐，在两个宪兵的看护下出席了他父亲的葬礼。

他在 18 岁的时候出狱，在去看望早已跟他分手的女朋友时，他把一把卡钳塞进了她的嘴里。他找到了一份驯狗师的工作，接着以清洗汽车为业。一个社会再融入机构帮他在南特找到了一处公寓。1999 年，他因为强奸自己的狱友而再次入狱。他第二次感到不公。

2003 年，他再一次出狱，而后和一个 16 岁的姑娘同居。两个人都吸毒，但是他们的生活几乎步入了正轨，直到托尼犯下了三桩持械抢劫案。他回到监狱，她并没有对他不管不顾。他们在会客室怀上的婴儿不久就被送去了寄养家庭。托尼在牢房里的时候还保存着一张他儿子的照片，他还给自己的狱友看。在那段美好的日子里，他温柔而热情，他跟自己的母亲说：“妈妈，我爱你。”其他时候，他会从监狱里给她打电话，把她看成是“婊子”“妓女”。

他母亲作为证人出席庭审的时候，不断陷入哭泣和痉挛。她被允许坐下来。

主席：“是您把他从他父亲那里夺过来的吗？”

她转过身去，泪流满面地对着被告席上的儿子：“这不是真的，托尼！”

她继续道："我没有抛弃我的儿子，我做了自己能做的一切。我保护我的孩子们，我为了养活他们而干活。我谁都没有放弃，我爱他们每一个人，我为托尼付出的比其他人都多。到了今天，却有人说我不是个好母亲！"

这位一头金发的女士身材纤细，出席了她儿子的第四次庭审。二十年来，她出入接待室，熟悉了所有地方上的监狱，雷恩、昂热、南特。她为她的儿子洗衣服、支援他、鼓励他，为他支付担保金，去他工作的地方探望他，她仍然爱着他，即便他毁了生活里的一切。这位母亲是一个古典悲剧式的人物，人们怀着无限的同情看着她。一个陪审员哭了起来。

2010 年 2 月，托尼被释放。"我无法适应社会，我怀念监狱。这是司法、护理中心、我的家庭和我的失败：所有的人都参与了这次失败。我重新开始喝酒，重新走上了歪门邪路。"他领取积极互助收入津贴，筹备着金属和毒品交易，盗窃当地的企业，偷了一辆白色的标致 106。他的日常状态：一升威士忌，几箱啤酒，15 到 20 支大麻烟，2 到 3 克可卡因，以及为削弱可卡因引起的亢奋感而服用的海洛因。其中任意一种东西一半的量都足以把随便哪一个人放倒在地。

他在南特找到了一个伴侣，住在她嫂子让她留宿的房子里。一开始的时候，他们相处和睦，还去拉沃的池塘附近野餐，但是梅隆在她的住处囤积毒品，而她还和她自己的儿子住在一起。在第一次分手之后，他搬到了位于勒加斯波的旅行拖车里，经过反复的争吵与和解，他们最后言归于好。在重罪法庭上，这个年轻的女子讲述道，他在圣诞节的时候闯入她家中，他带着香槟，独自痛饮，之后强迫她和他发生性关系。“他在自己筋疲力尽之后，就睡觉了。”不久之后，他看到她在窗边哭泣，便朝她喊道：“你快滚，我什么都不在乎！”

当梅隆经过库厄龙的时候，他向自己认识的人推荐毒品，勒索街区的年轻人。他最好朋友的死亡让他陷入悲伤，他痛不欲生，增加了可卡因的剂量。在一次颇为糟糕的探望之后，他的异父哥哥起诉了他：轮胎裂开，花园遭受蹂躏，兔子被杀死。自那之后，托尼说要杀死自己的母亲。他就像一个压力锅，压力正在上涨之中。那是2010年的年底。

*

他的母亲、兄弟、姐妹、街区的朋友、以前的狱友向调查者讲述了他的年轻岁月，那是一段狂躁的时期。盗窃、纵酒、抢劫、发泄怒火，但也有开玩笑、和街区的小孩踢足球、助人为乐和乐善好施的时候。他在监狱里健身。他的儿子想念着他。管理方为他大开方便之门，因为他救了一个准备上吊自杀的狱友。

托尼是一个“水人”：库厄龙沼泽地和采砂场静止的水，他把偷来的摩托车扔在那里；博略湖宁静的水，他喜欢和朋友们坐在两箱啤酒中间钓鱼；阿舍诺的活水，它流入布里奥尔的池塘，那里繁衍生息着梭鱼；拉沃清澈的深水，以前的花岗岩采石场已经被水淹没，年轻人会从五米高的悬崖跳进水里；卢瓦尔河小河湾里的水，在位于吉克雷博斯区域的这片河湾里，似乎捞起过尸体。

2011年1月31日星期一，帕特龙一家正在爱丽舍宫的台阶上驻足等候的时刻，波尔尼克的宪兵陪梅隆的前女友上了汽车。夜幕降临时，听证会的笔录宣告完成，并被署上了名。这位年轻女子准备回家。在和调查人员又聊了几分钟之后，她把一个困扰着她的预感告诉了他们。根据她的预感，托尼已把尸体扔在了一处不引人注目的地方，他对那里很熟悉，经常在那儿钓鱼：拉沃的蓝洞池塘，有一条土路通向那里，尽头处有一个悬崖。

23 大西洋地区

就像搜寻这个年轻女孩的直升飞机一样，我把她生活过的那些地方都扫视了一遍。首先是南特：当地的首府、广场、梧桐、有轨电车、法院大楼以及见证了她成长的那些街区、小桑席夫、德尔瓦里耶、马拉科夫。卢瓦尔河平稳地流动着，在拉沃和潘伯夫之间穿过，最后消失在圣纳泽尔对面的大洋之中。

弗兰克·佩雷和托尼·梅隆都在库厄龙长大，蕾蒂西娅曾在南特的停车场玩捉迷藏：同样的社会环境，都是处境很差的底层平民阶级；同样的廉租房居住区，多多少少还有些绿化；同样的家庭形态，不稳定、失职、酒精、家庭暴力，对儿童来说则是学业的失败、儿童社会救助厅的安置，有时还有不法行为和毒品。这正是帕特龙一家和他们的不同之处。他们的条件符合其他标准：独栋的房屋、家庭的稳定性、下层中产阶级的职业生涯、体面、对儿童教育的重视。

雷茨地区在卢瓦尔河的南岸。雷茨地区圣佩尔、拉贝讷里、雷穆捷、阿尔通，这些小镇位于沼泽、滩涂、潮区组成的水陆交杂地带之间。大开本旅游宣传册上写着：

雷茨地区拉贝讷里镇在以前是一个小渔村，起源于“猫船”的建造，这是一种装配了3个桅杆的船，其特征在于能够在前面或者后面安装船舵。这些船为拉贝讷里镇带来了财富。它们保证了食物和各种原材料的运输。夏天的时候，它们一路航行到洛里昂和美丽岛，往南一直到达利布尔讷。

她沿着海岸散步、洗澡、钓蚌和蛤、制作贝壳首饰，大海是她青春时代的伴侣。在一天结束之际，雷茨地区吉尔城堡的阴影、圣女贞德的中尉、15世纪强奸和杀害儿童的凶手，它们纷纷在波尔尼克的港口上降临。“蓝胡子”，拉贝讷里镇的这家肮脏的小酒馆，其名字指的正是那个蓝胡子[1]。

海中之水，那是翻滚的泡沫、潮汐、渔村、拖网渔船、海运、盐田，它是被当作资源的水。快乐之水，它供人消遣、消除疲劳、清凉降暑，它是生命的流通，人们靠流动的水出行，又借此远走高飞。死气沉沉的黏滞之水，人们在那里寻获尸体，那是无数死寂的沼泽、灯芯草、生命的泥沼、水洼、雨滴、眼泪。这个年轻的女孩掉进池塘，为它所俘虏。现代的奥菲丽娅。人们是否可以被安葬在水里？

我们所在的位置属于“大西洋之弧”的一部分，它由几个不同的地方组成：

卢瓦尔河河谷，属于圣纳泽尔的南特。它经历了严重的去工业化，

[1] 法国诗人夏尔·佩罗（Charles Perrault，1628—1703）创作的童话故事的同名主角，他连续杀害了自己的妻子们。

即便造船业还在负隅顽抗。河口湾地区，它从潘伯夫延伸到圣纳泽尔，正在走向贫困化。南特的人口从1970年起就开始下降。在潘伯夫，17%的人家有一半的开销需要依靠社会补助，是该省平均值的两倍。

雷茨地区，它占据了整个的大西洋卢瓦尔省南部地区。这个地区赖以为生的是农业、渔业、牡蛎养殖和旅游。南特的郊区空间吸引了年轻的就业人口，沿海地区则是退休人员。由于移居，人口在2000年后的增长超过了15%。以平民和当地人为主的旅游业集中在像拉贝讷里镇这样的海水浴场。农民、雇员、出纳员、政府的秘书都在那里拥有活动房屋或者很小的第二套住宅，而河口另一边的拉波勒和勒克鲁西克则更为富裕，它吸引了高级管理人员、有钱的兽医、会计师，他们都是黄金三十年（Trente Glorieuses）[1]的赢家。虽然缺乏全国统计及经济研究所的数据，但雷茨地区的地下经济无疑提供了重要的收益：铅工、机修工、在黑市谋生的废铁商、黑工、继续工作的退休手工业者。

旺代地区，它位于绍莱和莱塞比耶之间。这是一个极其多产的区域，失业率很低，高级手工业者让这个地方的中小规模企业充满了活力（窗户的建造和安装、工棚、游船）。库尼奥家族诞生于维耶河畔莱普瓦勒，从那里发展成为法国最有钱的财团之一，他们在整个欧洲出售可调节的生态房屋。这个经济奇迹的原因是什么？是在高等专科或者技术教育学院受过培训并获得了资质的劳动力，在信息和尖端技术上竞争力都很强的中小规模企业的组织，以及某种家长制作风。

---

[1] 指二战结束后，法国在1945至1975年这段时间的历史。

我们可以把帕特龙先生和蕾蒂西娅与杰西卡的轨迹放回这个大西洋地区之中。帕特龙先生离开了位于安德尔的船舶建造部之后，在波尔尼克当上了家庭救助员，这既是地理位置上的变更，他从卢瓦尔河的河谷来到了生机勃勃的沿海地区，也是经济上的一次变动，他从工业转向了服务业，还是一次社会地位的改变，他获得了以前担任公务员职业时所完全不具备的地位和责任。这一权力，是在他的强烈要求下才获得的，因为他是这个女性世界中的一个男人，也就是一个由女性救助员、女性教师、女性社工和女性看护工组成的世界。他曾是国家公共部门——海上国防——中的前会计，黎塞留兵工厂的后裔，而今以当地公务员的身份养育儿童，身旁尽是妈妈和奶奶，确切地说，他正努力摆脱这些“男子”品性：自我肯定、极度的严厉、拒绝谈话，等等。

蕾蒂西娅和杰西卡的童年是在两个城市度过的，每一个都表现了一定的社会经济职能，同时，二者获取的利益也并不均等：南特是法国“商业活跃”的大都会中的一个，拥有数量庞大的职位和熟练劳动力；波尔尼克和拉贝讷里镇都是中等规模的海滨浴场，依靠的是旅游收入以及公共拨款，比如医疗和退休，根据洛朗·达弗齐[1]的分析，可以说它们都是典型的“商业不活跃”的法国。

如果说，蕾蒂西娅和杰西卡通过安置取得了有限而无可否认的社会地位的上升，这也是因为她们离开了南特的贫困地带，生活在以旅游业、手工业和服务业为特色的美丽的海滨地区，她们的专业技能合

[1] 洛朗·达弗齐（Laurent Davezies），法国当代经济学家。

格证书完全适合那儿的经济结构。但是，雷茨地区对年轻人而言绝非乐土。参与工作要比该省其他地区更为重要（工作对两个地区年轻人的重要性比例分别为 43% 和 32%），但是他们非常容易面临失业。在最让人震惊的地区，在 16 至 24 岁的年轻人中，有十分之三的人没有工作。在全国统计及经济研究所看来，雷茨地区是“一个以农村人口为主的老龄化地区”。在蕾蒂西娅死去的时候，她有工作，并和两个年纪和她祖父母相当的人住在一起。

24 蓝洞

2011 年 2 月 1 日，周二

在勒加斯波，新的一天在没完没了的挖掘行动中开始了，就如其他那些日子一样。这一次，记者们终于可以自由出入并拍摄现场了。这种来者不拒的热情姿态非常怪异。用亚历山德拉·蒂尔卡的话讲，这就是为了转移注意力："当别人允许我们去干什么的时候，我们就要时时有所怀疑了。"因为，在距此 50 公里之处的卢瓦尔河的另一端，正在上演的是：应弗朗茨·图谢的要求，水警大队的潜水员被调动了过来，他们此时正迅速地穿上工作服。

卢瓦尔拉沃地区以前是通往库厄龙和亚特兰蒂斯的一个河港，在这个美丽的农村里，住房坐落在开裂的旧城墙的后面。池塘位置有点远——三个大小不一的池塘坐落于以前的采石场，就像省略号一样前后相连。陡峭的海角、按照几何形切割的花岗岩散落在灌木丛和荆棘丛里，浸泡在绿色的水中。其中有一个池塘叫作蓝洞。

血淋淋的红色洞穴，黑暗的洞穴，记忆的洞穴，头发浸泡其间，生命毁灭其间。

2014 年 7 月，我和塞西尔·德·奥里维拉看到了蓝洞，这也是始自拉贝讷里镇的“梅隆之旅”的最后一站。我们在村里一家灰暗的书店式咖啡馆里喝了一杯气泡水，而后发动汽车前往池塘区域。在一片林中空地上，几个年轻人正围着一辆汽车，边喝白葡萄酒边听音乐；一旁的烧烤架下摆着树枝，火正燃烧着，噼噼啪啪作响。

我们到达了蓝洞。这是一片壮美的蛮荒之地，让人不由为之一震。荆棘、灌木和大树编织成一个绿色的环，将池塘包围在里面，而滋养着它们的池水，看起来要比它们的叶丛清澈得多。微风吹皱了池塘，水面上云气缭绕。往南看去则是别样的风景，那里有一片片沙洲，还可以看到卢瓦尔河中的几座岛屿，紧挨着河水的是潘伯夫小镇和儿童护理中心。

从下午开始，新闻大标题漫天飞舞。

2011 年 2 月 1 日，那时池塘周边的景象还是非常不一样的：潮湿而阴森，荒无人烟，满地都是枯枝败叶。早上，云层把太阳阻塞在其中。在新的一天开始之际，光线已然微弱。

潜水员跳进冰冷的水中。潜水组对河底进行了划分。潜水员由一根绳子所牵引，排成一列前行，就像田野里的宪兵一样。由于可见度很低，他们必须摸索着前行。一个潜水员把手放在某个东西上面，他认为是捕鳗用的柳条篓子。他摸得出来，这是一个网状物，但还无法确定。于是，他放出一个浮标来标记这个地点。潜水组升回到水面，并马上带着灯下潜了回去。手电筒的光束在水下收到了反光，大惊失色的潜水员迎上前去。就是在那儿，他们看到了。那是 11 点 30 分之际。

他们的指尖滑过一段金属网，上面挂着几撮发绺。

捕鱼篓躺在深度为 7 米的水底，水温为 4 度，位于一处陡峭的海角的正下方。潜水员们浮上水面。一个在场的调查员呼叫图谢，后者正在波尔尼克的调查应急处理中心里。图谢立刻通知了预审法官。

马蒂诺法官此刻正在南特的法院大楼里。他刚刚去看望了一位同事，正在回办公室的路上。他走在过道上，正站立在预审大厅的双层门之前。这时他的手机响了起来，是图谢："法官先生，我想我们找到她了。"那一刻，世界停滞了。

马蒂诺法官通知了正在实习的同事德索内特和共和国检察官格扎维埃·龙桑，后者正在法院里。十分钟之后，图谢打去电话确认："就是她。"

马蒂诺法官在路上的时候给罗戴教授打了个电话，后者在南特医科教学及医疗中心的法医研究所工作。在出发之前，罗戴教授要求他的助理雷诺·克莱门法医准备好尸体解剖室。

一个宪兵通知了弗兰克·佩雷。十分钟之后，他又打电话告知他，只找到了尸体的一部分。弗兰克·佩雷说道："从电话上得知的这条消息让我懊丧不已。"几周之后，他试图自杀。

杰西卡陷入焦虑之中。她感到胸中积聚了巨大的痛楚，以至于无法再呼吸。对于杰西卡、西尔维娅·拉尔歇和弗兰克·佩雷来说，等待告一段落了，整个世界笼罩在前所未有的灰暗之中，蕾蒂西娅死了，结束了。

首批消息是从司法部或者宪兵队高层泄漏出去的。几通电话之后，消息一路传到了最下面。记者大军目击了勒加斯波整个上午的搜索行动，此刻正在波尔尼克吃早饭。在接近12点15分的时候，卢森堡广播电视台的帕特里斯·加巴尔得知了巴黎传出来的消息，他把消息转给了13点的特急新闻分部。亚历山德拉·蒂尔卡成功地接通了检察官的电话，接着，在13点15分的时候，她发布了法新社的“紧急”播报。此刻，被提及的还只是在圣纳泽尔地区发现的一具尸体。

所有的记者都跳进车里，驶往圣纳泽尔。在跨过卢瓦尔河的时候，帕特里斯·加巴尔得知，这里还是拉沃，离那个地方还有30公里路。卢森堡广播电视台公布了村镇的名字，这让同样在路上的法国电视二台的团队立刻在萨沃奈附近转道向南。法国电视二台头一个到达了拉沃的那个村庄，帕特里斯·加巴尔和安娜·帕提内克在几分钟后也赶到了。

亚历山德拉·蒂尔卡通知了萨沃奈的一个记者，她认识这个人。她告诉他说，地点是一个位于旧采石场的池塘，他脱口而出：“就是蓝洞。”在法新社摄影师让-塞巴斯蒂安·艾夫拉德和BFM TV的皮埃尔-伊马纽埃尔·贝塞的陪同下，她于14点30分左右到达了拉沃。路障阻断了交通往来。在离池塘两公里处，他们的汽车被拦了下来。他们想办法穿过沼泽地，步行前往那里。

当马蒂诺和龙桑到达蓝洞的时候，南特的共和国检察官弗洛朗斯·勒考克已经在现场了，拉沃这个村镇就在他的管辖范围内。宪兵封锁了池塘的周边地区，并且划出了安全区。潜水员还在水里。陈放尸体的帐篷已经准备就绪。马蒂诺法官从车上下来的时候，听到了从头上传来的马达的噪声：i-Télé 电视台的人正在这个地区的上空飞行。他们先于预审法官到达这里，而且还有时间租借直升飞机！

宪兵队的潜水员都是司法警察局的军官，他们有能力在水下处理犯罪现场。他们完成了初步的侦查，从不同角度对捕鱼篓进行了摄像，最后把它装进一个套子里，让其浮上水面。在刑事鉴定技术员的帮助下，他们小心翼翼地把它放在地面上。捕鱼篓的做工极其考究，它的网被弯成了捕虾笼的形状，笼子整体是通过绳子封闭的，里面放了一块矿渣砖。这就是一件金银匠的作品。

在技术人员的帮助下，罗戴教授打开了捕鱼笼。他取出尸体的部分，小心翼翼地搬动它们，一块接一块地把它们放置在一块布上。由于水温极低，它们还没有损坏。马蒂诺、龙桑、勒考克、胡布舍尔和调查组的指挥官都在那里俯身观看，以便进行确认。

在庭审上，人们向法官和记者展示了 30 多张照片：诗意盎然的池塘，周边地区美丽的大自然，绿色的河水，在水边斜着长的树木，土路，悬崖。在水底拍的照片是一张张大幅黑白图，人们只能通这些模糊的画面去猜测四肢的轮廓——犹如死者的 B 超图。三根手指头和几撮发绺伸到了网的外面，好像要挣脱出去一样。其他的照片源源不断：打开的捕鱼篓、矿渣砖、细绳、被割开的手臂和腿，以及被割下的头颅：眼睛闭着，头发蓬乱，脸被打肿了。

世上最美丽的脸庞：戈耳工之颅。

罗戴教授检查了四肢和头部。她的耳朵被击穿了，头发梳成了学生样，还附着了几片落叶。他提取了她腿上的一块肌肉，在密封之后，它被寄给了大西洋南特遗传研究所。但这只是走个形式而已：所有人都知道 DNA 分析会得出什么样的结果。弗洛朗斯 · 勒考克甚至没有等到结果出来，就把自己的位置让给了格扎维埃 · 龙桑。

那一天，在拉沃，人们的情绪溢于言表：一个年轻女孩的遗体从池塘的水底被打捞了出来。斩首和肢解再次引发了同情，即便从司法角度而言，这些都不会增加些什么。在庭审上，调查组指挥官的声音发生了轻微的变化，他在证人席上作证道："在我的职业生涯中，这是我第一次面对这样的发现。就我的生活环境和个人生活而言……我是一个 20 岁女孩的父亲。"

感情，但是却是克制着的感情。无论是法官还是宪兵队的军官，所有的参与者都有一种死于非命的体验：自从他们的职业生涯开始以来，面对十来个，甚至是百来个尸体，他们都有时间去启动心理保护的机制。从事刑事法官三十多年以来，格扎维埃 · 龙桑目睹过对婴儿以及被父母们用盥洗盆撞裂的乳儿的尸检；他看到过儿童在法庭上哭诉他们遭受过的暴力。生命遭受的痛苦让人难以忍受。

但是蕾蒂西娅死了。这不是气愤或者痛苦的时候。首要的是去进行分析，以便知晓发生过的一切。没有一个在场的专业人员会让自己落入道德之界中。他们的职责是收集证据，逮捕凶手，伸张正义。压力重重的时刻，也是满足的一刻：调查人员成功了，他们的努力得到了回报。

格扎维埃·龙桑要决定他该向公众交代些什么。他正忙于“检察官事务”：在整个法国的记者面前发表一次激烈的讲话，没有提示。这一压力让他能够对抗日益下降的气温。

马蒂诺法官将要面对一系列的紧急事态、需要遵守的程序、有待记录的信息、有待纳入议事日程的法医和牙科专家的要求。必须观察现场，寻找线索，提取印迹，比如可能的轮胎的痕迹、入水的痕迹，还要对一些物件、被丢弃的外套、附近垃圾桶里的东西加以收集。图谢必须留在调查应急处理中心，所以就派了两名调查人员前往现场。潜水员继续进行搜索，他们浮上水面说，池塘太深了，地形高低不平。蓝洞成了犯罪现场。

亚历山德拉·蒂尔卡和他的两个同事在拉沃村原地打转的时候，一个小伙子停在了他们面前。

“你们想去蓝洞吗？我带你们去！”

这个农民的家产和池塘所在区域毗连。也许是为了帮上忙，也许是为了捉弄宪兵，他上了三个人的车，他认识小路，带着他们越过了路障。他们最后走上了一条池塘边的土路。三个记者进入安全区域内的时候，宪兵们大吃了一惊。他们离事发地点只有50米远，但他们什么都看不见，因为现场被一座土岗遮住了。

一个宪兵向他们走去，怒斥道：“你们应该知道，我们会让你们从这里离开！”

三个记者被武装押送回了拉沃村的第一道路障，他们在那里与记者大军汇合。唯一一个走得更远的是i-Télé的让-米歇尔·德·卡兹，他是轻型飞机的业余飞行员。他联系到了俱乐部里的一个朋友，两人便一起从位于卢瓦尔河南部的机场起飞。“那个区域被封闭了，一定得得到图片。唯一的方式就是使用飞机。我朋友对那块区域很熟悉。我们飞过了卢瓦尔河，到达了那块区域的上空。”在旋翼机的后方可以拍摄池塘、宪兵、司法鉴定人员的车辆。回到地面后，他把照片传入电脑，并且将他们发送给了 i-Télé，这些照片于是马上被传播了出去。亚历山德拉·蒂尔卡向这一伟绩表达了敬意：“那里的人们说：‘干得好！’”靠专门租来的直升飞机，法国电视一台和法新社才在晚些时候拿到了自己的照片。

在拉沃的村子里，记者们正等候共和国检察官举行媒体发布会。当宪兵于 16 点左右带着所有的记者来到蓝洞，正是白天行将结束之时。在调查组指挥官的陪同下，格扎维埃·龙桑站定在离河几米远的地方。记者们朝他围拢过去：必须准备好晚上的消息了。

他在话筒的簇拥中，因为长时间的等待而手脚冰凉、面色苍白，他宣布道：“在 14 天的搜寻之后，我们在池塘里发现了尸体。但我们只找到了头、手臂和腿。脸很像是蕾蒂西娅的。嫌疑人经常出没于此地，在这里钓鱼，但是此番发现是调查人员的工作成果。”

格扎维埃·龙桑是个能说会道的人，但是，值此暮色行将消散之际，他的言辞并不包含美学上的价值，也不具有任何司法意义。他的言辞旨在赋予蕾蒂西娅以尊严。为了避免把她降格为几块尸体残片、一次耸人听闻的发现，他谈到的是一个“出水的年轻女性”，就像绽放的水仙，波涛里孕育出来的维纳斯。当他提到残尸的部分，他说的是“半身”，其词义典雅而富有魅力，而其他人想到的只是一具躯干，一个残破肉身的六面体。所有的记者都以他为范本，讲话时使用“半身”

一词。尽管面对着信息发布的急迫性、收视率的竞赛和语言的格式化，但每一个人都在使用着一种类似于轻柔的裹尸布一样的语言。

通过电话，亚历山德拉·蒂尔卡向雷恩的办事处发出了一条口头上的警告。巴黎的新闻办公室拒绝传送消息，而它也正是把急件传达给法新社的最后一道关卡。亚历山德拉·蒂尔卡坚持道："这太可怕了，但是我们不能说出其他的事情。我坚持这点。"

在池塘里找到的头颅的脸酷似蕾蒂西娅

（法新社，2016年2月1日，16点36分）

为了折回自己的汽车，亚历山德拉·蒂尔卡再次经过了宪兵的路障。弗兰克·佩雷正在那里，像一个路人一样被拦在了那里。一个宪兵正在向他总结当天的经过。为了说得更清楚，他用自己的手臂比画出一个切割的动作。

宪兵的车辆朝南特方向开去。

南特医科教学及医疗中心的太平间里，由罗戴、雷诺·克莱门和另外一个同事负责的尸体解剖开始了，他们像外科医生一样戴上了面具和手套，在场的还有几名调查人员，他们在收集密封物，履行司法程式。放置在不锈钢桌子上的残肢和头部经过了清洗。X光透视没有显示任何骨头的损伤，但是脸部、颈部和手臂都充满了淤血。头部是从颈部底端被切掉的，在舌头和喉部之间找到了舌骨，这表明她是被勒死的。时间已经很晚了，雷诺·克莱门最后独自完成了解剖。

弗朗茨·图谢说：

我的脑海里有一幅画面，桌子上放着她小小的头颅，它已经被清洗过，正准备用于解剖。最难的地方在于，这是要从人们在拉沃所发现的东西里，寻找一个18岁年轻女孩的下落。同事之间对这些谈得都很少，每个人都经历了这事。同时，我对所有这些付出都感到宽慰。她可以跟我们开口说话，我们会说出她所经历的痛苦。将为我们带来真相的，现在是蕾蒂西娅本人了。

20点整，法国电视一台的《每日新闻》以蓝洞的俯拍全景开场，那是从直升飞机上面拍摄的。所有的新闻节目都对此案进行了长篇的报道：池塘的画面、制图、检察官的申明和穿着厚实的特派员。BFM TV的记者在节目上解释说："对蕾蒂西娅的寄养家庭和原生家庭来说，这是今晚所播放的场景中最让人难受的。"

在拉贝讷里镇，一整夜的祷告和悼念开始了。神甫宣告："无论是我们、家人，还是朋友，都无法去饶恕。让我们祈求上帝的力量。"她的亲友不得不将杰西卡从教堂搀扶上车。

格扎维埃·龙桑将牙齿对比的结果公之于众。

夜晚在蓝洞四周降临，气温骤降。潜水员、宪兵、技术人员和法官都收拾完了行李。

马蒂诺法官回到自己的家中。21点左右，雷诺·克莱门打通了他的手机。孩子们还没有上床，法官走到另一间房间，以便在平静中进行讨论。蕾蒂西娅是被勒死的。

几分钟之后，格扎维埃·龙桑的媒体公告宣布了死因。或许是情绪爆发，或许是鼓起了新的勇气，这位共和国检察官保证调查会继续下去，直至把“尸首完整的年轻女孩”交给她的家人。检察官在蓝洞的岸边宣布了蕾蒂西娅的名字，这一确认并不只是一种形式，他要着手去找出“半身”了。

当晚晚些时候，马蒂诺法官打开了电视。一切都被公众知晓了：池塘的画面正循环播放，记者提供了各种细节，尼古拉·萨科齐再次回到了这个主题——法官们是有责任的，他们没能确保监控，等等。而在整个白天，马蒂诺法官都忙于发布指令，对紧急事务一一进行调配，在此期间他把自己的情感抛诸脑后，因为事情还未水落石出。奇怪的是，最终是这一细节让他崩溃的：他听到有人说法官们工作不力。所有白天的恐惧再度涌起，阀门被打开了。正是在那里，在电视机前，法官哭了起来。

25 蕾蒂西娅的肖像

蕾蒂西娅风姿绰约。她娇小而苗条。她的脸蛋和一头厚实而柔软的褐发相得益彰，它原本就轮廓匀称，再加上微笑和明亮的眼睛，更显得容光焕发了。美丽的金属装饰则衬托出她的肩与背。

她穿36号的裤子和S号的上衣——衬衫，袖了白花的紫红短上衣，正面垂着丝带的V领黑色套衫。她有一个带着银质字母L的坠子，随温度变化而变色的戒指，架在头发上的太阳镜，还有质量不错的发圈和发夹。这个年轻女孩喜欢鲜花、长毛绒玩具、白日梦、自拍、浪漫爱情的只言片语。一个会成长为年轻女性的少女。

在她亲友的描述中，她的美丽和妩媚颇具“女性”气质。杰西卡说：“她开始装扮自己。她画了眼妆，涂了口红，戴了首饰。她比我更女性化。”相反，杰西卡举手投足像一个“假小子”，她一头短发，有着雌雄难辨的体型，而且从来不加修饰，总是穿着运动裤和运动鞋。“女性气质”更适合蕾蒂西娅，这一赞辞把她和自己的姐姐区分了开来。

美丽就是品位，一种个人天赋，但也是一种报复。发育停滞会让女孩在青春期变得消瘦。她们一边吃着薯片、品客、麦当劳等垃圾食品，同时还保持着苗条的身材。美丽是一种保证——光彩、微笑、体贴、愿望，这些都会取悦旁观者，打消他们的顾虑。对于商业和服务业行当而言，它提供了客观上的优势。针对平民阶层出身的西班牙年轻女孩，莫雷诺·佩斯达涅[1]说道，“对身体的投资”是一种避免其阶级命运的方式。

蕾蒂西娅出生于南特的第四世界，她从事饭店这一行当时，只掌握了少量的教育资本，于是，她便辅之以美学资本，会去表现自我，又时时加以注意。帕特龙夫人证实了这一点：“蕾蒂西娅忽然就开始使用化妆品了，那是在2009年的时候。她很会化妆，而且品位不俗。在拉贝讷里镇开始实习的时候，她就化妆了。”蕾蒂西娅的美丽并不是对主导性的规范和男性目光的屈服；相反，它可以被理解成一种习得的策略，用来逃避她出生环境的混乱和童年的悲剧。蕾蒂西娅招来了爱慕，这是走向成功的第一步。

两姐妹之间的差异会表现为责备和刻薄之辞。有时候，蕾蒂西娅跟杰西卡说：“你可以穿得更好一些！”相反，蕾蒂西娅对她姐姐的同性恋倾向则毫不在意：“既然你高兴……”蕾蒂西娅很漂亮，也心心念念着自己的美丽；杰西卡很漂亮，但对此漠不关心。一个会利用其女性的魅力，另一个则加以拒绝，牢记这点，我们便可以说，在两种情况中，外表都是一种拯救自我的抵抗形式。

杰西卡说：“她很友好。是的，温婉。比如说，当别人赞美她时，她也会赞美别人。当这样做行不通的时候，她知道说些客气话。蕾蒂

---

[1] 莫雷诺·佩斯达涅（Moreno Pestaña），西班牙当代学者。

西娅是一个好人，快乐而乐观的人，待人友善。”在她心目中的弟弟法比安的描述中，她是一个亲切而大方的女孩子，总是急他人之所急。在帕特龙先生阻止蕾蒂西娅出席他生日庆祝的那一天（他声称：“这需要批准。”），她还是送了他一个礼物，一个他一直保留着的瓷海豚。

她从来不怒形于色。她不想对任何人生气。如果有人责备了她，她也不会反对，而是像一个牡蛎一样把自己封闭起来。在她身上，善心和羞怯相关，大度则与保留相关。即便没有和别人接触，她也总是会信任他们。她的可人是一种好的脾性、天生的乐观、抱怨能力的缺失，但也是一种自我保护，试图以讨喜的方式来拒绝敞开心扉。善良，自我封闭——不惹是生非，不让别人不高兴。

帕特龙夫人说：“蕾蒂西娅笑眯眯的，没有棱角。她不想被别人注意到，最好别人想不起她：‘我受够了，我不想招惹上是非。’她从不咄咄逼人。她逆来顺受，随波逐流。”

善良也是一种社会品质。就像 C. 莱特·米尔斯[1]在《白领》一书中指出的，小资产阶级雇员是礼貌和过度奉承的能手，这是对纷纷扰扰地侵犯着他们的工作世界的适应。这个世界一直在侵犯着蕾蒂西娅。

蕾蒂西娅很少和她中学里的朋友们讲起自己的个人生活，多数人甚至不知道她住在寄养家庭中。在帕特龙的家里，当杰西卡不分场地和时间地讲述她们的童年时，蕾蒂西娅则置身事外，表现得冷漠而平静，她的沉默表明，她不希望被问到此类问题，她甚至什么都不记得

---

[1] C. 莱特·米尔斯（C. Wright Mills，1916—1962），美国社会学家。

了。“我当时睡着了。”

在和儿童社会救助厅的联络人拉维奥莱特女士交流期间，蕾蒂西娅讨喜、爱笑、容易说话——直至谈起个人问题。她会闭上嘴，沉溺于内心，此时，他人就成了一种威胁。她的回答少而又少，又含糊其辞，全然不知别人在问什么。双胞胎姐妹形如阴阳两面。当拉维奥莱特女士同时接待她们时，杰西卡就成了代言人，而蕾蒂西娅则置身事外，深深地坐在椅子里。她通过沉默证明她姐姐所言属实。

蕾蒂西娅的温和性格和笑容符合这样一类人，他们在生活中无时无刻地表现出无所谓的样子。在庭审上，拉维奥莱特女士描述了一个“不成熟而脆弱的”年轻女孩，她难以胜任日常生活中的林林总总。如果说蕾蒂西娅很难填写一张完整支票或社保单、掌握个人收支、处理零七碎八的杂事，这不是因为她愚笨，而是因为她一直被当作一个物品来对待，她被呼之即来挥之即去，被粗心大意地打发或推翻在地。终其一生，她都备受关照，被当成是幼儿。就此而言，她并没有对成人生活做好准备。

但是，她的朋友们也描述了一个冷静、正直、稳重、自如的女孩，清楚自己要什么。她日复一日的成长让拉维奥莱特女士又惊又喜。她童年时的不负责任让位于少女的种种兴趣，小大人的选择。蕾蒂西娅竭尽全力让自己独立起来，在职业实习里坚持到底。她按照自己的节奏慢慢地前行。这些进步看上去就像出彩的表演。

说到底，存在着两个蕾蒂西娅：拉维奥莱特女士在儿童社会救助厅名下关照的那个有点迟缓的小孩，讨人喜欢但是消极，受着杰西卡的庇护，在私人生活的规划上守口如瓶；另一个是正在摆脱束缚的年轻女孩，热情，艳丽，自主，渴望走在前头，在学校或工作中有所进取，和朋友们在一起或在脸书上“纵情”。在她身上，人们看到一个呼之欲出的女性，她将积极投入到自己的生活中去，在工作和爱情上展现出独立品质。拉维奥莱特女士接待她们的时候，杰西卡开玩笑道：“我的妹妹，她总是含情脉脉。”“蕾蒂西娅她从来没断过恋爱！”当事人懒洋洋地矢口否认，满脸通红。

蕾蒂西娅并不停留在相片上，更非一个偏见就能忽略过去。相反，她常有惊人之举。人们第一眼就会喜欢上她，然后慢慢了解她。她的稚嫩、她笨拙的沉默、她的拼写错误、她对现状和文化的冷漠，抵消这些的是让她熠熠生辉的生之愉悦、乐观主义、坚韧和童稚的语言。一个对一切都会抱以些许嘲笑的无知少女，对于她，人们会说：“她会用自己的方式摆脱困境。”

26 “惩罚”和“错误”

2011年1月31日，在共和国总统接见了帕特龙夫妇之后，他允诺自己会亲自监督案件进展，并对刑法系统的“无能”做出惩罚。审查的命令下达到了南特的法庭和大西洋卢瓦尔省的监狱法庭。

所有的目光都转向南特的大审法院，尤其是刑法执行法官。在向司法机构监察部申辩的数小时内，他们都坐在小木凳上。

在法院的餐厅里，一间摆着咖啡机和绿色植物、沐浴在阳光中的房间里，一个书记员向我讲述了大审法院内部对此事的反应。就像所有人一样，法官和职员都已经感受到了此一社会新闻的悲剧性质。很快地，“人们就知道梅隆就是我们这里的某个人，一个‘常客’”。这就是让人错愕之处。对负责此案的刑法执行法官而言，“这是最最让人错愕的”。她知道“这是冲着她来的”。

2月2日，南特法庭的法官们聚集在特别会议上。在一个一致同意（三票弃权）的提议中，他们表明了对面临指控的刑法执行法官的支持，对政府“蛊惑人心的做法”予以揭露，因为它把矛头对准法官和公务员，试图掩盖“政府部门的疏忽”。担任预审法官和法官工会联合会代表的杰奇·库隆公开反对行政当局的指控。

2月3日，法官们在午餐的时候参加了一次新的会议，以便确定赋予集体行动以何种形式。司法机构监察部一直如影相随。排在龙桑之后的检察院的2号人物，即共和国副检察官，他的手机在会议期间收到了一条警告：尼古拉·萨科齐刚刚再次对法官进行了责难。他立刻把消息传达给了同事们。

在访问奥尔良时，共和国总统在一个警察局的院子里宣布：

> 当我们将被认定为有罪的人放出监狱，却无法确保他受到融入顾问的监控，这就是一个错误。那些掩盖或者纵容这个错误的人将受到惩罚，这是规矩……我们的义务是让社会免于这些怪物的侵害。

换言之，这些法官甚至纵容了罪犯的违法犯罪：应该用“惩罚”来回应他们的“错误”。至于嫌疑人，他“被认定有罪”。这些声明是2005年内利·克雷梅一案的回响，尼古拉·萨科齐在那期间想让刑法执行法官为他的“错误”而“付出代价”。

这是压倒骆驼的最后一根稻草。在座无虚席的会议厅里，大家同仇敌忾。法官们，这些平日里如此严肃如此冷静的人，他们感到自己任人宰割。行政当局的经济政策让公务员普遍地失去了稳定性，尤其是法院，它针对法官的再一次责难正让他们被说成是罪犯的同谋！奥尔良的讲话在大审法院的内部造成了伤害：法院的工作被共和国总统本人所否定，而这却正是他的独立性的保证。法官对政府部门天然的尊重受到了严重的影响。

包括检察官在内的所有法官都陷于同一种激情中，工会人员和非工会人员，新人和旧人，挑拨离间者，哪怕是最谨小慎微的老实人，都表决通过了整整一周不进行庭审的决定。此消息传遍了整个法院，法官们来到公共大厅，他们和律师、社工甚至是保安都亲如兄弟。从14点开始，所有非紧急案件都被推迟了，每一个被集体推选出来的公报主席都做了演讲。南特的律师公会也加入了这一运动。愤怒的一天，前所未有的时刻。

亚历山德拉·蒂尔卡回到拉沃，以便完成法新社的“回访稿”，这就是说总结前两天的事件，带来补充性的信息，拟定为期两周的调查计划。在这一骇人的发现之后，她坚信这一社会新闻告终了。当她在蓝洞的小道上走动的时候，她接到了一个电话：南特的法官罢工了。这是前所未有的事情，让人难以置信！蕾蒂西娅，这是一个永不会结束的案件。

*

梅隆在牢房里缄默不语。在卢森堡广播电台上，帕特里斯·加巴尔的话筒盖过了欧洲广播一台和法国电视三台，而梅隆的兄弟则嘱咐他说出真相：“这是一个怪物……我的兄弟，你完蛋了，你完蛋了。”

在拉贝讷里镇和波尔尼克，建起了两个灵堂。登记簿上写满了致意和爱的表达。花和蜡烛围成的圈子将蕾蒂西娅的大幅肖像围绕其中。

在拉沃，搜索的强度有所提升。寻找着“半身”的潜水员装配了声呐，依靠从日内瓦宪兵队那里借来的水下搜索设备，将蓝洞全部搜索了一遍。鉴于河底的淤泥缩小了可见区域，马蒂诺法官批准了一项激进的措施：完全排空拉沃的三个池塘。

首先被排空的是蓝洞，共调用了 12 个机动泵，诺让勒罗特鲁的民事安全部门也助了一臂之力。一台每小时可以排出 4 000 立方米水的巨型机动泵也被调过来进行增援。水位每天下降几米，有时露出满是污泥的斜面，有时是旧采石场开裂的棱角。由昂热的第六工兵团的士兵清理可到达区域，150 个宪兵随后徒步对该区域进行搜索。龙桑在一份媒体公报上详细描述了行动，以如下句子作结："感谢等候中的诸位有此善意，没有用电话打扰我的秘书和我的语音接入盒。"

蓝洞被逐渐排空，但是河底的水源妨碍了彻底抽空。黑黢黢的水室停止了作业，一些区域仍难以到达。宪兵发现了骸骨。雷诺·克莱门接到了紧急电话：找到的是狗的骨头。几天之后，泥浆深处发现了一部手机，离捕鱼篓触底之处有三十多米远。分析证明这就是蕾蒂西娅的手机，和根据贝尔蒂的说法在亚特兰蒂斯寻获的电池正相匹配。宪兵队的司法鉴定人员打开手机，屏幕上显示出："你好，蕾蒂西娅·佩雷"。目录上包括了百来张照片，分别收藏在"英国""家庭""我的朋友们"和"我"这几个相册中。

水泵的作业在第二个池塘中继续进行，尽管潜水员已经把它探查过了一遍。最后一个池塘，也就是最小的那个，它过去数年间曾被用作工业排水口。碎片、油罐、横梁、废铁和各种金属堆积的河底污染太重，不得不向应对"核、生物、放射、化学"风险的 NBRC 小组求援。去污染的专家们全身上下包裹在海蓝色的专用服里，他们戴上防毒面具，用游绳前后相连，在池底进行勘查，在这片停滞了流动的水里，生锈的架子积成了一座山。没有面孔的技术人员在被污染了的泥浆里蹒跚前行，就像核爆炸之后一样：蕾蒂西娅消失在了人类末日的罪行里，唯余一片晦暗之海。

当塞西尔·德·奥里维拉和我去拉沃的时候，我们碰到了一位妇人，她说我们做得太多了。2011 年 2 月的这段日子让她厌恶。她不快地回忆起往来的小汽车、货车、卡车、直升飞机、官员、记者、搅乱她的村庄的宁静的闲杂人等。在她看来，这是萨科齐的错，他是公关行为的推动者和受益者。我们是不是会对所有失踪的年轻女孩都像这样搅浑水呢?

蕾蒂西娅一生运气不佳，但是国家动用可观的技术和财政手段寻找她。宪兵队的整个区域组织都被调动了起来。胡布舍尔上校决定和侦讯处的指挥官一起从当地的特警队里抽调调查人员，组建一支全职工作的团队。在高性能电脑、直升飞机、声呐和机动泵的帮助下，数百名宪兵、驯犬师、潜水员、士兵参与了搜寻。在这紧要关头，公共开支远没有寻找真相来得重要。当局、共和国检察官、初审法官和调查人员把此事当成头等要务，差不多成了每一个人自己的事情。他们把这个救助中心的小女孩当成了一个皇后。

*

蕾蒂西娅身后的“后续”无懈可击，但是，对梅隆的监控又如何呢？这个争论非常技术化但也非常重要，它将我们引向行政当局和法官的矛盾的关键所在，因此有必要介绍一下这两个备受责难的角色。

刑法执行法官，就像这一称谓所表示的，负责监督由法庭宣判的刑罚的执行。他也负有确定个人化的“刑罚路径”的任务，其方式是对监禁手段进行调整：假释、准自由的状态、用电子手镯进行检测等。这一个人化的目标在于预防再犯并支持犯人融入社会。可以在监狱里进行审讯：被拘禁者提出他的要求，说明自己的个人规划，提供社会再融入的担保。刑法执行法官裁定并监督刑罚的执行，但不能对其进行日常的监管。

考察和社会化教养处，负责监控服刑期间的囚犯和开放环境中的犯人，比如处于准自由状态和受电子监控的犯人。融入顾问的作用具有社会的一面和刑事的一面。一方面，他们帮助释放的犯人寻找工作和住处；另一方面，他们也要对法官所宣布的义务进行监督：每个星期都要去警察局报到，履行由医生或心理学家提出的护理指令，补偿受害人。考察和社会化教养处从属于一个垂直的结构（地区部门，即司法部下面的教养管理部门），但是它在地方上的运作是服从于刑法执行法官的领导的。

我们由行政这个主题开始：刑事系统“失效”了。梅隆在 31 岁的时候，被判刑多达 13 次，其中有两次是在最高法院。2010 年，他服完了最后一次刑，一出狱就被列入司法监视的对象，这倒不是因为他再犯的风险高，而是因为对他的最后一次定罪——羞辱法官（一名对他儿子的安置进行裁决的儿童事务法官）——符合设定考验期的缓刑（un sursis avec mise à l’épreuve，SME），一种包含了一定数目的所谓“开放环境”中的义务，即和融入顾问会面、寻找工作、治疗、赔偿受害人等。当一个犯人接受符合设定考验期的缓刑时，他将回到自己家里，等待考察和社会化教养处的传唤，后者将告知他的义务。

然而对梅隆的监控从未严格执行过，因为，大西洋卢瓦尔省的考察和社会化教养处认为他的案件并不具有优先性，他最后的一次违法行为——羞辱法官——比起杀人、盗窃甚至交通肇事都轻得多。在出狱之后，梅隆没有接到过顾问的传唤：他被“放归自然”了。

自2010年2月起，距他出狱不到一年，2011年1月，蕾蒂西娅被害。在此期间，数人向他提出了控告：他的异父兄弟和他的妻子，因为他的死亡威胁和在他们家里进行的破坏；他前女友的一个女性朋友，因为他烧毁了她的汽车；前女友本人，因为他的死亡威胁和性侵。她向警方宣称：“他强迫了我。实际上，我希望他不要拳脚相加。”宪兵队长被这个年轻女性明显的冷漠搞糊涂了，因此没有将控告传达给司法警官，检察员对此也毫不知情。至于波居尔的警察局，由于超负荷工作以及人力不足，对很多控告的处理非常缓慢。

尽管梅隆被登记在性侵累犯名单中，但是他并没有按照自己的义务，将自己的住址上报给有关部门。2010年9月1日，大西洋卢瓦尔省安全部门收到了一条报告，它引发了数次旨在确定梅隆位置的调查。11月4日，他在库厄龙偷了一辆白色的标致106，用作平时的出行。12月初，宪兵队进行了一次调查，最后无果。12月10日，库厄龙的宪兵发现梅隆驾驶着一辆被盗的标致106；当他们来到他母亲的家里，想对他进行质询的时候，他已经离去了。在南特的检察官的要求下，他被列为一道针对窝藏被盗车辆的搜查令的对象。2011年1月4日，他被列入车辆盗窃和住址不明的待查人员名录；但是，他没有被标注为特别危险的人员。

因之便有了共和国总统的惊愕：一个处于设定考验期的缓刑的累犯无人负责，这是失职。司法部应当关注配套措施，更不必说，涉及的是一个被先前数次判决证实了的问题人物。对于政府部门而言，力图了解过去发生的事情是否属于被禁止之列？

现在让我们听一听法官和教养处的人是怎样作答的：确实存在着失职，但这是谁的过错？南特的大审法院和大西洋卢瓦尔省的考察和社会化教养处运作非常不畅。没有足够的法官、足够的书记官、足够的融入顾问。在南特的法庭上，人们要求设立第五名刑法执行法官，而对于已经存在的4个职位而言，一个是空着的，因此，在实际运作中只有3个法官和5个协助他们的书记员。工作人员被工作淹没，始终疲于奔命。一言以蔽之，法院没有能力运作。

2009年，大西洋卢瓦尔省的考察和社会化教养处的主管发现，该部门从任何角度来看都处境糟糕：在职人数不足，但也有能力问题，糟糕的结构，专业软件利用不足。主管要求进行方法上的审查，以便部门现状能由第三方来说明清楚。他的上级迟迟没有回复：我们都知道在监狱里进行审计，但向来不是在考察和社会化教养处和开放空间中。最后，这项任务交给了监狱监察部门。

当主任拿着流程图，要求补充几个有相关资质的人员时，监察员们当面嘲讽了他，他们依仗的是当下的口号“公共政策的全面复核”——让国家接受强力瘦身的疗法。最终，监察机关的报告提出了60条建议。这些要得以落实，需要的是但丁式的工作，且不由雷恩跨区域监狱服务部提供支持，而其中更受关注的则是监狱里的安全问题。

2010年3月，考察和社会化教养处的主任给南特的法官们写了一封信，指出自己的部门所面临的最大困难。每一个顾问平均监管 140 份档案，是司法部所规定的标准的两倍，一次病假就能让数量上升到 180 份。在 5 月 24 日大审法院举行的 3 小时的集会上，考察和社会化教养处的主任和法官们就紧急情况的分级一事达成了一致：由于不可能监控所有人，他们将优先监督那些违法程度最为严重的人员。其余的档案则归入“有待处置”。

为了落实这项集体决定，主任通过邮件把会议记录发送给了刑法执行法官，还抄送给了大审法院主席、南特检察院和雷恩的跨区域部。2010 年 8 月 4 日，他给他的上级写了一封警告信：他的部门一直没有办法正常运行。

在跨区域部和司法部装聋作哑期间，主任和法官们的决定在大西洋卢瓦尔省的考察和社会化教养处生效：800 份档案被放到一边，给最为严重的案件让路。由于梅隆最后的一次罪行是羞辱法官，他成了漏网之鱼。

27 脸书上的蕾蒂西娅

在德尔菲娜·佩雷的帮助下，我有了一个独家渠道：蕾蒂西娅的脸书账号。宪兵已经关闭了这个账号，以免有人在那里表达有害的好奇。但是，我们仍然可以通过以前的联系来找到它。我毫不怀疑，对于那些对私人生活、娱乐、家庭和爱人的联系和变迁、21 世纪男人和女人的语言感兴趣的研究者而言，脸书会在未来成为他们的材料。在这群男人和女人中，我选择了蕾蒂西娅。

她在脸书上有 48 个朋友，主要是马什库勒和拉贝讷里镇的朋友、几个同事和佩雷那边的亲友。她的头像用的照片是伸展手臂后，用手机俯拍的，她和姐姐在上面脸贴脸，会心地笑着（和她在照相设备前有肢体接触的人并不多）。

她给 12 个歌手、三部电视连续剧、两部电影和一本书点过赞。音乐方面是蕾哈娜（Rihanna，节奏布鲁斯）、绿日乐队（Green Day，朋克摇滚）、病态巨尸（Grand Corps Malade，诗喃）和鱼叉（La Fouine）、攻击性（Sexion d'Assaut）、索帕拉诺（Soprano，说唱）。没有什么能表明她真的看过《阿凡达》和《暮光之城》，但是，它们的主题一下子就向她透露了内容：一部是对人性和宽容的科幻隐喻，另一部则是青少年吸血鬼之间的爱情故事。

我们通过她在南特酒店的老板娘德朗德女士了解到，她喜欢 2010 年上映的电影《一切闪亮之物》(*Tout ce qui brille*)。故事的主角是两个密不可分的朋友，她们是职业服务员、一贫如洗的郊区居民，但都是金子般的女孩、十足的话痨，她们活力十足、漂亮、滑稽而无礼，时刻准备逃离她们所处的阴郁城市，她们会流连于晚会，出入的是异常时髦的公寓，那里的守护神是高级定制服装、鸡尾酒和 Visa 金卡。我不知道蕾蒂西娅如何看待这部异常成功的喜剧——也许是把它当作灰姑娘的故事，只是，她把扫帚留在了雷茨地区拉贝纳里镇的那家旅馆式餐厅里。

帕特龙夫人和杰西卡的证词都表明，蕾蒂西娅嗜电视如命。她可以从早上 10 点到晚上 10 点，一动都不动地在电视机前度过整个一天，除了吃饭和上厕所。杰西卡和帕特龙先生开她玩笑："你最后会成为电视机销售员的！"她坐在客厅的沙发上，懒洋洋地辩解道："不是这样的，别说了！"她看了海量的连续剧，《鬼语者》(*Ghost Whisperer*)、《篮球兄弟》(*Les Frères Scott*)，以及她在脸书页面上的的确确点过赞的《绯闻女孩》(*Gossip Girl*)，一部有关曼哈顿镀金女孩的小史；《秘密故事》(*Secret Story*)，在这个电视节目中，参与者必须在摄像机镜头下，生活在封闭的空间里；《辛普森一家》(*The Simpsons*)，这部广受欢迎的动画片讲述了荷马和他疯疯癫癫的一家子的奇遇。

蕾蒂西娅不读书。她没有小说、杂志、旅游指南或烹饪书，一本专著都没有，无论是什么内容的——她只有一本马的画册。有趣的是，她在脸书上唯一一本点过赞的书是《寻找世界之书》(*La Quête des*

Livres-Monde），这是一套矫揉造作的科幻三部曲，浓重的伯格森风格的标题让它显得与众不同。

如何看待所有这些兴趣点？遗忘日常生活的机器，点点滴滴的玫瑰水，还是法国电视一台定制的梦工厂？里面对社会关系和性关系的刻板想象向年轻人灌输着驯顺和服从，例如，在《绯闻女孩》这部连续剧中，充斥着混迹于浮华上流社会顶端的有钱小女生和帅哥。蕾蒂西娅的品位是否和她的职业选择一样，是没有品位的品位，没有选择的选择？对所有人都会喜欢、都会看、都会听的东西的被动接受？她的大脑奉献给了图像、流行歌曲、时尚、广告和为最大多数人所接受的"内容"的制造商。她的品位是被大众文化培育出来的，她的点赞也是受娱乐工业支配的。不用怀疑，这就是一种异化的形式。

杰西卡说："她喜欢几乎所有在电视上播放的音乐。"

事实上，蕾哈娜的《唯一一个女孩》、"攻击性"的《抱歉》、索帕拉诺的专辑《鸽子》和《阿凡达》的原声带位列2010年法国销量最高的实体和数码音乐。蕾蒂西娅就是大众的化身，目无法纪之徒的对立面。

时光飞逝。我已很难回忆得起来，在我自己成长的年代里，是没有手机、短信、电脑、因特网、iPod或iPad的。在四分之一个世纪里，我没有和任何东西、任何人经由网络而产生联系。我的童年是迈克尔·杰克逊、让-雅克·高德曼（Jean-Jacques Goldman）、雷诺（Renaud）、热门50、1982年塞维利亚世界杯的半决赛、1983年诺阿

（Noah）对阵维兰德（Wilander）的法网决赛、大金刚游戏（Donkey Kong）、《帝国反击战》、《汤姆·索亚历险记》的片头字幕铭刻在我心里，《小甜甜》（*Candy*）至今都能让我热泪盈眶。二十年后，属于她的则是电视真人秀节目、法国电视一台、节奏布鲁斯、说唱、脸书、三星的玩家风格手机[1]、每天数百条短信。她死了，而我，我还活着。她本可以成为我的女儿。

这种大众文化让我心跳加速。我怀念起自己的童年，因为这是我的童年，它塑造了今天的我，一代人中的一员。

我在蕾蒂西娅一事上犯了错。消费社会并没有占领她的精神，改变她的世界观。她从造星体系里得到的是消遣。她和她所看的东西保持着距离，某些场景、某些人物在她看来不是很蠢就是太过夸张。美国的黑人文化、曼哈顿的摩天大楼、西海岸的海滩、郊区的说唱，这些都激起了正为专业技能合格证做准备的马什库勒中学生的好奇心。伴着《鬼语者》里的鬼魂、《暮光之城》里的吸血鬼和狼人、《寻找世界之书》里长翅膀的少年和《阿凡达》中蓝皮肤的人，她的想象力飞了起来。也许“攻击性”的歌曲触动了她：

> 爸爸，我不懂，我对你做了什么？
> 我太小，我不占地方。
> 爸爸，但我出生之日你在何方？

[1] 指 Samsung Player Style，三星公司一款专门在法国市场出售的手机。

她总是在南特酒店里哼唱《生之乐》，这是维罗尼卡·桑松（Véronique Sanson）的一首歌，收录在《一切闪亮之物》的原声带里。这带给了她对自由滋味的想象：

> 你对我说我为生活中的快乐而生。
>
> 我脑袋里有了想法我要为所欲为。

法国和国际流行乐、热销唱片、短片、视频就如奇迹一般，它们在 YouTube 上冲击着播放记录，五大洲数千万人在上面观看连续剧，这是一种隐秘的个人联系，它们在我们相互之间建立起关系来。这一"炼金术"也提供了宝贵的机会，我们得以从我们身上看到，究竟什么是不属于我们而是属于集体的：家庭、社会群体、时尚、时代精神。这种分析不是通过思考"我"来谈论"我们"（就像"吾等"[1]这个滑稽的讲究说法），而是通过"我们"来思考"我"，是"塑造了我的所有其他人"中的那个"我"，"我的独一性是其他人的成果"。按照萨特在《词语》结尾的说法，蕾蒂西娅就是一个 21 世纪的女孩，是被所有的人所创造出来的，男女和女人、女孩和男孩，她等于他们所有人，又和任何人都不等同。

最让人疑惑的就是脸书上的社团，她属于它们中的一员。这是些非正式的、非强迫性的社团，但在很强的意义上又是文化的社团，是

[1] 原文是 nous de majesté，相当于英文中的 royal we，即"尊贵的我们"，是西方元首、国王、教皇等的自称。

点击一下即可进入的俱乐部，对表现在精神状态、看法和幽默感上的相似性的选择。在这种参与性的民主中，谁都可以发布照片或视频，留下评论，分享链接，建立联系。

只在此刻重读某段信息，一切完美

格言："用一生时间去怀念一段逝去的爱情，这证明我们真心相爱过，我们的存在并非完全徒劳。"

内容：一则有关动物的视频，"太可爱的"猫，搞笑视频，翻跟头，奇事

观众：200 000 个追随者

边听音乐边思考

"致所有音乐中的恋人，尤其是那些边听音乐边思考的人。"

插图：海上落日

超过 850 000 个追随者

让女人为自己而活，而不是去工作！！！

格言："幸福就是躺在被窝里。"

链接例子（上传于 2015 年）：

"19 张最古怪的婴儿头像。"

"把熔化的铝倒进西瓜里会产生这样的后果。"

;-）

你想玩。我们玩了，我赢了。你抛弃了我

（引自科罗内尔·雷耶的《游戏结束》）

我忍受着，什么都不说，但是别担心，我都记着

“我们遭受的那些打击，我们把它们存放在心里。我们哭了，但是当复仇的那天到来时，我们什么都记得。”

——你喜欢我吗？——不，我为你而疯狂！ <3

专注于爱情、恋人和爱人的社区

NB：文字表情符号 <3 代表往右边倾斜的心

嘘，我是对的

照片：烟花，超模，漂亮的文身，金色的辫子，埃菲尔铁塔

超过 900 000 个追随者

格言例子（发布于 2010 年）：

接吻是让沉默诉说一切的最佳方式。

卡桑德拉·R 和其他 3 027 个人喜欢

光速高于音速，很多人直到张嘴之时才看上去光彩动人。

朱丽·R 和其他 1 494 个人喜欢

这些社群是今天最大的团体。它们所表现出来的顺从主义并不是

合群或者不辨是非，而是数字化的社交准则、病毒般的幽默、无区别的人之间的交往、年轻人的联合、现代的大众政党。就像社会学家多米尼克·卡尔顿（Dominique Cardon）所言，这是“不牢固的协作产生的力量”。

大量的自拍被用来展现她自己在脸书上的形象：蕾蒂西娅靠着一块悬岩，蕾蒂西娅的耳朵上别着木芙蓉花，蕾蒂西娅穿着黑裙在英国的一座电话亭前摆出了一个姿势，蕾蒂西娅戴着圆顶礼帽，蕾蒂西娅从她张开的手心里给你们发来了一个吻。脸书代表了一个交流和可见的空间，让蕾蒂西娅——这个沉默的人，缄口不语的小孩——展现自己的心灵，谈论家庭、她的感情、她的心理状态、她的忧虑，也就是说在公众面前展示自己，即便它有限而不可见。

她在脸书页面上写下了一些想法，表达了从“人们”那里得到的智慧。我对她的原文进行了修正，我用的是大人的法语：[1]

这让人讨厌：这些人把我们赶走，需要我们时又对我们甜言蜜语。

我们喜欢的那些人并不是我们认为了解的那些人；一旦我们更好地了解了他们，他们就变得不一样了。

爱情是宽恕，不去报复，是给予，不计得失，是自我牺牲，没有迟疑。是你和我，是未来时，就如未完成过去时。我用手机

[1] 蕾蒂西娅的原文都是简写、缩写以及错别字，无法用中文体现，所以只翻译了作者的修正。

给你写下爱字，但对你说出爱的却是我的心。

一段和她姑姑德尔菲娜·佩雷的对话：

蕾蒂西娅：那些男孩总跟我们说，他们有女朋友了，但我们看到他们的脸书页面上显示的是单身，为什么他们不直接说他们不喜欢我们?

德尔菲娜：因为这些男孩子都是骗子哈哈哈哈哈

蕾蒂西娅：好吧，太坏了，他们是我们的朋友，他们这样做的时候是在伤害我们

德尔菲娜：叔叔跟你说这些男孩是坏人和骗子所以要当心

蕾蒂西娅：好吧但是我希望他们不是都这样吧?

群发信息：

蕾蒂西娅：如果我要你们说明我的特点，你们会怎么评论我呢

法比安：我太太太太太太太太喜欢你了

蕾蒂西娅：太好了谢谢弟弟

德尔菲娜：可爱，漂亮，友善，我们都很爱你

蕾蒂西娅：非常感谢我想念你们

这些情话、这一社交方式、这些写作形式、这些缩写、这些表情符号、这一对自我的展现、所有对内心的这种数字化表达都会让人认

为，蕾蒂西娅是被她的时代塑造的。而事实正相反：作为文物，她的脸书账号激活的是私人日记，它表现了自 1760 年以来女性化和青春期的特点。整个 19 和 20 世纪期间，一些秘密笔记和私人日记，它们或平庸或深刻，或简短或丰富，用菲利普·勒热纳[1]的用语来说，它们都记录了“贵族女子的自我”。这些文本的功能是什么？内省的趣味、写作的愉悦、对独特性的颂扬、怀旧的诱惑、为取得对自我（也对他的一些读者）的透视而付出的努力，这些都证实了“赤裸”的自画像，肉与灵。这是现代性诸种矛盾中的一种：通过新的媒体，手机、博客、脸书等，将古老的习惯延续了下去。

同样，私人日记的繁荣是和初等、中等教育的进步相关联的，蕾蒂西娅的这些悄悄话还证实了某种教育、某种进入大众文化的方式，并表现了学校对她的潜移默化。还有社会的民主化：蕾蒂西娅写作——她用的无疑不是我们的拼写方式，而是她的文字、她的感情、她的疑惑和伤痛。她是自己的作者、道德家和剧作家。

她的脸书既是私人的也是半公开的（按照有些人的讲法就是“公密”[2]），与其说是自恋，不如说是索求，表达了一种向其他人倾诉的欲望，为的是使自己被人了解和被别人爱。蕾蒂西娅的每一张自拍都表达了尽善尽美的欲望，希望引起某一个人的重视，从这样的生活中，

---

[1] 菲利普·勒热纳（Philippe Lejeune），法国著名学者，1971 年发表《法国的自传》，提出自传的特点在于讲述作者内心的、个人的历史，而非外部的重大历史事件。

[2] “公密”的法语原文是 extime。这是由法国作家米歇尔·图尼埃（Michel Tournier）生造的一个词，它与私密（intime）相对。图尼埃用公密日记（journal extime）这一术语和私人日记作区分，公密日记探索的不是作者的内心世界，而是外在于他的环境。

从被朋友组成的“公众”的观看中获得满足。我们深入理解了佩雷克[1]所谓的次平凡（infra-ordinaire）——日常语言、家庭背景、工作和日常生活中的我，总之，一种非文学依然是文学之一种。

约瑟夫·凯瑟尔（Joseph Kessel）在 1920 年代编辑了耐莉[2]的日记，这是一个“生活在布尔什维克统治下的俄罗斯小女孩”，凯瑟尔赞颂了她的分析能力、理智上的好奇心、对风格的把握。在 14 岁的时候，耐莉就已经经历过父母遭遇逮捕、内战、红色恐怖、白色恐怖、饥荒、没完没了的搬家、死亡的场景、受过酷刑的尸体。她献出了一部让人震惊的文献，讲述的是一个年轻女孩的故事，她关心穷人，喜欢鲜花、蓝色的天空、山和爱情，她试图看清她自己。她热情地生活。她 17 岁的时候掉进瀑布里，溺水而亡。

蕾蒂西娅·佩雷没有耐莉·帕塔史金娜或者安妮·弗兰克[3]的才华，但是她和她们一样早逝。她纯洁的心灵上还镌刻着暴力、混乱、感情上的不安全感和母亲的崩溃。她喜欢坐在客厅的沙发上，在电视机前打发时间，对她而言，这儿就是世界的中心，温暖、稳定而包容，是她发现的唯一能让她安心的地方。这个地下室里的小女孩最后还是享受足不出户的生活。

她没有信仰，对于自己生活于其中的这个世界，她早已洞悉了其意义和法则。她把自己相当一部分的精力用于为自己建立起一个小空

---

[1] 乔治·佩雷克（Georges Perec，1936—1982），法国先锋小说家，代表作品《人生拼图版》。

[2] 耐莉·帕塔史金娜（Nelly Ptachkina，1903—1920），一名俄罗斯女孩，日记被编成《日记：1918—1920》一书。

[3] 安妮·弗兰克（Anne Frank，1929—1945），德国犹太女孩，二战中最著名的受害者之一，著有《安妮日记》。

间。她少女式的浪漫对应的是全然的政治冷漠，对文化和城市生活置若罔闻，但是，这种精神上的虚无并没有平抑她自身澎湃着的心灵世界。她的孤独、失落和对这一失落的感知被她内心的力量、被她为所有亲友所敬佩的抗打击能力所弥补："她很有个性""她不会屈居人下""她知道自己要什么"。

在庭审中，主席念了一段杰西卡在宪兵面前做出的证词，那是在她妹妹失踪的数月之后："她容易受影响。她脑袋里想到什么就会去做什么。"

主席："这不是有点矛盾吗？"

杰西卡在证人席上证实了这段话："她很驯顺，但也很反叛。"

*

蕾蒂西娅和杰西卡手机用得很多——为了登录脸书、发送短信、背着帕特龙先生给她们的父母打电话。她们通常使用 15 至 20 欧元的话费套餐。有一天，帕特龙夫人收到了杰西卡的账单，话费涨了三倍。她斥责了她，还趁此机会检查了她的通话。她察觉到，双胞胎在上课期间和她们的父亲联系。接下来的发展：

"为了惩罚你们，两部手机都放在家里，直到本周周末。"

第二天，弗兰克·佩雷突然来到马什库勒高中：

"为什么你们不回电话？"

"帕特龙先生没收了我们的手机。"

弗兰克·佩雷立马就为她们买了两部手机。接下来的一个月，她们每个人都超支了 600 欧，这次用的是爸爸的账户。

28　犯罪民粹主义

2011 年的冬天，两种逻辑发生了冲突。

对于共和国总统来说，社会新闻要求一种和民众情绪一样高昂的回应。一个累犯被放虎归山，没有受到监控，最后残忍地杀害了一个年轻的女孩。法国人不仅为罪行的恐怖所震惊，也对司法机构产生了不信任："刑法没有得到执行，我们不再有公正可言了。"问题存在于机构的运行中，必须解决这个问题。刑罚系统的人员应该直面他们的责任。一个有错的系统总会自我辩护，但是政治人物应该让政府机关清醒起来，制止自我辩护式的反应，丢弃所有能找得到的借口："这就是命，谁都无能为力。"诸如此类。

对于法官而言，这种指责有失公正。梅隆没有受到监控的原因在于政府的粗疏。刑法执行法官们疲于奔命，考察和社会化教养处同样如此：所有教养管理部门和司法部办公室里的人都知道这一点，预算部门的人也知道。实际上，和累犯的斗争并不是一门精确的科学，他何时死灰复燃是不可预测的。考察和社会化教养处的几次传唤能够阻止犯罪倾向吗？两个月一次的会面，没有心理学专家，没有适配的医生，没有对住处的密集监视和访问，这能改造这种误入歧途的人吗？

梅隆会对他的融入顾问说他找到了活儿，但这并不会阻止他杀害蕾蒂西娅。

因为梅隆刑满释放而指责“司法的放任”，这种理智上的混乱让人心痛。他是被提前释放的吗？他被标记为堕落的性侵累犯了吗？尼古拉·萨科齐通过政治上的算计，选择简化和指责。在和他的爱丽舍宫办公室里的几个成员进行了接触之后，几名法官感到自己的话是不被倾听的，总统需要有罪的人，并为此而不择手段。司法部长本人也震惊于总统的强硬。

行政当局对南特法官们的不公让他们灰心丧气，他们试图“让信息传达出去”，同时向总统的司法顾问让-皮埃尔·皮卡和部长办公室主任弗朗索瓦·穆兰提出建议，让他们不要仅限于审查大审法院与考察和社会化教养处。如果人们将所谓的“错误”归咎于司法，为什么不同时也关注警察和宪兵的作为？在标致 106 被盗后，在将梅隆的亲友对他的控告存档之后，他们并没有表现出足以让人称道的效率。为什么不“放眼问题之所在”？

司法部长获悉，新的审查将在内务部的范围内予以落实。归根到底，没有在警察和宪兵中找出任何失误，但是，因为没有及时处理控告，一份“提醒”被传达给了大西洋卢瓦尔省的公共安全部的部长和波居尔的警察局。

*

“失职”的争论是重要的，但是它掩盖了两个有待理解的要素：一方面是受到责难的相关人员的职业演变，另一方面则是共和国总统的态度。

面对刑罚政策的僵化、新法律的堆积和职责的膨胀，司法机关并没有得到额外的援助。它和国家的其他部门一样饱受预算裁减之苦，在法国所有的法庭里，编制人数都停滞不前。检察院的法官职位空缺，而 2004 年的贝尔本二号法律（la loi Perben Ⅱ）加重了检察官的负担。在达蒂担任部长的 2008 至 2010 年期间，在国立法官学院的毕业生中，司法助理员缩减到了 135 名。

考察和社会化教养处创立于 1999 年，它是教养管理部门的贫困的“上级家长”，只获得了后者预算的 5%。2003 年，瓦尔斯曼报告主张建立 3 000 个顾问职位，考察和社会化教养处的编制人数不足早已众所周知（整个国家不到 2 500 人）。七年之后，在梅隆出狱的那段时期，总共只有 3 000 名顾问，应对的却是大约 175 000 份档案，而工作量又因为贝尔本二号法律和开放地区刑罚的增长而激增。在大西洋卢瓦尔省，5 000 名受审判人员受 17 名顾问的监控，而实际需要的人数则要翻一番。雷恩跨地域部门的冷漠显示出，再融入事务在刑法系统中不受重视到了一个什么样的程度。教养这一职业的核心依然停留在监狱、监禁以及机构内部的安全。

蕾蒂西娅一案也揭示出考察和社会化教养处内部的职业变化。最初，融入顾问的做法无异于 1945 年的社会工作者——帮助、陪伴、回归正常生活。考察和社会化教养处的前身是释放人员考察和帮助委员会，一个由感化教育工作人员和社会救助员组成的团队，他们受每一个法庭的刑法执行法官的领导。如何把他们转化成真正的教养管理部门的公职人员？如何使他们从口头和笔记记录传统转为向其上层汇报的书写报告的文化？

让法院顾问到外面工作，支持他们在省范围内的独立性，赋予他们在开放环境中监督刑罚的责任，使他们对累犯风险的评估保持警觉，这就是伊莎贝尔·高尔斯在1999至2002年担任司法部长一职时所推动的改革的核心所在。顾问工作中刑事的一方面不能简化为官僚主义的刑罚管理、行政管理的惯例（“X先生被交给了负责酒精风险的Y组织”）。考察和社会化教养处也肩负了预防累犯的任务，这就要求实施一种个体化的监控。一个有酒瘾的司机，一个毒品贩子，一个针对儿童的强奸犯，他们需要的不是同样类型的监控。如何面对某些犯人的“暴力升级”和对融入社会的抵抗？

2008至2010年期间，考察和社会化教养处开始进行它们的文化革命。教养管理部门的主任克劳德·德·哈考特思考这样一种个体化的监控——它考虑的是犯人的行为，他们的家庭和社会环境，他们对自己的违法行为的态度，他们为避免犯罪所做出的努力。考察和社会化教养处的顾问从社会救助员变成了观察员。我们进入对风险进行评估、对受审人员进行管理的时代。这种新方向的象征是犯罪企图诊断（DAVC），它受到加拿大人的启发，使得我们能够确定个人的危险性，并决定必要的监控程度。自2010年开始，它在11个试点地区进行了实验。

但是，在教养处内部，观察的文化却很难落实。主导观念仍然认为，主要的危险存在于封闭空间中，这就是说，在监狱内，而开放环境应该是社会协助的领域。在考察和社会化教养处内，公职人员拒绝了犯罪企图诊断，认为它没有考虑到形势的复杂性。对工会而言，这是一种社会控制和信息分类的工具，对公众的囚禁，对“风险”人群的统计学上的编纂。这种“右翼”的方法和“左翼”的社会工作对立。与其说是善意之举，实际上却是监管！

在2010年梅隆出狱的时候，这一过渡还没有完成。大西洋卢瓦尔省的考察和社会化教养处和刑法执行法官共同制定的优先化的标准基于最后一次判决，而不是犯人的具体情况。自那时起，梅隆的危险性就不再被察觉到了，他的卷宗被放在架子上，旁边的是瘾君子和农村的黑社会头目的档案。以他的司法存档和犯罪学清单（由犯罪企图诊断所制定）为基础而实现的犯罪侧写，本可以看出他的犯罪能力的上升。预测无疑也是一次赌博，但是，在梅隆羞辱法官之前，他已经有过严重的举动：一株灌木遮蔽的是整片森林。对他的档案的“搁置”源于考察和社会化教养处能力的欠缺和工作量的超标，但文化的阻碍也是原因。不可能把梅隆看成是没有项圈的丧家犬。

在英国，存在着数种监视体系。缓刑局（probation service）相当于法国的考察和社会化教养处，它对犯人的危险度进行评估，在他们出狱后对其提供帮助。法医组（forensic team），一个犯罪心理健康团队，关注暴力犯罪分子，对之进行心理疾病的诊断。认证心理健康专家（approved mental health professionals），他们负责组织会议，确认一个个体是否表现出对他人或自己的危险；在有必要的情况下，他们可以向警方发出警告，建议由健康团队进行监控。最后，最危险的案件归多机构安全保护组织（Multi-Agency Public Protection Arrangements）管辖，这是一个全国性的监控系统，由教养处、缓刑局和警方协同工作，还和社会救助机构与心理学团队合作。这就是说，无论是在右翼还是左翼政府的治下，预算的削减都持续地削弱了这些机制。

尼古拉·萨科齐对法官的责难抹消了所有这些问题的复杂性。就像反恐法官和法国预审法官协会主席马尔科·特雷维迪克所言，共和国总统本人就是一个攻击法官的“累犯”。2005 年，他指责一个法官将一个“怪物”假释，接着，又对博比尼[1]的法官们的“辞呈”提出了批评，之后，在 2007 年刚当选的时候，他把法官比作“小豌豆”，在颜色、尺寸和平庸上没有什么区别。

在尼古拉·萨科齐于 2011 年 2 月 3 日在奥尔良发表的演说中，他允诺用“惩罚”来回应“错误”，这个错误就是放走了“被认定有罪”的梅隆，没有确保他受到监控。最让人震惊之处在于，总统在嫌疑人和法官之间建立起了一种联系。在罪犯的责任和法官的责任（他们要对刑罚系统的“失职”负责）之间进行混淆，通过这种方式，他便把蕾蒂西娅之死归咎于他们了。

在他的这次演说之后，在借社会新闻进行发挥这个方面，尼古拉·萨科齐跨出了关键性的一步。随着强奸犯梅隆和父亲帕特龙这两个完全对立的人登上舞台，第三个参与者也被创造了出来——作为同谋的法官。

无论他们的动机是什么——竞选的盘算，反腐败的信念，反精英的饰词，个人经历，萨科齐的指控都表现出了民粹主义。那些专业人员受到了社会谴责，总体上来说，到最后竟成了受害者。对他们的指

[1] 博比尼（Bobigny）是法国北部城市，法兰西岛大区塞纳-圣但尼省省会。

责在他们身上造成了一种双重不公：不仅在于认定他们缺乏正确工作的能力，而且给他们加上了罪名。

总统没有冷静地分析问题，而是选择了栽赃的策略，先是指出社会中存在的有罪之人，接着宣布用“惩罚”来应对个体和集体的“错误”。蕾蒂西娅一案揭示出了一种统治的技艺：挑动多数人去反对少数人，不单单让他们忘记了自己的错误，而且团结人民去反对一个假想的敌人（法官、城市年轻人、非法移民，等等）。

这就是尼古拉·萨科齐和其前任们最真实的断裂之处：他们的区分也就在这里，戴高乐和密特朗有团结的意愿，这就是说，强调能团结法国人的东西。自此之后就截然相反了。在萨科齐治下，政府不再是社会和平的调解器。蕾蒂西娅年代的犯罪民粹主义不是去寻找分裂之处，而是在社会机体中注入了猜忌和仇恨——共和国的总统伤害了共和国。

29 美丽的夏天

2010年5月4日，蕾蒂西娅和杰西卡都到了成人的年纪。她们在马什库勒高中继续接受饭店多技能工的一年级教育，与此同时，她们从来没有如此自由过。蕾蒂西娅正在追求独立，她申请2010至2011学年在盖朗德寄宿。由于她的材料没有被受理，而且杰西卡希望留在帕特龙家，她们两个人便都签署了《基于年轻人自主的继续留宿合同》（简称CSAJ，发音同“这是明智的”），有鉴于此，儿童社会救助厅将她们作为“成年的年轻人”而继续对她们的监管。

《基于年轻人自主的继续留宿合同》保留了儿童保护的最初范围，但是免除了监管和救助的义务，并将一直持续到21岁。这个合同是在双胞胎姐妹和大西洋卢瓦尔省的省议会之间签署的，没有儿童事务法官的介入。另外，由于她们已经成年，她们在看望佩雷或拉尔歇家人一事上便有了完全的自由。但是，事实上什么都没有改变：拉维奥莱特女士继续确保对她们的教育监管，她们也仍然住在帕特龙先生位于罗杰尔路的家里，他依然是由省议会雇佣的家庭救助员。

她们是否快乐？对于杰西卡来说，她从没想过要离开；她喜欢被帕特龙夫妇收养，而且她所有的朋友都住在拉贝讷里镇。但是帕特龙先生的侵犯在继续（他承认在她成年后发生过一段“亲密”关系）：抚摸她的臀部、胸部和生殖器．刮阴毛，手淫，手指头的侵入。在和加埃尔的恋情被帕特龙先生扼杀后，蕾蒂西娅就和马克西姆外出了，那是在英国的修学旅行之后。2010 年 4 月 26 日，这个年轻的男子在脸书页面上这样写到蕾蒂西娅：“你好我的大拇指，我要把你吻个够。”

双胞胎之间第一次分离：蕾蒂西娅使用客房，它位于客厅和帕特龙夫妇的房间之间，而杰西卡还是住在她们原来位于房子另一端的房间里。客房很小，也没有窗户，左边放着一个衣橱，最里面摆着一张小床，右侧则是一个搁物架，上面堆着帕特龙家孙辈的玩具。蕾蒂西娅身穿绣了白花的紫红短上衣，手臂摆出了潜水的样子，这张自拍就是以这个小房间为背景拍摄的。在照片上，我们能看到衣橱和小床，床上盖着绿色的被子，露出枕头的一角，一件玫瑰色的外衣挂在衣橱里。

六月份的时候，蕾蒂西娅和杰西卡取得了餐饮多技能工的专业技能合格证书。帕特龙夫妇为此开了一瓶香槟，但是，由于不能陪双胞胎到马什库勒去，他们便让她们在倾盆大雨中骑着自己的摩托车去领证。证书交付仪式在 9 点开始。她们在 11 点到达，在一个小时之后离开。杰西卡说：“这是一段美好的回忆，因为我们看到了所有的人，但是天气太冷了！我们的手都冻僵了！”

*

2010 年夏天，两姐妹在南特酒店实习，一家地处拉贝讷里镇的旅馆式餐厅，由德朗德夫妇掌管。杰西卡在厨房工作，蕾蒂西娅则从事服务和房间清扫。那时是旺季，人流密集，工作安排让人窒息，老板很严厉，但是蕾蒂西娅坚持了下来。工作于 11 点开始，22 点结束，在中午和晚上为客人提供服务、换床单、整理床铺、清洗浴室。在第一次庭审时，德朗德先生证明道："这是一个好女孩。从来不多嘴，一直面带微笑。一个没有任何问题的职工。她骑摩托车上班，车停在院子里。"在南特酒店里，蕾蒂西娅遇见了法比安，她心里的弟弟，他在这里当服务员，这也是三年级的实习。

相反，杰西卡的学徒期过得很糟。她没有把握好节奏，很难接受批评，人们常常看到她躲在厨房里掉眼泪。到了今天，她会苦涩地评论道："好像我什么都懂一样！"和蕾蒂西娅不同，她还没有准备好去面对工作的世界和餐饮行业的节奏。德朗德夫妇留下蕾蒂西娅，辞退了杰西卡。帕特龙先生冷冷地随口说道："你们做了糟糕的选择。"

蕾蒂西娅的蛹正逐渐打开。她为她在南特酒店的工作感到骄傲。她在儿童社会救助厅的联络人拉维奥莱特女士赞同她：这次学徒期"为她带来了重大的成功"。蕾蒂西娅开始有了社交生活、同事和责任。她可以看到未来了。

夏天。在休息或者周末的时候，蕾蒂西娅会和她拉贝讷里镇的朋友们一起去海滩。有时候，她会和法比安在大洋饭店一起喝健怡可乐。18 点 30 分左右，法比安陪她回南特酒店。他们在晚上工作结束后，在拉贝讷里镇的夜市碰头。人们在那里卖长裙、鸭舌帽、手链、千奇百怪的首饰、会在水里摆动的塑料鱼。法比安回忆起，一个星期五的晚上，她从头到脚穿得一身粉红——套衫，紧身裤，运动鞋。法比安告诉她说，她看上去像一只小猪。蕾蒂西娅问他为什么要这样说。他就向她解释了，但她没有为此而生气。

一个周末，他们去海滩游泳，那地方就在拉贝讷里镇的出口处，在停车场和一个大公交车站边，布提纳尔蒂耶营地的前方。蕾蒂西娅朝他泼水，还把海藻扔到他身上。这是一段美妙的回忆。法比安逗她发笑，戏弄她到发火的地步。有一次，他想把她抱起来，但是没有成功，因为他比她要矮。

有几次，蕾蒂西娅和马克西姆及他们的朋友去“小长颈鹿”“蓝胡子”或赞兹酒吧唱卡拉 OK 。她从来不喝酒。

当她和马克西姆做爱后，她会立刻去告诉她的姐姐。杰西卡一点都不想知道，但是蕾蒂西娅还是要告诉她。

“第一次的时候非常痛。”

杰西卡听完，就教训起她来：

“永远不要在厕所里干这事！”

有时候，蕾蒂西娅会陷入抑郁。她有不肯说出来的心事，那是童年的回忆浮现了。在寄养家庭中，她总感到窒息。当她去夜市，她总得提前告知。帕特龙先生不想让她出门。但是她已经成年了！她的父亲想念她，她总是这么说。母亲也是。当她不顺心的时候，会独自去拉贝讷里镇的海滩散步。

在一封交给初审法官的信里，梅隆承认，在夏天的时候，他在拉贝讷里镇碰到了她。离他出狱刚过去了几个月。他没有固定的住所，整个白天都在吸毒，流连忘返于酒吧之间。2010 年 7 月，在第一次和他的女朋友分手之后，他闲逛到了拉贝讷里镇，他过来找一个狱友，那人租了一夏天的活动房屋。他在街上碰到了蕾蒂西娅。他说，他们在咖啡馆的露天座位上喝了一杯，就在海滩的对面。夏末，他住进了他堂兄弟的旅行拖车里，就在勒加斯波的场地上。他孤身一人，心情糟透了。他对酒和毒品的需求更强烈了。

这一相遇可能确有其事（宪兵证实，他过去的狱友确实在他提到的日子里租了活动房屋），但是如何区分谎言、自辩策略和真相呢？也许，在他的叙述里没有一丝半点是真实的。也许，在年轻女服务员和累犯之间萌发出了友谊。这也就解释了，在2011年1月18日的下午，蕾蒂西娅如此轻易地就同意和他一起去海滩散步，甚至还在“蓝胡子”喝了一杯。我们可以想象，梅隆纯粹只是纠缠这个年轻女孩，就像他常做的那样。我们可以想象，事情也可能相反，蕾蒂西娅对这个阅历丰富的男人的个性和自信印象深刻。相反，她不可能迷恋他：她是马克西姆的恋人。

*

2010年8月5日，蕾蒂西娅的好朋友罗拉和她儿童社会救助厅的联络人会面，期间，她向波尔尼克的宪兵队提交了一份笔录。一个月前，在访问了双胞胎之后，她去取自己的摩托车，帕特龙先生这时抚摸起她的胸部，并试图亲她。第二天，她把此事告诉了蕾蒂西娅，而蕾蒂西娅证实了他对她和杰西卡的举动，但是，和她姐姐不同，蕾蒂西娅没有让他得逞。蕾蒂西娅和罗拉这两个成年人约好去提出控告，但是，在8月5日，蕾蒂西娅却没有按约行动，罗拉只好独自去讲这件事。由于害怕报复，她想匿名，于是选择了笔录备案而不是提出控告。

收到报告之后，儿童社会救助厅在波尔尼克的负责人决定会见这三个年轻女孩。一份“令人担忧的信息”被传达给了省议会，圣纳泽尔的检察官得到了通告。8 月 16 日，在上司的要求下，拉维奥莱特女士把佩雷姐妹召集到了她在波尔尼克的办公室。这样的安排是前所未有的：通常他们会在咖啡馆或者帕特龙的住处会面。双胞胎在不知道原因的情况下来赴约，这是绝无仅有的。

> 她们在接待室里。我一对一地接待她们。我提到了罗拉反映的情况；我想知道，他是否也在家里对她们这样做过。我告诉她们，我知道揭露这种事情有多么复杂，因为帕特龙先生接收了她们，为她们提供了很多东西，人生坐标、家庭生活——但是，一码归一码。我跟她们说，我们不会不管她们的，我们会找到其他的方法，但是我需要知道情况。
>
> 她们只是回答了我一个“不”字，简单的“不”字，毫无悬念，毫无影响。“你真的确定吗？”她们又说不。我没有坚持，她们是成年人了，警察会为此事而责备我们。
>
> 我告诉她们，我很难相信她们的“不”字，我会随时提供帮助。帕特龙先生无疑会因为我召集她们一事而询问她们。“由你们来决定要不要告诉他。”

9 月 20 日，帕特龙先生受到了波尔尼克儿童社会救助厅的接见。

他火冒三丈，否认了这一事实，并要求对性侵罪犯施以死刑。

由于缺乏其他的控告内容，此事就此了结了。宪兵不再听取帕特龙先生的陈述，省议会也没有终止对他的认可。相反，帕特龙先生禁止双胞胎去见罗拉，还说如果在拉贝讷里镇撞见她，一定要让她经历“糟糕的一刻钟”。

事情也可以发展成其他的样子。在知道了针对家庭救助员的投诉之后，省议会可以安排一次深入调查，让女孩子们在调查期间暂时离开。毕竟，省议会是帕特龙先生的雇主。

*

对蕾蒂西娅而言，这是一个美妙的夏天，充满了成功的夏天，一段正在萌发的爱情故事、一份来之不易的学徒工作、众人的交口称赞，以及独立的前景，会有工资、驾照、公寓和爱人。

6 个月之后，她将死去。

30 叛乱

我差点儿在一开始的时候就漏掉两个主要的目击者。2014 年 4 月，在收到我的来信的几天之后，塞西尔·德·奥里维拉给我打了个电话，那时我正在芒什[1]的一个小型海水浴场度假。我向她做出解释，一件社会新闻为何会让一个历史学家感兴趣，我在自己正脸乃至在肺里都感受到了海上吹来的风，在我试图彻底说服她的这几分钟时间里，大海激励着我，让我变得活跃、坚决，还有一点好斗。几天之后，我们在巴黎碰面，之后，她就把我介绍给了杰西卡。

在去南特的时候，我见到了奥里维拉。而其他的时候，我们就用短信进行交流。她离了婚，是两个大女孩的母亲，她经常去戏院、博物馆、展览馆，还在全世界旅行。有时候，她是原告律师，有时则担任辩护律师。有一天，我向她发送了一条短信，她正在法庭上为一个"非凡"的年轻巴西女性辩护，后者 17 岁的时候在圭亚那结了婚，她为了数百欧元的债务，向自己的嫂子捅了 63 刀将其杀死，后来又把自己的儿子留在尸体边，此举无疑是为了制造自己不在场的证据。

[1] 芒什（la Manche）是法国下诺曼底大区所辖省份，在大西洋沿岸。

奥里维拉回答我："我被繁重的庭审搞得筋疲力尽。明天会下暴雨，我想去海边逛一会儿。"

另一条短信："看上去糟透了！我必须缓解一下气氛。"

年轻的巴西女人把自己的孩子独自留在尸体边上，这件事情造成了巨大的影响。最高法院的主席慢慢地、一张接一张地展示着受害者惨不忍睹的照片——她浸在自己的血泊中，脸和脖子被刀划得伤痕累累。

"星期六或者星期天进行判决。对我来说，这三四个晚上过得很艰难，对她，那就是好几年了。"

次日，我向她询问进展，她回复道："我被自己手头的卷宗搞得心力交瘁，不堪重负。我明天就要去辩护了。"

"我等着判决！我认为，我不得不采取重刑。"

接着："人们无法想象，对一个漂亮的年轻女子进行判决有多难。女巫审判离今天并不远。"

终于，最后一条短信："20 年。"

几个月前，奥里维拉向我坦白，她一开始犹豫着要不要回复我的信，这不是因为她不赞同我写书的计划，而是因为最后一句话（"我对您发起的战斗深表敬意"）像奉承一样让她难受。

在见了奥里维拉之后，我对她的睿智、细腻和人情味印象深刻。2008 年的时候，就是她在帮助一个名叫艾米莉的年轻女子。艾米莉饱受羞耻和悔恨的折磨，因为她还是个 14 岁的初中生的时候，利用捏造的事实控告罗伊科·塞舌尔强奸了她，而那个农业工人因为是个同性恋，还染有酒瘾，一直被村里人指指点点。尽管有过两次判决，奥里维拉还是获得了复审的机会。五十年间，只有十来个犯人受到过这种罕见程序的垂青，她让罗伊科·塞舌尔沉冤得雪并获得赔偿，21 世纪初最为冷酷的司法错误之一因此得以纠正。

奥里维拉全力以赴、尽其所能地为那些人辩护，但是没有让自己的感情和刑事犯罪方面的稳固经验卷入其中。她说，一个律师面对自己的委托人的时候，不应该相信自己无所不能的感觉：委托人身陷囹圄，遭受不幸，完全是因为你，也就是说由你一手决定，而你则成了他在自己生活中做过的最坏事情的代言人。辩护是长期的事业，但是辩词是在庭审过程中准备的，因为法官并不知晓所有的档案，辩论仅仅是靠口头进行。在刑事法庭上，被告没有依靠自己来辩护的权利，但是，主席最后还是会询问他是否想发言。这就是说，只说几句抱歉之辞是最好的，因为被告经常会不由自主地沉溺其中。因此，一个强奸了小女孩的人会说："我为自己做过的事情而深感抱歉，但是我希望她们会牢记和我一起度过的好时光。"奥里维拉也向我讲起过，有几个儿童在遭受了乱伦之后，把领取的赔偿金交给了他们的家人。为什么？因为"你这样做对你父亲也造成了很多伤害"！

我会说，就其工作而言，奥里维拉既是参与者也是旁观者，局内人和局外人，她和她自己、和别人都保持着同样的距离。她是一个很投入的律师，但是她并没有被一个角色所束缚住，也不会墨守成规。她成功的秘诀在于：除了才华出众和埋头苦干，还颇能反讽。她说，在庭审的最后，律师会按照惯例向法庭主席表达敬意，在离不幸几米远的地方，他们用诙谐的口吻互相交流着精妙的笑话。这种不同等级间的礼貌造成了一种超现实主义的景象，就像很久以前战场上不同军官之间的那种礼貌。但是，在庭审进行到一半，当事实或者证词太复杂的时候，就会有主席哭的时候了。

在梅隆的上诉因为律师罢工而被无限期推迟期间，塞西尔·德·奥里维拉并没有和她的同事们分道扬镳，但是她坚持传递杰西卡的声音，因此总是在电话机边熬夜。塞西尔·德·奥里维拉扶着席位说："如果我们在审理中感到不自在，我们就看看镀了金的天花板。而杰西卡，她正独自承受着焦虑、痛苦和孤独。"

这并不是我的恭维话，也不是我对南特的资深检察官格扎维埃·龙桑说过的那些话，他第一次接见我是在2015年的5月，地点是他在国立法官学院的办公室。面对媒体和共和国总统，格扎维埃·龙桑敢于指出，梅隆并非捕食性动物。他承诺，蕾蒂西娅会被完整地交给她的家人。在暮色笼罩池塘之际，他是第一个提到"半身"的人。

我们分别坐在桌子的两头。当我做出打开电脑的样子的时候，龙桑后退了：他想首先了解我的动机。对犯罪的迷恋？病态的好奇心？他怕我会把蕾蒂西娅或者检察官奉为英雄，而这桩事情的首要之处在于，一个平凡的年轻女孩不幸地勾搭上了一个处于精神疾病发作边缘的瘾君子累犯；其次，他只是完成他的工作，他不希望像某些吹嘘"他们的"大案件的法官们一样抛头露脸。

一阵尴尬的沉默。我感到，这个聪明审慎且具有很强洞察力的男人正在回避我。我没有退缩，并向他着重指出，我的书所针对的，其实也是这个国家、这个社会以及21世纪初的司法。龙桑侧耳细听着。我的话变得更加技术化了，表现出自己在刑法执行法官的职业与考察和社会化教养处的文化方面是十足的行家。他放松了，咧嘴微笑道："您已经通过了口试！"我们约定下次会面时间更长些。

*

我所有的谈话者都记得2011年的2月份。对法官、检察官和书记官而言，那就是一个团结、醒悟和集体反抗的时刻。法官，与其说他们是建制派，不如说是中间派，要么就是保守派，至少可以说，他们没有发表政治异见的传统。他们的信条和惯例可以追溯到中世纪。他们还穿着白鼬毛皮和花边领带，而医生、大学教员和教士都逐渐脱掉了他们的工作罩衣、礼服和长袍。法官安然无恙地度过了占领期和维希政权时期。就褒义和贬义而言，这都是一个行会。这个职业的人不愿意承认自己的错误，在最好的情况下，这些错误会被委婉地认定是"司法的错误"。

从2月3日起，南特大审法院的法官终止了所有非紧急的审理（他们继续其他的工作，没有罢工的权利）。法院里群情激愤。人们说："我们不能再这样下去了。""够了！"过道上、自助餐厅里、全体会议和集会上，愤怒再明显不过了。初审法官和工会代表杰奇·库隆指出，已经多次向司法部反映部门长期的缺员情况了："如果一定要进行惩罚，首先应该对部长进行惩罚。"在访客大厅里，一张图表标明了当前法国所有司法机关的罢工活动的分布。

对共和国检察官格扎维埃·龙桑而言，形势颇为棘手。代理检察长正在罢工，一个检察官不足以掌握其部队，事情正愈演愈烈……在这种处境中，人们是在拿职业前景冒险。最后，龙桑召集了他的检察官，对他们说，他和他们同样愤怒，但要求他们保证紧急刑事案件，他允许他们自由地参加他本人也支持的活动，同时，他也没有因此而招致上级的不满。效果显著。今天，在国立法官学院的办公室里，他对我笑眯眯的。

马蒂诺法官本人也支持运动，但是绝不会当众招摇，因为蕾蒂西娅一案就是地雷阵。如果他敢出现在游行队伍中间，就会成为众矢之的。将负责此案的法官免职，多妙啊！此外，他差一点大祸临头，在3月份的时候，《法兰西西部报》在一篇文章中插入了一张题为“年轻的南特法官”的照片，照片拍的是巴黎的一次游行，马蒂诺正在法国总工会的旗帜和“法官工会”的标志下和同事们说话。团队里所有的人都屏息以待。这种照片在调查部门的墙上贴了很久，弗朗茨·图谢至今仍然以此为乐。

罢工运动没有对案件的审理产生丝毫影响。马蒂诺法官在2月7日接见了原告，而当时全法50多座法院都终止了审理，法官工会正呼吁在国家律师协会、警察工会和监狱职员的支持下举行罢工。2月10日，南特进行全国大游行的日子，他是唯一一个出现在法院的法官，和他在一起的还有德索内特法官和负责对梅隆进行审后监控的刑法执行法官。

当抽水作业仍然在拉沃进行的时候，法官的运动也形成了规模。2月4日，包括雷恩、布雷斯特、坎佩尔、欧塞尔、巴约讷、贝桑松和巴斯特尔在内的16个法院，推迟了所有非紧急的案件。2月7日，在周末过后，全法各地几乎都出现了全体集会，包括里昂、布洛涅、马赛、南锡和勒阿弗尔。第二天，在巴黎法院绝无仅有的闭门全体大会上，95% 的人投票支持延迟非紧急的审理。195 个法庭和上诉法院中总共有 170 个加入了这次运动。

全国性、跨工会、跨职业，这次动员是向“南特刑法执行法官”表达团结的反抗，但也是对焦虑的表达和疾声呼吁：这出悲剧的原因在于预算危机、超负荷的工作和感化令下随意的监控，这种事情可能发生在法国任何地方。

2 月 10 日标志着运动的顶点。那天，在所有工会的呼吁下，8 000 名法官和司法工作人员在全法示威——巴黎、马赛、里昂、南锡、波尔多、图卢兹。全国性的大游行在南特大审法院前举行。14 点 30 分，聚集了总计有超过一千多人，包括法官、书记员、融入顾问、监狱人员、律师和警方官员。此次游行还从法国各地租来了客车。法官在大街上，从左派一直到极右派，审判官、法官、黑长袍，也有红色长袍，雷恩上诉法院和昂热上诉法院的法官。为了纪念蕾蒂西娅，众人决定不进行谴责，避免口号，但还是有些横幅表达了声明：

> 我们都是南特人
>
> 崩塌的正义，谁之错？
>
> 更多的措施，更好的监控
>
> 正义被侵蚀，民主处在危险中

所有人都团结在南特小小的刑法执行法官四周，而共和国总统把他们当作了敌人。书记员总结道：“从业 30 年来，我从未见过如此景象。”

由此发生了一次意外，所有目击者都会惊愕地回忆起来：帕特龙先生自己来到示威游行中，对之进行谴责。在法院大楼前，他抓着麦克风，站在椅子上说道：“今天，你们为了你们的游行，对我们所经历的悲剧加以利用。无论多么有理有据，这都再荒唐不过了……不要再让那些性侵累犯自由了，你们知道他们会重蹈覆辙的。为了让蕾蒂西娅的事情不再上演，你们要对他们施以极刑。你们也有孩子，你们也有孙辈，这种事情不会只发生在别人身上。”

然而再清楚不过的是，梅隆不是一个性侵累犯，初审法官面对的不是强奸主犯。在来自全法各地，为捍卫某些正义和民主理想而聚集的法官中，帕特龙先生充当了萨科齐的传声筒。他的姿态可谓派头十足，但是几个月之后，他就将因为强奸和性侵未成年人而遭到起诉。而在那一天，大审法院的广场上，面对未来会在里面工作的法官们，帕特龙先生感到了为自己说话的需求。

从一开始，国家领袖的追随者们就谴责这次运动。在司法部长米歇尔·梅尔西耶接见工会时，国民议会中的人民运动联盟主席克里斯蒂安·雅各布宣称法官们“有点可怜”，政府发言人弗朗索瓦·巴鲁安提到：“有一个行业没有切实地承担起自己的职责。”总理弗朗索瓦·菲永则指出，波尔尼克的悲剧源于“失职”。共和国总统理解了家庭的痛苦，也对法国人民的感情做出了回应，但是法官们没有表示出“同样的怜悯”。

受害者吸引了关注，引导了公众的行为，有人以他们的名义采取措施，且让他们为之背书。通过声明，政府在事关同情和安全的言论中也暴露出自己的逻辑：对情绪的垄断足以提供一种权力，借此就可以指出有问题的人。

值得赞美的同情，政治上的利用，权力的工具？2005年，在内利·克雷梅案件期间，对于一名记者向他提起的“法官的愤怒”，尼古拉·萨科齐回应说，他首先关心“受害者的愤怒”。爱丽舍宫的政府部门主任克里斯蒂安·弗莱蒙指出，在总统接见家属期间，他和他们建立了“一种近乎血肉亲情的关系，他知道什么词语能安抚他们”。相反，在蒂尔法官的自传中，他提到自己曾收到过一封信，作者是连环杀人犯受害人的母亲，他在写到2月9日法官们的反击进行得如火如荼时，引用了那封信里的话：“我总是看到受害者们受到奉承，我看到受害者们受到欺骗、利用，有时会被反复利用。权力没有表现出正确的正义。这是对正义的歪曲。”同一天，《查理周刊》刊登了一幅漫画，尼古拉·萨科齐被画成秃鹫的形象，它的嘴里叼着蕾蒂西娅的一只手臂。说明文字是：“被一个野蛮人肢解，被一个腐食动物回收。”

*

我们尽可以把法官的运动解释成自我保护的反应，这是对职业的不满，它从三十年前直到今天都不受重视。我们可以认为，他们的“罢工”表达的是等级的反应，因人们敢于损害其“主权”而感到不快。我们可以认定，这种反应建立在尊严之上，因而对一个总统说过的话变得过分敏感，而总统之所以鲁莽，是为了要打破政府机构，破除惯例。我们可以假装认为，所有的法官其实都是“红色”（左派）

的，或者有工会在幕后进行操纵。我们有权说出更为无聊的话，即法官们想传达出一条信息：他们缺钱。我们可以试着把 2011 年的反抗同 17 世纪中叶的投石党运动[1]联系起来，法官和领主都在反对专制主义的上升，反对对他们的特权的质疑。

但是，当我们了解到，法官、代理检察官、初审法官、儿童事务法官、家庭事务法官、刑法执行法官整日埋头工作，有时候周日和晚上也得如此，他们得遵从变化得越来越快，同时也越来越无足轻重的法律，他们试图在一个预算匮乏并且不受“决策者”信任的环境中保证这项公共服务，让法律得到落实，让民众得到保护，缓解由我们的社会制造出来的悲剧；当我们了解到，他们的职业要求倾听的能力，对他人的开放，对人性甚至是某种利他主义的尊重，我们便可以认为，总统关于他们缺少“怜悯”的言论有失公允。

2 月 14 日星期一，工会呼吁恢复审理，监察员的报告免除了法官的责任，尽管还有部门组织和信息流通中的“无能”。在大量的法庭和上诉法院中，报告都受到了支持，但是，一定程度的灰心丧气还是可以感觉得到的，法官承诺将他们的运动“长期化”。在南特，审理于 2 月 17 日恢复，也就是尼古拉·萨科齐和帕特龙夫妇第二次会面的那天。因为将自己的伴侣勒死并肢解，“蓝胡子”以前的所有者阿兰·弗利–桑德尔被判无期徒刑。18 日，雷恩大审法院的活动恢复了正常。运动告一段落，距蕾蒂西娅失踪正好一个月。

---

[1] 投石党运动（Fronde，1648—1653）或译为投石党乱、福隆德运动，是一场反对专制王权的政治运动。

31 “阳光太棒了”

2010年夏末，在获得了饭店多技能工专业技能合格证书后，杰西卡又在马什库勒高中注册了厨师专业技能合格证书的课程。蕾蒂西娅则继续在南特酒店工作，同时也在为服务员专业技能合格证书做准备。她为此而离开了高中，去了圣纳泽尔的手工业和职业跨行业培训中心，它提供从专业技能合格证书到高级技师证书的所有文凭，涉及食品、饭店和汽车行业。

双胞胎的道路正在分化之中：杰西卡回到了学校，蕾蒂西娅开始工作。杰西卡每个月都会从儿童社会救助厅那里收到100欧的零花钱，而蕾蒂西娅则赚取最低工资。她在南特酒店的实习改变了她。她乐于早上出门去上班，成为班组的一分子。她交了新朋友：厨师学徒斯蒂芬和威廉姆，以及雇主的儿子安东尼。晚上，斯蒂芬会等她，两人一前一后开着摩托回家。威廉姆爱上了她。就像他在最高法院所说的，他多少成了她的知己，而她则给他出主意。他总是在餐厅里摆出一副事不关己的样子，她就跟他说：“你应该高兴点，脸上露出微笑，这样顾客们才会再来。”她给他上了“微笑课”。

2010年的秋天，蕾蒂西娅一下子就成熟了。她为自己的自由感到骄傲，内心的力量让她对别人产生了信任。拥有一份社会职责、得到别人的赞赏带来了满足，工作和才能让她被认可，面对繁重而且每周都会变化的任务，她坚持不懈，终于能为自己做主，不再是被别人放在角落里的布娃娃了——这些让她心满意足。日常生活在改善，未来更是变得可望而可及。到成年的时候，人们便知道自己想要什么了，而对于一个独立的年轻女子而言，没有人有权利去揣测、改变、强制和利用她。

蕾蒂西娅有多愁善感和幻想白马王子的一面，但是，如果仔细看的话，她又表现出一种实用主义来：她会选择一直不缺工作机会的行当来进行踏实的培训。蕾蒂西娅既不是拖着水桶的柯赛特(Cosette)[1]，也不是喜欢鹦鹉学舌的女仆费莉西黛（Félicité）[2]。面对各种各样的困难，她奋起反抗。这个被背带裤悬在半空中的小女孩开始脚踏实地了。

10月份的时候，拉维奥莱特女士建议她把精力更多地投入到家庭日常中去，学会填写社保的报单、跑税务、购物、筹划开支，如此一来，她以后便能谋生了。蕾蒂西娅同意了，但是所有这些在她看来都显得复杂和好笑：帕特龙家提供了一切，她自己则不知道如何花自己的钱。如果存在真实的心理障碍，那就应该实施直接的监护，但是，就蕾蒂西娅的情况而言，问题只在于单纯和经验不足，而这可以由微小却让人乐观的进步来弥补。蕾蒂西娅生活的快乐平息了那些喋喋不

---

1 雨果《悲惨世界》中的主人公之一，被母亲寄养在别人家里时遭受虐待。

2 福楼拜短篇小说《一颗简单的心》里的女主角，是一个朴实善良的劳动妇女。

休的教训，也驱散了那些焦虑。这个迷人的年轻女孩只愿意生活在美好的事物中，并去探索新的世界。她正在起飞中。

*

蕾蒂西娅轮着上班，两周在南特酒店（当雇佣工），一周在圣纳泽尔的手工业和职业跨行业培训中心（当学生）。为了去跨行业培训中心，她骑摩托到波尔尼克医院对面的公交车站，把车停在那里，然后坐 6 点 40 分的车到圣布莱温欧，然后又坐车去圣纳泽尔，总共耗时一个半小时。她 17 点 45 分离开跨行业培训中心，18 点 40 分到达波尔尼克，最后骑摩托车回去。

跨行业培训中心的培训负责人对蕾蒂西娅没有什么印象，因为她太低调了。她勉强有时间读完一个学期，教师们对她所知不多。她的朋友梅丽莎话更多。她们是 2010 年 9 月在大门口认识的。梅丽莎正在就读汽车维修职业高中，而蕾蒂西娅则是专业技能合格证书服务员，但是，她们在同样的时间上课和上班。在头一天参观完跨行业培训中心后，包括准备考取专业技能合格证的、就读于职业高中的，所有学生都聚集在了一起。有一个由女孩们组成的团队，她们都出生于大西洋卢瓦尔省的各个地方。蕾蒂西娅站在边上，梅丽莎走过来时看到了她，二人惺惺相惜。

她们在午饭休息时间又相遇了，二人一起去了麦当劳，也可能去培训中心附近的超市买了三角形三明治、品客薯片和健怡可乐。她们之后一起在商场吃了中饭。

> 感觉来得很快，我们成了朋友。和她一样，我是害羞的人。我们有些共同之处，比如，我们从来没有被自己的父母抚养过。我们有些同样的小狂热，我们拿一些非常愚蠢的小事开玩笑。有时候，我们就互相看着，然后笑得上气不接下气，完全不知道是为什么。当她排队进教室的时候，她不会笑。但和我在一起的时候就会笑了。

蕾蒂西娅抱怨了她的寄养家庭。她没有权利出门，也不能去看望她的新男朋友凯文。她想离开波尔尼克，租一间单身套房。在蕾蒂西娅和梅丽莎都忙于工作的那两周，她们就通过手机短信或脸书来互相发送简短的消息，例如“亲爱的，你还好吗”，等等。

*

但蕾蒂西娅的新生活也是孤独的同义词。在时间安排上，她从此便和她姐姐，和马什库勒校友们都错开了。她工作的时候，他们在学习。她和杰西卡再也碰不到一起了。在她死之前的几天，蕾蒂西娅在她的脸书上写道：“今年不能再和你的朋友们像以前一样疯狂了☹唉，因为不在同一个学校了，我现在无聊死了。”

在15点到18点30分的休息时间里，蕾蒂西娅有时候会留在拉贝讷里镇而不是回帕特龙家，因为汽油很费钱。如果一个熟人都碰不到，她就会去海滩散步，在“小长颈鹿”或者“蓝胡子”喝上一杯可乐。脸书和手机短信填补了面对面交流的空白。在马什库勒高中毕业班的时候，她也是如此和凯文“外出”的：在伦敦之游数月之后，他们通过手机短信又成了一对。她每晚都给他打电话，二人之间无所不谈。有时候，她会抱怨自己的寄养家庭，但是不会讲得很深入。直到2010年12月末，他们才“正儿八经”地见面了。

宪兵很快就察觉到：从早到晚，从醒来到入睡，在一天之内，蕾蒂西娅发送了大量的手机短信。通过手机短信，有时也包括“语音信箱”，她的朋友们就能分分秒秒直接得知她的现况、她白天所有的活动了。她和凯文外出，但是没有亲吻过他；她信任莉迪亚，但自从拿到文凭之后就没有再见到过她；她知道昔日高中朋友们的近况，包括乔纳森、玛丽、爱蒂安和法蒂玛。而他们则通过她发布在脸书上的自拍看到她。数字化的一代经历着远程友谊，但也很孤独，社会联系变得脆弱了，这样的年轻人从十六七岁起就开始工作了，都缺乏生活的动力。

每次蕾蒂西娅下班后回到家中，都筋疲力尽，她穿着拖鞋，在沙发上度过那些电视之夜。

但也会有激动人心、远离烦恼和乏味的时刻。10月12日，星期二，蕾蒂西娅在她的脸书页面上写道：“今天穿海滩装，阳光太棒了。”这个女孩就是初涉人世的女神，她将自己献给了海浪。这是日常生活里的神话，它让我想起某个海边的印度之夏，好像勒内·夏尔[1]的诗篇在我心里回响：

---

[1] 勒内·夏尔（Bené Char，1907—1988），法国诗人。

阳光太棒了

在8月末的一个晚上，蕾蒂西娅下班后没有回家。22点30分，23点，直至午夜时，帕特龙一家睡下了。晚上，帕特龙先生起床，发现走廊上的落地窗没有从里面闩上。他把客房的门拉开一条缝：床是空的。他又回去睡了。早上4点左右，他又醒过来，蕾蒂西娅没有回来过。他上了车，一直开到南特酒店，看到蕾蒂西娅的摩托车停在邻近的小路上。蕾蒂西娅正和朋友们聚会。帕特龙先生一直按喇叭，直到她出来为止。

“你为什么不回家？”

“我们几个女孩儿在聚会。”

“你打算什么时候回去？”

“等会儿。”

帕特龙先生一个人怒气冲冲地回去了。

第二天，屋子里发生了争吵。蕾蒂西娅在她的脸书页面上写道：“穿着晚会装的女孩太好看了，以及，早上4点睡下去的时候累毙了，马上就白天了。”

帕特龙先生向拉维奥莱特女士揭发了这件事，她则为蕾蒂西娅辩护，她已是成年人了。

“她做她想做的事情。”

“我们家不是旅馆！”

拉维奥莱特女士同意给蕾蒂西娅上一节小小的道德课：“你有权出去，但是你应该提前告诉帕特龙夫妇，某些规矩是要遵守的。至少你玩得很开心吧？”是的，她高兴坏了。拉维奥莱特女士放心了：她在外面过了一晚上，这是一个好现象。谈论外出、性、避孕，这也是社会工作的一部分。

2010 年 12 月 5 日，蕾蒂西娅在脸书页面上写道：“不是太想去上课，太想放假了。”斯蒂芬回复道：“哦，是啊，可以看到喜欢的朋友呢。”蕾蒂西娅说：“主要原因。”

32 鲜活的面孔

2011年2月7日10点，当着书记官和德索内特法官的面，皮埃尔-弗朗索瓦·马蒂诺接待了原告——杰西卡、帕特龙夫妇、弗兰克·佩雷、西尔维娅·拉尔歇和她的财产管理人，还有各方的律师。他肩负着向他们传达验尸结果的重任。

当尼古拉·萨科齐宣布他将在爱丽舍宫接见帕特龙一家的时候，两个初审法官自问是否要加快速度，不是为了“标记他们的领土”，而是赶在原告被总统的“怜悯”利用之前见上他们一面。最终，他们决定不掺和进这场对原告的竞争中去，而是选择按照他们自己的节奏来正常工作。

我在南特的一家小餐馆见到了马蒂诺法官。他和我是同代人，有主见、幽默、满怀同情心。他看上去像个学生：一头凌乱的金发，毛茸茸的胡子，沿着脸颊垂下来的鬓角发，一副小小的金属框眼镜。如果大审法院里所有的人都对这个看上去不像法官的法官评价很高，那是因为他工作的质量，他办案稳重，论述准确，还表现出足够的韧性。法医雷诺·克莱门笑着说道：“当我看到皮埃尔-弗朗索瓦·马蒂诺这个名字出现在我的手机上时，我就会对自己说：‘哎呀呀，他又要让我动脑子了……'"

我从这个调查员身上看到了另一个我，他回答自己提出来的问题，见目击者，收集证据，进行推理，核实线索，排除假设，在调查中如此，一个人待在办公室里同样如此。当我告诉他这个想法，他同意的是“方法一致性”原则：如同历史学家和社会学家，初审法官使用了各种模式，都是为了能越来越接近事情的真相。我和他进行的四个小时交谈既让人动容，也至关重要。

在马蒂诺法官看来，从2月1日到7日，三个事件在一星期内撞到了一起：在拉沃发现了尸体、法官的运动、和原告的会面。就是在这一天，在他法院的办公室里，他第一次见到了杰西卡，就在看到了被肢解的蕾蒂西娅之后。事实上，这是同一次会面。因为，当他看到杰西卡走进他办公室的时候，他心中还记着她双胞胎妹妹的面孔，在蓝洞法医的帐篷中，它因为淤泥而变得肿胀，而且还发黑。他在双胞胎姐姐的身上看到了蕾蒂西娅的头，一下子感到局促不安起来；但是这个人的感情从来就没有被带入到他的职业中去。

面对原告时调整好自己的位置，这并非易事。他不能向他们表达慰问，献出可资依靠的肩膀，好让人们伏在上面痛哭。法官应该遵循不偏不袒的义务。他注意自己的言辞，有分寸而又简洁地解释事情始末，尽可能地优先传达那些最不让人难受的信息。

首先，确认两桩事情：蕾蒂西娅的尸体完好；她是被勒死的。

接着必须介绍尸检的结果。主要部分已经被泄露到媒体上了，但是有些细节还是被悄悄地一笔带过了。蕾蒂西娅遭受过猛烈的殴打，她是被勒死的，在她死去的时候她还被刀捅过。

病理解剖学专家确认了在什么时候——参照其死状——发生了刀捅。他们从伤口处开始计算流血状况。如果受害者死了，心脏就不会再跳动，也不会有血液循环，因此，伤口不会再流血。如果受害者还活着，血会继续涌出，心脏会像泵一样工作。就蕾蒂西娅的情况而言，捅刀行为在死亡前后都在进行，这就是说，死亡之前和之后的几秒钟。没有一次是致命的。死亡不是因为刀捅导致的，也不是因为窒息，而是颈动脉压力剧增，这导致了心脏停跳。

每一个人都知道哪个是头、是腿，或者是手臂，但是没有人看到过，一个头和两对被切下来的腿与手臂被随意地堆在一道，就像屠夫包在油纸里的鸡肉块。腿是在膝盖处被切断的，手臂是在肱骨处，头则是在颈椎处。这些残肢加起来总共是 13 公斤重：这个年轻女孩四分之一的重量。

她的面孔是一个遭受过殴打的人的脸。打击在前额和颚骨上造成了血肿，一个眼睛被打出了青痕，还有一处颅外伤。大脑表现出摇晃婴儿症的症状。脖子和后脑勺都有冷兵器留下的伤口。

前臂和手都带有淤血。这是所谓的“反抗”损伤，因躲避攻击，用手和合拢的手臂来保护脸部所致。打开因为长期浸在水里而褶皱的手掌后，法医发现了整齐的伤口：为了自卫，蕾蒂西娅抓住了刀锋，她的手指因此被砍伤。她意识很清晰，因为她那时出血还不多，她的伤口都是在死亡前后产生的：心脏处于停跳的时候，或者业已停止了跳动。

右脚踝有一处皮肤的伤口，里面的骨头露了出来。

所有这些伤口都表明了一次丧心病狂的暴怒。首先，蕾蒂西娅遭遇过极其暴力的殴打、滂沱大雨、无止尽的打击。她熬了过来，但还是完全晕厥了过去。她被勒住了脖子，接着又遭遇了多次捅伤，以及满怀愤怒的血腥一击。就像罗戴教授在庭审时所解释的，尸体解剖展现出了一个典型的场景，因为，为了勒死一个人，必须在此之前对他不怀有任何感情，谋杀犯需要使用他的拳头和整个身体的重量。在奋力杀人时，刀伤会削弱临死的受害者，甚至导致致命的一击。简而言之，蕾蒂西娅没有任何脱险的机会。

即便尸检还不完整，也足以推翻梅隆的说辞了，绝不是一次致命的交通事故。蕾蒂西娅被绑架了，她被殴打，被刺伤，被勒死，被分尸。哪里？什么时候？她是否遭遇了强奸？

马蒂诺法官和德索内特法官召唤了所有的原告，但是，他们最先跟杰西卡说话。西尔维娅·拉尔歇太没有自我；弗兰克·佩雷缩头缩脑，在一个保镖的陪同下进了法院大楼。他一点一点地占据一位父亲的位置，但从来没有真正地达到过。他纯朴善良，但也愚蠢可笑，他身上潜藏着暴力，他的家庭历史沉重不堪，弗兰克·佩雷因此是一个复杂的交流对象。

帕特龙先生的态度让两位法官不快。三个星期以来，他不断地在媒体上、在白色游行期间、在他的住处前露脸，爱丽舍宫里的会见也没有让事态平息。在法官办公室里，他旁若无人，用自己的问题来挤对别人。

他是原告中唯一一个——嗓音高而有力——对帕特龙夫人讲话的人。最后，两个法官把他留在了角落里：必须过会儿再去理会他。

还有杰西卡。这是蕾蒂西娅唯一一个一直以来相伴她左右的家人。

在会面期间，杰西卡还没有崩溃。她始终保持正常状态。她心惊胆战且惶恐不安，没有提出任何问题。她听着法官说话，那眼神就像受了伤的野兽。

即便对于杰西卡来说，解释她自己的感受也非易事：失踪带来的打击，媒体的运作，等待、痛苦、震惊，而且她还年轻，只有 18 岁，再加上帕特龙先生对她做过的那些事情。人们能在这些时刻苟活吗？她，有着一张她妹妹的脸，某种程度上也寄托了她的生命，她也开始死去了。

33 可怜的蕾蒂西娅

2010 年 11 月，蝴蝶不再振翅而飞了。蕾蒂西娅变得郁郁不乐，更加沉默寡言了，没有人知道其中原因。所有了解她的人——杰西卡、帕特龙夫人、帕特龙家的女儿们和法比安——都注意到了她态度的变化。她身型消瘦，咬指甲，连着几个小时待在客房里。有一天，帕特龙先生发现她待在一片黑暗之中。

“你在干吗？”

“没什么，我在听音乐，给女友们发短信。”

在家里，鸡毛蒜皮的小事也会引发激烈的争吵。蕾蒂西娅被认为撒了谎，因而受到了指责。拉维奥莱特女士看到她结识了新朋友，就对她进行了鼓励，蕾蒂西娅因此还是会偶尔出个门。帕特龙先生颇为不快，尽其所能地对此加以阻挠。

发布在脸书上的信息，就像扔出去的酒瓶子，只是砸在了数字之墙上，引得人们纷纷猜测其中原委，最后听到的是一声内心的呼喊。

12 月 14 日：

我和一个很喜欢的朋友吵架了，现在我后悔了 :’<

12 月 15 日：

所有那些品头论足的人并不知道我们的内心是怎样的，我们都经历了些什么，我们的脆弱要比你们想象得更为显著。而人们是看不到这些的。

不经意间，蕾蒂西娅和杰西卡渐行渐远。她们不再同睡一个房间；她们不再拥有共同的朋友。当蕾蒂西娅在南特酒店工作的时候，她们的日程安排是完全不同的：杰西卡 7 点左右去学校，而蕾蒂西娅这个时候还在睡觉；蕾蒂西娅 22 点 30 分左右回家，而杰西卡已经上了床。她们有时会打照面，早上很早或者晚上很晚的时候："早安""晚安"，仅止于此。

蕾蒂西娅变得前所未有的冷淡和寡言，也不再愿意躲在她的姐姐兼妈妈的背后。她们的人格自此成了日月参辰式的一对：

首饰，化妆品 / 运动服，运动鞋

电视 / 田径

女孩 / 男孩

异性恋 / 同性恋

杰西卡说："蕾蒂西娅想要完全的自由。我觉得孤单，非常孤独。"

蕾蒂西娅和帕特龙夫妇也有了距离。当杰西卡讲起收养的时候，蕾蒂西娅就会突然笑起来："我的姐姐她疯了！"杰西卡会主动提议摆桌子吃饭，蕾蒂西娅却从来不会。

几个月之前，帕特龙先生打了蕾蒂西娅的耳光。那个晚上，她比预计中回来得早。

“你和正音科医生的会面呢？”

“我不去了。”

“不能这样！”帕特龙先生责骂道。

“我想怎样就怎样。”

“不行。约好了的事，就要去履行。”

蕾蒂西娅的调门提高了。她说：“你让我讨厌！”这是她第一次这样对帕特龙先生说话。一个耳光扇了过来。蕾蒂西娅哭了起来。第二天，她在他们的床上留了小纸条，表达自己的歉意。

有时候，德朗德夫人会在星期一问她周末做了些什么事情。

蕾蒂西娅回答说：“做家务。”

德朗德夫人叹息道：“好，你变了……”

有一天，蕾蒂西娅抱怨她的老板：“我做的一切都是不好的，只有我的姐姐是对的。”她想离开，独自去生活。而现在，她的生活就是打考勤卡、服务别人、打扫、最后回家。她下班后从来不会和同事们喝上一杯：“我的父母在等我。”有几次，她问德朗德夫人，她是否可以留下来过夜。

11月末12月初，蕾蒂西娅给她心里的弟弟法比安写信，说她想念他。法比安说：

> 我们在拉贝讷里镇碰了面。我们一边沿着海滩散步一边说话，举手投足就像姐弟般亲密。那天，她和往常不一样：她吐露心声，但比以前少了很多。她戴了新的手镯，我拉起她的上衣袖子想看得仔细些，这时我看到她的整个前臂都有伤痕，上面都结痂了，

就像血迹干了以后那样。我问她："你的手臂上是什么？"她对我说："没什么，不是最近的。"我试着强行问出点话来，但是她什么也没透露。

姐妹间的疏远，和帕特龙先生的争吵，家庭的不适，囚禁感和孤独，这些解释了蕾蒂西娅和她父母之间的和解。9月份的时候，佩雷全家在南特的集市上相聚。这个小团体包括双胞胎、弗兰克·佩雷、他的新伴侣、他们的小女儿、斯蒂芬、德尔菲娜和堂兄弟们。蕾蒂西娅告诉他们，她想回到南特，找一间公寓，为了让自己独立起来，也好和他们离得更近。

11月份的时候，她和拉尔歇一家也重新建立了联系。她的舅舅兼教父阿兰携其女儿到南特酒店探望了她。他们还在"蓝胡子"喝了一杯。

11月10日：

我重新和我的家人建立起了联系，这让我的心里暖暖的。

11月13日：

今天我看到了我的教父和我的表妹 :>

12月末，弗兰克·佩雷来到南特酒店看望他的女儿。德朗德一家热情接待了他，蕾蒂西娅吻了他。他点了一杯咖啡，蕾蒂西娅在招待其他客人之前，亲自给他端了过来。弗兰克·佩雷知道不能声张，但是，他用眼角余光看着自己的女儿。她在餐厅里来来去去，面带微笑，手脚利索。他为她感到骄傲。某一刻，他注意到她和客人在一起的时候很害羞，不敢为了知道他们是否吃完而打断他们的谈话。弗兰克·佩雷有很多“高档餐饮服务员”的经验，就给她提供了建议：“在饭店里，必须和客人亲近，必须什么都讲。”接着，他离开了。这是他最后一次看到自己的女儿。

她在脸书上炫耀自己的快乐，但是，这些说到底都是很虚的重逢。三个家庭，但没有家。

在那个秋天，蕾蒂西娅陷入了抑郁。她的消瘦是否表明了她食欲不振？她的悲伤是否和她对被压抑的自由的渴望相关？她是否因为饭店的工作节奏、那些整理房间的苦差事而筋疲力竭？梅隆是否在拉贝纳里镇的街道上和她搭讪过？是否还有另外一个神秘的原因？“我们的脆弱要比你们想象得更为显著。”

在深夜入睡前，想必她会陷入夜间的沮丧，早上则是痛苦，我们在这些深渊之底自语道，没有什么会改变，我们自问要怎样才能坚持到一天结束之际。

34 “你钓鱼很在行？”

在预审期间，马蒂诺法官和德索内特法官都采取了一种原则性的立场：梅隆不仅是一个人，需要被当作一个人来看待和尊重，而且直到有相反的证据出现之前，他都是无辜的。他们的任务在于进行审讯，最后落实或者去除罪名。

他们试图理解叫托尼·梅隆的这个人，他的人格，这个小男孩、犯罪的年轻人、瘾君子、花花公子，雷茨地区的入室盗窃老手。德索内特法官在他身上寻找确切的证据，或者说至少是某些因素，它们导致他去做了自己做过的那些事情。和马蒂诺法官相反，他不觉得他会去强奸，因为梅隆是通过对强奸犯的仇恨来建立起自己男子气概和监狱人格的。法官们对他都抱有某种同情，而矛盾的是，它却是来自于他罪行的残酷性：仇恨把梅隆囚禁在违法所带来的难以忍受的孤独之中。没有一个法官相信，他可悲的人生和混乱的人格可以归咎于“怪物”。他们像询问正常人类一样地询问梅隆。

当梅隆于 2011 年 1 月 20 日黎明在勒加斯波被逮捕的时候，他还在掩盖证据的阶段。他肢解并把尸体沉入水中，用水和汽油清洗库房，还使用了洗涤剂，他销毁了蕾蒂西娅的个人痕迹、木板和工具；只差用火烧掉标致 106。他在监禁期间向警方提供的说法漏洞百出，但是失踪的尸体让人们对他无可奈何。他确实可以嘲笑调查人员和蕾蒂西娅：他确定他们永远都无法找到它。在发现蓝洞之后，梅隆就走投无路了。调查人员都是出类拔萃的。

梅隆玩不下去了：他无法摆脱终身监禁。这一失败让他变得更为挑衅，让他的沉默更具嘲讽意味。同时，共和国总统的申明和法官的运动把他置于聚光灯下。他成了明星，一个占据电视新闻开场的罪恶大明星，可以和国家元首的随从相提并论。

2 月 10 日，南特全国大游行的当天，格扎维埃・龙桑宣布拉沃的池塘抽空行动告一段落，没有找到“半身”。但是搜查也不是完全一无所获：除了蕾蒂西娅的手机，在河岸上还发现了黑色绳子的一部分。

2 月 11 日，中午刚过去，梅隆从韦赞莱科屈埃教养中心被押解到法官面前。在进行护送的宪兵中，宪兵监视和干预小队的壮汉们都只露出眼睛，端着突击步枪，这说明：“这是精英部队！今天人们就将解开谜题？”在搜索行动之后，人们给他戴上了手铐，穿上了防弹背心。在被摩托车包围的押运车里，他对着玻璃呼气，用手指头在水汽上写下“LP + TM”[1]。他通过栅栏对宪兵大呼小叫：

> 好了，小伙子们，你们找到髌骨和胫骨了吗？快一点啊，你们还差一些部分呢。按照这种进度，就再也找不到了。你们碰到大麻烦了。

[1] LP 和 TM 分别是蕾蒂西娅・佩雷和托尼・梅隆的名字缩写。

> 蕾蒂西娅，蕾蒂西娅，我喜欢你的一切，我吃了你的肝。我本来可以把剩下的部分做成肉末。蕾蒂西娅，你太棒了！我每个晚上都在想你，今晚过来看我吧。
>
> 我把你切成了块，手臂、大腿。我把你埋进了土里。
>
> 男萨科齐主义者们！女萨科齐主义者们！游行是因我而造成的。我要革了法庭的命。

洪亮的叫嚣声中夹杂着剧烈的笑声，他很乐意住进监狱，花费公家的钱，他嘲笑蕾蒂西娅的父亲没有受到总统的接见。

13点45分左右，车队抵达法院大楼的边上，在记者的闪光灯中开进地下通道。因为饥饿，梅隆在监狱里唱了起来：

> 蕾蒂西娅，我喜欢你的一切，我切掉了你的屁股。你们钓鱼钓得不错？如果你想让我告诉你她在哪儿，就给我东西吃。快点去找到她，因为那里很快就什么都不剩下了。

他又叫骂着：

> 我爱你，蕾蒂西娅，呀呀！蕾蒂西娅，呀呀！我爱你！

最让人毛骨悚然的是，这个疯子表现出真正的智商来。因为，梅隆居然还是个不错的交流者：他试图对善人制造出恐怖的效果，他会经营自己“怪物”的形象，编制自己的“传奇”，就像拉斯纳尔那样，因为犯下数起谋杀，这个身为诗人的杀手于1836年被处决，他把自己的牢房变成了文学沙龙，接收并谈论文学和哲学作品，还维持着大量的书信往来，在被送上断头台之前的几个礼拜里，他撰写了自己的回忆录。谋杀就像大众媒体的芝麻开门，也是一出压轴戏：梅隆最后“成功”了。罪犯永远不会和“他的”受害人相提并论，因为后者是被利用的一方，而前者则战胜了死亡，就像特里斯坦和伊索尔德[1]、邦妮和克莱德[2]一样。

吃了中饭之后，梅隆立刻安静了下来。

14点30分，他被带到了马蒂诺法官的办公室。宪兵特勤队的宪兵们都端着突击步枪，在预审法院的长廊里站岗。在梅隆到来之前，护送小队的队长来到了法官办公室里。他在里面走了一遍，察看了出口，取走裁纸刀、剪刀和所有可能导致伤害的物件。他总结道：“必须给他戴上手铐。”

门开了，梅隆走进办公室。他看上去让人印象深刻：浑身都是肌肉，一副服刑犯的样子，一头黑色的头发往后梳，额角剃光，额头上有两处隆凸，就像长毛蜘蛛猴一样，眼睛有点褶皱，乳白色的皮肤，没有眉毛。再考虑到他犯下的罪行，他身上就散发出某种奇怪的特质。

梅隆坐在法官办公桌前。四个宪兵分别坐在他座椅的两侧，眼睛一刻都没从他身上离开，其他的宪兵则站在每扇门的前方。他已经没法逃出去了，人们害怕的是他试图通过挑衅警察来寻死：为了不在监

---

[1] 特里斯坦（Tristan）和伊索尔德（Yseult）是中世纪叙事诗《特里斯坦与伊索尔德》中的主人公，是一对情侣。

[2] 美国历史上著名的雌雄大盗，事迹被翻拍成多部电影。

狱剩下的日子里发霉，梅隆可能会试图进行爆发的一击，最后“在荣耀中”死去。在讯问录像中，我们也看到他看着出口，这是出于习惯，也是为了让自己安心。

马蒂诺法官要求宪兵给梅隆摘掉手铐。宪兵犹豫不决，法官则坚持这样做——这是原则，但也因为他希望能建立起信任关系来。在这点上，这是一次失败：形势恶化了。对于德索内特法官而言，因为2003年的持械抢劫，他们之间存在着关联，但这个苗头显然没有保存下来。梅隆完全不开口，冷漠而自负，自居头号全民公敌的角色。为了不制造敌意，马蒂诺法官温和而礼貌地对他说话。没有回音。这是一次漫长的超现实主义的讯问，没有任何结果。法官感到某种失望：他们足足花了15个小时让他们的对话者开口。

为了结束谈话，德索内特法官说：“梅隆先生，今天您不想说话。如果哪天您决定说话了，请告知我们。”

梅隆脱口而出道：“我会给你们写信的。”

在回去的路途上，他在押送车里始终保持着冷静。

晚上，格扎维埃·龙桑召开了媒体发布会，他为梅隆的沉默感到遗憾，因为这阻止了下葬的进行。他宣布，没有嫌疑人的帮助，调查也会进行下去，就像它开始时那样。

两天之后，为了抗议饭量供应不足，梅隆从发给每个在押人员的包装袋里找出洗涤液，吞下了一整袋。在雷恩医院的观察室里，他对一个护送宪兵骂道：“你在萨沃奈那里洗过澡吗？”

2011年2月14日，司法部长接见了法官和监狱员工工会。审查报告被公之于众：南特刑法执行法官与考察和社会化教养处的雇员被证清白。

梅隆接受了心理学家的检查。他敌对、内向，用套头衫的帽子遮住了半个脸，他对自己的母亲骂骂咧咧个不停——她为了第二任丈夫抛弃了他，他是“另外一个杂种”。他说他听到了声音，他对死人说话。一个医生诊断：情感和教育上的缺乏，暴力和乱伦的想法，交往上的病态，自恋倾向，易冲动，道德感缺乏，对惩罚的抵抗。

2月份和3月份，在不同的递解过程中，梅隆都在辱骂警队，满口污言秽语：他改动《马赛曲》，以嘲笑蕾蒂西娅的命运，提到了沙地和铲子。其他时候，他有点飘飘然。他安静下来的时候，会表现出惊人的专注度，他声音厚实，听来非常之真诚。在3月末，他从政府机关转往普卢盖尔内韦收容中心的疑难杂症部，他对押送队队长抱有某种好感，就跟他说话：

> 我撞倒了她的摩托车，她摔了下来，我停在她一边，她在流血，还在呼吸，她脚踝跟部在流血，我取下了她的头盔，我把她塞进了行李箱。
>
> ……
>
> 我把尸体放在库房里，那里有绿色的铁丝网，我切下了她的头，我的牙齿咯咯作响，我就昏了过去。

牙齿咯咯作响：在他的罪行中，也就这么一个细节听上去是真的。这个场景被一遍又一遍地重现。

为了理解梅隆对蕾蒂西娅的所作所为，初审法官重新梳理了1月

18 日星期二晚的事情经过。第一次是勾引。调查显示，数星期以来，梅隆处于一种对性极其沮丧的状态中（事实上，自从他前女友和他分手，并就其性侵和死亡威胁对他提出指控以来）。在整个 1 月，他试图跟他遇见的所有女孩上床：朋友的朋友，街上的过客，夜总会里的陌生人，没钱的瘾君子顾客，想不起他来的妓女，“蓝胡子”里的常客，波尔尼克的勒克莱尔超市里的营业员，他在那里买了手套。每一次都是提议，以及拙劣的恭维话：“给我您的电话号码，也许能更进一步？”但是，碰到蕾蒂西娅的那一天，他几乎成了一个浪漫主义者：手机照片，夕阳下的散步，当作礼物的手套和香槟。

第二步，谋杀。梅隆准备好了一切要在那晚睡她，但他不是一个从灌木丛里钻出来推倒初中女生，嘴角还挂着口水的无所事事之徒。如果人们要做出判断，那他更像是一个连环杀手。在宪兵或者代理检察长看来，蕾蒂西娅是他的头一个对象，是某种尝试，犯罪序列中的一次洗礼。接下来就是其他的事了。他的母亲是永远的歇脚处。对心理学家而言，正相反，导致这一行为的历程来源于犯罪的偏向，这是一种可怕的机制。梅隆违法之举的真相在于：他是一个小偷，而不是一个以杀人为乐的连环杀手。

在那晚与蕾蒂西娅相处的过程中，他不停地说话。对毒品的摄取加重了他天然的好斗。服用了大量的酒精和可卡因之后，他选择最直接的方式：我和她攀谈，诱惑她，跟她定下约会，我让她抽烟喝酒，我把她带到我的住处，我试着那样做，我把她带到她的摩托车那里，我试着拦下她，我撞倒了她，我把她扶起来，我把她装上车，我杀了她。接着：如何处理尸体？我挖了一个洞，地太硬了，我就把她切开了，我把她装进垃圾箱，我做了一个捕鱼篓，我把它扔进了池塘里。

对于一小时接着一小时、一分钟接着一分钟向他提出来的问题，以上就是他的答复，有条有理，却蹩脚透顶。每一步，一个糟糕的回答就会引出一个新的问题，他就又得想出一个新的回答——他选择了一个糟糕的回答，糟糕而漏洞百出的回答同他的极端暴力人格都显示出同情心的缺乏，他目无法纪，没有道德感，不考虑他人的痛苦。对尸体的破坏：心理变态和女性仇恨兼而有之，但也带着功利主义。在雷恩的布列塔尼亚最高法院进行上诉时，梅隆用自己的方式对之做了说明："一旦事情做了，我就不能再往后退。我会更进一步，但每一次事情都会变得更糟。"

这一随机应变没有缩减他一丝一毫的能力，他实施了一系列的行动，以便清除痕迹，编造托词——这是第三步。在蕾蒂西娅死后，他整个地清醒了过来。此后，他一刻都没停下来过，捏造早上 4 点 17 分的短信，挖了 40 厘米深的洞穴，肢解尸体，跑去亚特兰蒂斯和别人碰面，往返拉沃，制作捕鱼篓，清洗库房，还不忘花园里的火炉，使用洗涤剂。我们可以在他身上发现一种效率。和梅隆不断地在诉讼中确认的东西相反的是，这继绑架之后的死亡并非"无论如何都是伟大"的时刻，也并非酒精和毒品造就的疯狂之举。他完全有意识犯下的这起罪行，是一个持续的过程。

历史学家菲利普·阿尔特耶尔[1]写道："在 19 世纪的最后十年里，分尸的罪行跃入人们的视野。"耸人听闻的案件、报纸的大标题、法

---

[1] 菲利普·阿尔特耶尔（Philippe Artières，1968—　），法国当代历史学家。

医学的专题论著见证了一种新的模式：肢解受害人。凶手不满足于杀人，他继续在受害者死后对尸体进行毁坏——切割、斩首、剖腹、摘除内脏。仇恨扎入伤痕累累的尸体，化作血淋淋的碎块。“切成碎块的尸体是一个女性的尸体”，阿尔特耶尔继续写道。而接纳人体残渣的总是河流或者有水之地。昂布鲁瓦·塔迪欧（Ambroise Tardieu）、保罗·布罗亚尔德（Paul Brouardel）、亚历山大·拉卡萨涅（Alexandre Lacassagne），这些19世纪末伟大的法医们颠倒了犯罪过程：尸体解剖成了服务于真理和正义的科学的切割。外科的精准度击溃了犯罪分子的胡说八道。

*

但是有一件事情会让梅隆感到困惑，它可以打破他的铁壳并证明，他想完全成为“怪物”，但并不接受自己的行为。1月19日星期三，当他在亚特兰蒂斯碰到贝尔蒂，标致106的后备箱里满是血，里面塞着两个浸泡着蕾蒂西娅尸体碎块的垃圾箱，旁边放着用来制作捕鱼篓的金属网和矿渣砖。在梅隆提出要求之后，贝尔蒂才于15点去了购物中心；也是梅隆给了他手机电池，好让自己从中脱身。

联系到梅隆的时间安排和此番冒险所具有的危险性，这一会面让人觉得匪夷所思：为什么浪费宝贵的时间，在下午的时候来到一个购物中心，那里人来人往，装着监控摄像机，而且，在这辆偷来的、后备箱还少了盖子的汽车边上，人们完全可以看到那两个垃圾箱，里面就装着让人肝胆俱裂的货物。为什么在完全可以自己处理，而且自己就可以把手机的余下部分扔进蓝洞的前提下，梅隆还要制造一个扔掉电池的故事？

从罪犯的角度来看，这次会面的目的性是显而易见的：转移重负，如果可能的话就让贝尔蒂也牵涉其中。寻求他的帮助，让他成为同谋。贝尔蒂作为第三人才得以脱身，因为他的一个朋友在那天一直陪伴着他，由于朋友的出现，才阻止梅隆把贝尔蒂带去拉沃。

梅隆想将另外一个朋友卷入到他的罪行中去：卢卢，一个有点可怜的男人，有点毒瘾，因为涉及大大小小的事被警察局所知晓，他正缺少此人的帮助。悲剧发生前的那晚，也就是1月17日星期一，梅隆和卢卢一整天都在转卖偷来的铜，在拉贝讷里镇和波尔尼克出入各个酒吧。午夜左右，他们在“Key46”，陪伴左右的还有一个旧狱友和后者的女朋友。这几个人谈论着监狱和武器。在离开之前，梅隆和卢卢向那个女朋友提议吸毒，期望能从她身上得到性的满足。他们的凶恶神情让女孩惊慌起来，她深感不安，一口拒绝了。

这两个小人物又来到了勒加斯波，在那里喝了几杯，还吸了毒。醉醺醺的卢卢亢奋起来，他摆弄着梅隆的卡宾枪，导致意外走火。1月17日至18日晚上，他们去盗劫了南特附近位于维尔图的一家兽医诊所。回勒加斯波时，卢卢帮助梅隆卸掉了标致106上的东西：偷来的物资——电脑、屏幕、键盘、喂狗的袋装肉丸子——都囤积在库房里堆杂物的地方。在卢卢走后，梅隆难以入睡，又吸了点毒 。

第二天晚上，卢卢又和梅隆在“蓝胡子”碰头。当他到来的时候，22点刚过去一会儿，他见到了蕾蒂西娅，在他看来她非常年轻。微醉的顾客之间发生了一次争吵，梅隆于是和蕾蒂西娅去了“Key46”。卢卢没有追随他们，他留在“蓝胡子”，整晚都在网上寻找妓女。当他准备离开那里的时候，正是凌晨 1 点左右，他看到了梅隆的标致 106，车灯关着，在酒吧前方以最快速度来回开了两三趟。他被丢弃了，只好自己去南特的一家陪酒俱乐部里过夜。直到凌晨 3 点，他试着和梅隆会合，自从和那个年轻女孩去了波尔尼克之后，梅隆的举止就变得很奇怪。

在发现了拉沃之后，梅隆编造了一个新的故事，好让卢卢分担他的罪行：在勒加斯波，独臂人（卢卢）对蕾蒂西娅肆意妄为，梅隆想居间调停，开了一枪。在回来的路上，蕾蒂西娅因为避免被强奸而松了口气，对他充满了感激，她会帮她的救命恩人梅隆口交。如果是沮丧的卢卢跟踪并杀害了这个年轻女孩呢？

事实上，调查人员之所以注意到卢卢，那是因为他在“蓝胡子”看到了蕾蒂西娅，还在离罗杰尔路不远处启动过手机，而且恰恰就是在蕾蒂西娅被绑架的时候。在被拘禁期间，当得知对他的怀疑的严重性之后，卢卢突然哭起来。他完全否认自己和那个“小不点”的死亡有任何关系。他很走运，他的手机从 1 点 30 分之后就一直处于南特界内，妓女也记得有这么一个独臂的顾客。在第一次诉讼期间，梅隆对着过来作证的卢卢说：“我对你感到很抱歉。”

在整个预审期间，梅隆都在竭力找出一个同谋来。在最高法院前，他确认在肢解尸体的时候，和 X 先生进行了“任务分工”。这些计策和虚构表现出了梅隆更为悲怆的一面：他罪行之恐怖，把自己都压垮了，他无法一个人承受所有的重担。矛盾的是，他说谎的不道德之举表明，他身上最终还是有道德感的。

35　年末的节日

圣诞节——消沉的日子，道德窒息感，悲观。海水冰冷，海鸥在风中挣扎。拉贝讷里镇一片荒凉。有些人出去旅游，大部分人留了下来。人们聚集在自己家里，品尝着昂贵的菜肴。他们是开心呢，还是不得已而如此？

对蕾蒂西娅和杰西卡而言，圣诞节是重要的时刻，但是她们回想起了她们所失去的一切。

2010 年 12 月 23 日，蕾蒂西娅在她的脸书页面上写道：

> 大家圣诞节快乐

12 月 24 日：

> 大家诞节快乐，晚上吃得好☺尤其要和家人在一起

少了个“圣”字，她信息发布得太快，没有重读一遍。这一年，

她收到了礼物，杰西卡送的餐具、帕特龙夫妇送的碗碟、帕特龙女儿们送的手镯。而她则为帕特龙一家做了一次周末美食。

12 月 25 日下午，双胞胎和拉歇尔家所有的人，包括西尔维娅、阿兰和他们的父母，在波尔尼克火车站相聚。他们点了热巧克力，聊着家庭和饭店。拉尔歇女士为蕾蒂西娅感到骄傲，因为她有了份工作。阿兰·拉尔歇则严肃地对待自己教父的角色，他告诉了她一些职业上的技巧，还谈到零用的现金和小费。“那是我最后一次看到我的公主。”他说道，并把头转向窗口，不让人看到他的眼泪。双胞胎最后骑摩托车回去了。

作为圣诞节礼物，蕾蒂西娅给德朗德夫人送的是一个雕像，两个小天使围着一个天使：“和小双胞胎在一起的是你，因为她们幸运地有了一个像你一样的妈妈。”她希望跟着会计师学习出纳。

在 12 月的最后几天里，帕特龙夫妇和杰西卡去布雷斯特他们的朋友那里欢度除夕之夜。蕾蒂西娅还要工作，一个人留在了家里。

她乘他们不在的时候去见了凯文，他和她通过电话“外出”已经有几个月了。她搭了从波尔尼克到南特的火车，接着坐车到莱索里尼埃，凯文和他母亲过来接的她。他向我描述在咖啡馆里的情形时，我正看着他的“死亡扑克”的文身。凯文很伤心，说话腼腆。

> 蕾蒂西娅随身带着一个小袋子，我们把它放进了车里。这是我第一次带一个女孩回家里。对我来说，这是件大事。我们看电视，然后一起去睡觉。接着，我们用手机短信和电话保持联络。

晚上，蕾蒂西娅和凯文的母亲进行了一次对话：她受够了她的寄养家庭，对自己的小住所忍无可忍了，凯文很幸运，能和妈妈住一起。蕾蒂西娅看上去很害羞，礼貌而温和。第二天，她坐车回去。

经过德尔菲娜·佩雷的介绍后，凯文的母亲同意跟我讲述那个伤感的夜晚："她将永远留在我的记忆里，因为她是我儿子第一个带给我看的女孩。"

在回到波尔尼克后，蕾蒂西娅在她的脸书页面上宣布他们"在一起"。

1月1日：

大家新年好，对那些我没有祝福过的人，我祝你们2011年好运满满

36 专家时代

1984 年 10 月，4 岁的格里高利·维尔曼被发现淹死在沃洛尼河里，他的双手和双脚都被捆绑着，如果说他的死亡时至今日仍然疑点重重，这主要是因为调查人员没有能力，也不知道要寻找关键性的因素：那个儿童身上的细绳，在他裤子上发现的头发，匿名信上的指纹，录音机记录的匿名写信者的声音，信上留下的能够指向罪犯的书写痕迹。

这一失败的直接后果是，国家宪兵队刑侦所于 1987 年在罗尼丛林成立，一个世纪以来的犯罪学研究结出了硕果。实际上，19 世纪末的法国已经出现了法医的雏形。在巴黎警察局，阿方斯·贝迪永以照片和人体特征的记录为基础，建立了人体测量学。首都有了鉴定部门和毒物学实验室。初审法官埃米尔·福尔盖担当了犯罪心理画像师，他在一系列的牧羊人死亡事件中，对日期、地点、痕迹、证词和行为模式进行了比较。1910 年，法医拉卡桑的学生埃德蒙·洛卡德在里昂建立了第一个法医鉴定实验室。我们进入了专家时代。但是，保存痕迹并让它说话并非易事。由于媒体的激情和地域斗争，进步和失败因此交替进行着。

国家宪兵队刑侦所集中了250个宪兵和文职人员，以及在诸多领域享有国际威望的专家——生物学、毒物学、牙科学、事故防范学、弹道学、信息或埋藏学，埋藏学是死亡学的一个分支，研究的是生物的分解。当然，也有医科教学及医疗中心或者波尔多杜特勒梅皮什法医实验室水平很高的专家。菲利普伊·斯朋伦萨主持马赛的犯罪分析实验室，他是国家宪兵队刑侦所的形态分析师，蓝星血迹显现剂的发明者。

这些专家的作用在于为调查人员提供细节。他们的功绩是非常实在的，但是不应该陷入专家统治论的无知之中，只有在要求它介入论证中时，鉴定才会有意义，把它置于可理解的程度之内并在其中运作，它才会成为证据。今天，格里高利的案件会得到严肃的判决，但毫无疑问的是，我们能快速地解决此案。

在蕾蒂西娅失踪之后的一年时间里，在马蒂诺法官的要求下，总共进行了超过70次的鉴定，从DNA提取一直到摩托车事故的回溯，当中还有对依据梅隆的脚印而发现的土壤的分析。没有一个具有直接相关性，但是它们都应该存在，至少它们能澄清疑虑。

接下来的鉴定提供了蕾蒂西娅最后一个小时的情况。我按照事件的时间顺序将它们整理了一下，涉及2011年1月18日和19日。

A. 吸毒

毒物学迹象证实，蕾蒂西娅在海滩上吸食了毒品，那是在1月18日17点左右，晚上，她还在“蓝胡子”或“Key46”吸食了可卡因。是否是自愿？梅隆把毒品倒进了她的可乐里，好破坏她的自卫反射？法医雷诺·克莱门和南特医科教学及医疗中心的毒物学实验室成功地确定，可卡因是直接接触鼻黏液的——蕾蒂西娅是通过吸入来食用毒品的。从鉴定的角度来说，这是第一个具有科学性的结论。

B. 口交

在通过拭子从蕾蒂西娅的口腔里进行了提取之后，国家宪兵队刑侦所的专家找到了梅隆的前列腺液（一种精液成分）。由于在池塘里浸泡过一段时间，所以还需要进一步研究。

这一细节和在午夜至1点之间进行的口交相符。因此，蕾蒂西娅和梅隆之间存在着性关系，但是无法确认她是否愿意，她严词拒绝并因此招来报复，或者半推半就地同意了，之后又反悔，如果口交和强奸一样，如果自愿的口交之后是强奸未遂，或者，比如说，如果蕾蒂西娅没有能够拒绝，她麻痹了，摄入过毒品，处于昏厥状态，之后才成了强奸的受害者，并在电话里向威廉姆说出了这件事。如果说宪兵必须完整找到“半身”，这也是基于法医学的考量。

C. 摩托车事故

鉴定工作被托付给了国家宪兵队刑侦所的指挥让-菲利普·德普列斯特，他在世界范围内享有威望。在马蒂诺法官的要求下，他和雷诺·克莱门并肩工作，最后证实了事故和伤口相吻合。考虑到两部车子的损伤，碰撞所导致的物质的交叉转移，在路上采集到的碎片，鞋子和护肩上的痕迹，最有可能的情形如下：

摩托车在罗杰尔路上的行驶速度低于40公里/小时，标致106开得更快一些。在开到摩托车旁边的时候，汽车猛地刹车，车轮向右侧人行道偏了10度角，减震器卷到了摩托车撑脚，导致它在柏油路上划出了痕迹。在两车分离的时候，摩托车向右侧摔倒，滑出了15米左右。蕾蒂西娅倒在了地上，右脚踝受了伤。这一损伤是仅有的一次由事故所造成的伤害，因为她戴了头盔，她的衣服保护了身体其他部位。他们也在蕾蒂西娅右脚穿的鞋子上发现了磨损。

事故防范学的分析和梅隆的说法并不一致，他说他是无意间撞上蕾蒂西娅的，并没有看见她。实际上，标致 106 的刹车在接触之前就用上了，因此驾驶者早已预计到了这一情况；由于能量传递的衰弱，汽车并不会翻倒，蕾蒂西娅仍然活着，在绑架发生时仍然清醒。就像他在 21 点 30 分左右对斯蒂芬所做的那样，梅隆的手法在于往右逼停摩托车，但是后果却截然不同，因为发生了接触和事故。

D. 蕾蒂西娅的血

32 份封存物被送到了国家宪兵队刑侦所，在勒加斯波进行的搜查确认，在标致 106 右侧车门上、在后排座椅上、在后备箱内、在斧头上、在库房底部存放的桃花心木色的家具上（溅上去的血来自被越野车遮挡住的一块潮湿区域）发现了蕾蒂西娅的 DNA。我们也在标致 106 的方向盘和驾驶座旁边的车门上发现，蕾蒂西娅的 DNA 和梅隆的混在了一起。

标致 106 的车顶上发现了蕾蒂西娅的指纹，就在左侧前部的车门的上面，这也就确认了安东尼·德朗德的证词，他说这个年轻女孩站在路上，隔着一扇打开的车窗玻璃怒气冲冲地和驾驶员说话。

E. 肢解

国家宪兵队刑侦所用显微镜进行了鉴定，证明颈椎、肱骨和股骨没有受到大面积的挤压，也不是被斧头砍断，而是被锯开的。锯割过程中在五处骨质部分上留下的火药和划痕来自铁锯。在勒加斯波，他们从花园火炉里发现的东西包含了和观察相符的刀锋和锯齿。切割的方向是从后往前。为了切下头，刀锋从背部划到颈部；为了切腿，从腘窝划到髌骨。尸体因此是趴在地上的。

2011年1月19日，在刚到下午的时候，一个邻居听到库房里传来沉闷的噪声。没人知道这代表着什么。

F.“自制”捕鱼篓

蓝洞发现的捕鱼篓是用金属网制成的，通过绳子来合拢，里面还填了矿渣砖。金属网被做成了“鸡笼”状，绳子是黑色尼龙质地的，用于“捆东西”的那一类型，这些都和他们在勒加斯波找到的一模一样。在显微镜下，从捕鱼篓和滚筒上观察到的金属网部分相符合。梅隆的堂兄弟告诉调查人员，库房里丢了一卷绳子、1.60米长的胶合板、两个50升的黑色垃圾桶和其他一些工具。

*

格扎维埃·龙桑在拉沃的排水行动结束时宣布：只要有必要，调查就会继续下去。从2月末开始，新的行动调集了75名宪兵、10名潜水员、4名从洛特的格拉马来的驯犬师，还有第六工兵团的士兵。在梅隆（错误的）指示下，弗朗茨·图谢下令对萨沃奈德湖和拉贝讷里镇的海滩进行搜索。其他的“放心地带”被确定了下来。南特的水警得到了圣吉莱斯-克鲁瓦德维耶海警的支援，对圣布雷万两处被水淹没的旧采石场、卢瓦尔河边靠近拉沃的沙地、勒加斯波、雷茨地区阿尔通、盖朗德和拉蒙塔格周边的沼泽、圣埃蒂安德蒙特吕克的几个池塘以及吉克雷博斯都进行了搜索。

传媒的热度最终减退了。其他悲剧或更为严重的事态都接踵而至：利比亚内战，日本海啸，福岛的核灾难。亚历山德拉·蒂尔卡通过别人的信息泄露才得知萨沃奈德湖的搜查行动。她去现场进行了核实，也明白了宪兵队会全力以赴地继续调查。这个案子并没有结束。

首饰、一把剪刀、一个花饰的织物被发现了，但是和蕾蒂西娅没有关系。调查人员让人把事件发生期间的当地卫星图和海潮系数发给他们。在宪兵的要求下，大西洋卢瓦尔省的猎人协会发布了寻找目击证人的公告。

荒凉的沼泽被搅乱了，满地的花被踩烂了，溪流被拦截，井矿被打开，灯芯草被压倒，然而徒劳无果，什么都没有，哪里都找不到这个年轻女孩。

37 诀别信

2011 年的年初，蕾蒂西娅写了三封信。在她死之前没有人知道它们的存在。当宪兵在帕特龙夫妇家中进行搜查时，才找到了这几封信。他们当着她亲友们的面念了出来，而后便是惊愕、怀疑和眼泪。怎么样才能想象，这个快乐的年轻女孩正迎向着未来，却会有面对死亡的时刻？对所有认识她的人而言，蕾蒂西娅是活生生的，她并不停留在反思中，更不在生命终结的景象里。

致帕特龙的一个女儿和她女儿的诀别信

你成了母亲，你是个非常好的知心人。抱歉马里斯，我得离开了，我没法再生活在这样的环境中……我愿你接下来的生活充满快乐。

致“我的天使凯文”的诀别信

我强烈地爱着你，你会一直留在我心里，无论和我隔得多远。我很难过，因为我决定行动了……生活就是这样的。我要求你以后继续过好自己的生活，不要为我操心，我希望你能坚强起来，因为我会在天上看到你。

蕾蒂西娅最后的愿望

如果我死前还没有做如下的事情，请帮我完成，谢谢。

她把衣服捐给了大众救济处，钱给了杰西卡，碗碟给了她母亲，戒指给了异母妹妹，马的画册给了安娜伊——帕特龙家的另外一个外孙女。她要求捐献自己的器官。

在我的葬礼上，我希望我认识的所有人都会出席。

最后：

啊，只想和你们说，看看你们的身边，不再有我这个说谎的人了。

蕾蒂西娅面朝自己的死亡。她对所有她爱的人说再见，她也分配好了自己的器官和微薄的私人物品。在她拥有的一切东西之中，她把自己极其珍视的那本马的画册送给了安娜伊。她们经常一起读那本书。

这些是自杀者的信。蕾蒂西娅对她死后如何处置她的身体和物品都做了说明，她对自己的死亡感到惋惜，但却是有意识的，头脑很冷静："我很难过，因为我决定行动了。""抱歉马里斯，我得离开了。"这一解释符合法比安的证词，蕾蒂西娅在11月和12月都表现出了悲伤的状态，还有她前臂上的划痕（更不用说她被人忽略的自杀企图了）。

因为她的声音永远消失了，为了理解蕾蒂西娅所受的折磨，就有必要借助假想，做出某些具有想象特征的假设，通过它们便能够进入灵魂的秘密中去，并证实事情的真相。

假想 1. 结束这一“糟糕的生活”？

2010 年的整个秋天，蕾蒂西娅都在抱怨她的寄养家庭：太过严格的教育，太死板的规则，沉闷的环境，无时无刻的监视——这一点都没有减少她对帕特龙夫妇抱有的感情，就像那些礼物所证明的（“放在烩肉里的”一盒巧克力，圣诞节的周末美食），以及 3 月份时和他们一起参与冬季体育的快乐。

存在着很多冲突，还有不断的争吵。2011 年 1 月 4 日，蕾蒂西娅深夜回到家中，承认和朋友们一起去“小长颈鹿”唱卡拉 OK。又要被帕特龙先生算旧账：“你没有回来，我没睡着，你在哪儿？说出你那些朋友的名字！”她做不到。在进行了一番小小的调查之后，帕特龙夫妇指责她撒谎：那晚“小长颈鹿”就没有人唱卡拉 OK。

青少年时代末期，成长的烦恼，对自由的渴望：总之，一切都很正常，一个 18 岁的年轻女孩希望独自飞行。但是蕾蒂西娅感到自己被撕裂了，一边是她对帕特龙一家的感激，他们的关心和道德准则使她成了一个稳重的年轻人；另一方面，她渴望独立，这使他们之间出现了裂痕。几个星期之前，她在脸书上发了帖子：“厌烦了这种糟糕的生活。”1 月 10 日，在她死亡前 8 天，她写道：“生活中充满了意外，但是应该战胜它们，有时候它们会击败我们，这让我们难受。☹”

假想 2. 发现准乱伦？

蕾蒂西娅或许知道自己的姐姐成了性对象，是她们的寄养父亲的女儿兼情人。如果她懂得帕特龙对杰西卡做的事情，她就会对前者产生无限的愤怒，而对后者则是难受的同情，她感到自己被欺骗了，感谢这个男人，她看到了他的真面目。

“看看你们四周，不再有我这个说谎的人了。”这句话指的是 1 月 4 日出门唱卡拉 OK，它让蕾蒂西娅被指责为撒谎。考虑到她的诀别信在家庭范围内才能被理解，那么对其他撒谎者的影射只能指向帕特龙一家的某个成员，也许是杰西卡。

我们至少可以说，蕾蒂西娅通过自己的生活知道了三种强奸：婚内强奸，她父亲对她母亲的那种；准乱伦的强奸，她的养父对她的姐姐；家庭之外的强奸，这是她对梅隆的控诉。某种程度上可以说，都是男性的魔爪。

假想 3. 帕特龙先生的侵犯？

帕特龙先生并没有被起诉过，更没有因为侵犯蕾蒂西娅本人被判过刑。在这个问题上，初审法官宣布不予起诉。在梅隆的首次庭审上，帕特龙先生以他孙辈们的名义宣誓，他从来没有碰过“哪怕蕾蒂西娅的一根头发”（主席粗暴地回敬他道：“我们把此事放一边。”）指控固然不存在，但无法阻挡人们去思考，蕾蒂西娅是否同她的姐姐一样遭受过她养父的性侵？

在佩雷家那里，一如在拉尔歇家，大家的看法都是一致的。2011 年 8 月，在帕特龙先生被提起公诉之后，弗兰克·佩雷对《玛丽雅娜》周刊说，根据杰西卡所言，蕾蒂西娅本人也遭受了强奸。阿兰·拉尔歇向卢森堡广播电台确认了杰西卡的控诉。《巴黎竞赛报》在采访了这些亲友之后，取了这样一个标题："蕾蒂西娅和她姐姐一样遭遇强奸"。

罗拉曾向弗朗茨·图谢透露过，蕾蒂西娅在拉贝讷里镇的海滩上向她吐露："事实上，我被吉尔强奸了。"那天，蕾蒂西娅状态非常糟糕，她脸色苍白，还没有从打击中恢复过来，所以没有能说得更多。另外一次，她对罗拉说，她因为"自己的可恶性格"成功地击退了他的养父，但她害怕杰西卡做不到。如果她没有对其他任何一个人（包括她的姐姐、法比安和凯文）坦白此事，那是因为她所做的一切都是为了离开帕特龙的家：到盖朗德去找一间单身公寓，在南特酒店有一间房间，在帕特龙一个女儿的家里留宿。

拉维奥莱特女士清楚地记得，双胞胎用一个礼貌性的"不"字回绝了她，她当时既不激动也不吃惊，那是在罗拉向警方报告之后的在2010年8月。蕾蒂西娅拒绝在性侵一事是否存在的问题上开口。然而，她自那之后就想，如果这件事情真的发生过，蕾蒂西娅必然反抗过——她不会像杰西卡那样任人摆布。杰西卡是帕特龙先生的影子，而蕾蒂西娅不是。但是，拉维奥莱特女士补充道："如果这事发生在了她身上，她没有成功地离开、反抗或者阻止，这可能就导致了她想要自杀。她的绝望是彻彻底底的：在她热爱的家庭里，这种事又发生了！"

法官查阅了帕特龙的资料，认为他对蕾蒂西娅的侵犯并不明显。和我在一起的时候，她表现得极为谨慎："这些事情可能发生过，但是我没有掌握足够的细节描述。缺少蕾蒂西娅的说法，她本可以留下一份陈述之类的东西。从确定性的角度来说，需要上述确凿的东西才能让重罪法庭受理此事。”我问马蒂诺法官内心的真实想法是什么，他还是以同样的谨慎态度回答我：帕特龙先生侵犯或意图侵犯蕾蒂西娅“可能确有其事”，但是对一个法官来说，真相只能建立在受司法认可的客观证据的基础上，因此，如果没有司法裁决，我们永远都不可能把握此事实情。

在他看来，双胞胎对拉维奥莱特女士的保留态度、蕾蒂西娅在海滩上说出的隐情、她那些表明自杀的信件和帕特龙先生在她失踪那晚的态度——他听到了摔门的噪声，他穿着睡衣、带着手电筒出门，然后空手而归，他从未试图了解蕾蒂西娅的下落——这些事实之间有共同之处。直到 1 月 4 日前，他通常都对她寸步不离（蕾蒂西娅不停地抱怨这一点），但是那一次，在黑夜深沉的时候，他并不试图知道她在哪里，一个电话都没有打过。6 点 30 分左右醒来的时候，他知道她一直没有回来，客房空荡荡，游廊里的落地窗也没有上锁。当他在拂晓时发现摩托车横卧在地上，还结了霜的时候，他并未试图和她联系，相反，他在上午给杰西卡的手机打了几个电话。

为什么对蕾蒂西娅如此漠不关心？帕特龙先生对她的遭遇之所以无动于衷，是因为她有检举揭发的举措吗？当我就这个问题询问帕特龙夫人时，她激烈地回答道：“我们已经被儿童社会救助厅批评得够多了！她大了，她想干嘛就干嘛。”这个说法是可以接受的。

让我们先把第三个假想放一边。和法官们一样，我认为我们没办法获知真相，无论如何，这个情况下受益的是帕特龙先生。

但是，说到底，这个问题并不真正重要，因为蕾蒂西娅足够充分地明白了帕特龙先生和杰西卡之间的关系的性质，以至于她的生活失去了重心，就像3岁时那样，她感到自己被吊在了半空中，她明白谎言已经侵蚀了一切，让人作呕的暴力一直在那里潜伏着，在客厅的沙发上，在她们一起住过的房间里，在那些微笑、大原则、建议、纸牌游戏、圣诞节、坐野营旅行车外出的旅行中。那个把一切教给你们、应该保护你们的男人已经得到了回报。因此，对蕾蒂西娅的性侵或侵犯意图是否存在已经无足轻重了：这种影响自身便是一种暴力。帕特龙先生在数年间对杰西卡实施的性侵同样必然地击垮了蕾蒂西娅。

蕾蒂西娅全心全意地渴望拥有一个家庭，投身于温情脉脉的人际关系。面对这种堕落，她毫无抵御能力，沦为受害者。

*

在蕾蒂西娅最后留下的某张照片里，她和马里斯站在帕特龙夫妇的游廊上。蕾蒂西娅刚好比帕特龙家的孙女大8岁，但她们看来像同龄人。这是一张迷人而快乐的照片：马里斯搂着蕾蒂西娅，蕾蒂西娅脸上绽放着笑容，她们的脸颊像姐妹一样紧贴着。蕾蒂西娅的眼睛里闪耀着幸福。她被潘伯夫的救助中心送出去，在波尔尼克过上新的生活，如果从她在客厅里庆祝13岁生日的那天算起，5年过去了，那时，她的眼睛黯淡无光，神情迷茫，比她的姐姐矮了10厘米。

从2011年1月4日开始，蕾蒂西娅重新开始在南特酒店上班。在1月7日至8日的夜晚，梅隆和贝尔蒂潜入一家太阳能面板企业进行盗窃，坐着偷来的雷诺货车离开。1月8日，在得知自己可以在3月提出休假之后，蕾蒂西娅抱着帕特龙先生说：“小狼，小狼，我要和你们一起去滑雪！”1月9日，她在脸书页面上写道：“昨天和朋友们过了超级开心的一晚，我和马克西姆特别开心。”1月10日，梅隆整晚都在“蓝胡子”，和他一道的还有卢卢、杰拉德、克莱奥、帕特里克和其他常客。

从1月10日至14日，蕾蒂西娅在圣纳泽尔的手工业和职业跨行业培训中心上课。1月14日星期五，西尔维娅·拉尔歇给她的女儿们打去电话：她没有钱支付从南特到波尔尼克的车票，她不能按照约定来看她们了。梅隆的堂兄弟和他家人去比利牛斯山脉滑雪。托尼为了照看房子和喂养动物，一个人留在了勒加斯波。

这是蕾蒂西娅最后一周的情形。帕特龙夫人还告诉了我一件让人不安的事情，杰西卡也证实了这点：

> 一月份，在蕾蒂西娅在学校的那个星期里，她和她姐姐的关系更亲密了。晚上，她们一起看电视，两个人缩成一团，贴着耳根说话。她们边笑边窃窃私语：“我爱你，我的姐妹。”一次真正的和解！这让我高兴，但我还是有所保留的，我跟自己说，她在离开前会把事情都收拾停当。

38 持锯之人

2011 年 2 月末，所有的人都忘记了“波尔尼克的悲剧”。庭审在法国所有的法院都恢复了。关于蕾蒂西娅还剩下些什么？

2011 年 2 月 15 日，在听取了议会委员会《刑法执行的不足》的报告后，司法部长米歇尔·梅尔西耶认识到，南特法院的刑法执行法官数量要低于理论上的在编人数，而且，就算在这样的情况下，审查也没有发表任何针对他们的批评。在梅隆出狱前 6 个月，负责他的案卷的刑法执行法官在评语中提到过：“紧急——通知考察和社会化教养处对他采取措施。”在接下来的那个月，案卷被移交给了考察和社会化教养处。

四份审查报告——大审法院、考察和社会化教养处、警方和宪兵——没有指出任何差错，无论是个人的还是集体的。就像《世界报》写到的，共和国总统得出了“太过草率的结论”。

2 月 23 日，米歇尔·梅尔西耶回到了南特的大审法院，他在那里受到了冷遇。他经过了两排身着黑色长袍的法官和书记官，他们都佩戴着“正义需要措施”的徽章。这不是为了表达对荣誉的憎恶，而是一堵沉默之墙：在访客大厅里的这次集合，是为了回应所谓的“交流活动”。19 点，部长向媒体宣称，他“过来是为了倾听，而不是指挥。”

在四个受到控告的对象中，考察和社会化教养处受到了最不宽容的对待。最为严酷的审查是在大西洋卢瓦尔省考察和社会化教养处进行的，整整七个小时内，主任都在经受着督查员气势汹汹的询问，而在一年之前，同样是这些督查员对他的工作进行了审计。他成了“鼠疫患者”，同事们不再同他说话，有人在电话里朝他吼道：“这是国家事务，你不能和任何人说话！”他的接待室被来自全法各地的记者挤得水泄不通。用委婉的方式可以这样说，他度过了一段艰难的日子，他感到自己没有得到上级的保护。

就像司法部长在议会委员会面前提到的，翻开梅隆的案卷就足以知道，他是一个危险的累犯。考察和社会化教养处缺乏对他的犯罪记录的认识，只考虑了他羞辱法官一事；他的案卷被这个身处困境而且组织糟糕的部门给彻底遗忘了。然而，部长也承认，大西洋卢瓦尔省考察和社会化教养处缺乏“足够的手段”，对梅隆的监控并不必然能阻止他犯罪。

“一颗人头落地”：雷恩的考察和社会化教养处的跨区域部门主任于 2 月 17 日被免去了职务，那是在运动的末期。人们可以认为，跨区域部门主任之所以受到惩罚是因为他没有协助考察和社会化教养处主任所提出审查的建议。我们也可以认为，铡刀对准的是体制内最孤立最虚弱的角色——教养处。它处于体系的末端，没有受到过认真的对待，也不得人心，自然也就成了大家指定的罪魁祸首。

就在蕾蒂西娅一案发生之后，南特的法院马上配备了第五名刑法执行法官，米歇尔·梅尔西耶宣布建立 485 个法官、书记官和感化教育工作者的职位。2012 年，一个同时属于司法部和工会的工作组主张招聘300名检察官。在国立法官学院，录取人数有所增加，从原来的135名增加到了2012年的212名，2016年则为366名。大西洋卢瓦尔省考察和社会化教养处的主任获得了他此前徒劳地为之振臂疾呼的组织架构和管理人员，此外还包括了6名合同工。在整个法国，考察和社会化教养处都获得了招聘的权利：宣布2011年度会有200名顾问到来。两年之后，政府宣布在三年内创立1 000个职位，让每个顾问负责的案卷下降到40份。政策还是对危机采取了措施，即便在编人员的增加只是消化掉了原来工作的超额部分：这种虚弱实际上是国家自身的虚弱。

社会新闻和随之而来的争论使得政府部门进行了反思：教养部门的负责人发现了真实危险在开放环境中存在。他们的职责不再局限于阻止潜逃和反抗。身处外界的人员即便受到了法院的管理，还是很有可能会犯罪。

对于教养处而言，蕾蒂西娅一案犹如一次电击。通过2011年11月8日的一次通告，犯罪企图诊断的应用在法国所有考察和社会化教养处都得到了推广：它评估人员的危险性，但也对他们的家庭环境和再融入规划进行评估，个体化的犯罪学诊断使“确定最合适的实施方式”（总体上，考察和社会化教养处的行动人员和工会一直对它有所抵触）得以可能。

原本在2011年1月31日的旗鼓喧天中宣布成立的性侵犯监控办公室被国会否决，因为它和严格的司法准则不相符合。

从2011年夏天开始，人们觉察到了法院、监狱与考察和社会化教养处中的“蕾蒂西娅效应”。尽管缺乏明文规定，人们还是通过即刻出庭数量的增长和替代处罚方式的减少观察到了刑罚的强化。在卢瓦尔地区和布列塔尼亚，在押人数在一年内提高了7%，一下达到了收监能力的135%（和以前的122%形成对比）。就如监狱总工会所强调的，监控人员的数量没有变化，而新建立的组织方式却破坏了在押人员和监控人员之间的人际关系。每个融入顾问平均仍然有百来件案卷要处理，随时面临饱和。

2012年3月27日的规划法优先考虑了监狱：为了“保证刑罚的有效执行”，它提议强化监狱和封闭式教育中心的收容能力，在数量上分别达到80 000和800处。这是我们能够确认的唯一一条“蕾蒂西娅法”，它同时表现出了压制性和选票主义。该法出台于2012年3月，时值总统竞选，它陈述了预算的优先性（就像整部规划法一样），但其中的规范性内容非常薄弱。在蕾蒂西娅死后一年，一部法律道出了犯罪的意义：存在过多的缓刑，安排了过多的刑罚，把过多的“他们”放了出去，必须要有更多的监狱。

我们可以认为蕾蒂西娅一案有了一个乐观的结局：凶手被判无期徒刑，国家最终认识到了它的错误，宣告在司法和监狱部门招收人员，罪犯得到了更有效的监控。但是，伴随这些改进的也有刑法政策的僵化，它让监狱压倒一切，只考虑罪犯无政府主义（illégalismes）人群。谁知道在这些人类垃圾场中，我们不是在制造新的梅隆？

*

蕾蒂西娅一案不是只有刑法后果。它也宣布了一个新的政治时代的到来。因为同情和安全问题上的修辞是伴随着行动的，其后果就在它的表述本身之中，在它所提议的社会机体方面的方针之中。

1338年，安布罗吉奥·洛伦泽蒂[1]在锡安纳的市政厅画了一幅壁画，用以表现好政府和坏政府：一边是一个由正义调解的繁荣社会，另一边是一个处于战争和破坏中的国家，到处是蛮横和专制，一个走向自我分化的政治体。争执由一种工具象征——锯子。在一个戴头盔的形象（象征战争）边上，一个头发蓬乱的女人身着黑色和白色的衣服，她正在使用一把巨大的锯子，锯掉某个因为壁画损毁而使我们无法辨认清楚的东西。

将近七个世纪之后，蕾蒂西娅的死亡展现出一种新的好政府和坏政府的寓意。首先，有这样一个梦想：一个正义的、公平的和无私的政府的基础在于，它的运作是透明和集体参与的，由对真理的讨论所培育。与其对立的则是现实：一个通过恐惧建立的政府，它的基础在于这样一种理念，犯罪分子就在我们中间，和我们并肩行走、处于同胞位置上的，正是要与之作战并将之囚禁的敌人。历史学家帕特里克·布琼[2]分析了洛伦泽蒂的壁画之后问道："如何'消除恐惧'？"今天，这个问题仍然棘手，仍然具有现实性。

在尼古拉·萨科齐的口中，话语就像托尼·梅隆手中的金属锯子：一个切割的工具，一把剁肉刀。他的演说是制造分裂之举，社会因此变得血肉模糊。正是在这个意义上，在死亡引发的情绪之外，蕾蒂西娅代表了法国。在2011年的冬天，她将自己的肉体献给了民主。

---

[1] 安布罗吉奥·洛伦泽蒂（Ambrogio Lorenzetti，1290—1348），意大利画家。

[2] 帕特里克·布琼（Patrick Boucheron，1965—　），法国当代历史学家。

39 最后的日子

2011 年 1 月 15 日，周六

帕特龙家的奶奶提议在她 80 岁生日那天，在圣帕藏举办一次大型庆祝。由于她们的母亲没法来看她们，蕾蒂西娅和杰西卡便要求同去。

帕特龙先生平静地说：“只要她们愿意……”

奶奶在电话上商量道：“如果来 50 个人，加她俩就有 52 个人了。”

菜单上有大份的马铃薯饼。

在帕特龙夫人的回忆中，蕾蒂西娅一整天都表现出退缩和警惕的样子。据她说，有一张照片可以证明这一点。

照片上，双胞胎面对面地坐在桌子的末端。蕾蒂西娅穿着白色和淡紫色绣花、黑色袖子的长衫。她戴着坠子、耳环，嘴唇涂了口红，眼睑涂了蓝色眼影。她回头的时候，目光中充满了焦虑。她的盘子是空的，只剩下些面包屑。她的餐巾纸被揉成了皱巴巴的球状，而其他人的都放在盘子右边，碰都没被碰过。

这张照片上满是悲伤。所有人看上去都是顾影自怜的样子：蕾蒂西娅身心俱疲，面无血色，还拉长着脸，好像是有人叫了她一声才蓦然回首；坐在她对面的杰西卡正在发呆，脸上挂着僵硬的笑容；帕特龙先生坐在杰西卡边上，目光对着相反的方向；帕特龙夫人正陷入沉思。桌子被细心装饰过：一条银白色的带子上布满了绿色纸屑，在白纸做的桌布上纵向地穿过，和餐巾正相匹配。圣帕藏的这间宴会厅就像一个马戏场。

如果杰西卡站起来祝酒，向50个宾客讲述她的养父和她的“亲密”关系，他在手淫的时候让她拿着餐巾纸，故事也许会有所不同。

如果蕾蒂西娅逃走并一直往前跑，能跑多远就跑多远，永远不再回来，故事也许会有所不同。

但是没有人敢这样。她们都同样不曾说出过。她们在沉默中度过了青春期。

杰西卡的皮夹里保留着一张从同样角度拍摄的宴会照片，就在拍了上一张照片的几秒钟之后。双胞胎坐在桌子末端，身旁是帕特龙夫妇。蕾蒂西娅正在吃拌了熟鸡蛋和虾的野苣沙拉，她用左手拿着餐刀，栗色长发里夹着一个发卡。我们还可以隐隐看到她戴的项链和镀金手镯。我们看到杰西卡正坐在她对面，但是看不到帕特龙夫妇，他们的头被剪刀仔细地剪掉了。

下午的时候，蕾蒂西娅问了帕特龙家的一个女儿三次，她是否可以和她说话。后者正和她的堂兄弟、叔叔和姨妈们叙旧，便让蕾蒂西娅再等会儿：“过一会儿，蕾蒂，我们过会儿再说。”可惜这个场景并没有再出现过，没人知道她想说些什么。

下午，蕾蒂西娅和小朋友们玩得很开心。她把她那本马的画册送给了8岁的安娜伊，还在上面写了题词：

送给你

我的安娜伊

我非常爱你

来自蕾蒂西娅

在把书送给她的时候，蕾蒂西娅说："我现在太大了，不能再看这本书了。"

回到家里，她在电视机前度过了整个晚上。

在波尔尼克的一家酒吧里，梅隆和卢卢、克莱奥、帕特里克，还有其他几个人一起喝了柯纳克酒。

2011年1月16日，周日

帕特龙夫妇邀请朋友们共进午餐。甜点吃的是国王饼[1]。蕾蒂西娅和杰西卡非常含蓄，和往常有客人出现时的场合一样。天气很好，就是有点冷。帕特龙夫人建议双胞胎出去散一会儿步："你们不要和我们年纪大的人一样待在这里！"杰西卡打算出去，但是蕾蒂西娅不乐意：她不想出去，外面太冷了。

杰西卡从各个方面确认了这段证词：通常，蕾蒂西娅喜欢外出，

[1] 在法国，人们在主显节的时候会吃一种叫"国王饼"的甜点，饼里面会放上小人偶，吃到的就可以成为"国王"或"王后"，俗称"抽国王"。

但是那个星期日她却拒绝了。“我觉得‘这不大好’，但是，我不喜欢没有我妹妹的时候一个人去闲逛，于是我们就留下了。”

2011 年 1 月 17 日，周一

蕾蒂西娅休假。她前一个星期是在手工业和职业跨行业培训中心度过的，只在星期二工作。在去学校之前，杰西卡让她去波尔尼克的迪卡侬买一个小型乒乓桌。

帕特龙先生在他的建筑工地上干活。

早上，帕特龙夫人在整理她那些千奇百怪的首饰。在要被扔进垃圾箱的一堆首饰里，蕾蒂西娅挑了两副耳环（后来在勒加斯波熄灭的火炉里发现的烧毁的耳环，就是其中的一对）。

在房间里待了一阵之后，蕾蒂西娅跑去看在客厅里休息的帕特龙夫人：

“我摆好自己冬天的衣橱了。”

这是说，她把薄的衣服放在了上面，保暖衣放在了下面，这样取出来更方便。

帕特龙夫人回答说：“你花了不少时间，但是至少完成了。”

下午，帕特龙夫人问蕾蒂西娅：

“你的摩托车里还有油吗？”

“明天去加油。”

蕾蒂西娅在脸书上发布了最后一条消息。对佩雷家一个害了相思病的堂兄弟，她这样回复道：“我的堂兄弟你是怎么了？你知道，有需要我的时候，我会一直在那里。”

晚上有五个人吃晚饭：帕特龙夫妇、双胞胎和加埃尔。夜晚像往常一样结束。这是杰西卡最后一次看到她妹妹。

梅隆和卢卢流连于酒吧间。在波尔尼克码头边的“Key46”里，他们碰到了一个以前的狱友，他正和一个女性朋友消磨晚上的时间。这几个男人讲起了在监狱里度过的那些年，将之与军队生涯做比较，然后碰了香槟。梅隆向那个女孩推荐可卡因，多疑的女孩一口回绝。

梅隆和卢卢回到了勒加斯波，他们酒足饭饱，情绪亢奋。深夜，梅隆潜入韦尔图的一家兽医诊所盗窃（“我认识的一个家伙，一个兽医。”）。在回勒加斯波的路上，卢卢帮他把偷来的器材屯在库房里，然后回了自己家。梅隆在庭审上说：“我失眠了，又吸了一次可卡因。”

40 接下去的生活

媒体找到了其他可以进行追踪报道的社会新闻，电视观众也换了频道，但是雷茨地区依然处于动荡状态。像是某种“龙卷风”袭击了罗杰尔路旁边的小屋，拉贝讷里镇的小型浴场、马什库勒职业高中和圣纳泽尔的手工业和职业跨行业培训中心，这些地方都遭到了破坏。在拉贝讷里镇，在波尔尼克，同样还有阿尔通昂雷、潘伯夫、拉沃，人们失魂落魄，他们震惊于犯罪的残忍，媒体的热潮也令他们头晕目眩，以至于大气不敢出，就像站在拿破仑大军后面的农民一样。

在蕾蒂西娅的家里，在她的朋友、同事、感化教育工作者、教师中，所有的人都深受其害。不只是因为有人杀害了她，更是因为她尸首不完整——她甚至不能被下葬。

帕特龙夫人说：“我们忘记了吃饭和洗澡。我们躺在床上，却睡不着觉。我们一直魂不守舍的。我们被悬空着。我们不再是我们自己。”家里总有人：家人、朋友、邻居，埃尔蒙一家因为上萨瓦的灾害而住了过来。两个儿童社会救助厅的人员一直常驻在这里。潘伯夫的心理学家卡尔夫人全力支撑着杰西卡。拉维奥莱特女士同样如此：“手机每晚都开着。每天 24 小时，每周 7 天，总有些完全不负责任而且缺乏职业精神的人。”

在绑架发生三天之后，帕特龙先生带着杰西卡去学校。他向目瞪口呆的教师宣称，他准备了病假单。杰西卡回到了班里：“所有人都知道了，人们像看傻子一样地看着我。至于‘为什么她要回来’，我有权回来。”

杰西卡勤奋工作，她总是要求更多的工作。帕特龙先生提出，我们向学生家长寄一封信，呼吁年轻女孩来学校的时候要穿庄重点的衣服。

三月，杰西卡和帕特龙一家去参加冬日体育活动。正是这种旅居曾经让美丽的蕾蒂西娅欢喜雀跃。

在共和国总统的帮助下，她在佩勒兰的宪兵队进行了为期一周的实习，那是一个位于潘伯夫和南特之间的小市镇。

她给妹妹写了一封信。

2011 年 5 月 4 日，也就是她们 19 岁生日的那天，杰西卡说道：“我的生日，也是你的。我们过去总是在一起庆祝，直到你离去。”

马蒂诺法官接见了她和她的父母、帕特龙一家和所有的律师。程序进步了很多，但依然变得越来越可怕。

她不再出门了，也不再和帕特龙夫人一起购物。人们建议她重新拾起田径运动。在某一个阴暗而伤感的下午，帕特龙先生抚摸着她的胸部和臀部，把自己的性器官向她靠近，示意她帮他手淫。这种事在客厅里、在工地上、在从卡尔女士那儿回来的路上重演。

春天的一个星期五，帕特龙一家在马什库勒高中的教学餐厅吃饭。她穿着服务员的制服来接待他们。

她的痛苦难以控制。在学校里，教师组织项目，东奔西跑，好让学生思考其他的事情。她工作卖力，但是水平在下降。她甚至没法切红肉。

帕特龙一家不想收留她了。

6月，她通过了厨师专业技能合格证书。“我必须切开一只鹌鹑，但我在这只动物面前哭了起来。”她获得了文凭。

7月，她和一个同龄姑娘茱斯蒂娜一起出去。茱斯蒂娜就是乔纳森的姐妹，蕾蒂西娅曾和乔纳森在车里睡觉，那是在1月18日下午。

摩托车被封存了——宪兵需要将它一直保留到诉讼。

她保留了不多的几件妹妹的衣服，并把剩下的送给了一个社团。她们的父母也想要一些。那些纸盒子将蕾蒂西娅清新而芳香的气息保存了很多年。

41 1月18日，早上

蕾蒂西娅的叔叔斯蒂芬·佩雷叹着气告诉我说："她在一天里做了那么多的事情！一个孩子花费了十年时间做了所有这些错事。"

一个女性生命中的24个小时。

2011年1月18日，周二

蕾蒂西娅在8点30分左右起床。她穿上绣了白花的紫红短上衣、淡蓝色的牛仔裤和平底鞋，之后在厨房里吃了早饭。杰西卡在学校里，加埃尔在波尔尼克的一家海鲜饭店上班，帕特龙先生在工地上忙碌。只剩下帕特龙夫人在修剪篱笆。

天气冰冷。9点左右，帕特龙夫人回到游廊喝了一杯咖啡。她看到蕾蒂西娅正在洗碗池前。

"你怎么这么早就在洗碗了？"

"我已经醒了。"

"放那儿，过会儿再洗。"

“不，不。我来干吧。”

帕特龙夫人又回到了篱笆那里。一会儿，她听到蕾蒂西娅摩托车发动的声音。

“下午见，咪咪！”

即便裹在她的上装里，蕾蒂西娅看上去仍显瘦弱。她的头盔上印有蓝色和白色的阿拉伯式花饰，这让她身上平添了一抹欢乐的色彩。帕特龙夫人说：“她变瘦了，中午，他们没有时间吃饭，手头有什么就吃什么。”

通常，蕾蒂西娅会向在工地上忙碌的帕特龙先生鸣喇叭来告别。那一天，她没有这样做，回想到此事，他就陷入了悲伤。

摩托车开上罗杰尔路。此时正是 10 点 30 分。

蕾蒂西娅把车停在了南特酒店后面的一条小路上。在上班之前，她和高中旧友乔纳森互相发送了数条短信。他们约定 15 点的时候在拉贝讷里镇市镇厅那里见面。

从床上跳下来之后，梅隆给窝藏他的人打了个电话，他们晚上在勒加斯波碰头：他会把那晚在韦尔图的兽医诊所偷来的通信器材卖给他。为了使自己清醒，他在“蓝胡子”喝了一杯咖啡和一杯柯纳克酒，然后慢吞吞地去了拉贝讷里镇的超市，在那儿买了一箱啤酒。他喝了几瓶，抽了一支大麻，还左右查看了一番，看看有没有得钱的机会。“我开始一天的方式和其他所有人都差不多。”

蕾蒂西娅在南特酒店里布置桌子：20 多把餐刀是给占据了楼上的房间的工人用的。11 点 30 分，她和斯蒂芬以及一个女清洗工一起吃了中饭。有些事情让她心烦意乱。

中午，服务开始了。蕾蒂西娅记录下点单，把斯蒂芬在厨房准备好的酒和菜端上桌。

15点，蕾蒂西娅在拉贝讷里镇市镇厅对面的停车场和乔纳森碰面。他们坐车兜风。乔纳森把车停在了废品回收站旁边的路上。

帕特龙夫人收到了蕾蒂西娅的一条短信："我在拉贝讷里镇。"帕特龙夫人对自己说："至少，她还通知了我，这样我们就不会担心了。"

在车里，蕾蒂西娅和乔纳森闲聊了一会儿。

突然，他们毫无征兆地互相看着，然后亲吻。他们在后排的座椅上做爱，之后则是尴尬。"这件事就我们知道，可以吗？"乔纳森在拉贝讷里镇互助信贷所前把蕾蒂西娅放了下来。

蕾蒂西娅的手机响了起来，是她朋友莉迪亚。她一边跟她说话一边走路。生活看来正对着她微笑。

在拉贝讷里镇的赛马赌场，跑得好的是乐杜。梅隆一杯接一杯地喝啤酒和柯纳克酒。他到达的时候，赛马已经开始，他只好选择了第二场，买了哈皮多的彩票。在走出酒吧抽烟的时候，他看到了蕾蒂西娅，她正沿路往海滩走去。

42 布里奥尔的池塘

无论如何，布里奥尔的池塘被列入调查的名单：梅隆和他堂兄弟的儿子们曾在离那里不远的地方度过了一整天，他让他们拿着自己的钓鱼竿待在那儿，自己则离开过一阵，为的是去抢劫一家杂货店。2011 年 4 月 9 日，在刚到下午的时候，一个正在散步的女性看到了一具人体躯干，膝盖以下和肩部以上都被截去，朝下漂在供人们钓鱼的水塘里，她在路上跑了起来，魂飞魄散的样子好像凶手刚回来了一样。

一切重又开始了，就像在拉沃的时候一样。初审法官、副终身检察官、宪兵队的指挥、调查组的指挥、调查负责人、法医、水警队的潜水员、刑侦技术员齐聚现场。这是一个天朗气清的周末，图谢正和朋友们在他的花园里举办烧烤会。“我亲吻了所有的人，然后离去了。”

大家把尸体从装尸袋里取了出来。“半身”被装在了一个轻薄的器皿中，异常沉重。打开装尸袋的时候，大家发现有人用尼龙细线绕着她的胸脯、腰部、臀部和两腿之间，把它绑在了矿渣砖上。这是一整块的白色肉身，如同白色瓷器般泛着非常刺眼的白光，上面还有条痕，人们一看就知道是胸罩和短裤留下的痕迹。实际上，正是这些绳子把残尸固定在了矿渣砖上。

罗戴教授在大腿的上端提取了一块肌肉，但他对受害者的身份没有丝毫疑问，因为他还记得第一次尸检中观察到的那些部分。媒体发布会就地在池塘边上举行。亚历山德拉·蒂尔卡走开了，好用电话口授紧急电稿。

蕾蒂西娅案：在南特和波尔尼克之间发现了一具人体躯干

（法新社，2011 年 4 月 9 日，16 点 33 分）

从残尸上搬下一块 26 公斤重的矿渣砖。“等到河水回暖的时候，你就会看到了。”一个老宪兵曾对亚历山德拉·蒂尔卡说。腐烂释放出了气体，让这个躯干和矿渣砖浮上了水面。水流不起作用，躯干不是靠它才被冲上堤岸底部，被那个散步的女性看到的。

布里奥尔的池塘位于阿尔通昂雷和南特之间的圣佩尔港。阳光把小路路面上的沥青照得发烫，但是，在其他地方，光线在经过树叶的重重过滤后就变冷了，绿色的反射光让它显得色调昏暗，最后成了深黄绿色，或者说是黑绿色，一如因为层层叠叠的酸性绿藻和太阳刺眼的水银色反光，池塘原本就有的灰绿色和水绿色的色差被强化了。此地诞生了某个“教堂”，它的地面是水，墙壁是光，天花板是树叶丛，中殿是一条路，沿直角延伸出去的另外一条路，就像从树林里冒出来的耳堂。在一侧，一条土路为荆棘所倾轧，它原本好像会通往一座住着睡美人的城堡，而今却被栏木所拦截。

这块地方位于一块私人狩猎区的边上，遗世独立，人烟稀少，几乎找到不到一条路。他对这些犯罪地点的选择可谓别出心裁，这也解释了梅隆在面对调查人员时何以如此自信，何以不仅一言不发而且对他们冷嘲热讽。

布里奥尔让所有调查人员都松了一口气。“半身”的发现是期待已久的事情，但又让人胆战心惊。刀在头颅和脖颈上留下的伤口让人不禁猜想下半部分被损坏的严重程度。此等骇人之事致使人心惶惶，这种状况延续了数周之久。这次搜索调动了大量人员，消耗了大量时间和精力，简言之，调查举步维艰。

因此，这是一次解脱。人们终于找到了完整的尸体。

比起拉沃，这儿的气氛要轻松得多。空气里不再有那样的焦虑，不再有那种恐惧和无望的感觉。在布里奥尔，大自然中到处是鸟啼声，而在拉沃，冬日池塘的周边地区漫溢着死亡的气息。第一批亲眼所见的事实让人松了一口气，因为所有人都对更坏的情况有所准备。

被发现的人体躯干确属蕾蒂西娅

（《费加罗报》，2011 年 4 月 9 日，18 点 04 分）

即便这次发现发生在周末，在此期间也没有什么重大新闻，但相关文章仍然屈指可数。帕特龙先生在媒体上宣称：“我感觉不是在同一个人打交道。我要向那些调查人员致敬。”在蕾蒂西娅的脸书页面上，她的姨妈留了一条消息：“我们终于找到你了，现在你可以安静地离去了。”

“半身”被运到了南特医科教学及医疗中心的太平间里，由罗戴教授和雷诺·克莱门负责解剖。由于在水中浸泡过一段时间，皮肤上已经产生了钙质。

在会阴部，人们没有找到任何损伤：强奸并不总是会留下损伤，如果损伤存在过，也会因为尸体的破坏而消失。大腿内部不存在挫伤。胸膛凹陷。在她被勒住期间，呼吸道的压缩导致肺泡中产生了超高压，最后像爆炸的氦气球一样损坏了。在胸部、肩部和肋部，可以观察到死时和死亡后[1]形成的伤口。刀刺入了心脏和左肺（如果她还一息尚存，那么心脏的伤口会导致即刻的死亡）。大部分的伤口都位于身体的左侧：可能的情况是，在两人面对面的时候，凶手用左手勒住了她，用右手捅她。因此存在着极端的暴力，但并未发生强奸——总之，并没有发现强奸痕迹。

尸体成了定罪的证据，死亡的档案。遗体研究也存在于历史中，旨在为群体暴力和种族屠杀提供证据——庭辩反转（或者说法医学的反转）只发生在电视连续剧里。

在用来把残尸捆绑在矿渣砖的细绳上，除了蕾蒂西娅的 DNA 之外，还发现了梅隆的 DNA。

*

6 月 6 日，马蒂诺法官在他的办公室里和德索内特法官一起接见了梅隆。

[1] 原文为拉丁文：post mortem。

“根据专家报告的结论，蕾蒂西娅是被勒死的。你还有什么话好说？”

“我不知道。这也许是头盔的带子造成的。”

在审问的最后，梅隆把一封9页的信交给了法官。他在其中详细说明了事情经过：在拉贝讷里镇的相遇，两人在海滩上的散步，在“蓝胡子”和“Key46”里喝酒，去了勒加斯波，回到拉贝讷里镇，蕾蒂西娅骑摩托车回去，为了给她手套而发生的高速追逐，致死的交通事故，把尸体装在了标致106中，回到勒加斯波，“黑洞”，第二天被肢解的尸体，在亚特兰蒂斯碰到了贝尔蒂，把捕鱼篓扔在拉沃，把躯干扔在布里奥尔，被国家宪兵特勤队逮捕，最后则是一个很大的未知数：“我仍然在自问究竟发生了些什么？”

调查人员不知道蕾蒂西娅是在哪里被杀害的。这就导致了一个行政上的问题：为了登记逝者并将其埋葬，就必须知道其死于哪一个市镇。马蒂诺法官解释道：“她出生地的镇政府向我们询问她死亡的地点。嗯……她死于拉贝讷里镇和勒加斯波之间的某个地方。”

2011年6月21日，法官签发了埋葬证。

43 1月18日，下午

我第一次见到托尼·梅隆是在他上诉开始的时候，那是在2014年11月，地点是地处雷恩的布列塔尼亚最高法院，身为共和国最重要的地方之一，里面的吊灯、金箔、吊顶、蓝色底旗上的镀金百合花却勾起了人们对君主制的回忆。不久之前，20多名摄像师正在拍摄没有人的席位时，马上就有一个执达员[1]喊着“快点！出去！”来驱赶他们，他们像羞愧的小学生一样溜走了。一到法庭准备就绪时，被告就被带了出来。他穿着白条纹的红色运动衫，在6个宪兵的围绕中往前走。

“请被告出来。”

他坐了下来。我所在的地方距他的小开间有三步远，我看见他用半是惊讶半是好奇的眼神扫视着众人。他看上去就像一个受到悉心照料的小孩：他剃了个光头，留着薄薄的一层髭须，嘴唇下还有一块三角形的胡子。他嘴里的口香糖带动起下颌的肌肉。

---

[1] 司法执达员制度是法国特有的法庭制度，司法执达员或称法院执达员，属于具有司法助理身份的法院助理人员，有资格送达诉讼文书，也负责具体执行法院判决。法国目前的司法执达员制度确立于二战后，执达员不属于公务员，而是接受债权人委托履行职责的自由职业者。

由于律师罢工，主席宣布推迟庭审。梅隆站起来说：“我第二次来到这里接受审判了。我尊重律师的做法，但是法庭必须运作起来。”

2011 年 1 月 18 日下午，当蕾蒂西娅和他一起在拉贝讷里镇的海滩上散步时，他好像完全是另外一个人：他乌黑的头发往后梳，露出剃光的额角，也衬托出他乳白的脸颊。凌晨 1 点至 2 点之间耸人听闻的罪行让人忘记了，就在前一天 17 点的时候，梅隆还是一个独特、有趣而充满魅力的男人。

在南特的一审上，在一年之后最终于雷恩举行的上诉期间，梅隆讲述了他们那个爱意缠绵的下午。由于他读过了调查档案，他了解证词中针对他的内容，因而努力采取应对措施以博取好印象。他可能在某些问题上撒了谎——他们在 2010 年夏天的相遇，海滩上的可卡因，接吻，但是，总体而言，他的描述可以由目击者证实，尤其是，他能坐实一个基本的事实：以这样或那样的方式，因为这样或那样的原因，蕾蒂西娅被托尼所吸引。

> 我在赌马，乐杜不错。我错过了跑马，喝了一两杯酒。
>
> 我看到了蕾蒂西娅，当时是 16 点不到。
>
> 我立刻就认出了她。
>
> 她沿街走了过来，和我打了个照面：
>
> “蕾蒂西娅！你在干吗？”
>
> “我要去海滩。”
>
> 我们一边朝海滩走去，一边聊天。
>
> “自从我上次看到你以来，你过得怎么样？”

我的车子停在大海街。我把啤酒带到了海滩上。

我喝了一瓶啤酒，给了她一瓶。

我抽大麻，她也抽了几口。

我拿出可卡因，她说："我在南特尝过这玩意儿。"

我们一起吸了一口。

我们接着聊天。我帮她看手掌纹路，试图讨她的喜欢。

我觉得她太讨人喜欢了，充满了魅力，同时还有很多东西，痛苦，缺少别人的认可。

我们之间不是……一见倾心，而是某种理解。我不知道，也许是从眼神里看出来的。

我们走了一会儿，太阳下山了。

我向她提议拍一张照片。我觉得她很漂亮，她笑眯眯的。

是的，我忘了跟你们说，我们在海滩上亲嘴了。

18点，我们去了"蓝胡子"。我喝了一杯酒，她喝了可乐。

她回去工作了。

我们在饭店外面抱在一起。在将要分别的时候，我们接了吻，然后很快又会再见。我们之间一切都进展顺利。

一辆车停了下来。我们注意到那是她雇主的车，她做出了一个后退或者害怕的姿势，也可能是不好意思，我吃不准。

车上下来的是德朗德女士。她开始打开入口大门，好让她的丈夫把车开进去。我抵住了门。

她说："您进入了私人领地，请离开。"

我说："不是这样的，我在陪蕾蒂西娅。"我赞扬她的饭店：

“有机会我一定过来。”

蕾蒂西娅笑了。有一点滑稽，我吃不准。

接着，她开始上班。

我去了 Pro & Cie 商场，纯粹是为了看看。我没有在那儿待很久。

我又在 Shopi 买了点啤酒。

我回到了“蓝胡子”。这个酒吧经常会有音乐，很多酒，晚上也会营业。

我继续喝我那瓶剩下的柯纳克，和杯子里的伏特加混着喝。

我想让她高兴。我们谈到了手套。

我问了克莱奥和他的朋友杰拉德，他们告诉我说去阿尔通的超级 U 超市。应该是在 19 点或 19 点 30 分的时候。

我去了波尔尼克的勒克莱尔超市。在商场里遇到一位女士，她跟我说：“商场打烊了。”

我到了收银台附近。有一个保安，还有一个收银员在处理现金。

我说道：“抱歉，我是给我的妹妹买东西，她明天开始上班。”

她对我说：“那您赶紧，就在对面。”

我随便拿了两副手套，一副是深色的，另一副是红色的。

我付了一张 20 欧的钞票，她想找我零钱，我说：“不了，您拿着。”她说：“我不能这样。”我眨了眨眼睛说：“把您的号码给我，我过会儿给您零钱。”

在外头，我又碰到了一个人，她是商场的职员。她在等着。

我回到了自己的车里，然后吸了点大麻。

我看到她正在等着。我说如果她觉得冷的话，就上我的车里来。她对我摆架子，回答说不。

我离开了，开得很快。

我全程开得都很快。这不是保时捷，不是法拉利，而是一辆小小的标致106，但是总之我非常喜欢让轮胎嘎嘎作响，让它全速前进，等等。

我回到了“蓝胡子”。我告诉他们我买了手套。

我又喝了一阵。

我接到一个电话，在韦尔图的入室盗窃之后，我和一个哥们约好见面。我们本应该下午结束的时候通电话，我忘得一干二净。

我到达约好的勒加斯波时已经迟到了。20点30分过去了。

他开始大叫大嚷。我走到他身边，和他一样烦躁不安。他甚至跟我说现在不是喝酒的时候。

和往常一样，我有点亢奋。我喝过了头。我不是很舒服，而是有些烦躁。

我给他看了材料，他不感兴趣。

我回到了拉贝讷里镇。

在“蓝胡子”，有一种叫“射门”的比赛，比的都是含酒精的饮料，有伏特加，我不再能想起来里面是什么，整个过程中还不时地喝啤酒、杏仁柯纳克酒，去厕所里吸可卡因。

我应该卖了两克可卡因给克莱奥。

我常常出去吸大麻。

有一刻，我走出酒吧，然后听到饭店那边传来摩托车的声音。我看了看时间，差不多是21点30分。

我开向饭店，按照约定去找蕾蒂西娅。

我看到摩托车离开了。我不知道是否就是她。

我发动我的汽车——也就是我偷来的车——到了镇政府对面的停车场。

摩托车在我面前驶过。

我打前车灯示意。那人稍稍转了下头，但是没有减速，没有停下来。

我说："糟糕！"我试着拦住他，好解释一下。

我开始尾随摩托车，按响了喇叭，那个人回了头，略微呈"之"字形前进，我示意那个人停下来，我开到了他旁边，但是对面有车开过来，我不想引起交通事故。

我们进入环岛，摩托车开了出去，我继续按响了喇叭，并打前车灯示意。

摩托车在路口停下来。

我对他说："你是谁？"

他说我很烦人。在那一刻，我有点糊涂了。所有人都认为我烦人。不，我就是因为可卡因和酒精的作用有点亢奋而已。

我回到拉贝讷里镇。我试着打她的电话，但是没有回音。

我看到了她。

她正在她的摩托车边上等我，手里拿着头盔。

*

那一天，梅隆非常放纵自我：整天都在喝酒、吸毒，进行黑市生意，和他的窝主做交易，勾引所有可能的女性，用挑衅的口气说话。相反，蕾蒂西娅和平时迥然不同：她骗了自己的男友，然后和一个社会闲杂人员接近，整个下午都在和他抽大麻、喝酒。浪漫而脆弱的年轻女孩刚刚度过青春期离开校园，坏男孩们的手腕让她颇为不快，因为他们“这样做的时候就是让我们难受”，她活在手机短信和电视中，不喝酒不抽烟，很少出门，即使出门也只和朋友们出去。而 2011 年 1 月 18 日，她越过了所有的禁忌。

所有的目击者都对这不般配的一对印象深刻：一个醉醺醺的帮派头目，不修边幅，一头长发，穿着黑色皮衣，一旁却是一个害羞而柔弱的少女。一个大人牵着一个孩子。在德朗德先生看来，这就是“美女和野兽”。在“蓝胡子”，杰拉德和卢卢认为她 16 岁，而梅隆的窝主提到了与他在勒加斯波的会面中，梅隆说过的字眼：“他告诉我说，他和一个 19 岁的‘无知的年轻姑娘’有约会。这些字眼让我感到震惊。”

梅隆在蕾蒂西娅面前表现出一种无所不能的感觉：他不会让她离开，这是一个很容易处置的“贱货”。在追踪斯蒂芬的摩托车并把他逼停在人行道上的那一刻，他表现出来的那种侵略性可以由这种焦虑来解释：梅隆在这一天里头一次感觉到蕾蒂西娅逃出了他的手掌心。如果她预先告知他她要早睡，因为第二天还要上班，结果会如何？如果这是一个“婊子”，和其他人一样行踪不定？毒品、可卡因、照片、可乐、手套，所有这些都付诸流水了。

2011 年 1 月 18 日对梅隆而言是普通的一天，对蕾蒂西娅则不然。为什么她会如此情绪低落？为什么是这一天？我们忽略了如此剧烈地扰乱了她生活的东西。

44 葬礼

弗兰克·佩雷和西尔维娅·拉尔歇罕见地在某些事情上成功地达成了一致。在一个大理石加工场里，他们为他们的女儿选择了一块墓碑，并且要求把她安葬在他们南特的住处旁边。杰西卡听到这件事的时候跳了起来："如果蕾蒂西娅不在拉贝讷里镇，那我永远都不会再跟你们说话！"

根据佩雷家的说法，杰西卡受了帕特龙家的操控：在这段时期里，她毫无生气，被药物弄得昏昏沉沉，对什么都说是，她被自己的痛苦和帕特龙先生的花言巧语所麻痹。然而到了今天，杰西卡却没有丝毫悔意：蕾蒂西娅葬在拉贝讷里镇是情理之中的事情，她在这里住了6年，她的朋友们也在这里，她的实习同样是在这里进行的。"波尔尼克的市镇厅给她提供了一口永久保留的棺材。这通常是要付钱的，但她是不朽的。至于我，我已经在她一旁安排好了位置。"

2011年6月25日星期六，蕾蒂西娅的葬礼在拉贝讷里镇的教堂中举行，现场人头攒动。教堂建筑的正面挂着两幅大型肖像，上面写着"蕾蒂西娅在我们心中"。到处都是白玫瑰。人们互相拥抱，个个面容憔悴。他们中有朋友、邻居、好奇的人、潜伏的新闻摄影师。家人需要在人群中开出一条道来才能赶上灵柩车，一辆后面装了灰色玻璃的小卡车。几个男人抬着一具小型的白色棺材，涌入装着玻璃彩窗的教堂中殿。

亲友都佩戴着白色的饰带，只有他们获准进入教堂。蜡烛的火苗围绕着肖像，像金色的潮汐一样涌动着。卡尔夫人寸步不离地跟着杰西卡。杰西卡和法比安看到了对方，在互相拥抱后，杰西卡在帕特龙一家的长凳上坐了下来，和她的父母隔开很远。神甫在布道中要求哭泣的众人抵制“仇恨、报复和死亡的力量”。格雷古瓦[1]的歌曲在教堂里响起：“我想牵着你的手，更久一些。”帕特龙先生禁止罗拉出席她最好朋友的葬礼，他呼吁将所有性侵累犯都登记造册：“我们或许可以拯救我们的孩子，让他们免于遭受强奸所带来的难以忍受的痛苦。”

在教堂的出口处，弗兰克·佩雷开始退缩。他的兄弟责骂道：“往前走，她是你女儿！”最终，他走了过去，向杰西卡张开了双臂，但是她并不想要拥抱他。在远摄镜头中，可以看到法庭主席的公关顾问弗兰克·卢夫里耶在给她鼓励。

秃鹫一般的记者的出现扰乱了仪式，但是他们也发表了大量的文章，让所有的法国人得以参与其间。法新社的让-塞巴斯蒂安·埃夫拉德拍摄了一系列杰西卡被其生父和帕特龙先生搀扶的照片。这个年轻的女孩子一身黑装，剪了一头短发，脸颊上挂着泪水，她是一个悲剧英雄，她耀眼的美丽体现的是不公和绝望的胜利，记录了她的这些照

---

[1] 格雷古瓦·布瓦瑟诺（Grégoire Boissenot，1979—　），法国民谣歌手。

片因而也成了永恒。当成人们宣称“我们很沮丧”或者“我们的痛苦难以言表”时，杰西卡的目光穿过了他们。她正直而端庄，一语未发，也无话可说，她有的只是眼泪和失落的目光，震动人心的压抑。人们徒然地簇拥着她，在她身上感受到一种难以挽救的孤独，她被永久地抛弃了，坠入一种完全而确定的不可理解之中。面对她的不幸，任何辞藻都是贫乏的。

通往墓地的斜坡走起来艰辛而漫长。杰西卡几乎是在昏睡中，在卡尔夫人的搀扶下才走完了她的苦路[1]。

*

我和塞西尔·德·奥里维拉伫立在粉色大理石的墓碑前。石柱上刻着海景、悬崖、停泊的小船、一座抵御着波涛侵袭的灯塔、一只在天空中翱翔的海鸥。有数不清的赠礼：百合花、玫瑰、天使、白鸽、诗歌，葬礼用的铭牌，“致我的女儿”“致我的朋友”“我们永远不会忘记你”“你永远伫留我们心中”。旁边长出了一棵银杏，那是隔壁村子的居民赠送的，这地球上最为古老的树木之一。

晚上，我给杰西卡发送了一条短信，告诉她我们去“看蕾蒂西娅”了。她的回复是：“你们是怎么找到我妹妹的墓地的？”在我世俗化的犹太家庭中，我们实际上“没有花，也没有花圈”，但是杰西卡可能会

---

[1] “苦路”指耶稣被判死刑后背着十字架走到刑场的那段路，也被称为“十字架之路”，共有十四站。

深感自豪：这是个漂亮的墓，温馨而平静，充满了爱。

周年游行从拉贝讷里镇市中心出发，在墓地中结束。这最后的一次游行只聚集了六位亲友，杰西卡不在其中。弗兰克·佩雷说，镇政府不大喜欢这样，“说是不利于旅游业”。

杰西卡一年去几次墓地。朋友们会去，也会有很多陌生人。有时候，墓碑上会有新的花，杰西卡知道有人在想念她的妹妹。当她到了那儿之后，总是一个人站着，好跟她说说事情，告诉她新的消息。当有朋友们陪同的时候，她还是会跟她讲话，但是是“在脑海里”。有时候，会有人朝她走过来：“您是姐姐吗？”他们盯着她看，并祝愿她振作起来。

两支2字型的蜡烛暴露在阳光和恶劣的天气中，翻倒在了小天使和纪念铭牌之中。这些蜡烛让我不知所措，此后我才明白，2014年5月4日的时候，杰西卡在这里庆祝她们的22岁生日。她是同两个朋友一起来的。她把小馅饼分成四份。她们一起唱歌，吹灭蜡烛，最后吃了点心。杰西卡吃了她妹妹的那部分，她面带微笑地说：“否则的话，我要等很长时间了。”

45　1月18日，晚

在南特酒店前——在拉贝讷里镇的夜色里，可以看到它明黄色的正面和蓝色的檐篷——蕾蒂西娅正乖乖地等着梅隆。因为他已经迟到，蕾蒂西娅就给凯文打了一个电话，梅隆无疑也是在这个时候到达的，凯文因而听到她身边有男人窃窃私语的声音。

此时是22点。杰西卡正在她的大房间里准备睡觉，她明天要上课。德朗德女士正离开南特酒店，蕾蒂西娅的车一直停在路上，这点让她很是吃惊。

梅隆和蕾蒂西娅正在“蓝胡子”里，坐在大厅的深处。酒吧里的顾客开始醉意浓重。其中就有卢卢、杰拉德、克莱奥、伊凡和其他常客。一些人喝亡命徒酒和百利甜酒，另一些人则往伏特加里加焦糖进行“射门”，有需求的人就到厕所里吸毒。这里弥漫着醉意浓重的喧嚣和夸张的大笑，玩电动弹子游戏和台式足球游戏的地方传来大呼小叫。“射门”比赛正如火如荼。蕾蒂西娅坐在她的那杯咖啡前，显得年纪很小。也许她已经后悔吸食可卡因了。

杰拉德和伊凡在关于克莱奥试图寻花问柳一事上吵了起来，梅隆站起来，手搁在伊凡肩上。

“哥们儿，冷静一下。我来这儿是为了喝酒，不是听大家吵架。”

伊凡叫骂道：“我掺和什么事了？如果你想的话，我们也可以来打一架！”

梅隆和伊凡互相推搡起来，酒杯被碰翻，蕾蒂西娅的咖啡杯也摔了个粉碎，咒骂声不绝于耳。“蓝胡子”的服务员离开柜台，跑过来劝架。梅隆一把抓住了他的领子。

最终，梅隆冷静了下来，出门走到露天咖啡座那里。伊凡继续在酒吧里面辱骂他。

“你的老娘是一个妓女！把你的名字和地址告诉我，我要让你的脑壳吃我的子弹！”

梅隆推开门吼叫道：

“我叫托尼！如果你想做个了结，就到阿尔通昂雷的勒加斯波来。我会一直在那里等你！”

几个常客拦住梅隆，不让他进到酒吧里去，其他人则抱住了伊凡。三个顾客离开了“蓝胡子”，从这堆酒鬼里脱身。蕾蒂西娅被吓坏了，在露天咖啡座的角落里哭了起来。

在上诉时，梅隆一边讲起当时场景，一边向坐在原告长凳上的弗兰克·佩雷喊道：“我很抱歉，佩雷先生，但是她告诉我说，这让她想起了她的童年。”

在“蓝胡子”的露天咖啡座那里，服务员指责了梅隆的态度。

梅隆回答说：“在这种时候，我眼里没有任何人。”

蕾蒂西娅准备离开，她手里拿着头盔。

梅隆说："如果是这样的话，我们还是走吧。"

蕾蒂西娅和梅隆向海的方向走去。

卢卢喊道："你们要去哪儿？"

远处的梅隆回答道："去波尔尼克。"

此时是22点30分。杰西卡已入睡。帕特龙夫人刚躺下。在位于住宅外面的一间单身公寓中，加埃尔正待在自己的房间里。

标致106全速开上沿海路，朝波尔尼克飞驰而去。卢卢不再打算追上他们，他想找几个妓女把晚上打发掉，于是就坐在了"蓝胡子"的电脑那里。几个朋友陪着喝得烂醉的伊凡回家去了。

就在将近23点的时候，梅隆把标致106停在了波尔尼克赌场前的停车场上，旁边就是停游艇的港口。他把蕾蒂西娅带进"Key46"，前一天晚上，他和以前的狱友兼朋友卢卢在这家沙龙酒吧里喝了几杯酒。

梅隆把蕾蒂西娅介绍给了男侍者，要了两大杯香槟。男侍者在庭审上称："我觉得他对她有控制力。他一看着她，她就一动不敢动，什么都不做了。"梅隆走到堤岸上抽烟；蕾蒂西娅留在酒吧里，紧张而不安地敲着手机。23点02分，威廉姆给她打了个电话。

"我喝了酒，我不该这样的。"

此时是23点30分。德朗德先生准备去睡觉的时候，注意到蕾蒂西娅的摩托车还停在街上。

帕特里克和杰夫是梅隆过去的两个狱友，因为暴力和买卖毒品而被定罪，他们来到了"蓝胡子"，碰到了卢卢、杰拉德、克莱奥和其他人，所有人都喝醉了。他们整个白天都在罗什福尔喝威士忌，玩滚球游戏。有人向他们讲起刚刚的争吵，还说到托尼和一个年轻的小女孩一起离开了。

在波尔尼克赌场对面的堤岸上，蕾蒂西娅和梅隆回到了标致 106 中。汽车朝勒加斯波开去。

*

我从南特出发，坐火车到了波尔尼克，同时还和圣帕藏保持着联系。夜幕降临之际，下起了毛毛雨，游艇停泊港隐没在被夜色浸湿的沙地里，桅杆在风中叮当作响。

“Key46”不仅改了名字，而且已经关门歇业，就如和两个朋友坐在一起的老板打着手势向我解释的那样。这个酒吧曾经重新营业过，还装了一个巨大的等离子电视屏幕，墙上则挂着时间不再走动的钟。

我转了个弯，去了赌场。角子老虎机像圣诞节时的杉树一样被照亮，几个上了年纪的女士正在机器前狂热地挥霍着她们的退休金。训练有素的安保人员想为我提供咨询。“现金”“一次吐出的硬币”“超级奖励”，这些金钱的允诺闪着刺目的颜色。每一台角子机都是一座充斥金钱和陈词滥调的小庙，分别献给一位女神——“钻石阴影”，一头硬发的妇女，她的不锈钢蓝眼睛瞄着你们，手指间夹着一颗几何形的钻石，就像用作背景之用的摩天大楼；在被常春藤淹没的墙面上的“金塔”中，有一个穿着粉裙的公主，她的嘴半张，正看着朦胧的远景，金色的头发里还有一个扣子，她会在骑士过来拯救她的时候发出叹息；“天空骑士”是一个亚马孙女战士，她长着亚洲人的脸，戴着王冠和绿色的蛇皮胸罩，这表明她将要去杀死正在她身后直立起来的龙。

蕾蒂西娅曾经可能在哪一台角子机前碰运气？在这些想象出来的虚假女性中，又是哪一个曾陪伴过这个即将死亡的小女孩？

我在停车场上走了几步路，梅隆曾把他的标致106停在了这里。吉尔·德·莱斯城堡将一片黄色的光投射到潮湿的路面上，而赌场的霓虹灯则在深夜里留下了荧光瘢痕。我沿着混凝土斜坡而下，人们就是在这里把船驶进水里的。风剪开了黑暗，大海和夜混在一起；我们只能去听，风在沉吟，近在咫尺。我又走上了斜坡，远离黑色的漩涡和慢慢直立起来的桅杆发出的叹息，我没有喝完我的那杯香槟，就从“Key46”中逃了出去。

46 “协议”的结束

在葬礼之后，阿兰·拉尔歇把一切都告诉了杰西卡，她的父亲对她母亲做了些什么，为什么她们很小的时候他会在监牢里。杰西卡不想再见到他，她选择了一个新家——帕特龙夫妇。尽管抚摸又在客厅的沙发和工地上继续，她仍然要求他们能收养她。她想跟他们的姓——杰西卡·帕特龙。

2011 年 7 月 14 日，帕特龙家的一个女儿看到杰西卡坐在“小狼”的膝盖上，就对她母亲叫了起来：

“当心，妈妈，杰西卡想取代你的位置。”

帕特龙夫人惊讶地回答道：“你疯了，我可怜的女儿！你尽瞎说！”

对帕特龙夫人而言，说到底，涉及的是对她丈夫的精神控制，帕特龙先生对杰西卡想要的一切都会同意，但是她从来没有往性的方面想过。杰西卡对他们有感情，就这些了。

同一个晚上，杰西卡和帕特龙夫妇之间爆发了一次争吵。夫妻两人想在秋天的时候去塔希提岛旅游，杰西卡非要和他们一起去不可，但是帕特龙夫人只买了两张机票。

“我们绝对不会带你去！你要么待在学校要么去工作。”

杰西卡伏在帕特龙夫人的手臂上哭泣道：

“咪咪，咪咪，什么？你们不想带我去？”

初秋，一个星期五的晚上，同样的场景又上演了。杰西卡央求他们带她去。

“为什么你们不带我一起去塔希提岛？”

帕特龙夫人大声说道：“你不光不能去塔希提岛，你还得去找份工作，拿到你的文凭后，你就得自己去找一间公寓。够了！”

生硬的话说了出来。杰西卡从桌子边站起来，然后逃进了自己的房间，“砰”地关上了门。几分钟之后，她又出来了：“我要去看罗拉。”帕特龙先生看着她离开：他知道她要去找的那个朋友就是一年前对他提出控告的人。

接下来，事情就起了变化。杰西卡变了，她的焦虑又发作了。

2011 年 8 月 8 日星期一，蕾蒂西娅最好的朋友罗拉和杰西卡的女朋友茱斯蒂娜向帕特龙提出了控告，罗拉控告他自 2007 年起多次抚摸她，茱斯蒂娜则是因为在七月份的时候，数次遭他上下其手，她当时从杰西卡的房间逃出来，躲进了厕所里。8 月 15 日，帕特龙先生被关在波尔尼克的宪兵队。杰西卡受到了宪兵的传唤，她做出了详尽的申明：进入刑事诉讼。

弗朗茨·图谢的同事向他告知了此事，他请求马蒂诺法官按照委托调查的方式，批准他再次传唤那几个年轻女孩。“对我来说，这可能有助于理解蕾蒂西娅的自杀信。”罗拉向图谢坦言，蕾蒂西娅在海滩上对她诉说了那些有关帕特龙先生的心事；她也看到过他摸蕾蒂西娅臀部的情形。图谢撰写了一份司法信息记录，并把它交给了马蒂诺：向共和国检察官指出这些事实，然后给他自己配备另外一名初审法官，这是理所应当的。事情变得更加复杂的地方在于，帕特龙先生是蕾蒂西娅案件的原告。

离开帕特龙家之后的那个晚上，杰西卡紧急留宿在了罗拉的寄养家庭中。她必须在几天之后离开。她的流浪生活又开始了，就像她很小的时候一样：背上背包，把箱子放在左右两边，住在护理中心，询问周末要干什么，在城里瞎逛，重新打包，搬家。几个月之后，杰西卡将被看作是有缺陷的工人，被纳入以保护为目的的管理之中。

帕特龙先生受到了指控。他断然否认侵犯过茱斯蒂娜和罗拉，或强奸过蕾蒂西娅和杰西卡，但是承认在杰西卡成年之后，和她有过"恋情"。这位养父就他和自己口中的女儿——也就是要求他收养的人——之间的性关系的性质做了阐述。

信息很快就泄露了出去，所有记者都通过不同渠道得知了此事。在没有新闻的八月份，这条新闻就像晴天霹雳一般。必须说，这条新闻特别不堪入目：在被杀死之前，蕾蒂西娅还被她的养父强奸了。亚历山德拉·蒂尔卡说："天空掉到了我们头上，我们沉到了恐惧和不幸之下：我们碰到了最深处。"

蕾蒂西娅案：养父被怀疑犯有性侵和强奸

（法新社，2011 年 8 月 17 日，12 点 12 分）

蕾蒂西娅：养父因强奸遭监禁

宪兵继续他们的调查，传唤了蕾蒂西娅的双胞胎姐姐。她向他们揭露了她和吉尔·帕特龙之间持续了数年之久的特殊关系。她没有提出控告。她向调查人员透露："我不想让他打我的主意。我只想让他停手。就算我觉得他罪有应得，我也不想他进监狱。我希望他能受到照顾。"

（《法兰西西部报》，2011 年 8 月 18 日）

惊愕，憎恶。这是一个如此正直的男人，他不止一次地揭露恶人和性侵累犯！没有人能想到，没有人会怀疑……最后的幻想——双胞胎安稳地住在帕特龙家里，在悲剧发生后能支持杰西卡的这个家庭——坍塌了。这是案中案，恐惧中的恐惧，暴行中的污点。

即便帕特龙先生最后没有因为对蕾蒂西娅的侵犯而被判决或定罪，但是在蕾蒂西娅一案中，他的牺牲品也在那时被世人知晓了。由于缺乏详细的内容，涉及到蕾蒂西娅的指控将被放弃，初审法官宣布不予起诉。相反，帕特龙先生在杰西卡青春期和成年之后对她进行的侵犯是成立的。《巴黎竞赛报》取了个这样的标题："杰西卡·帕特龙的双重痛苦"。

帕特龙先生被扒得体无完肤，旋即又被架在了火上烤。他一拿起麦克风，就有人从上面朝他吐唾沫。事实上，杰西卡的揭发对他一心为儿童谋福利的好父亲形象造成了致命的一击。帕特龙先生原形毕露：这位波尔尼克的圣人，雷茨地区寄养家庭的代表，受害人的保卫者，他致力于不幸儿童的事业，装成崇高的正人君子，其实是一个伪君子，他在所有场合都上下其手，就是一个靠省议会的钱发了财的儿童强奸犯。

阿兰·拉尔歇大声表达憎恶。斯蒂芬·佩雷想起帕特龙先生对他们——这些一无是处的人，这些南特的穷鬼——表现出来的鄙视："模范父亲"的伪饰掩盖的是"大恶人"的无耻行径。帕特龙夫人不相信她丈夫的罪行。很难从她身上区分爱、傲慢和否认。

当杰西卡向弗兰克·佩雷讲述那个自始至终扮演着"真"父亲角色的人对她犯下的那些性侵时，他怒火中烧：

"我要砸烂他的脑袋！"

"爸爸，如果你又犯法，你会进监狱的。我不希望你在监狱里。"

弗兰克·佩雷嘟哝道："好的。"

直到8月底，杰西卡才同意向帕特龙先生提出指控。自从蕾蒂西娅死后，一直是帕特龙家的律师在代表她。这是难以忍受的处境。塞西尔·德·奥里维拉登场了。对于杰西卡来说，这是"庇护"的终结，进入精神病院的开始——就像她母亲。

9月，克莱芒蒂娜指控帕特龙先生对她犯下了强奸和性侵，这些事情可以追溯到2003至2004年。

帕特龙先生和杰西卡在初审法官的办公室里对峙了7个小时，他们各自的律师也都在场。他很轻松，冷笑着推翻杰西卡的说辞，还从他的座椅上跳起来去修理出了故障的复印机；当她不惜描述一次次手淫和他手指的入侵时，她惊慌失措，虚弱不堪，如坐针毡。在法院大楼的出口，塞西尔·德·奥里维拉表示："面对一个从12岁半起就被视为自己父亲，在她青春期又成了侵犯者的人，这实在是太艰难了。"由于大量的消息泄露，媒体详细地描述了帕特龙先生对杰西卡的所作所为。“无耻，”负责案件的预审法官评论道，“这干扰了我的调查。”

2011年12月8日，塞西尔·德·奥里维拉向马蒂诺法官提出，帕特龙家不应该再作为蕾蒂西娅一案的原告。他们在那个秋天没有去塔希提岛：在预定起飞的时刻，丈夫进了监狱。

在帕特龙夫人看来，罗拉、茱斯蒂娜、克莱芒蒂娜，这三个年轻女孩都撒了谎。不存在任何针对她们的举动。当然，“另一个蠢货”错误地和杰西卡发生了关系：“我的老头子啊，你不该这样！你就应该看好你手臂下面的那双手。”她从2011年夏天杰西卡的焦虑发作中寻找证据——收养、塔希提岛，好证明她丈夫没有侵犯杰西卡：“她被强奸了，并且不想和我们分开？她被强奸了，并且期望我们收养她？我不能原谅那个感化教育工作者，她在庭审上说这些女孩受到了‘家长制管理’，她们不能做她们想做的事情。该死！她们又没有被拴住。”

杰西卡彻底地迷失了：她的妹妹，她的寄养家庭，她的单纯，她生活中的快乐，她的微不足道，她的宁静。她之所以选择打破沉默，并不是因为她妹妹的死亡，而是家庭危机让她明白她在某种程度上是帕特龙先生的玩物。在整个青春期，她都在忍受着养父的蹂躏，因为她希望由此换来家庭的那份关爱、一种稳定的生活，以及一个栖身之所。用身体换取一点点的感情，用耻辱换来生活在一个家里、受某个人重视的机会；牺牲于爷爷的魔爪下，就为了能参与他孙女们的生日聚会。为了被爱，必须忍受这些。

在蕾蒂西娅下葬之后，她叔叔向她揭示了家庭里的那些秘密——她父亲的暴力，她母亲抑郁的原因，杰西卡现在只剩下一个希望了——帕特龙一家。然而，他们不想收养她。他们不想要她了，而她却倾其所有好让他们接受她。对她，塔希提岛的假期就代表着抛弃。相反，她应该“找得到”工作和公寓，言下之意就是让她离开。她失去了她最为珍视的东西——一个家，唯一一样能让她为之默默承受的东西。“强奸换取感情”的协议宣告结束。

47 “她对我说：‘停手。’”

离开波尔尼克赌场的停车场之后，标致106取道勒雷码头，朝大桥开去。车子离开城区，沿着农村的小路驶入黑夜里，蕾蒂西娅则始终紧紧抓着她的手机。

勒加斯波正值午夜。必须想象荒凉的小村庄，潮湿的森林，朝天空伸去的树影，还有那片被楼房、库房、两辆旅行拖车和一排树所包围的场地，那上面堆满了汽车残骸，到处都是结了冰的水洼。一打开车门，一股冰冷的空气就扎入你的鼻子里。还有一堆昏暗的东西将你围绕。在冰冷的夜里，连小树林都冻住了。

蕾蒂西娅和威廉姆之间的短信交流停止了。午夜已经过去了13分钟。

罗威纳犬被链子绑着。梅隆和蕾蒂西娅走进他堂兄弟的房子里，他有权在他不在的时候借住。

梅隆播放起音乐，提议蕾蒂西娅来点伏特加和可卡因，还要求和她发生性关系，而她从没有想到过这点。他坚持己见，最后她给他口交，也许是在他的强迫之下。在这一刻，蕾蒂西娅得救了。

梅隆在庭审上描述了这个场景：“她对我说：‘停手。’这让我停了下来，让我很不痛快，还有种沮丧的感觉。”

他恼羞成怒，一把抓住她的衣领，对着她的脸咆哮道：“你就是个婊子，跟其他人一样！”接着，他把她往墙上推，她的头撞到了墙。她号啕大哭起来。

“我连声道歉，我对她说：‘我不知道我是怎么了，你想要钱吗？’她说：‘把我送回家去。’”

主席询问，蕾蒂西娅在勒加斯波经历的场景是否是强奸。

梅隆回答说：“确实如此。”

0 点 35 分，和威廉姆的对话又开始了：“我过会儿给你打电话，我有件严重的事情要告诉你。”

威廉姆很是担心，就问她是不是喝多了，他以为自己猜到她同时和两个男子约会的事了。

0 点 47 分，蕾蒂西娅说：“严重得多。”

梅隆站在他的开间里，装出他们正在回去的路上，在车里平静地聊天：他问她拒绝的理由，她托词说她那里有问题，他建议她把这事告诉别人。

塞西尔·德·奥里维拉从律师凳上离开，怒形于色：

“在勒加斯波的时候，您有一把卡宾枪、弹药和罗威纳犬。蕾蒂西娅帮您口交，而她都没有帮她男朋友这么做的习惯。接着，您把她说成是婊子，试着勒她。在开车回去的路上，她会对您说出心里话？我想，梅隆先生，蕾蒂西娅那一刻正处在极度恐惧的状态。这个年轻的女孩害怕死掉！她只想着一件事情：她还能活下去吗？”

梅隆一边开车，一边看到蕾蒂西娅在发送短信。

他在凌晨1点前把她放到了南特酒店，标致106的指示灯在僻静的小巷里闪烁着。安东尼·德朗德通过他公寓的窗户看到了蕾蒂西娅：她手里拿着头盔，怒气冲冲地对着打开的车窗，她正和握着方向盘的梅隆说话。

据梅隆所言，蕾蒂西娅对他说："我不明白那些家伙为什么会和你有一样的反应。"他评论道："大家关系不好，这是肯定的。"

委婉的措辞。实际上，蕾蒂西娅怒气冲天，心烦意乱。她的指责只可能是尖刻的。她做了决定：去宪兵队，去提出控诉。

梅隆最终明白了他面临的风险。对他而言，勒加斯波的口交是正常的回报："我让你吸了可卡因，你现在却要剥削我。"但是，蕾蒂西娅并不觉得如此。如果梅隆早点明白她决定要提出控诉，他在勒加斯波时就会直接杀她灭口；总而言之，他不会把她带去摩托车那里。面对蕾蒂西娅的怒火，梅隆明白她会说出去的。而他正处于缓刑期间，附加设定考验期的缓刑。他将再一次因为强奸经历诉讼，还要背上"射手"的名声。他不害怕回到监狱，他害怕因为这个原因而回到监狱。

0点58分。蕾蒂西娅给威廉姆打了个电话，告诉他说她被强奸了。她过会儿给他打电话，因为电池快没电了。

摩托车发动了。梅隆风也似的朝雷茨地区穆捷驶去，之后又改变了主意。

"蓝胡子"的老板向人群喊话："最后一杯，我要关门了！"之后，卢卢、帕特里克、杰夫和男侍者看到白色标致106全速开了过去，隔几分钟后又开了回来，在波尔尼克和穆捷之间，如此来回了有两到三次之多。车子以 80 到 100 公里 / 小时的速度飞奔，所有车灯都熄灭了。

“这个疯子是谁？”有人大声问道。

“瞧，他来了。”卢卢议论道。

梅隆在情急之下溜之大吉，这是他第一次经过这儿，而后调头回来，是他第二次经过这儿，此时他已决定追上蕾蒂西娅，胁迫她闭嘴。

“我再次在‘蓝胡子’前经过，我看到远处有红光，于是我加速，再加速。”

在远处闪动的红点是蕾蒂西娅的摩托车尾灯。

标致 106 在环岛处开上人行道，直接从左边穿过去，驶入罗杰尔路。于是，车子离摩托车只有几米远了。

梅隆看到了蕾蒂西娅的身影，她还戴着皮领子。

蕾蒂西娅是否感觉到自己受到了追踪？她是否从后视镜里察觉到标致 106 正在靠近？如果是的话，她会加速，因为她离家只有 50 米远了。

梅隆或许想玩猫捉老鼠的游戏，就像他在 21 点 30 分对斯蒂芬干的那样。也许他是故意撞上去的。可以确定的是，有一刻他将轮胎对准了右侧，同时猛地踩刹车。由于突然的制动，汽车车身随即下沉，并且碰到了摩托车的尾轮，把它顶出了有数米远，接着两部车分开，摩托车在路肩上打滑起来。蕾蒂西娅而后摔倒在了地上。此时大约是 1 点 05 分。

她差不多就在那里。

她正要逃离。

她的脚踝受了伤，但是她没有时间叫喊，即便她并没有因为撞击、疼痛和恐惧而无法呼救。梅隆肯定她已经不再生气了。或许是恐惧麻痹了她。无论如何，她还活着，还有意识。

罗杰尔路冷冷清清。

“我追上了她，我把她放进了后备箱。就这样，瞧。”

她的鞋子掉在了摩托车旁边。车门的喀喀声吵醒了杰西卡和一个女邻居，也引起了帕特龙先生的警觉，他还没有入睡。

标致 106 第三次在“蓝胡子”前全速开过，不过它已经打烊了，梅隆在开车，蕾蒂西娅蜷缩在后备箱里，赤着两只脚。

醉意朦胧的帕特里克和杰夫离开了酒吧，去一个朋友家里过夜。1 点 10 分左右，当他们沿着罗杰尔路驶往波尔尼克的时候，看到了躺在路边的摩托车的尾灯。

“如果我有卡车的话，”其中一个说，“我就把它装走……”

帕特龙先生担心工地上有小偷，就带着手电筒，穿着睡衣裤出了门，但是电池太微弱，这段路上的公共照明也坏了，最后帕特龙先生便回去睡觉了。

1 点 18 分，卢卢给梅隆发了一条短信，后者的手机一直在拉贝讷里镇的范围内。标致 106 朝阿尔通昂雷驶去。

1 点 23 分，威廉姆给蕾蒂西娅发了一条短信：“我为你感到难过，我理解你。”

五小时之后，杰西卡的闹钟响了起来。

48 “文件夹”和“妓女”

2013 年 5 月 22 日，梅隆的庭审在南特法院大楼的大西洋卢瓦尔省最高法院举行，这座黑灰色的雄伟建筑就伫立于卢瓦尔河边，在一座精美的桥的出口处。法庭是一个明亮的巨型立方体，由深红色石板构成，里面有一个玻璃立方体，被告就身处其间。他的被告席被几个蒙面的精英宪兵围着，自己则面朝着法官、陪审员、原告和他母亲。在公众席上，佩雷家、拉尔歇家和梅隆家并排而坐，三个惊人相似的家庭。40 个证人和 15 个专家受到了法庭的传唤。在紧张的气氛里，50 家媒体机构对辩论进行了记录。

用了 2012 年一整年的时间，这次调查才宣告完成。为了核实绑架之夜的经过，以及与梅隆之间可能的电话或者经济上的联系，帕特龙先生受到了拘留。在被认定与本案无关的人中，除了他之外，还有梅隆所有的熟人，以及两三个胡言乱语、吹嘘自己帮过梅隆的人。宪兵要求电话运营商识别出在 1 月 18 日至 19 日期间，所有触发过拉贝讷里镇、波尔尼克、阿尔通昂雷、亚特兰蒂斯、拉沃和布里奥尔的基站的手机。唯一一部触发过 5 个基站的是梅隆的手机（他在库厄龙之后就切断了电话，因此没有出现在拉沃的范围内）。总共有 85 000 部手机至少有一次在这些基站的范围内出现过。其中 37 部触发过 4 个基站。宪兵一条条地核查所有这些线路，最后将所有人传唤到宪兵队。

在预审法官、共和国检察官、国家宪兵队刑侦所的专家、法医和律师的见证下，摩托车事故在罗杰尔路上被模拟了一遍，但是梅隆因为拒绝离开牢房而没有到场，他被发现舌头下压着剃刀刀片。之后，他被强行带往法院大楼，他采取挑衅的姿态，用“你”称呼法官，一边打嗝一边对摄影机竖中指。审问持续了不超过五分钟。4 月份，军士长弗朗茨·图谢给总结报告画上了句号。

一直到最后，预审法官还在讨论强奸问题。他们掌握的证据有：前列腺液，蕾蒂西娅离开标致 106 时的愤怒表现，她打给威廉姆的电话，梅隆为自己“这样固执”而道歉的短信，他承认的那首“要了她的命”的歌曲。而蕾蒂西娅的反应提供了作案的动机：她决定提出控诉。

蕾蒂西娅把在勒加斯波期间经历的这件事视作强奸，但是，这件事是否在司法上具有强奸的性质？她是否明确地表达过拒绝？他们喝了酒，吸了毒。在庭审前，身为圣纳泽尔的共和国检察官和首席法律顾问的弗洛朗斯·勒考克向马蒂诺法官吐露过，她无法在公诉状中受理强奸的罪状。因此，必须完全基于被确定的事实，不能冒在庭审上遭到撤销的风险。最后，法官决定宣布对强奸不予起诉。

预审在 18 个月后结束，就案件的复杂性和政治环境而言，这是绝无仅有的。凭着多年的工作经验，马蒂诺法官完美地完成了任务。蕾蒂西娅是在 1 月 18 日夜间失踪的，而梅隆是在 20 日被捕的，因其令人发指的罪行，他在 22 日受到了起诉。在 3 个月间，在一片到处都是水洞、地形复杂的区域，调查人员在没有任何一个目击证人的情况下，成功地找到了全部尸体。他们掌握了几乎全部的证据以支持指控。

2012年8月23日，预审法官在裁决令的末尾署上了自己的名字。托尼·梅隆，33岁，废铁商，因被指控“累犯状态下的绑架谋杀”而关押于维金勒科吉特拘留中心，他将被转往大西洋卢瓦尔省最高法院，接受法律的判决。

*

庭审应该会持续两周。审理的流程如下：按抽签方式选出陪审团，回顾事件，检查被告的人格，精神病专家、心理学家、调查人员、专家、目击证人和原告的听证，中间穿插对被告的审问，最后还有原告律师的辩护、首席法律顾问的指控、被告的辩护、法官审议。

卢瓦尔地区调查组的指挥官和弗朗茨·图谢回顾调查，指出其间碰到的困难、进展和运气。专家分析了摩托车事故、死亡过程、尸体的肢解、捕鱼篓的制作。蕾蒂西娅的近亲——西尔维娅·拉尔歇、阿兰·拉尔歇、弗兰克·佩雷、史蒂芬和德尔菲娜·佩雷——回忆起失踪以及他们在那之后的生活。目击证人——梅隆的母亲、他的前女友们、他的堂兄弟、贝尔蒂、卢卢、帕特龙一家、拉维奥莱特夫人、德朗德一家、安东尼、凯文、斯蒂芬、威廉姆、“蓝胡子”的几个顾客、“Key46”的男侍者——描述了受害者和被告的人格，为理解“犯罪的升级”提供了帮助。人们听到了梅隆淫秽的歌曲；一系列照片展现了遭虐杀的蕾蒂西娅。

乔纳森和茱斯蒂娜的母亲被驱逐了出去，因为她的手机在法庭上响了起来，发出鸭子长长的叫声："呱，呱，呱。"

全国性的日报都紧急派出最好的笔杆子，《世界报》的弗洛朗斯·奥伯纳，《费加罗报》的斯蒂芬·杜朗德–苏弗朗德。《大洋新闻》和法兰西三台的卢瓦尔河地区特派记者在南特法院大楼里进行了直播，并把辩论记录发布到网上：一分一秒丝毫不差地展示庭审过程，他们的转述让人产生身临其境的感受。

除了这些记录以外，我还有亚历山德拉·蒂尔卡的笔记。在她发给我的文件中，她努力地写成电报风格的笔记和当日法新社的电讯放在了一起；或者更确切地说，这些行文谦恭、预备发送出去的急件产生于她的笔记，上面满是拼错的词语和无头无尾的句子，就像未经加工的石块上的浮雕一样。这种混杂让人入迷，为记者触及事件的核心提供了开阔的视野："如果有紧急情况，就从笔记中整理出急件来，即便庭审还在继续进行。你能看到那些错误、缺陷，内容取舍所面临的风险。如果它们看上去很简短，那么这些笔记也完整不到哪里去，因为我不能把什么都写下来，在我选择录入那些句子前已经有所筛选了。"再经过两到三次的重读，签上"axt"的电讯才会被发布在法新社的新闻上，然后供所有媒体使用。

受虐尸体的照片让法庭震惊，但是梅隆没有改变他的说法

（法新社，2013 年 5 月 29 日）

杰西卡因惊恐过度而无法在梅隆面前作证

（法新社，2013 年 5 月 30 日）

这些辩论也间接地揭示了梅隆和这些女性的关系，也就是说，蕾蒂西娅身陷其中的圈套的实质。梅隆的前女友于2010年年末向他提出了控告，她认识到他是个能说会道的人，善于说“女性都喜欢听”的花言巧语。出庭的精神病学家确认，梅隆知道如何表现得温柔和热心。

尽管巴黎的专栏记者们把梅隆看成是“怪物”，律师们强调的是他对这个年轻女孩表现出来的尊重。殷勤，酒，一夜情。这是这个杀手绅士的一个侧面。

5月28日星期二11点58分，诉讼的第五天。

西尔维娅·拉尔歇的律师说：“我注意到了您手机里的两张蕾蒂西娅的照片，您送给她的手套，您陪她回去的事实。您如何解释这些？”

“这些照片是为了讨好她。”

“为什么要买手套？为了不让她在摩托车上感到寒冷？”

“是的。”

“在那个时候，您和她之间建立的是什么样的关系？”

“我们互相发现……也许正在形成的是一种友情。”

“就这样？”

“我们并没有考虑过要结婚。”梅隆结束了谈话。

主席暂停了听证。庭审将于14点再次开始。

为了勾搭“妓女”，梅隆智慧、魅力和暴力无所不用。他的脑子已经被柯纳克酒和可卡因所侵蚀，但这是一个聪明的男人，他能言善道，过目不忘，而且词汇丰富、反应灵敏。庭审伊始，在塞西尔·德·奥里维拉进行人格测试的时候，凭记忆引述了一个叫达尼埃拉的人的证词，其中提到，年少时候的梅隆把一只活狗关进了火炉里。梅隆打断道："抱歉，那是玛诺拉，住在 D1156 室。"对于自己的卷宗，他铭记在心。

另一次交锋发生在星期五，在下午行将结束之际。法庭主席和所有人一样被持续一周的辩论弄得筋疲力尽，他试图谨慎对待梅隆，担心听证会上出现事端，那样就必须予以驱逐了。尽管大家普遍疲惫不堪，而且周末临近，塞西尔·德·奥里维拉还是在尊重被告的前提下，全力以赴进行了审问，为了迫使他招认，她轮番提出外围问题和直接的质问：

"您是如何说服她去勒加斯波的？"

"她想看看我住的地方。"

"在 23 点 30 分？"

"是的。"她对我说："尽管我成年了，但是不能早上 4 点以后才回家。"

"当你肢解了蕾蒂西娅后，是怎么把库房照亮的？"

"胡说八道！我没有肢解她！"

"库房是怎么被照亮的？梅隆先生。"

"我什么都不知道，用灯！"

主席提醒她遵守秩序：

"奥里维拉律师……"

塞西尔·德·奥里维拉面露羞赧，被告以此大作文章：

"律师，我觉得您没法让自己头脑冷静了。"

直至今日，塞西尔·德·奥里维拉对此依然耿耿于怀：梅隆竟敢当众用“冷血”[1]来羞辱她，然而他在2011年1月19日一整天的时间里，都在冷血地清洗受害人的血。

另外一种对抗将他置于人们的对立面。西尔维娅·拉尔歇的律师就他在勒加斯波所犯下的性侵提出了质询，梅隆如此回答：

“我被激怒了，这是沮丧，或者其他的什么强烈情感！我把这看成是前提条件，再正常不过了。有些女孩，她们一开始说不，但你刺激了她们后，她们就说是了。我和这些女孩进展得很顺利，这和您的情况不同。”

律师在最高法院被一个犯罪分子羞辱，她为此难受了一个晚上。梅隆把自己看作是“硬汉”“采花大盗”，但一位女性让他在庭审结束之时流下了眼泪，她就是法律顾问弗洛朗斯·勒考克，当时她历数了他残忍的罪行：“这个状态极其不稳定的精神病人只服从自己的规则。”

梅隆对蕾蒂西娅的尊重受制于性欲、大男子主义和占有欲。他所有的亲友都这样说他：当他受到阻挠，就会像疯子一样愤怒，在言词和举动上都变得非常挑衅。妒忌、专横、睚眦必报、暴跳如雷，他喝醉之后就会如此，托尼是——就像他母亲所言——一个“不能对他说不的人”，否则他将怒不可遏，诉诸谩骂和攻击。和他最后一任女友在一起的时候，他的“失控”表现为用脚踢她的胸部，把刀架在她脖子上。2010年12月底，也就是谋杀案发生的3个星期之前，她就梅

[1] 原文Sang-froid既表示冷静，也有冷血的意思。

隆对她进行性侵和死亡威胁提出了控告，之后便紧急更换了自己公寓的锁。

对于梅隆而言，女性就是消费品，半是物品半是妓女。这是她的用途，她注定如此。在必要时，人们给她毒品、钱、手机，人们把她救出来，然后，“这个女孩，她就知道事情最终将如何了”。梅隆也提到了这些“文件夹”：把她们打开，处理，丢掉。如果女孩表现出哪怕最轻微的反对，也会置自己于危险之中。性建立在暴力之上，但是对性的拒绝也会招致暴力。

发生在蕾蒂西娅身上的事也会发生在所有其他人身上。梅隆的母亲和他的前女友对此都感到吃惊：她们都觉得自己会是第一个受害者。最终，梅隆自恋式的脆弱所引发的暴行落在了这个 18 岁年轻女孩的身上，她“非常柔嫩而娇小的肉体”成了一堆漂在水里的肉。即便是在罪行发生之后，对于梅隆而言，蕾蒂西娅仍然是一个让他获得即刻满足的原因，一个“合适的”女孩，一个甚至“有点情色的”女孩。

对蕾蒂西娅而言，梅隆身上有一种吸引力，但这是一种大大方方的感情，一种对于饱经生活磨难之人的怜悯之情；一旦他表达性方面的需求，她便会感到厌恶。在勒加斯波的时候，她随梅隆的心意为他口交；而后，蕾蒂西娅停了下来，她有所反抗、有所挣扎。对梅隆而言，她的反抗是难以接受的，他感到所有的希望都破灭了，同时，他的自尊心备受挫折。白雁击退了狼，顽童羞辱了超人。蕾蒂西娅温柔，有亲和力，漂亮，招所有人喜欢。她是所有人都愿意拥有的女儿或者儿媳，然而，除去几个比他还要粗鲁的人，梅隆是唯一一个欣赏他自己的人。蕾蒂西娅立即成为了一个需要消灭的敌人。

梅隆的恬不知耻让人厌恶，却也具有一种能让自己迅速平复的自知之明，无论如何，他始终都明白，蕾蒂西娅是“一个绝妙的女孩，生气勃勃，坦诚而真挚”，“她身上带着某种痛苦”。弗兰克·佩雷的律师对此如此回应：“她是‘绝妙的’，他却肢解了她。”

49　古老的缺陷

蕾蒂西娅听梅隆的话，就像杰西卡听帕特龙先生的话那样。她们的顺从是否是男性的暴力在她们身上烙下的印记？在她的最后一天里，蕾蒂西娅有相当多的时候都在听命于那个会在未来杀害她的人。

然而，所有接近梅隆的女性不是预感到就是遭受过他的暴力。在1月初，这样的女性有过很多——收银员、妓女、酒吧或者夜总会里的顾客，她们都断然拒绝了他的挑逗，没有掉以轻心。克莱奥在庭审时讲到，梅隆试图在“蓝胡子”的厕所里亲吻她，她则把他推开了：“当他对我提出要求的时候，我感到害怕。我不想和他产生任何关系。”在酒吧里的争吵之后，蕾蒂西娅也很害怕。但是，她没有逃离，而是留了下来。

那一天，蕾蒂西娅一反常态。她最早的犯禁之举或许解释了其他的那些：酒精和毒品改变了她的行为，破坏了她的自卫反应，甚至是求生的反应能力。通过刺激或者解除抑制的作用，鸡尾酒在年轻的蕾蒂西娅身上造成了毁灭性的效果。

在离开“Key46”之后，我提议她去我住宅那里转一圈，看看我住的地方。她没有反对。

梅隆表面上没有强迫过她，但是，对于一个他这样年龄，还在监狱里度过了两年的男性而言，操控一个18岁的无知少女是个微不足道的挑战。他让人印象深刻，而她则易受影响。可以告诉她“不要这样做，不要那样做”的杰西卡身在他处，蕾蒂西娅最终被诱骗了。此外，由于摩托车不在她身边，她就没有了机动工具，只能依靠梅隆了。

但是，对她行为的这些解释太过简单。蕾蒂西娅或许无知，但是并不愚蠢，她知道禁止逾越的界线在哪里，她已经见识过劣酒和暴力、强烈的性欲望和恶言恶行，在凯文、斯蒂芬和威廉姆看来，她三次试图脱身。她通过电话向自己的男朋友吐露了真情；在后两位看来，她显得“沉闷”“焦虑”“伤心”，后悔干了某些她不希望干的事情。这没有阻止她停留在灾难之路上，这灾难在那一整天里都和她形影不离，它伴随着欺诈，以某种方式始于乔纳森的车子里。

在《冷血》中，堪萨斯调查局的调查人员们通过询问家人、朋友和邻居后理解了这样一点：“在这个广阔世界的所有居民里，最不可能被杀害的是克拉特一家。”那么蕾蒂西娅，这个平凡村庄里的平凡女服务员呢？如果她在2011年1月18日成了牺牲品，那么，这并非完全出于偶然。蕾蒂西娅不是一个被选定的受害人，而是潜在的受害人。如果说她曾为梅隆所吸引，那么她在他身上寻找的是一个哥哥、恋人、朋友还是父亲呢？让我们来思考三种可能性。

1. 被欺骗的纯真

尽管梅隆的经历和暴力与他人不同，但在那一晚，他的引诱方式却是非常典型的：海滩边的散步，关于手掌纹路的那些信口开河，酒吧里的饮酒，晚上的约会，夜间的闲逛。整个晚上，梅隆就是一个了不起的王子：可卡因、礼物、深夜的酒吧、香槟。因为这天是他的黄道吉日——他正处于性挫折之中，这时，他撞到了一个非常让人喜爱的女孩，认真、迷人、善于倾听，远远超过享受就业团结收入的瘾君子和平日里和他厮混的妓女。与他三个星期以来接近的所有女人相反，蕾蒂西娅并没有逃跑。

这个被安置在寄养家庭的女孩，他对她轻声细语地说些浪漫的话，聆听她说话，用手机为她照相，请她小酌一杯，给她购买在摩托车上御寒的手套，她不可能察觉不到如此多的尊重。梅隆和蕾蒂西娅，一段恋情的开始？他们的共同点自然在于他们的家庭历史，其中交织着决裂、抛弃、收容、学业的失败和不幸，还有极度衰弱的父亲形象。

梅隆没有对蕾蒂西娅说："跟着我，我将强奸你，杀死你，然后将你肢解。"而是对她说"我喜欢你"或"我也是，我的童年并不容易"。很快她便对他另眼相看了。她看到的是一个亲切的兄长、护理中心里的顽童、一个孤独而失意的男人，而不是一个凶恶的边缘人物、被啤酒和毒品搞得蠢头蠢脑的居无定所者。在海滩上，在"蓝胡子"里，他们或许谈起过他们的生活。梅隆也许向她展示了自己儿子的照片，这个小男孩再也没有爸爸了。"算一算这八年来我和他见面的时间，加起来总共是48个小时。有人偷走了我的父亲，现在又有人偷走了我的孩子。我处境不佳，但是我会好起来的。我在找活儿干，这样子，法官就会把我的孩子还给我。"

蕾蒂西娅或许想起她父亲来南特酒店看望她，还为她而感到骄傲。

在最后的时光中，她和她的家人亲密起来，“这让我的心里暖暖的”。她缺乏父爱、兄长的关爱，一个强壮的男性的友谊——而不是梅隆所期盼的风流韵事。蕾蒂西娅说过，她可以把某些东西带给受过生活重创的人，相比她自己而言，他们更像是受害者。

这种女护士的情结，来自于她天生的慷慨，这也让她觉得她可以帮助梅隆，反过来，他也能理解她的痛苦。为了让他高兴，就像妹妹之于她的兄长，就像女儿之于她的父亲，她做了所有他盼望她做的事情。就像那些心理学家们所言，她“担心自己被抛弃”的那些过去决定了她和他人关系的性质——有必要去引诱、挽留和吸引他们，如此，对方便不会抛弃你，就像其他所有人做的那样。

而调情在被盗的标致 106 后面的一片血泊中结束了。

2. 少年时代的解放

帕特龙家让蕾蒂西娅感到窒息。她无权做任何事情。一旦她晚回来一会儿，都会引起争吵。她对所有人都说她想离开，和她的爱人一起住到南特。这个时候，一个坏男孩突然出现了，这是一个目无法纪的流氓，把自己的生活毁得一干二净，就是他带着她接触禁忌之物。诱惑，刺激。这段罗曼史的开端也让这个年轻女孩在有意无意间填补了空白。

因为托尼·梅隆就是年轻时候的弗兰克·佩雷：他们都有一段在酗酒的父亲和护理中心间颠沛流离的破碎童年，小小的违法之举，随时随地的拳打脚踢，突如其来的暴力，但也有开诚布公和承诺，似是而非的安全保障形式，某种争强斗勇的感觉，让生活更加滑稽的一点疯狂。尝试毒品，在夜间酒吧里闲逛，坐一个陌生人的汽车，在午夜后回家：挣脱帕特龙的束缚，同时又忠于佩雷精神的绝佳方式。这就解释了为什么在整个星期里，一到22点的时候，在肮脏的酒吧里，在醉鬼中间都会出现一个女顽童。当德朗德夫妇第二天从一个顾客那里得知此事时，他们并没有信以为真。

梅隆对蕾蒂西娅而言就是一个代表自由的形象，而她既缺少关爱，也没有自知之明，她的防范系统从她童年起就失灵了。蕾蒂西娅慢慢地有了变化，她发布在脸书上的信息表明她还处于少女时代，她把梅隆视为让她成熟的加速器，全新的、让人战栗的未来，陌生的相知。同样，《一切闪亮之物》中的时尚女郎在不可企及的世界边缘盘桓，时刻准备在第一个赌徒到来之际就与他坠入爱河。蕾蒂西娅疯狂地希望被爱，强烈地希望受到别人的重视，但是她也希望解开缆绳。梅隆可以用激情的替代物来引诱她：一辆破烂的标致106代替了双座奔驰，勒克莱克的手套代替戒指，波尔尼克的“Key46”代替第五大道。

但是，这一启蒙应该终止于何处？即便拉维奥莱特女士也在法庭上回答说：“在寄养家庭里，这些年轻人面对的困难都与日俱增，他们多年来情形相似，这也是为何他们都渴望自由。蕾蒂西娅本来是可以克服的，她只是缺少边界。”蕾蒂西娅最终掌握了独立性，但不知道如何认识到它的界线。数小时之内，她以未曾预料到的速度失去了方向，好像在大海上一样，被围绕着，切断了和平稳陆地的联系。蕾蒂西娅被淹没了。

但是，没有必要让儿童社会救助厅和年轻人冒这种欠考虑的风险。回顾一下过去的那些年，那些让我们烦恼的日子，让我们迷失的萧条时代。法新社的记者亚历山德拉·蒂尔卡有一天向我吐露：“蕾蒂西娅是和我们过去一样的年轻人，一阵阵的忧郁，有时候是绝望。我们意识到，我们有过很多机会可以重新站起来，重新打起精神——她却没有。”

3. 死亡的呼唤

在我们冒险的日子里，一道难以察觉的微光将我们拯救：我们对父母的爱，对我们的死亡会给他们造成的悲伤的恐惧。我们因此在悬崖边停下了脚步，我们往回走，我们找到了回家的路，但并不后悔在未知世界里迈出去的那些步伐。

但是没有什么拦下蕾蒂西娅。谁会挽留她？爸爸喝啤酒打人，妈妈吃药睡觉，帕特龙先生教训人、摸屁股。蕾蒂西娅继续走下去。她的创伤记忆暗中指引着她。当好斗的男人向你们发号施令，你们就向他们屈服了；当他们要举手打你们，你们就处于晕厥状态了。危险与恐惧产生了某种冷漠，好像你们的精神蜷曲成了一团。你们的意志停滞了。这事发生在你们头上，但却好像是别人的事。

蕾蒂西娅的命运表明，有些儿童生命很脆弱。他们时时刻刻处于危险之中，即便有专业技能合格证书、摩托车、头盔、手机、银行账户和工资。

蕾蒂西娅3岁的时候，她母亲这样说起她：“我怕她会被她父亲杀死，因为他不喜欢她。”此后，她被称为“牢骚精”“小东西”。在她生命的最后时刻，蕾蒂西娅变得脸色苍白，她的苦涩更甚以往，她向罗拉坦白，她被自己的养父强奸了。她写了三封诀别信，她捐出自己的物品和器官；在她失踪前的一个星期，她一遍又一遍地告诉姐姐她爱她；1月15日，她把自己的那本马的画册给了安娜伊。

蕾蒂西娅羊入虎口——1 月 18 日星期二——的方式有一丝自杀的意味。这并不是说，她借由陌生人的手臂献上了自己的死亡。她通过电话表达的后悔，她通过短信表达的反抗（“不，更严重”），她离开标致 106 时的愤怒，她骑着摩托车回去，而梅隆捕捉到了她，一切便都截然不同了。蕾蒂西娅渴望活下去。相反，她却自投罗网，从 17 点直到午夜，这是她童年悲剧的回响。

掉入陷阱的动物会被吃掉。

在命运面前屈服，陷家人于惊慌中，从索福克勒斯到福克纳一直如此。

向人类法则低头。

蕾蒂西娅便是这样的一个承继者。如果梅隆像她的父亲，她难道不就是她自己的母亲吗？脆弱而无力，注定要遭遇用剪刀划伤她、强奸她的男人。

她甘愿重蹈覆辙，她接受了。

“无论如何，我不在乎，我已经死了。”

即便在碰到梅隆之前，蕾蒂西娅也已经走投无路了。她不是被她的养父侵犯了吗？就像罗拉证实的，她在海滩上把此事告诉了她。她足以认识到帕特龙先生在现实中是什么样的人，什么样的“感情”把他推向杰西卡和儿童社会救助厅里的小孩。自此往后，蕾蒂西娅便陷入一种难以忍受的处境：如果她离开了住处，她就会失去自己的姐姐；如果她留下来，她便是认同自己的不幸，将自己的命运纳入帕特龙先生为她们建造、离他家只有两步之遥的房子里。她们能强大到足以进行反抗吗？

*

最后，蕾蒂西娅说不，向梅隆说不，向权威说不，向可卡因说不，向替你们做的决定说不，向威胁、骚扰、殴打、强迫的性关系说不。她要求他带自己回拉贝讷里镇。

她靠在标致106的车门上，眼睛对着眼睛，向他宣布要对他提出控告。她说了不，声音清晰而有力，没有犹豫，没有害怕。这让她付出了生命的代价。

她死的时候是一名自由的女性。

她的离开解放了杰西卡。蕾蒂西娅的死亡给了她的朋友们起诉帕特龙先生的勇气。在她妹妹和她朋友们的帮助下，杰西卡逃离了罗杰尔路边精心修剪的篱笆。

她作为自由的女性而活着。

50 女性之死

蕾蒂西娅同时遭到了殴打、刀刺和绞勒。她被金属锯子肢解，她的尸体被存放在垃圾箱里，然后被扔进河中，葬身鱼腹。蕾蒂西娅被“过度杀害”：在短短几个小时之内，一个朝气蓬勃的年轻女孩成了一堆肉——血肉模糊的四肢、被砍下来的头颅、绑着矿渣砖的躯干。一系列事件都始于那次被打断了的口交，这一毁灭则给它们画上了句号：蕾蒂西娅作为女性而死去，她身上存在着一个有待被降服、战胜和消灭的女性。杀害蕾蒂西娅的这一罪行既是惩罚也是报复，饱含对女性的厌恶。

我的妻子热泪盈眶地告诉我：“她还是她妈妈怀里的婴儿。”我回答说我无法确定：从一开始，蕾蒂西娅的生活就是一片混沌，就被撕裂了。但是，我的妻子是对的。西尔维娅·拉尔歇要求看一看她女儿尸体的照片。她的律师和心理护士对此犹豫不决，但是拉尔歇夫人坚持己见，最后她成功了：她想陪着自己的孩子，一直到最后。

*

在庭审上，必须把这一切都讲出来。法医一个个上庭，他们必须对那些陌生并与现实脱节的术语做出调整，诸如“创伤史”“夹钳机构”“脖颈骨软骨结构”之类。

必须看看拉沃和布里奥尔的照片：被切下来的四肢，瘀伤累累并且被装在罐子里的头颅，绑在矿渣砖上的躯干。人们潜入池塘，潜入这片被肃穆的绿橡树所包围的恐怖之湖。

当尸体照片被逐一展示的时候，梅隆面如死灰，大家都觉得他在哭。他会开口吗？不久之后，主席决定暂停审理，好让大家能喘上一口气；当庭审继续进行的时候，梅隆又开始强颜欢笑了。

从验尸到开庭的这段时间里，梅隆编造了新的故事。在摩托车事故后，他用一块篷布将没了生气的蕾蒂西娅裹了起来，把她装进后备箱里，但不幸的是，她因此而死于窒息。为了让人相信这只是一次无耻的绑架，他承认用刀捅过她，不过捅的是尸体。用刀去刺一个已经死去了的受害者？对于这是一个活着的年轻女孩——即使她昏厥了过去，还是一具尸体、一具没有了生命的躯体、一块重量在下降的死物，完全不加区分？梅隆的说辞是他的“逻辑混乱了”。那么勒颈造成的痕迹呢？这是在勒加斯波的口交之后干的，但是这个发泄怒火的举动只持续了几秒钟，并没有造成死亡。那么蕾蒂西娅因反抗而在手上留下的伤痕呢？她可能是在后备箱里受的伤，因为里面有废铁。

不久之后，他向一个他不愿意检举的朋友寻求帮助。这个 X 先生告诉他，他们要“像德克斯特”一样行事，这是美剧[1]里的一个英雄，他白天是法医，晚上是连环杀手，知道如何让尸体消失。这个同谋让

[1] 指美剧《嗜血法医》(Dexter)。

他拿来一把锯子。梅隆"从她的左臂开始"，但是没能继续下去，而后X先生干了他的活。

梅隆自己也同意这个说法非常荒唐，"完全是胡说八道"。无论如何，这不符合他喜欢赋予自己的那个形象：受害者、无赖和骑士兼备。在取走了蕾蒂西娅的性命之后，他又通过谎言，拒绝给她一个体面的死亡。

必须忍受犯罪分子为赢得"光荣"而进行的演出。公众在法院大楼前排队，以便一睹所有媒体都在谈论的庭审。法庭里人山人海，人们不得不增加了一间播放转播的房间。梅隆知道这一切，他的傲慢和权力感在增强。他愉快地谈着性和死亡。勒加斯波的口交故事为他带来了快乐，而这种快乐更多地源于他在观众之中造成的恐惧，而不是他在那一晚所感受到的那种快乐。一个精神病学家说："他知道自己能制造恐慌，这是他所依靠的力量之一。"在被告席上，梅隆追忆用刀捅人的场景时，胯部扭动了起来。

塞西尔·德·奥里维拉向我解释，男人对女人的谋杀经常是异常暴力的肢体对肢体的接触，这是一种在性关系受挫后去占有女性的方式。爱欲和死欲。在法医雷诺·克莱门看来，勒颈是一种包含了性的犯罪。蕾蒂西娅的嘴里出现了前列腺液（而非精液），这就表明不存在射精。之后的暴力发作是和这种受挫联系在一起的。谋杀是一种报复：没能射精的男人就会大肆屠戮。

梅隆回应之冷漠，让观众不知所措。当法律顾问告知他，他总共捅了44刀时，他惊讶地回答说：

"44刀？嗯，是啊……"

之后，主席观察到：

“受害者的躯干和矿渣砖加起来有 51 公斤重。很难搬运，梅隆先生。”

“这是一袋水泥的重量。”

他只确认了口交和刀捅。他既不承认谋杀，也不承认肢解和两次沉尸，并把一切都归咎于 X 先生。他承认的是，杀死蕾蒂西娅，并看着生命在她身上消逝，这让他快乐——从“他的”受害者那里取得的终极奥秘。

“你一生中哪一段记忆最糟糕？”塞西尔·德·奥里维拉问道。

沉默。几秒钟之后：

“我在这个案件中所做的事情。”

另一天，她回到了罪责问题：

“你是什么时候捅刀的？”

“1 点之后，1 点 30 分。”

“那时的月亮是什么样子的？”

“红色，很清楚。”

最后，必须询问法医蕾蒂西娅是何时遭受的伤害。

“就疼痛程度而言，”塞西尔·德·奥里维拉问道，“您如何确定蕾蒂西娅受到的伤害？”

“疼痛也是极其重要的，将近 10，”雷诺·克莱门回答道，“但是，存在着一些压力源，它们消除了疼痛，可能让它降到了 0。”

“蕾蒂西娅是否知道她将死去？”

“可能存在认知的丧失。濒死状态并没有持续很久，在 1 分钟到 1

分 30 秒之间。”

拉尔歇女士离开了房间。

*

在案件的开始，当宪兵在卢瓦尔河里，在坑坑洼洼的道路上，甚至在干草堆里搜寻蕾蒂西娅时，梅隆则在他的牢房里冷笑。在白色游行期间，帕特龙一家的律师表明了他的看法：“如果他最终没有离开人类群体，那么他就无法不告诉我们蕾蒂西娅在哪里。”梅隆还是保持沉默：除谋杀之外，他又进行了羞辱、嘲讽和猥亵，以及对蕾蒂西娅的非人处置和对其亲人的鄙视。

必须为梅隆进行辩护。我想说的是：存在着一些男人和女人，他们准备好了为那种人辩护，必须为此感到欣慰。“为所有人辩护。”阿尔贝·诺德律师说。1977 年，在奥布最高法院，巴丹戴尔和博济勇光荣地救下了一个杀害 7 岁孩子的凶手的命。因为必须直面他：换言之，梅隆将被判死刑。而为他辩护，尽力为他辩护，这也是维护某种正义理念的方式，它反对所有死亡的叫嚣、仇恨的叫喊，“我赞成”和“法国在害怕”之类的恶俗理由。

自大狂、操控者、累犯、“心理变态”，人们在庭审上说，托尼·梅隆没有离开人类群体，正因为前述属性为人类所具有。反过来说，他永远不会离开自由人的群体：他准备好了在监狱里度过余下的日子。他在庭审上的态度和他的这种想法相关联。而调查已圆满完成时，缄口不谈蕾蒂西娅的下落成了隐瞒和脱身策略的一部分。在一切水落石出时不承认谋杀，在讲述肢解时不表达悔恨之意，把手插在口袋里，这就导致了另外一种逻辑：把监狱视为唯一的前景。

梅隆熟知有关监禁的那一套：表现出“尊重”，必要时使用暴力，因其“伟大功绩”（2003 年的三次持械抢劫）而被熟知，具有“男子气概”（纠缠性侵罪犯），不“供认”他的同谋（他所谓的 X 先生），嘲笑他的受害者（“用剩下的部分做一份鞑靼牛肉”）。在《法兰西晚报》上，他某一次持械抢劫中的受害商人回想起了他嘲讽的笑容，他在那时候还只是一个搜刮钱财的瘾君子。在诉讼中，“他经常看自己的手表。人们清楚看到，他什么都不在乎”。

在 1997 年强奸了他的狱友之后，梅隆挖空心思不让自己沾上鸡奸者的名声，不让别人知晓其中情形。在监狱里，他是一个公众人物，一个硬汉，别人不应该去招惹的人。从遭受询问直到庭审，他没有任何时候对揭示真相提供过帮助。2013 年，他的筹码还不是承担自己的行为，或者对自己造成的痛苦表达悔恨，而是筹备未来：在中心监狱里，萨科齐时代的这位头号公敌将要装点自己的名望和罪行的冷酷。

是否存在疼痛的尺度？是否存在恶的尺度？

托尼·梅隆被判终身监禁，包含 22 年的最低刑罚以及安全扣留。因为他有权利，他便进行了上诉。

51 黑夜里的沉默

死亡证先于埋葬证签发，它明确指出："蕾蒂西娅·佩雷小姐的死亡发生在2011年1月19日，地点至今没有得到确定，其死亡事实被确认于2011年2月1日的卢瓦尔河畔的拉沃（地区编码44）。"

蕾蒂西娅并不是在种族屠杀中失踪的，但是，在读到这些字句的时候，我不禁想到了让-克劳德·格兰贝格[1]《车间》中的悲喜剧场景，一个年轻的寡妇最终在1949年获得了宣告她丈夫"死于塞纳省德朗西"的一纸文件。她的同事们愤愤不平："为什么不简单地写出真相？"在蕾蒂西娅一案中，如果我们知晓真相，便会把它写下来。但是我们不知道她在哪里、于何时失去了生命。我们只知道她差点不能下葬，她自己也不会知道。

谋杀发生于1点05分，也就是绑架的时间（这个年轻女孩的手机最后一次触发波尔尼克的基站）和2点13分之间，梅隆的手机触发了雷茨地区阿尔通的基站（他回到了勒加斯波）。把活着的她带回沉睡的

[1] 让-克劳德·格兰贝格（Jean-Claude Grumberg，1939— ），法国剧作家，《车间》是其1979年公演的话剧。

村庄风险太大，就算只是为了强奸她。

1点10分，帕特里克和杰夫从他们的车里看到罗杰尔路边那辆出了事故的摩托车；标致106刚在“蓝胡子”最后一批顾客的眼皮子底下以全速穿过了拉贝讷里镇，而蕾蒂西娅就在车子的后备箱里。1点42分，蕾蒂西娅的手机关了：要么是手机电池完全耗尽，要么是梅隆切断了电话，比如把电池从手机中取了出来。1点54分，威廉姆给蕾蒂西娅发送了最后一条短信：“你让我害怕，回复我，我太依恋你了，我不想失去你，求你了，我爱你，你是我唯一的朋友，我太喜欢你了，没法失去你，我爱你。”在蓝洞的泥浆里找到的手机上，该消息被标记为“未读”。

就手机一事，梅隆承认：“它还在她那里，之后才被我拿走。”如果我们承认是他在1点42分关闭了手机，我们就可以设想，谋杀发生于1点30分左右。蕾蒂西娅在标致106的后备箱里待了超过20分钟，她的脚踝受了伤，脚是光着的，她躺在了黑暗的至深之处。也许存在过强奸或者强奸的意图，而浸泡在布里奥尔德池塘里的两个半月让真相无迹可查。

谋杀的地点未知。梅隆确认，在把蕾蒂西娅装入后备箱之后，他驶入一条位于拉贝讷里镇和D66之间的路，接着是一条土路，直至一片小树林，他在那里刺伤并勒死了她，他想做手脚，把摩托车事故嫁祸于流浪汉。我们可以想象，蕾蒂西娅被拖出后备箱，接着被扔在地上，最后惨遭杀害，而梅隆就跨在她身上。总之，这是一起室外谋杀：这种暴力的迸发需要空间，如此，殴打才能更加激烈，更具力量。此外，如果蕾蒂西娅是直接在车上遇害的，那么座舱的高处应该会染上污迹。如果她的尸体随后被装进了后备箱，那么也会有血液流出。

蕾蒂西娅的意识是清醒的，她因自卫而在手上造成的伤痕证实了这点。

我们也可以想象，从蕾蒂西娅在1点05分被绑架到1点30分死亡的这段时间内，她在小树林或者在标致106的后备箱里陷入了惊恐，这是一种纯粹的恐惧。她力图逃生，她呼喊着，脚蹬得咚咚响，手顶着标致106的铁皮。梅隆停了下来，在车子外面蹦蹦跳跳，醉心于仇恨的他决心做个了断。

我们可以想象一切。

*

这个晚上，我长时间难以入眠。因为酷暑，加上我的女儿们都去参加夏令营，我的神经质就发作了，但也是因为我想到要写下这一章。

我坐在敞开的大窗子下——就在5年前，夏天的一场暴雨破窗而入，在夜晚静止的空气中，我在信封背面写下了这几行字。接着，我决定停笔，因为在那些惊叫停止之后，乡村小路上的寒夜里只剩空无和寂静，再没有什么其他东西可以写了。而且，您已经什么都知道了。

我把信封贴在了我的电脑上，然后就像杰西卡、帕特龙先生和那个女邻居一样躺了下来，因为我知道自己别无他法，就和数年前的他们一样。

52　不公正的范围

离我在塞西尔·德·奥里维拉的办公室里认识杰西卡已有两年之久了，当时我对她承诺说："我不会提悲伤的问题，只会有些欢快的问题，生活中的问题，就好像蕾蒂西娅还在我们身边，好像她就坐在椅子上，略微退缩，还有些赌气，或者只是害羞而已。"

有一天，在一家咖啡馆里，我们玩着问答猜谜游戏。

"如果她是一朵花？""一朵百合花。"

"一道风景？""大海。她有吸引海蜇的能力，蕾蒂西娅，她在海蜇中间游泳，这些含水的小幽灵让她害怕，她开始呼救，直至我到来。"

"一个地方？""她的房间。"

"一句骂人的话？"杰西卡叫嚷起来："在帕特龙夫妇家里，我们从来不说脏话。但是碰到某些状况，还是会说很多脏话。"

"一种颜色？""蓝色。她喜欢蓝色，也喜欢红色和黑色。除了黄色之外所有的颜色。"

"一道菜？""她厌恶抱子甘蓝和莴苣烧火腿。在所有的'和路雪'蛋筒中，她只喜欢圆锥蛋卷。必须吃掉球，把蛋卷留给她。"

"一首歌？""她觉得她很匹配《生之乐》。"

*

还有一次，杰西卡离开精神病院，我把电脑收到她的盒子里，然后谈起了她自己。她很高兴。她的指甲被啃咬过，穿着深蓝色的长裤，洋溢着青春的气息；橙黄色的发绳从她剪短的黑头发上荡下来。她女友刚和她分手，但女友的母亲向她保证，她家的大门会一直为她敞开。在精神病院里，医生没收了手机和带锐角的物品。青年救助中心的日子结束了：她搬到了一间55平方米大的公寓里独自生活。她睡在一张充气床垫上。她的监护人每个星期给她100欧元让她购买食物和衣服。她想取得驾照，但还在考交规，“不大好懂”。

在帕特龙先生受审后，杰西卡被完全赶出了家门。她被看成是一个罪人，一个荡妇。一天，她给马里斯发去了生日祝福的短信，她回复道：“我们已经把你忘了。”最沉重的攻击来自于帕特龙的一个女儿，她在她父亲的庭审上说：“如果蕾蒂西娅自杀了，这是因为她的姐姐是同性恋。”

有时候，当杰西卡想看看自己的妹妹，她会从帕特龙家的住所前经过，从大门上往里面看一眼，为了能看看车子是否还停着，或者里面是否有了变化。她很愿意看到他们，但他们并不乐意。在她的嘴里，“咪咪”和“小狼”被“夫人”和“先生”所取代，就好像是佣人的口吻。那时候，帕特龙先生的姐妹让他们在大卖场的出口处看管一个人道救济展台。杰西卡想起来，她在去年圣诞节的时候买了一个给婴儿用的水壶，并把它送给了展台处的人。

杰西卡不得不中止了潘伯夫的心理学家卡尔女士的治疗——省议会不愿再支付出租车车费。

在上诉的前一晚，杰西卡给父亲打了一个紧急电话，她想看看蕾蒂西娅。他们在深夜去了拉贝讷里镇的墓地。

作为赔偿，杰西卡将因妹妹的死亡而获得50 000欧，帕特龙一案则有20 000欧。

杰西卡为没有救下蕾蒂西娅而自责，为没有在她被绑架的那晚听到她的呼救而自责。在她们父亲把她吊在半空的那天，杰西卡还太小，没有办法去帮她。但是那时，她已经长大了。她本可以救她。

她每时每刻都在思念蕾蒂西娅。快乐的事情和伤心的事情。她想和她在一起，对她说："你还好吗，你最近怎样？"她不时地梦见她。天气很好，她们在海滩上，她们一起游泳，这是她们过去的生活。但是也有噩梦：杰西卡和梅隆、帕特龙先生在一艘船上，蕾蒂西娅正在溺水，而这两个男人袖手旁观，仍在甲板上聊天。另外一个噩梦：梅隆对她做了他对蕾蒂西娅做的事情。醒来的时候，她摸摸自己："啊！我还活着。"

*

杰西卡活着走出了火圈。她战胜了宿命与死亡。她依旧是她妹妹的双胞胎，但是她属于世界的这一边。

中午的时候，上百个公职人员拿着盘子在她面前走过，然后品尝了她削的黄瓜丁、她切丝的胡萝卜。陈列架上，是她仔细摆放的小玻璃杯。如果他们知道，潜伏在这个微不足道的年轻女孩身上的，正是我们这个时代的英雄，她具有的道德力量在大大小小的生命磨难中都堪称楷模，那么整个饭店都将拜倒在她脚下。在杰西卡这样的人面前，谁也不能再被称为这方面的领军人物、那方面的教授，大家都是微小的人类存在，都谨小慎微地前行着。

作为具有人性的人，是很难承受蕾蒂西娅的痛苦的，从一个被德国牧羊犬保护的婴儿到一个左右为难、无法说出自己痛苦的顽童，再到因为无法再承受四周的谎言而捐献出自己唯一一本书和器官的少女，就是这个年轻女孩，她那被肆意刺伤的“半身”就漂浮在池塘里。

作为男性意义上的人，这甚至更糟。如果我在杰西卡身边时常感到窘迫，这是因为我是一个男人，而她生命中遇到的男人都给她带去了痛苦。男人，就是那些用剪刀解决争端的人，用拳打脚踢让你们惊惶不安的人，让你们拿着餐巾纸好让他们把精液射在上面的人，刺伤你们的人，就像处理鸡肉一样捣碎你们脖颈的人。在他们眼里，你们要么是被用来取乐的东西，要么是出气筒。还有就是那些部长、领导，也就是那些在电视上讲话的人，他们下达命令，他们是有理的，他们谈论到你们，谈论着你们，对你们夸夸其谈，就你们夸夸其谈。最终，赢的总是这些男人，因为他们把你们变成了他们想要的样子。

我第一次对自己的性别感到羞耻。

我说的是知识分子的法语，这种太过僵硬的方言无法畅行于由社交网络、推特、表情符号和手机短信组成的柔软机体中。杰西卡说的是大众的法语，夹杂着西部地区的俚语。她把“这个下午”说成是“这太让我头痛”和“下昼”，使用“蕾蒂西娅离开时”这一委婉的说法。她在简洁并且从不署名的短信里说，“我们保持联系”“这对我来说是约会，但我需要时间”。我是一个说话的人，而她是一个谨慎的人。她呆板，而我灵活。然而，我们最后能聊得起来。我们在谈话中度过了快乐的时光，这种相会让我们都变得心平气和。

我从来不给杰西卡打电话，从来不知道她住哪里。有一次，在为了一些诉讼程序的问题见了杰西卡之后，塞西尔·德·奥里维拉告诉我说：“她把你叫作‘作家’，很信任你。”我对此感到莫大的欣慰。

我为能认识塞西尔·德·奥里维拉和亚历山德拉·蒂尔卡这样的女性而感到骄傲。律师、记者，这是些严肃而沉重的职业，“不适合女人”。你们是否知道法学博士珍妮·舍凡（Jeanne Chauvin），1897年，当她出现在巴黎上诉法院，准备进行律师宣誓时，她在一片哄笑声里被赶了出去？律师公会直到1900年才开始接纳女性，三十年之后，选择这一课程的学生中只有18%是女性。1946年，也就是法国女性拥有选举权和被选举资格的两年之后，律师才不再是男性的专有领域。什么是解放？解放就是可以去工作，有投票权，处置自己的身体，能够进行性选择，过自己的生活。

我时常想念杰西卡。她害怕一切——她的父亲，晚上独自回家（“想着听到的一切”），抽烟、喝酒、庆祝——最后一次她妹妹喝了杯香槟，这让她付出了生命的代价。我想帮助她、关心她、照顾她，带着她去宜家购买床绷和家具，就像对我们自己的孩子一样，给她足够的力量，让她能够继续行走在一个人的路上。但是，杰西卡谁都不需要。碰到紧急情况，她还有自己的父母、她的叔叔、她的监护人、她的律师、她的同事、她的女朋友、她在拉贝讷里镇的朋友。杰西卡只需要她的妹妹，而被分成六块的她正躺在粉色大理石下面。双胎妊娠是一种极其精妙的平衡：没了“弱的”那个，“强的”那个就会迷失。

*

蕾蒂西娅直至最后都是男人的猎物；杰西卡走运的地方在于，她知道自己对于他们无所期待。

蕾蒂西娅一案揭示了21世纪里堕落男性的幽灵，男性的专制，畸形的父亲身份，还没有死去的父权制：酗酒的父亲、神经质的人、感情丰富而多愁善感的骗子；猥琐的父亲，眼神直勾勾的恶棍，在角落里乱摸你们、满嘴仁义道德的父亲；吸毒成性、满嘴谎话、试图操控一切的帮派分子、永远成不了父亲的人、用赤裸的双手处刑的兄长；长官、有权势的人、总统、决策者、诱人的权力。震颤性谵妄，过度热情的毛病，致命的爆发，民粹主义罪行：四种文化，四种男性堕落，四种英雄化暴力的方式。

但是，我们会说，我们无法合乎情理地主张，梅隆等同于帕特龙和萨科齐。这是自然的。我说的是在各自领域里的暴力。既然存在着“公正的范围”，那么也存在着不公正的范围，充斥着谎言的家庭，操控的手段，强制的空间。我们不是生活在一个银行家盗窃街角摩托车、小流氓洗钱乃至偷税漏税的世界。没有人期待持械抢劫会置司法独立于危险中，或共和国总统会在深夜勒死一个年轻女孩。每个人都因为自己的理由吞食暴力：找乐子，主宰，荣耀，力量。每个人都在能力范围之内损害社会机体，伤害社会，给公共秩序制造麻烦。每个人都在自己的行为中犯错。

国家并不是一个带有性别歧视、实行父权制的怪兽。像马蒂诺、德索内特、龙桑和图谢这些人，他们在整个调查过程中都受真理的激情所驱使。它并不是由诅咒和辱骂表现出来的，而是通过一种被右翼国家的规则所包围的理性。就如龙桑在法律面前默默无闻，图谢也是一个不为人知的人，马蒂诺可以整日阅读报告或者回复电话。所有人都认为应该完成自己的职责。我认为，因为为蕾蒂西娅带去了尊严，他们应当被感谢。

但是，我自己不就是一个男人吗？我不只是一个有资质的学术权威，我是一个社会科学方面的作家。我不代表谁，我对你们进行调查，对你们生命中那些惨烈的悲剧进行调查，我投入于你们的秘密中去，我重新打开了你们的伤口，我询问你们的亲友，我试图揭示你们生命的意义。然而，出现在一本书中，看到自己被表现出来、被解剖、被说明、被公之于众，这是一种暴力的形式。

我不仅仅是一个男人，而且也被看作一个具有权威的人（头发花白的大学教授、巴黎人，等等）。面对具有权力的权威们，大家自扫门前雪，等着这一点得到验证：和他们产生关系一般来说并无好处。

杰西卡依然老实而沉默寡言，从来不会头一个拿起话筒，她等着，好知道其他人会说出些什么。她那僵硬的笑容，在等待中所表现出来的木然，这是内在的恐惧，长久以来养成的反应，对童年的回忆构成了所有行为的结构。对权威逆来顺受；对别人向她提出来的问题——具体的、有指向性的问题，他们脑袋里藏着自己的小主意——会三言两语、态度温顺地作答，她自童年以来便习惯了被询问、被观察、被猜测、被辨别，她是半透明的、脆弱的，就像蝴蝶的翅膀一样。一开始是儿童事务法官、社会救助工作者、护理中心的感化教育工作者、心理学家、养父母，而自2011年开始，就是宪兵、医生、专家、预审法官、最高法院主席，位于名单末尾的是社会历史学家，他请她在市中心的咖啡馆里喝一杯可乐或者热巧克力，旁边放着他打开的电脑。

我获得了杰西卡和她近亲的知情同意；我尽一切地尊重他们说的话、他们的尊严、他们的痛苦；我用化名代替了几个真名；我沉默着回避了仇恨和斥责；在提笔之前，我是一个倾听者。但是，我不能否认自己卷入了其中，而且笨手笨脚。我们进行一项调查而又能置身事外，这并非易事。

杰西卡在梅隆的上诉中作证之后，我过去看望她，在布列塔尼亚议会的楼梯上，我告诉她说，她让我流下了眼泪。她带着调皮的笑容回答我说："太可爱了，一个流泪的男人！"

*

杰西卡，我们的女儿。她早上起床，她出门上班，她练柔道，她努力考取驾照，她有一个女朋友，这已经是对金科玉律的一种胜利，对绵延至今的臣服机制的一种不易察觉的消耗。一个背着背包行走在城市里的无名年轻女子。为了两个人而坚持的抵抗者。但愿她能原谅我们。这本书是献给她的。

53　第二天

在庭审上，梅隆推翻了自己在写给预审法官的信里的说辞，承认他在同谋X先生的帮助下肢解了尸体，并把它沉入水里。我有义务给他的这一辩护策略留出一些篇幅。但是我也有义务不去相信他的说辞，并将调查人员确定的事件过程呈现出来。

2011年1月19日，周三

在给蕾蒂西娅发送了一条假的道歉短信之后，梅隆昏睡了几个小时。他在黎明时醒了过来，跑去邻近的田里挖坑，和贝尔蒂一起偷来的卡车则被丢在了半路上。地面非常坚硬。

在昏暗里，杰西卡看到了侧躺在地上的摩托车，钥匙还插在点火开关上。

“小狼，小狼，蕾蒂西娅的摩托车躺在地上！”

杰西卡在汽车后面哭泣。蕾蒂西娅的手机转到了语音信箱。到学校后，她一头扎进了凯文的臂膀里。

梅隆疲惫不堪，便用可卡因和啤酒来提神。蕾蒂西娅的尸体躺在血泊里，在后备箱深处蜷曲着。

在罗杰尔路上，宪兵看守着犯罪现场。驯犬师赶到该地区，开始对四周田野进行全方位搜索。一架直升飞机在这片地区上空飞过。弗朗茨·图谢收到了调查组同事的通知。

杰西卡在帕特龙夫妇的陪同下，来到波尔尼克的宪兵队作证。

在库房里，在涂料罐和生锈的废铁、破裂的轮胎和煤气瓶之间，梅隆脱掉了蕾蒂西娅的衣服。他来到一件桃花心木色家具的旁边，把她搁在了一块木板上，她的脸对着地面。

在波尔尼克的宪兵队里，调查人员依次传唤了威廉姆、斯蒂芬、凯文和安东尼。根据南特酒店一名顾客的说法，蕾蒂西娅前一晚去了“蓝胡子”。

梅隆使用了锯子。肱骨，椎骨。他的牙齿咬得咯咯作响。

他把尸体碎块分别装进两个黑色塑料垃圾箱，原来放在标致 106 长椅上的这两个垃圾箱被堆在了后备箱里。切掉了四肢的尸体则被放在那块木板上，和一块矿渣砖绑在了一起。完整的尸首太庞大，无法同时放在标致 106 或者垃圾箱里。

圣纳泽尔的检察官准备好了调查的司法支持：“绑架和非法监禁。”

在 13 点到 14 点间，勒加斯波的一个邻居听到库房里传来低沉的敲击声。梅隆给贝尔蒂打了一个电话，约定在亚特兰蒂斯见面。

他上了路，两手肮脏，裤子上沾满了泥土。从 14 点开始，他的手机在谢梅瑞、布格奈、圣埃尔布兰和亚特兰蒂斯的基站范围内。在购物中心的停车场上，“亢奋而多疑的”他对贝尔蒂说出了实情：

“我干了一桩蠢事。”

国家宪兵队刑侦所的飞机在当地的一个机场降落。

梅隆驾车驶向拉沃的池塘，他年少的时候曾在那里游泳和钓鱼。15点刚过，他的手机触发了库厄龙的基站。

宪兵在帕特龙家里的客房里进行了搜查，取走了蕾蒂西娅的牙刷和发梳。

15点30分左右，梅隆在蓝洞岸边做了一个捕鱼篓：他把一块巨大的铁丝网、黑色的绳子、矿渣砖、四肢和头颅都搁在了草地上。当捕鱼篓准备就绪后，他就把它从陡岸上推了下去，并把半个手机扔到了远处。池塘起了涟漪。当捕鱼篓触底的时候，水面也恢复了宁静。

在波尔尼克的大队里，调查人员将蕾蒂西娅的手机和银行卡置于监控之下。

为了取走躯干和矿渣砖，梅隆应该再次经过了勒加斯波。他在半路上停下车，喝了一杯啤酒，还买了包烟。他在科尔德迈加油，总共往副油箱里倒了有十来升：在科尔德迈的这座加油站，本该由加油工来为顾客提供服务，然而，当有人开着一辆偷来的汽车，后备箱里还全是血的时候，他不大可能让加油工来把油加满。

梅隆驶过谢维雷桥，穿过了卢瓦尔河。

雷茨地区拉贝讷里镇一个年轻女孩让人不安的失踪

（《法兰西西部报》，2011年1月19日，16点53分）

梅隆从勒加斯波出发，一路避开交通干道，驶往圣佩尔港。夜晚降临了。靠着布里奥尔池塘的小路上荒无人烟。躯干消失在了黑色的水中。

卡尔女士到帕特龙家里来支持杰西卡。

亚历山德拉·蒂尔卡说服她的上级，发布了电讯：

波尔尼克一个年轻女孩失踪后的重要调查

（《法新社》，2011年1月19日，18点39分）

在波尔尼克，宪兵确定了白色标致106驾驶员的身份。他们还和库厄龙的同事取得了联系。

一回到勒加斯波，梅隆就用剩下的油点燃了火炉。他烧掉了蕾蒂西娅的衣服——牛仔裤、紫红短上衣、带毛皮的外套、内衣、印有白色和蓝色阿拉伯式花饰的头盔、帕特龙夫人的耳环——还有用来切割的木板和工具。

> 我开始着手清理，我把汽油洒得到处都是，我太疲劳了，小道上冷极了，我点燃了报纸、外套，所有的东西，木板，所有这些东西，我去洗了个澡，换了衣服，我也烧了自己的外套，把我的手机丢进壁炉里，然后成功地睡着了，我有3天没睡着了。

宪兵猜测梅隆和蕾蒂西娅在一起，就在雷茨地区阿尔通附近他堂兄弟的场地上。弗朗茨·图谢说："我们会在勒加斯波把他痛揍一顿。"

雷恩上诉法庭的一位总检察长给大西洋卢瓦尔省的考察和社会化教养处打了一个紧急电话，以便了解卷宗。一个管理人员回复说，他没有时间处理此事，总检察长差一点从椅子上摔下来。格扎维埃·龙桑给考察和社会化教养处的处长发送了一条警告短信。

卢森堡广播电台的帕特里斯·加巴尔、法国蓝色电台卢瓦尔—大洋区的安娜· 帕提内克和 i-Télé 的让-米歇尔·德·卡兹抵达波尔尼克。“从一开始就感觉不好。”

杰西卡和帕特龙夫妇一起度过了晚上。

蕾蒂西娅在哪里？昨天，她还在端送工人套餐，还在餐厅里东奔西跑，对着周围的顾客微笑。这个晚上，她却在黑暗的水底，也在标致 106 潮湿的后备箱里，在飘向天空的火焰中。

梅隆最后睡着了。23 点，宪兵在勒加斯波进行了一次侦查行动。

54 社会新闻，民主的事实

某些圈子里流行贬低社会新闻以及日报，而后者的声誉又是由前者构成的（比如加斯东·伽利玛[1]于1928年推出的《侦探》，新闻界和律师团体的笔杆子也参与其间）。犯罪就是生活中泛起的血淋淋的泡沫、施虐狂的日常活动、冷酷的喧嚣、文盲和长舌妇的消遣，他们沉湎于人们的不幸，热衷于窥视他们肮脏的私生活。

社会新闻是弄虚作假的：它对罕见的事情大做文章，对微不足道的个人悲剧夸大其词。它想让人相信它的重要性，但其实完全无足轻重；或者说，即便它真有什么，也要采用设套和作假的方式，有点像体育领域中的兰开夏式摔跤[2]。

社会新闻是有害健康的，保守主义者补充道：它浓墨重彩地描写丑恶的行径，让人沉迷于强奸和杀人的种种细节之中。它迎合了人们的低级本能。它让人们变得麻木而野蛮。它对鲜血熟视无睹。社会新闻难道不具有一些破坏性吗？

---

[1] 加斯东·伽利玛（Gaston Gallimard，1881—1975），法国出版家，伽利玛出版社创始人。

[2] 英国兰开夏郡举办的特色摔跤比赛，选手们在香喷喷的肉汁浓汤里展开搏斗。

社会新闻是反动的，后马克思主义者如此纠正道：它掩盖了重要的议题，“真正的”问题，社会的不平等，远方的战争，世界上的饥饿现象。它让公民不再行使他们的民主权利。就如布尔迪厄所言，它“转移视线”。

社会新闻难道没有正面性可言吗？它是收视率的副产品，它让正直的人灰心丧气，置他们于恐惧和不安中，让他们忧心于城里的作奸犯科之徒，相信每个街角都有一个连环杀手。如果说罪犯就在我们的家门口，那么就需要更多的警察，更多的镇压和更多的监狱。我们需要一个用强力清洁工具扫除一切的强人。

社会新闻是被统治、被欺骗的人民的鸦片，让这种政治和传媒的操控失效是当务之急。

*

在 19 世纪 70 年代中期，珍妮–玛丽·勒·曼纳科，一个来自北滨海省的目不识丁的年轻女性，开始时在勒芒[1]当工人，然后在巴黎做佣人，她和一个失业的退伍老兵同居，此人比她年长 30 岁，喝酒，还打骂她。他们的爱情故事未得善终：1876 年，他将她开膛破肚，把她切成碎块，她的大肠被扔进厕所，尸体则分成了两部分，里面填了砖头之后就被扔进了塞纳河。对于历史学家布鲁诺·贝尔特拉来说，这起谋杀意味着“融入过程的失败”，这个背井离乡的年轻布列塔尼亚女子

[1] 勒芒（le Mans）是法国西北部城市。

没有成功地在首都站稳脚跟。

珍妮-玛丽的尸体陈放在作鉴别身份之用的太平间里，20 万好事者络绎不绝地来到这里。1877 年 3 月，法庭里人满为患，当里面的空气热得难以忍受时，一百多个人撤了出去。人群中可以看到一些作家和重要人物。60 多个目击者一个接一个地出庭。法医对被告进行了羞辱：珍妮-玛丽是活着被肢解的。尸体的照片被散发给陪审员。司法小报和发行量大的报纸都用了数个版面来报道此案。

1877 年 7 月，另一个案件，也就是“把女性切成碎块的著名凶杀案”，在马赛宣判。很快，所有报纸商都在出售一本定价为 10 生丁[1]的小册子。

> 人们在海边发现了人类的四肢，不成形的、骇人的尸块被包在布里。这里，有两条腿和一条手臂；那里，躯干和头颅靠着脊椎才得以连在一起；接着又是一条手臂。这是玛丽亚·波耶母亲的遗体！（震撼人心。被告们看上去十分激动，玛丽亚埋头痛哭。）
>
> 大厅、看台，直到审判庭里，到处都是人头攒动，他们希望一睹这出阴森森的悲剧的最后一幕。

人们什么都想看，什么都想知道。他们的好奇心被辩论的广告所刺激，被现代的交流工具所强化。无论用什么方式去看，社会新闻都是和 19 世纪大众媒体的飞速发展密不可分的。罗伯特·帕克（Robert

---

[1] 生丁，法国辅币，100 生丁合 1 法郎。

Park）和芝加哥学派的社会学家都看到，在提供客观信息的新闻（news）之外，还出现了有人情味的故事（human interest stories），诸如社会新闻、被轧死的狗和人、失踪儿童、日常生活中的悲剧，其本义不是制造恐慌，而是引起对受害者的直接认同感。

这些真实悲剧的力量将它们从文学、小说和消遣那里抽离了出来。“真正的”新闻业位于知识和批判性解释的领域内，而“不道德”、肤浅的新闻则包括了工于操控情绪的专栏、杂闻，及其他丑闻（muckrakers），那么是否有必要对二者进行区分呢？严肃的日报还是让人战栗的小报？能够确定的是，那些小报取得了成功，非常之多的成功。

面对社会新闻，还涉及第二种态度——蛊惑，它是蔑视的另一面。卡尔杜什[1]的生命促成了一家剧院的建立，他有着无数的崇拜者，但是要等到拉斯奈尔和皮埃尔·里维埃[2]犯下罪行的19世纪30年代，人们才能感觉到，从资产阶级社会的底部升起了一股由囚徒所引发的恐惧浪潮、含糊的丑闻、半是愤慨半是称赞的叫声。《论坛报》（*Gazette des tribunaux*）风行一时。眼睛睁开，扑面而来的是血流成河，是让鲜血流淌的魔鬼般的肆意妄为。遭人唾弃、让人害怕的罪犯成了英雄。人们揭示他的功绩，人们为他唱起悲歌，他的照片流布于世——他盛名昭著。

---

[1] 路易·多米尼科·卡尔杜什（Louis Dominique Cartouche，1693—1721），法国历史上著名的强盗。

[2] 皮埃尔·里维埃（Pierre Rivière，1815—1840），法国农民，因杀死自己的母亲、姐姐和弟弟而轰动一时。

维安德龙·让-巴蒂斯特·特罗普曼（Viendront Jean-Baptiste Troppmann）、H. H. 赫尔默斯（H. H. Holmes）、开膛手杰克、凡舍（Vacher）、兰杜、哈利·鲍尔斯（Harry Powers）、欧仁·韦德文（Eugène Weidmann）、贝迪特（Petiot）医生、于吕夫（Uruffe）神父、泰德·邦迪（Ted Bundy），还有几名女性，如投毒者亨利耶特·卡纳比（Henriette Canaby）和帕品（Papin）姐妹。儿童强奸犯、敲碎头颅的人、剁碎妓女的人、连续勒死人的人、让人害怕又迷人的杀手，这样的人在造成恐慌的同时，也激起了兴趣，或是崇拜。我们必须理解，这是个反牧师、撒旦和被驱逐的人，敢于触犯法律，违背既定秩序，践踏资产阶级习俗的无法无天之徒。因为他开启了反叛的本能，他就被整个社会所压制——宪兵、警察、法官、陪审员、刽子手、留小胡子的本分人。在 20 世纪，批判性的思想家、诗人、哲学家、历史学家都对他有那么点偏爱。作为街头卖艺的穷人、被制度压垮的贱民，他身上带着人们试图压制的话语、人们想要扼杀的自由。他是所有人都想压制的微不足道之辈。

罪犯是如此骇人，犯下了如此残暴的事情，他要高于多数人，为人父母者、大学生、杂货店主、公证处文员，所有这些过着井井有条生活的平庸之辈。因其全部的恶的能力——因其勇气，他凌驾于这些人之上。“魏德曼出现在你们面前，在 5 点钟出报的一个特版中。”让-热内在《鲜花圣母》的开头用反讽的笔调写道。[1] 谁能和他会合在他那

---

[1] 让-热内（Jean Genet，1910—1986），法国诗人、小说家、剧作家。青少年时期几乎都在犯罪或监狱中度过，他在狱中完成了《鲜花圣母》和《玫瑰奇迹》两部小说，此处译文引自余中先译出的《鲜花圣母》中文版。

座血淋淋的奥林匹斯山上？艺术家。他也是一个社会的公敌，一个受苦的人，一个命定之人。异乎寻常的会面。

这也就解释了，自从浪漫主义开始，为了在作品里征服恐怖的力量，无数作家都紧紧抓住社会新闻。“伟大”罪犯是“伟大”作家的副本，是他被诅咒的兄弟。因此，在超现实主义者和维奥莱特·诺齐埃尔（Violette Nozière），热内与皮罗杰（Pilorge）和党卫军，杜鲁门·卡波特和《冷血》中的佩里，福柯和皮埃尔·里维埃，诺曼·梅勒和《刽子手之歌》中的吉尔莫，艾曼纽·卡瑞（Emmanuel Carrère）和让-克劳德·霍曼（Jean-Claude Romand）之间存在着一种镜像关系，一种“对立”。

*

不存在“伟大的”罪犯：所有罪犯都是渺小的可怜人，并不是因为他们通常是骗子、造假者、抢劫老妇人者或摩托车盗窃者（比如拉斯奈尔、霍曼和梅隆）之类微不足道的违法之徒，更因为他是罪犯。如果说，20世纪让我们流下了几滴泪水，那是为蕾蒂西娅、杰西卡、她们的妈妈，为所有那些没有坟头、无法安然长眠的大屠杀受难者所流的。我们的目光和温存应该留给这些无辜者。

蕾蒂西娅需要我们。由于一份疏远的工作，我选中了她，并将她既平凡又独特的一面呈现出来，就像我们的太阳之于其他的星球。

不要去尊敬、称颂和惋惜，而是去理解。罗兰·巴特写道，社会新闻是一种“全面的信息”。它内在地包含了知识，不需要通过认识世界来“消费社会新闻”。但是，我们能满足于神话吗？这将是面对神秘莫测的事物时的放弃。埃德维·普雷涅尔（Edwy Plenel），这位伟大的记者、真理之地上的偷猎者说起过“社会新闻里的高贵”，它在认识上造成冲击力。它综合了不同的语调，颠倒了先后次序，扰乱了知识的层级，并构成了混乱信息的典范，“因为偏离而重要，因为边缘而切题”。埃德维·普雷涅尔是正确的，这也是为什么我们永远不应该说“社会”新闻：因其异常悲惨和绝对特别，让我们得以进入人类和历史的深处。

我的赌注是，为了理解作为历史对象的社会新闻，就必须转向社会、家庭、儿童、女性的处境、大众文化、暴力的形式、传媒、司法、政治和城市空间——没有这些，社会新闻确切而言就是一个神话，一次命运的停顿，一颗意义就在于它本身的钻石，它不可穿透，供人置于掌心间把玩，在怜悯和不安、神秘和麻木、偶然和巧合之间闪烁着，它还是一种让人战栗的神秘死亡，但很快就会被抛诸脑后，被新的取而代之。调查者着手调查，就像调查记者和通讯员、宪兵和预审法官那样。即便他采取了同样的方法，有着同样的求真渴望，他也不会选择同样的对象。他不会说同样的事情。

林德伯格（Lindbergh）的小孩绑架事件呢？那是大萧条期间的一次举国团结。维奥莱特·诺齐埃尔（Violette Nozière）在1933年犯下的致命的投毒呢？那是年轻人的诞生和女性的解放。多米尼克（Dominici）案件呢？那是家族的分裂、农民的终结。1970年代的阿尔图瓦地区比西埃案呢？或者因为杀死了一个矿工的女儿而被起诉的公证员？那是阶级斗争的法国，毛主义和西欧工人阶级的方式。让-克劳德・霍曼（Jean-Claude Romand）犯下了5次谋杀，一个病态的谎语癖患者？那是害怕自己沦为谎言和空洞的社会积淀物。2006年伊兰・阿利米（Ilan Halimi）被杀案？那是对被贫困所腐蚀的平民郊区的一次俯摄，一出知识分子和反犹主义的悲剧。

这个社会为蕾蒂西娅做了很多事情。社工、儿童事务法官、社会工作教育者、心理学家、教师、职业培训者，所有这些我们称之为公共服务的职业，它们伴随的是这样一个小女孩，当她还在摇篮里的时候，四周就没有仙女为伴了。但是，她的生命被一个罪犯所终结，这震惊了法国，导致行政当局和法官之间产生了一次危机。

我们钟爱证券投机商、变节者、共和国精英体制下的英雄，所有那些摆脱窘境的人，所有那些打破了决定论和扭转了命运之号令的人；我们喜欢保护受虐的儿童，教育第四世界的儿童，让城市里的青年融入社会，给境遇不佳的人以第二次机会。我们经常取得成功，但是，就蕾蒂西娅而言，我们失败了。她的过去再度扼住了她，在喧嚣中，不平等的平衡往另外一个方向倒去。

对于蕾蒂西娅，人们可以这样说："她运气不好，碰到了坏人。每次她想做点什么，得到的只有生活的羞辱。"我们也可以说：这是暗中破坏的过程，一系列的缺点，一种被宣告的死亡编年史。

因此，民主的失败转变成了希腊悲剧。当社会互助无力救助被侵犯和被羞辱的人，他们就会堕入一个最野蛮者会杀害最脆弱者的孤独世界中。然后，人们只能通过沉默的白色游行的形式进行抗议，集体的一致既是对悲伤的表达，也是对于政治的不信任。人们喜欢这种让人安心的对立，谋杀的纯粹性，不留余地的残暴；但是，一个相信圣人和怪物的社会是一个焦虑的社会，它需要神性的传递以便获取对自己的一点点信任。政客深知这一点，便致力于攫取受害人身上的光晕。掌权之人占有了这个没有头颅的女性。

我们如何才能中止这种重复？如何让孩童走上另外一条道路而不背负受了诅咒的遗产？对蕾蒂西娅和杰西卡这对姐妹，对托尼·梅隆的儿子，我都有所思考。

*

社会新闻，我们在日报上读到的残酷的传奇小故事，它就像巨大的气球，我们可以用敏锐的历史和社会学调查让它爆炸。首先，理解案件，抓住其关键之处，在警察、司法和媒体的领域内，它既是个体的，又是集体的。指出为什么社会新闻是一个征兆、一个突出点、一面棱镜，是日常生活、机能、感受、标准的显露和紊乱。

接着，展示案件，指出它不能被简化为一种罪行，它指向的是某些更为重大的东西。阐明一种社会状态，区分出一段时间，把握住表象、话语、冲突，理解某些只有超越了外表才能得知的东西。揭示反常中的一致性，单一性中的共性，从凶手到受害人，从儿童到家庭，从个人到变迁，从人际关系到社会结构，无所不包。

最后，消解案件。忘掉结局，把受害人从他的死亡里解放出来，如其所是地重塑他。让浊水变清。社会新闻提出了无数问题，首要的是一个人是如何让某个人的生命逝去的？无论如何，比起每个人都具有的隐秘来，暴行的民俗学让人兴奋的程度要低一些。

与其将社会新闻当成是糟糕的大众口味的象征，或者堕落的新闻界的癖好而加以鄙视，不如关注它所蕴含的民主的潜力：它让人们激动，但是，它对我们讲述的却也是“他们”。而且，有人情味的故事可以成为被冠上“人文”之名的科学的材料，其研究不可避免地涉及对象和形式。社会新闻因此并不等同于虚构，而是类似于纪实文学，这一对人类的探索是在社会科学的引导下进行的。我当小说家已经有十年了，写过非真实的东西；我还在那一时期筹备博士论文，写的也不是真实的东西。现在，我想写真实的东西。这就是蕾蒂西娅送给我的礼物。

法官要求调查负责人在调查的范围内，收集“所有和揭示真相相关的蛛丝马迹”。他让专家着手进行“所有对揭示真相有用的观察”。在作证之前，目击证人要宣誓说出“全部真相，只说真相”，要知道，他既非父母、姻亲，也不是为了帮助当事人——完全就是西塞罗在公元前1世纪为历史学家所制定的规则。在庭审上，在蕾蒂西娅的遗体照片播放完毕后，法庭主席对蜷缩在被告席里的梅隆说：“我们的着眼点并不只是为了确定一项判罚。我们想要了解真相。”

如果我们将蕾蒂西娅之死，与她生命的真相，与她经受的孤独，与她选择的道路，与我们所处的环境和社会分离开来的话，那么她死亡的真相本身是没有多大重要性的。所有这些调查人员的工作都让我们得以理解到，蕾蒂西娅做过的事情和人们对她做过的事情和民主是有关系的。我们之所以逮捕作恶者，是因为安全是一项权利。我们以法国人民的名义去审判他们。我想说的是，讲述一个人民的女儿在18岁时遭到虐杀是一项符合公众利益的计划，就像政府部门的职责一样。

55 正义

2015 年 10 月 13 日至 26 日，托尼 · 梅隆的上诉在雷恩的布列塔尼亚议会举行。我坐的长椅位于原告和媒体之间，离被告和主席台有数米远。基于回避规则，陪审团由两名男性和七名女性组成，梅隆想“给（他的）已故的受害人一个公道”。被告受到起诉的罪名是“绑架再杀人”，不是谋杀、肢解或杀害女性（这个概念存在于拉丁美洲的多部刑法典中）。法庭宣布了和第一次庭审时同样的惩罚，但是安全拘留更短。这样无疑更好。

在这两个星期中，占据热门新闻的是耶路撒冷阿拉伯人聚居区的封锁、美国总统竞选的开幕，在法国则是一名急诊医生被指控加速了他病人们的死亡，而后是一起严重的汽车事故。迹象是：国家媒体没有前往雷恩，所有文章都署上了“法新社消息”。

从第二天开始，在人员稀疏的座位上，只剩下了法新社、《法兰西西部报》和《大洋新闻》的记者，法国电视三台的布列塔尼亚团队偶尔会出现在法庭出口。在一次休会时，我在咖啡机前向一旁的弗朗茨 · 图谢表达了惊讶。“不，”她回答道，“这是正常的。和其他社会新闻相比，这个案件已经获得了大量的关注。时候过了，哀悼工作正在进行中，即便对记者而言也是如此。现在必须让蕾蒂西娅离开了。”

布列达尼亚议会的大厅里灯火通明，吊灯映照在装饰着金粉、墙饰和墙裙的墙壁上。出庭人员位于一张弧圈形的长桌后面：主席的左右侧各坐着一名法官，陪审员是一些专心致志的普通人，他们都意识到自身任务的艰巨性，桌子一端的是法律顾问，另一端是书记员。法庭主席和法律顾问都穿着红色和黑色，两个陪审员和书记员、律师一样穿成黑色。宪兵们在房间的最里面和外面的安全门前守候着。

辩论以公开、口头和辩驳的形式进行。这个规定足以让最高法院成为一个充满魅力的智能机器。人们用语言互相对抗。专家揭穿被告的谎言，被告反驳证人。这是一个民主的角斗场，它受强大的秩序，也就是主席的支配，他有着分配发言的决定权。原告的律师们坐在家人前面，辩护律师们好像在保护被告，他们之间面对面的辩论会让人认为这是绅士在对抗恶人。但是几天之后，一个被害者父亲的律师将为一个卷入卑劣仇杀的毒贩辩护。辩护向来是有决定权的，这是现存的最伟大的事物之一。

司法是原则，但它也是管理、语言和仪式。人们盛装出席，每个人扮演着各自的角色。典礼、长袍、宣誓、惯例（在庭审人员到达时起立，执达员在铃声响起时大叫一声：“开庭！”）构成了一种威严的环境。在证人席上，证人们都默然而坐。

上诉和电影拍摄与夏令营的共同之处在于，它让一小群人面对的紧张事务活跃了起来，而他们都知道不久就要分道扬镳。这是一种单调的活动，整个星期都要置身于封闭空间内，也有共享的时刻，从早上的咖啡到夜间的茶点，中间贯穿着午餐休息和审理的暂停，所有这些都赋予了这种外在于世界和大众的体验以秘密宗教活动的特征。

这些可怕的日子让人筋疲力尽。人们一起等待、发冷、战栗。到了星期五的晚上，人们逃出布列塔尼亚的议会，惊讶地观察到，街上有人、有车、有店铺、有露天咖啡座，而且，生活还在继续，好像什么都没发生过。

*

一个宪兵走在执达员前面，赶到中心走道里。他身材高大，一头褐发，两肩四四方方，表情冷漠，他以军人的方式向庭审人员致敬，然后把贝雷帽放在麦克风后面的桌板上：这是弗朗茨·图谢。他脱稿讲了一个半小时，对这次调查做了总结——蕾蒂西娅在2011年1月18日的行踪去向，询问被告，寻找尸体，核对电话，排除同谋。在陈述最后，法律顾问宣称："我在法院参与了60多起案件。这是我头一次看到这样高质量的工作。"

让-菲利普·德普列斯特是国家宪兵队刑侦所以前的指挥官，如今在一个陆军多兵种部队中担任中校。他表示，标致106在撞倒摩托车之前有过急刹车。屏幕上依次播放汽车、摩托车、编过码的黄色接触片、涂料遗迹和用显微镜呈现的碎片的照片。事故在一张标了刻度的大图上再现，距离和速度，以及撞击的不同阶段都呈现了出来。

在审理暂停的时候，我在走廊里追上了他，他正在整理文件。他指着一个巨大的装订了的册子说：

"这份报告代表了数百个小时的工作。我们的工作就是收集线索和痕迹，就跟考古学家一样。我们对迹象做出解释。我们干的是符号学。”

我向他推荐罗兰·巴特[1]，他用安伯托·艾柯[2]回答我。

“为了这份报告，整个团队的人都在干活。这就相当于手艺人的代表作，一幅犯罪学绘画。我们提供经过核实的用证据来支撑的论说。我们提供真相的碎片，这是我们对社会，也是对受害人承担的责任。”

托尼·梅隆穿着深色上装和仔细烫过的衬衫，刮过脸，留着山羊胡和很细的髭须。他说话的声音很柔和，几乎可以说是无力。他努力表明他退缩了：“主席先生，这要复杂得多。我参与了年轻人的犯罪。我还年轻，主席先生。”等等。

忘掉这个邋遢鬼梅隆，这个挑衅者梅隆，这个身着运动衫、口里嚼口香糖的监狱头目；相信梅隆式的禅，他皈依了伊斯兰教。但是他是否真的改变了？他和一个同样被监禁在韦赞莱科屈埃的伊斯兰恐怖主义者的交往，体现了一种坚持监狱“贵族统治”的方式。梅隆在被告席上和律师一点一点地进行讨论，质疑问题的合理性，诋毁证人，声称“谎言就是金子”。当他的窝藏者X先生——这次被指名道姓地指明了——在庭上提出抗议，表明自己的无辜时，梅隆朝他声音洪亮地号叫道：“骗子！”他把观众吓了一跳，导致宪兵精神紧张起来。第二天，他拒绝离开他的牢房。

---

[1] 罗兰·巴特（Roland Barthes，1915—1980），法国作家、思想家。

[2] 安伯托·艾柯（Umberto Eco，1932—2016），意大利哲学家、作家。

他冷静地承认自己杀了人，接着，专家发表陈述，蕾蒂西娅在罗杰尔路上的事故之后还活着；但是，他坚持说他是无意撞上的，蕾蒂西娅已经一动不动了，他勒她脖子、用刀捅她都是为了让人相信这是流浪汉干的——这也否认了所有的犯罪动机，因此摆脱了杀人罪。“我一丝半点都不在乎，就是没有逻辑。”这就是悔恨的艺术，他什么都没承认。

塞西尔·德·奥里维拉说道：“我不知道，梅隆先生，您是否明白我问题的关注点。问题在于知道那最后一夜的真相。蕾蒂西娅永远无法把它讲给她的亲友们听了。我在这里只代表杰西卡，但是，对我们在场的每一个人来说，知道我们的亲友们经历了怎样的更为可怕的事情，这是事情的关键。您明白吗？梅隆先生？”

没有回答。

塞西尔·德·奥里维拉：“蕾蒂西娅说的最后的话是什么？”

梅隆：“嗯，‘晚安’。我们准备再见面。”

塞西尔·德·奥里维拉愣了一下：“蕾蒂西娅在死前说的最后的话！”

梅隆：“如果这能让你高兴的话……”

主席愤怒地说道：“您怎么能说出这样的话？请您不要再做这样的评论了，梅隆先生！如果您不想回答问题，您可以不回答。没有任何人来这儿是为了消遣！”

她从摩托车上摔下来，被嫁祸给了流浪汉，又说自己对一个死人进行殴打和勒绞。解释漏洞百出，策略更是死皮赖脸到无法自圆其说。如果蕾蒂西娅真的死于路上的不幸事故，那么对梅隆来说，就只是涉及交通肇事和毁伤尸体，而这并不在最高法院的审理范围之内。辩护可以以无罪辩护的方式进行。

蕾蒂西娅的亲友们依次上庭。被关押在南特监禁中心的帕特龙先生通过电视会议的形式作证："我认为我为她们两人做了该做的一切。"

在某一刻，杰西卡取得了进步，她美丽，苗条，一头短发，戴着眼镜，穿着牛仔裤和套头运动衫，她用清晰的声音说道：

> 我每天都在思念她。我只想让她回到我身边，她能来支持我，我能对她说"我的妹妹，加油，你很强大"。我知道，她在高处看着我，我所经历的一切都是考验。今天，这是我第一次站在您——托尼·梅隆——面前作证，这对我来说是件天大的事。

56 蕾蒂西娅，她就是我

帕特里克·莫迪亚诺[1]在2014年接受诺贝尔文学奖的时候表示："我一直认为，诗人和小说家赋予那些被日常生活所淹没的生命、那些外表平凡的事物以神秘感……诗人和小说家的职能，也包括画家，在于揭开这一神秘感，揭开藏在每个人深处的磷光。"我会再加上一句，这也是历史学家、社会学家的职能。

我选择一个无足轻重、弱不禁风的小人物作为英雄。她一无所得，只有一段让她万般无奈的历史，那些被人抛弃的婴儿、救助厅里被人强奸的顽童、被人责骂的女服务员、被人消费之后又被杀死的路人的历史。蕾蒂西娅只在这个世界上活了18年，但有时候在我看来，她活过了几个世纪。

在得克萨斯州大学城的蓝色面包师饭店里，我坐在人造革的长椅上，一边写第二章，一边吃着蓝莓蛋糕；在所有航班都因为飓风而被取消后，我坐在把我匆匆载去休斯敦机场的班车里写下了第四章。其余部分是在自己家里、咖啡馆里、国家图书馆里写的，我还在一座黄

[1] 帕特里克·莫迪亚诺（Patrick Modiano，1945— ），法国小说家。

杨树迷宫的出口处写过——但是只写了寥寥数行，那是在佛罗伦萨的维拉斯齐法诺亚的时候，迷宫在春天的阳光里显得欣欣向荣。甚至在泳池中自由泳的时候，我也沉浸在脑海里进行写作。

在所有这些时刻，我都和蕾蒂西娅在一起，她从来不曾远离我，我寻找着能诉说她沉默的词语，我在破裂处建立起了连续性，我试图追寻她在深重的苦难中开辟的自由之路。“温顺，但也倔强。”

生活并没有让我们相遇过。无论如何，这是不可能的。她从来没有去过巴黎，我在她死前没有去过波尔尼克；她将看到年老而招人厌的我，而我，我不知道该对她说些什么；她只对自己的手机和我从来不看的电视连续剧感兴趣，我的问题引不起她的任何兴趣。我们没有任何共通之处，然而，蕾蒂西娅，她就是我。

她签名时会把首字母写成漂亮的环形，但是我看到的是其他的写法：Laetitia、Lætitia、Laeticia、Laëticia、Laëti、Léti，甚至是 Laietitia。在整个调查过程中，我的脑袋里都在回响着赛日·甘斯布[1]的歌曲：

这是我亲手酿成的痛苦
敲击着这 8 个字母
艾拉厄丹拉·戴伊戴伊莎

如果必须去漂泊
我愿为了你去那里

[1] 赛日·甘斯布（Serge Gainsbourg，1928—1991），法国歌手、作曲家。

艾拉厄丹拉·戴伊戴伊莎

即便不是我热爱的特吕弗电影，我还是很喜欢《绿房间》，塞西尔·德·奥里维拉给我这张DVD的时候对我说："这完全是你那样的疯子。"电影讲述了一个叫朱利安·达韦纳（Julien Davenne）的鳏夫，他完全沉浸在对他年轻妻子和在世界大战中死去的人的回忆里，"在这个冷酷而没有同情心的世界里，我有权不去忘记，即便我可能是唯一一个没有去忘记的人。"如果人们不去关注这些死去的人，如果人们不爱他们，如果人们不尊重他们，如果人们不保护他们，那么他们会变得如何呢?

杰西卡知道这一点，她会用花朵装饰她妹妹的墓碑，庆祝她的生日，戴上她的首饰。事实上，杰西卡变成了蕾蒂西娅。她拥有她的慷慨、她的勇气、她的美丽、她未曾有过的职业上的成功，以及被人剥夺了的未来。

给莱奥波尔迪娜的坟墓献上几枝欧石南，这可不是随时都能进行的活动。我们幸运地拥有了我们的孩子，他们无法知道我们爱他们到了怎样的地步。如果我思念死者，我就会为生者而写作。这是我和达韦纳的不同之处，这个疯子过着一种悲惨得让人流泪的生活，他远离人世，远离爱，远离生活，这个强硬的守墓人，最后迷失在了他小教堂里像火焰森林一样的蜡烛中。

我们活着，抵抗着，爱着，当我们大限将至，我们会想起来，蕾蒂西娅是第一个殒命的，那个罐子玷污了她18岁的容颜。和她相比，我们的死亡并不那么苦涩和恐怖。

57　我们的蕾蒂西娅之年

最近以来，我的调查让我陷入了悲伤。这是必须停下来的信号。但在此之前，我想向那些帮助过我的人说一声再见。

在同意与我会面的人中，没有一个愿意被列在前面。他们都详细解释说，他们希望先向他们的团队致敬，没有这个团队什么都做不成。他们这样做，也符合证人的定义：在其他人面前消失。

在这些事情结束了一个半月之后，拉维奥莱特女士崩溃了。在她休完病假回来之后，她坐在自己的办公室里，给一些年轻人和家庭，给救助中心和合作者写了十来封信，向他们宣布自己准备离去。在担任了 12 年的专业感化工作者之后，她成了雷茨地区省议会的“年轻人的参照”：她支持市镇工作，和地区性组织一起工作，推动着一个致力于青年融入社会的组织。她不再从事个体化的监管。蕾蒂西娅的失踪对她来说是一次创伤：她怀有强烈的愧疚感，她没能知道，没能看到，也束手无策。

西部地区的记者没有一个忘掉过这几个星期。i-Télé 的让-米歇尔·德·卡兹还会回想起格扎维埃· 龙桑站在蓝洞岸边时的表情。他没有出席媒体发布会，因为他还在天上，但是他当晚看了电视：“我们在画面中看到了一个显眼的检察官，他用的是更为精确更为严肃的语汇。这对他来说绝非易事。我还没碰见过这样可怕的社会新闻。”

3个月之后，亚历山德拉·蒂尔卡着手杜邦·德利格内斯一案，一个母亲和她的4个孩子被杀害后，被埋在了他们家的房子下面。接下来则是，南特市长被任命为总理，一次旺代环球航海赛，反对朗德圣母机场的建造规划。今天，亚历山德拉·蒂尔卡不再处于游离状态。她成了法新社雷恩分社的主编，但是她从来没有忘记过波尔尼克的那个顽童，她喜气的双眼，她动人的笑容，她的诀别信，罗杰尔路，勒加斯波的库房，拉沃的池塘，宪兵队那些嗅着泥泞田野的警犬，那些在灰暗天空下、在冰冷的细雨里目睹搜寻行动的日子。

一个记者是没有表达感情的时机的，我要说，对于亚历山德拉·蒂尔卡而言，这种单调的旋律在她于2011至2015年间写下的数百份法新社电讯里是没有位置的：

> 和大多数记者一样，我为这段故事深深感动，也沉浸于其中。
>
> 宪兵对梅隆感到愤怒，他辱骂蕾蒂西娅，大声地讲着淫秽不堪的东西，却不想对他们说出她在哪里。
>
> 法官对萨科齐感到愤怒，他用最为体面的方式，用她的尸体大做自己的竞选文章。
>
> 帕特龙对法官感到愤怒，他夺下他们手里的话筒，在游行中将蕾蒂西娅之死归罪于他们（事后，对他如此泰然自若深感厌恶）。
>
> 省议会主席感到愤怒，他表达了社会工作者的全部愤怒，就好像这次失败比起他们一直以来面对的所有事情都更重大。

是的，巨大的愤怒，来自寒冷和泥泞的深处。

塞西尔·德·奥里维拉总是在工作中投入同样的智慧和激情。她为一个被指控具有行凶意图的摩洛哥非法移民辩护；为一个被宣判死刑，在坐了42年牢之后释放的旺代老农民辩护；为一个在夜总会门口被强奸的年轻的南特女子辩护；为一个被控进行毒品交易的塞内加尔人辩护；为一个讲述教员是如何在露天学校亵渎她的幼儿园小女孩辩护。她在韦桑岛上消磨时间，她旅行过很多地方，去了阿拉斯加，去了斯匹茨伯格，去卡宴看望一个法官朋友，去威尼斯参观双年展（“到处都是赶时髦的人，但是我去游泳了，还看到了一些绝妙的东西。”）。我送了她舒伯特的《死亡与少女》，但是她已经有了。

格扎维埃·龙桑也忙于杜邦·德利格内斯一案。此事让他心绪不宁：一个父亲把自己的儿子引入圈套，然后杀了他……今天，前任共和国检察官领导着国立法官学院，负责培训法国大都会地区和海外省的法官，他努力让司法在城市里生根发芽，并致力于建立国际合作关系。他在欧洲防止酷刑委员里代表法国。他将成为雷恩上诉法院的首任主席。

为杜邦·德利格内斯和她的4个孩子进行尸检的是雷诺·克莱门。他痛苦而恍惚地回忆起此事，好像是因为小乔纳森：这不仅仅只是一个孩子，凶手至今没有找到。雷诺·克莱门是一位杰出的医生，他取代罗戴教授，领导着南特的法医处。在2015年11月13日的这些凶杀之后又过了两个月，我才见到了他，他要去参加巴黎法医研究院的一场会议，以便让法国所有的太平间都为这次大屠杀做好准备。

在昂热调查组的人员伤害处，弗朗茨· 图谢和他的同事们很少有工作中断的时候。他们的日常就是强奸、儿童绑架、意图杀人、谋杀。当然，这造成了和家庭的隔阂。当他们工作了数月之后回家，筋疲力尽地踏进大门的那刻，满脑子都是恐怖的幻觉和成就感，他们回到了充满琐碎烦恼的日常生活中。他们专注于工作，因为这就是生活，但是他们也想对妻子说："你别抱怨了，亲戚和朋友们都在床上睡着了。"然而，在丈夫不在的时候，正是这些妻子在维系着家庭。她们同意与诉讼案件分享她们的男人。

在昂热法院担任了两年副预审主席后，马蒂诺法官回到南特大审法院担任刑法执行法官。他嘲讽了这段历史，正是在这里他成了"南特刑法执行法官"，取代了负责梅隆案件的同事。在这个职位上，他会和被监禁者会面，了解他们为回归社会做出的努力，批准他们的假释。即便很多时间都花在监狱里，但他的工作是面向未来的，而预审法官却必须回顾过去。

在他任职刑法执行法官的几天之前，他来到预审法院的长廊中，和他以前的书记员们道别。他发现自己的办公室已经空了一半，里面放着要倒到垃圾箱里的纸箱子。宪兵特勤队的宪兵曾在这个办公室里持突击步枪站岗，椅子上坐着梅隆，对着他的脸打嗝。凌乱的角落里堆着准备扔掉的废纸，里面还有为梅隆在2011年1月的行为和举动绘制的日程表，这是刑事分析师耐心建立起来的，日复一日，一次又一次的听证，一次又一次的勘察。调查队的宪兵对着墙，仔细地查看这张四米长两米宽的巨型纸张。马蒂诺法官把它当作纪念品带走了。

和所有最近在南特大审法院任职的法官一样，他受到了法院主席的接待，以此方式表达对他的欢迎。而主席自己也是刚刚上任的，他不知道马蒂诺在预审法院待过几年，这里离那儿只隔了几条通道。主席想着要让他熟悉环境，向他解释说，房子在四五年前的一次突发事故中受到过损伤。

“一则所有媒体都在谈论的可怕的社会新闻。一个年轻女孩被一个累犯杀害并肢解。萨科齐指责法官，这引发了一次大规模的罢工运动。”

马蒂诺法官让他继续说下去。

“我觉得这是一次漫步。”主席若有所思地总结道。

马蒂诺法官就像一个籍籍无名者一样回到了法院。尘埃落定。他马上就 40 岁了。

*

在一档名为《20 分钟》的南特电视节目中，弗兰克·佩雷讲述了他是如何在女儿死后变得“精神失常”：

> 有一天，我不停地哭，不停地拍墙，我发动我的汽车，想开进卢瓦尔河里。但是，在我刚绕过酒吧的时候，就被警察拦了下来。所以，我后来被判酒驾。

现在，他好多了。他的小公寓就是一座纪念蕾蒂西娅的陵墓。他投入到对失踪儿童的搜救中。人们在电视上看到了他，在街上认出了他。有时候，有人会当面咒骂他：“你就是想靠你的女儿出大名！”蕾蒂西娅的死以某种方式让他找到了一种身份。但是，无论他犯过怎样的错，他最终都失去了很多。十年儿童社会救助厅的结果是：一个女儿被强奸，一个女儿被杀害。

他和杰西卡在一起时，会更加专心、更加亲切。他总是叫错她的名字，把她叫成蕾蒂西娅。最近，他送了她一个心形的纪念章，上面刻着蕾蒂西娅和杰西卡的画像，他则在她们中间。

在 2011 年 1 月的白色游行后，一些新的想法又问世了。斯蒂芬和德尔菲娜·佩雷创建了一个名为“永远不忘蕾蒂西娅·佩雷”的网站。

西尔维娅·拉尔歇一直处于抑郁状态，人们给她注射药物。杰西卡在保护她：“不，妈妈，不需要再上法院了。不，妈妈，不要打开电视。”我没有和她说过话。她的哥哥和律师让我放弃这个想法，我的问题只会对她造成痛苦。拉尔歇女士在不说话的时候就是一张白纸。

2014 年圣诞节前夕，在一家离弗纳克商场不远的咖啡馆里，我们进行了第五次谈话——热巧克力是给她的，茶是我的，我没碰过茶，任由它冷掉。我问杰西卡，在她和她妹妹一起度过的时光里，哪一段回忆最让她开心。她毫不犹豫地回答：“我们学习跳麦迪逊舞的那个下午。”那是在上萨瓦省埃尔蒙家的花园里，那天是 2007 年 7 月 7 日，或者说 7/7/7，他们家的儿子刚在市镇厅结了婚。她们要为晚上的舞会做准备。

麦迪逊舞是按直线跳的。跳舞的人前进的时候，舞步要踩在每条腿的边上，接着后退，然后再前进。蕾蒂西娅穿着裙子，很仔细地化了妆。她笑着，光脚踩着草地，天气很好，她很开心。

当我想向帕特龙夫人核实这段记忆时，她补上了结尾：那天晚上，和杰西卡相反，蕾蒂西娅并没有去跳舞。她不想让别人看到，害怕别人嘲笑她。

“去啊，上去，没人会看你！”

“我不要。”

她和其他年轻人不太一样。

她会搬家，她会拿到驾照；她会成为售货员或者幼儿园助理；她会和杰西卡一起开一家饭店：一个在厨房里忙活，另一个在厅堂里；她会成为一个活跃的女性；她会去旅行；她的孩子们会有一个疼爱他们的妈妈；她的丈夫不会打她。

我不想把她一个人丢下。希望我的书成为她的磷光。那是在一个夏天的午后，她在空气中留下的闪亮航迹和微笑，是一张词语织成的大网，诉说着她的优雅、高贵和她的拼写错误，她的不幸、痛苦和她放在脸书上的自拍、“小长颈鹿”里的卡拉 OK 聚会。我希望看到她跳舞，跳啊，跳啊，为了她也为了我们，直到时间的尽头。我希望童年就是沐浴着阳光，漫步在洒满鹅卵石和贝壳的海滩上。我希望蓝洞不是一个漩涡，当有人坠入并溺毙其间的时候，人们还在桥上闲聊；也不是一片黑暗，手指头穿过网格叩击着的黑暗，我希望它是一片翠绿的湖泊，那宁静而清澈的水吸引着漫步的人，他们坐下来，气定神闲。就像蕾蒂西娅用独属她的诗意，在一封诀别信里写的那样：“生命就是如此这般的一场盛宴。”是的，如此这般，生命就是一场盛宴[1]。

---

[1] 蕾蒂西娅的原话是：“人生就是这样的。”（la vie est fête comme sa.）（见本书第 37 章，雷蒂西娅写给凯文的诀别信）因为她的拼写错误，该句又可以被理解成：生命就是如此这般的一场盛宴。作者在这里表达的是后一种意思。

地　图

1. 卢瓦尔河河口 L'estuaire de la Loire

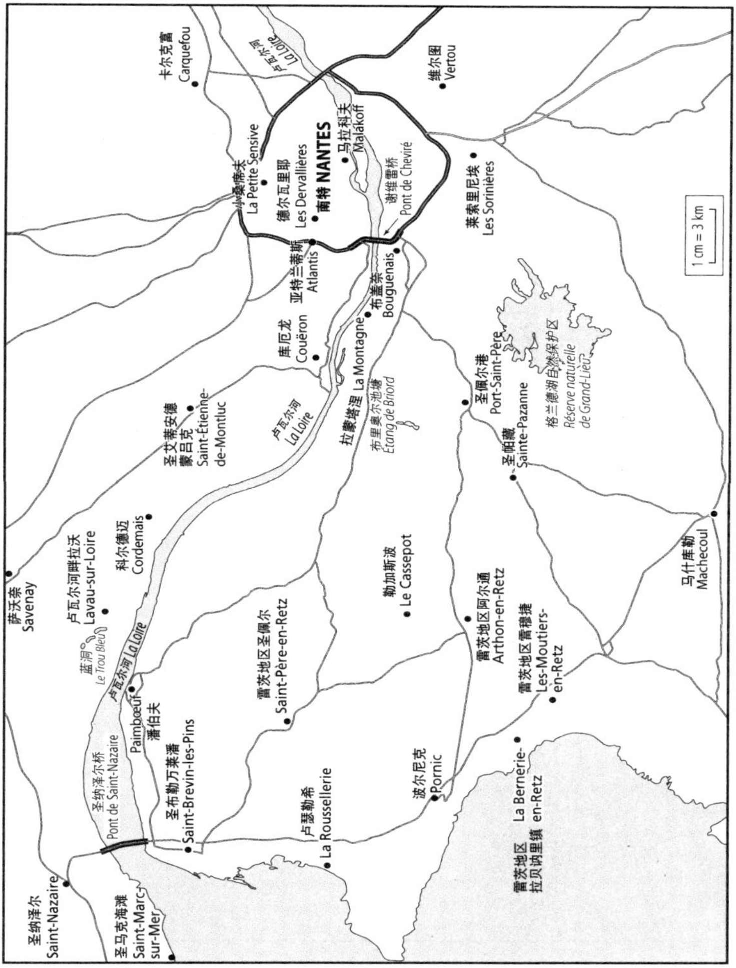

2. 波尔尼克和雷茨地区拉贝纳里镇 Pornic et La Bernerie-en-Retz

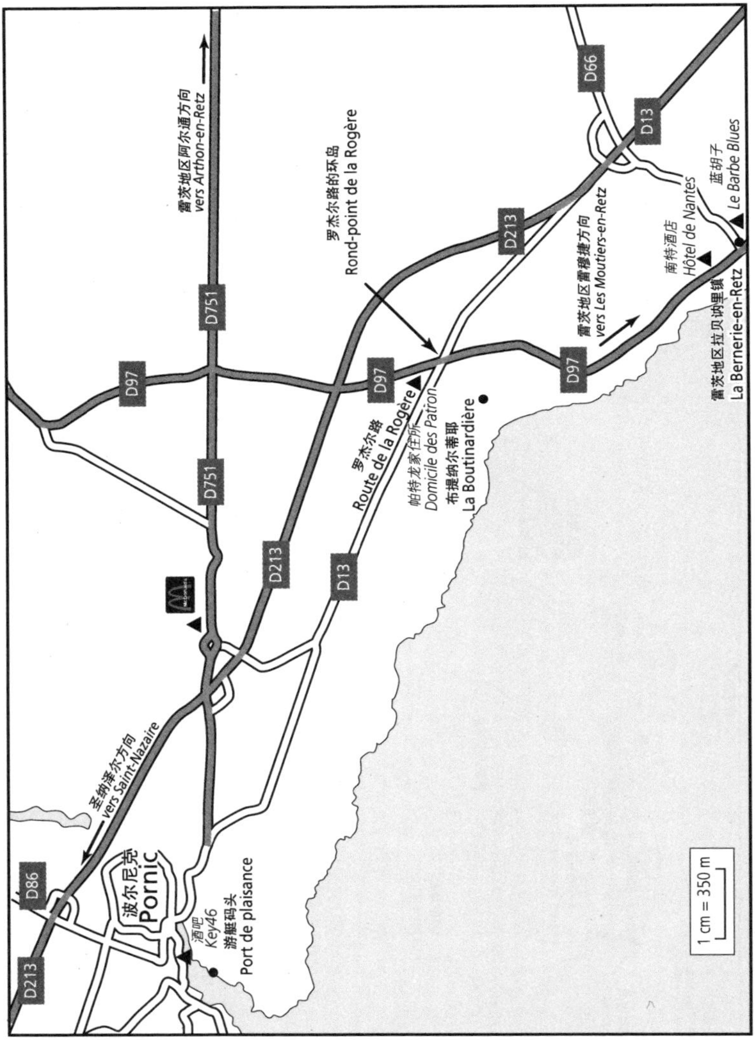

参考文献

双胎妊娠 (gémellité)

Charlemaine (Christiane), Papiernik (Émile) *et al., Le Guide desjumeaux. La conception, la grossesse, l'enfance*, Paris, Odile Jacob, 2006.

Garcin (Jérôme), *Olivier*, Paris, Gallimard, 2011.

Perrot (Jean), *Mythe et littérature sous le signe des jumeaux*, Paris, PUF, 1976.

Zazzo (René), *Le Paradoxe des jumeaux*, Paris, Stock, 1984.

被遗弃与安置的儿童 (Enfants abandonnés et placés)

Besson (Geneviève), *Au cœur du social départemental*, Évreux, département de l'Eure, 2014.

Bowlby (John), *Attachement et perte*, Paris, PUF, 1978, 3 vol.

David (Myriam), *Le Placement familial. De la pratique à la théorie*, Paris, Dunod, 2004.

Jablonka (Ivan), *Ni père ni mère. Histoire des enfants de l'Assistance publique* (*1874–1939*), Paris, Seuil, coll. "xxe siècle", 2006.

Laine (Bernard), Riguet (Alexandra), *Enfants en souffrance, lahonte. Le livre noir de la protection de l'enfance*, Paris, Fayard, 2014.

特殊教育 (Enseignement spécialisé)

Briand (Jean-Pierre), Chapoulie (Jean-Michel), *Les Collèges du peuple.*

L'enseignement primaire supérieur et le développement de la scolarisation prolongée sous la Troisième République, Paris, CNRS-INRP, 1992.

Cousin (Christian), *Enseigner en SEGPA et EREA*, Paris, Delagrave, 2003.

Vattier (Guy), *Introduction à l'éducation spécialisée*, Toulouse, Privat, 1991.

近郊青少年 (La jeunesse périurbaine)

Coulon (Cécile), *Les grandes villes n'existent pas*, Paris, Seuil Raconter la vie, 2015.

Didier-Fèvre (Catherine), "Être jeune et habiter les espaces périurbains: la double peine?", Géo-Regards, no.6, 2014, pp.35-51.

Mills (Charles Wright), *Les Cols blancs. Essai sur les classes moyennes américaines*, Paris, Seuil, 1970 (1953).

Moreno Pestaña (José Luis), *Moral corporal, trastornos alimentariosy clase social*, Madrid, CIS, 2010.

Renahy (Nicolas), *Les Gars du coin. Enquête sur une jeunesse rurale*, Paris, La Découverte, 2005.

大西洋之弧 (L'arc atlantique)

Davezies (Laurent), *La Crise qui vient. La nouvelle fracture territoriale*, Paris, Seuil-La République des idées, 2012.

Données sur l'estuaire de la Loire et panorama aérien, sur www.loire-estuaire.org.

Guilluy (Christophe), *La France périphérique. Comment on a sacrifiéles classes populaires*, Paris, Flammarion, 2014.

"Territoires de Loire-Atlantique. Pays de Retz", sur www.insee.fr.

女性解放 (L'émancipation des femmes)

Bard (Christine), *Les Filles de Marianne. Histoire des féminismes, 1914–1940*, Paris, Fayard, 1995.

Boigeol (Anne), "Les femmes et les cours. La difcile mise en œuvrede l'égalité des sexes dans l'accès à la magistrature", Genèses, vol. 22, no.1, 1996, pp.107–129.

Lejeune (Philippe), *Le Moi des demoiselles. Enquête sur le journal dejeune flle*, Paris, Seuil, 1993.

Perrot (Michelle), *Les Femmes ou les Silences de l'histoire*, Paris, Flammarion, 1998.

Rennes (Juliette), *Le Mérite et la Nature. Une controverse républicaine : l'accès des femmes aux professions de prestige, 1880–1940*, Paris, Fayard, 2007.

针对女性的暴力 (Les violences envers les femmes)

Chambonnet (Jean-Yves) et al., "La violence conjugale: prise encharge en médecine générale" [en Loire-Atlantique], Revue dupraticien de médecine générale, no.507, 2000, pp.1481–1485.

Henrion (Roger), *Les Femmes victimes de violences conjugales. Le rôledes professionnels de santé*, Paris, La Documentation française, 2001.

Hirigoyen (Marie-France), *Femmes sous emprise. Les ressorts de la violence dans le couple*, Paris, Oh! Éditions, 2005.

Jaspard (Maryse) *et al., Les Violences envers les femmes en France.Une enquête nationale*, Paris, La Documentation française, 2003.

Radford (Jill), Russell (Diana), sous la dir., *Femicide: Te Politics of Woman Killing*, New York, Maxwell Macmillan International, 1992.

Vigarello (Georges), *Histoire du viol*. xvie-xxe siècle, Paris, Seuil, 1998.

犯罪和社会新闻 (Crimes et faits divers)

Barthes (Roland), "Structure du fait divers", in Essais critiques, Paris, Seuil, 1964.

Bertherat (Bruno), "Jeanne-Marie Le Manach, une Bretonne à Paris (1875–1876)", in Gauvard (Claude), Robert (Jean-Louis), Êtreparisien, Paris, Publications de la Sorbonne, 2004, pp.563–586.

Demartini (Anne-Emmanuelle), *L'Affaire Lacenaire*, Paris, Aubier, 2001.

Hamon (Philippe), "Fait divers et littérature", Romantisme, no. 97, 1997, pp.7–16.

Kalifa (Dominique), *L'Encre et le Sang. Récits de crimes et société à la Belle*

Époque, Paris, Fayard, 1995.

Lever (Maurice), *Canards sanglants. Naissance du fait divers*, Paris, Fayard, 1993.

Matelly (Jean-Hugues), *Gendarmerie et crimes de sang*, Paris, L'Harmattan, 2000.

Perrot (Michelle), "Fait divers et histoire au xixe siècle", in Les Ombres de l'histoire. Crime et châtiment au xixe siècle, Paris, Flammarion, 2001, pp.271–281.

Plenel (Edwy), "Les chiens écrasés", in Un temps de chien, Paris, Stock, 1994, pp.71–105.

司法 (Justice)

Artières (Philippe), "Les corps en morceaux. Dépeçage criminel et expertise médico-légale à la fn du xixe siècle", in Stora Lamarre (Annie), sous la dir., *La Cité charnelle du droit, Besançon*, Presses universitaires franc-comtoises, 2002, pp.93–107.

Erner (Guillaume), *La Société des victimes*, Paris, La Découverte, 2006.

Farcy (Jean-Claude), Kalifa (Dominique), Luc (Jean-Noël), sous ladir., *L'Enquête judiciaire en Europe au xixe siècle. Acteurs, imaginaires, pratiques*, Paris, Créaphis, 2007.

Roux (Céline), *La Juge de trente ans*, Paris, Seuil-Raconter la vie, 2014.

Sécher (Loïc), Dupond-Moretti (Éric), *Le Calvaire et le Pardon. Les ravages d'une erreur judiciaire*, Paris, Michel Lafon, 2013.

Tiel (Gilbert), Carton (Daniel), *Derniers jugements avant liquidation.Trente-cinq ans dans la magistrature*, Paris, Albin Michel, 2012.

Walzer (Michael), *Sphères de justice. Une défense du pluralisme et del'égalité*, Paris, Seuil, 2013.

刑罚和监狱 (La peine et la prison)

Bouagga (Yasmine), "Le métier de conseiller d'insertion et deprobation: dans les coulisses de l'État pénal?", *Sociologie du travail*, no. 54, 2012, pp.317–337.

Chauvenet (Antoinette) et al., *La Violence carcérale en question*, Paris, PUF, 2008.

Dindo (Sarah), *Sursis avec mise à l'épreuve. Une analyse des pratiques de probation en France*, Paris, Direction de l'administration pénitentiaire, no. 80, 2013.

Ricordeau (Gwénola), "Enquêter sur l'homosexualité et les violences sexuelles en détention", *Déviance et Société*, 2004/2, vol. 28, pp.233–253.

Schnapper (Bernard), "La récidive, une obsession créatrice auxixe siècle", in *Voies nouvelles en histoire du droit. La justice, la famille, la répression pénale* (xvie-xxe siècles), Paris, PUF, 1991, pp.313–351.

Warsmann (Jean-Luc), *Les Peines alternatives à la détention, lesmodalités d'exécution des courtes peines, la préparation des détenusà la sortie de prison*, Paris, ministère de la Justice, 2003.

权力和民主 (Pouvoir et démocratie)

Boucheron (Patrick), *Conjurer la peur. Sienne, 1338. Essai sur laforce politique des images*, Paris, Seuil, 2013.

Cardon (Dominique), *La Démocratie Internet. Promesses et limites*, Paris, Seuil-La République des idées, 2010.

Gandt (Marie de), *Sous la plume. Petite exploration du pouvoir politique*, Paris, Robert Laffont, 2013.

Nay (Catherine), *L'Impétueux. Tourments, tourmentes, crises et tempêtes*, Paris, Grasset, 2012.

Rousseau (Dominique), *Le Consulat Sarkozy*, Paris, Odile Jacob, 2012.

Tandonnet (Maxime), *Au cœur du volcan. Carnets de l'Élysée, 2007–2012*, Paris, Flammarion, 2014.

新闻业 (Journalisme)

Bourdieu (Pierre), *Sur la télévision, suivi de L'Emprise du journa lisme*, Paris, Liber, 1996.

Kalifa (Dominique) et al., *sous la dir., La Civilisation du journal. Histoire culturelle et littéraire de la presse française au xixe siècle*, Paris, Nouveau Monde Éditions, 2011.

Muhlmann (Géraldine), *Du journalisme en démocratie*, Paris, Payot, 2004.

Park (Robert E.), "Introduction", in Hughes (Helen McGill), *News and the Human Interest Story*, Chicago, University of Chicago Press, 1940.

Park (Robert E.), "News as a Form of Knowledge: A Chapter in the Sociology of Knowledge", *American Journal of Sociology*, vol. 45, no. 5, 1940.

文章、报道和照片 (Articles, reportages, photos)

通过交叉使用几个关键词（主要人物的名字、地名），在网上进行快速搜索，便可以获取有关蕾蒂西娅一案的文章和报道。我们可以在谷歌图片搜索中获得蕾蒂西娅、传唤证人、白色游行、排空蓝洞和葬礼的照片；在谷歌街景地图上看到罗杰尔路和拉贝讷里镇的街道；在 YouTube 上观看纪录片和特别节目；在法国电视一台等的网站上观看在 2011 年 1 月和 2 月间播放过的《每日新闻》。

调查研究 (Enquêtes)

Boltanski (Luc), *Énigmes et complots. Une enquête à propos d'enquêtes*, Paris, Gallimard, 2012.

Boucault (Mosco), *Un corps sans vie de 19 ans, documentaire*, Paris, ZEK-France 3, 2007.

Corbin (Alain), *Le Monde retrouvé de Louis-François Pinagot. Surles traces d'un inconnu*, 1798–1876, Paris, Flammarion, 1998.

Ginzburg (Carlo), "Traces. Racines d'un paradigme indiciaire", in *Mythes, emblèmes, traces. Morphologie et histoire*, Paris, Flammarion, 1989, pp.139–180.

Jablonka (Ivan), *Histoire des grands-parents que je n'ai pas eus. Uneenquête*, Paris, Seuil, coll. "La Librairie du xxie siècle", 2012.

Modiano (Patrick), *Dora Bruder*, Paris, Gallimard, 1997.

化名表

案件关键人物、对调查做出贡献的专业人员或担任公职的人、在公开庭审上作证并被报纸杂志提及过名字的原告和目击者，他们都以真实身份出现在本书中。

其余名和姓都是化名。

安娜伊	Anaé
阿诺	Arnaud
贝尔蒂	Bertier
卡尔（夫人）	Carr (Mme)
克莱芒蒂娜	Clémentine
克莱奥	Cléo
达尼埃拉	Daniela
埃尔蒙（先生和夫人）	Ermont (M. et Mme)
法比安	Fabian
法蒂玛	Fatima
加埃尔	Gaël
杰拉德	Gérald
杰夫	Jeff
热罗姆	Jérôme
乔纳森	Jonathan

茱斯蒂娜	Justine
罗拉	Lola
卢卢	Loulou
莉迪亚	Lydia
马里斯	Maelys
玛诺拉	Manola
马乌特（先生）	Maout (M.)
玛丽	Marie
马克西姆	Maxime
梅丽莎	Mélissa
帕特里克	Patrick
伊凡	Yvan

缩略语表

AEMO Assistance éducative en milieu ouvert 开放环境的教育救助

AFP Agence France-Presse 法新社

APR Agent polyvalent de restauration 餐饮多技能工

ASE Aide sociale à l'enfance 儿童社会救助厅

BTS Brevet de technicien supérieur 高级技术员证书

CAP Certificat d'aptitude professionnelle 专业技能合格证书

CHU Centre hospitalier et universitaire 医科教学及医疗中心

CIFAM Centre interprofessionnel de formation pour l'artisanat et les métiers 手工业和职业跨行业培训中心

CLAD Classe d'adaptation 适应班

CSAJ Contrat de soutien à l'autonomie des jeunes 基于年轻人自主的继续留宿合同

DAVC Diagnostic à visée criminologique 犯罪企图诊断

DDASS Direction départementale des affaires sanitaires et sociales 社会和健康行为指挥机构

FIJAIS Fichier judiciaire des auteurs d'infractions sexuelles 性违法作案人司法档案

GIGN Groupe d'intervention de la gendarmerie nationale 国家宪兵特勤队

HP Hôpital psychiatrique 精神病院

INSEE Institut national de la statistique et des études économiques 全国统计及

经济研究所

IRCGN Institut de recherche criminelle de la gendarmerie nationale 国家宪兵队刑侦所

IUT Institut universitaire de technologie 技术教育学院

JAP Juge d'application des peines 刑法执行法官

OPP Ordonnance de placement provisoire 临时安置令

PME Petites et moyennes entreprises 中小规模企业

PSIG Peloton de surveillance et d'intervention de la gendarmerie 宪兵监视和干预小队

QI Quotient intellectuel 智商

RSA Revenu de solidarité active 就业团结收入

SEGPA Section d'enseignement général et professionnel adapté 一般教育与职业适应

SME Sursis avec mise à l'épreuve 设定考验期的缓刑

SMIC Salaire minimum interprofessionnel de croissance 跨行业最低增长工资（即法国最低工资）

SMS Short message service (en français, texto) 短信

SPIP Service pénitentiaire d'insertion et de probation 考察和社会化教养处

SR Section de recherches (ici, celle des Pays de la Loire, basée à Angers) 调查组（本书指的是驻扎在昂热的卢瓦尔地区调查组）

TGI Tribunal de grande instance 大审法院

ULM Ultra-léger motorisé 轻型飞机

UMP Union pour un mouvement populaire 人民运动联盟